MEG CABOT

Aber bitte mit Schokolade!

*Das Buch*

Lizzie Nichols hat ein Problem: Sie kann nichts für sich behalten. Als sie ihren Freund Andrew, mit dem sie eine Fernbeziehung führt, in London besucht, wird ihr das zum Verhängnis. Nun steckt sie ohne Freund in England fest – zum Glück gibt es Shari, ihre beste Freundin aus Collegetagen. Die verbringt gerade den Sommer als Hochzeitsköchin auf einem malerischen Schloss in Südfrankreich und rekrutiert Lizzie kurzerhand als Gehilfin.

Ein Blick auf das wunderschöne Schloss und den nicht weniger hübschen Luke, den Sohn des Schlossbesitzers, und Lizzie ist hin und weg. Aber auch hier kommt Lizzies Plappermaul ihr in die Quere: in kürzester Zeit hat sie Luke gegen sich aufgebracht. Als dann auch noch Andrew vor der Tür steht, ist das Chaos perfekt …

*Die Autorin*

Meg Cabot stammt aus Bloomington, Indiana. Nach dem Studium wollte sie Designerin werden, jobbte währenddessen in einem Studentenwohnheim und schrieb ihren ersten Roman. Inzwischen ist Meg Cabot eine international höchst erfolgreiche Bestsellerautorin. Sie lebt mit ihrem Ehemann in New York City und Key West.

*Bei Blanvalet von Meg Cabot erschienen:*

Um die Ecke geküsst; Der will doch nur spielen; Aber bitte für immer

*Heather Wells – Amateurdetektivin wider Willen:*
Darf's ein bisschen mehr sein; Schwer verliebt; Mord au Chocolat; Keine Schokolade ist auch keine Lösung; Gibt es ein Leben nach der Torte?

*Lizzie Nichols – Eine Frau ist nicht zu bremsen*
Aber bitte mit Schokolade!; Naschkatze; Hokus Pokus Zuckerkuss

*Romantasy*
Eternity, Endless, Jenseits, Underworld, Schattenliebe

Meg Cabot

# Aber bitte mit Schokolade!

Roman

Aus dem Amerikanischen
von Margarethe van Pée

blanvalet

Die amerikanische Originalausgabe erschien unter dem Titel
»Queen of Babble« bei William Morrow,
an imprint of Harper Collins, New York.





MIX
Papier aus verantwortungsvollen Quellen
FSC® C014496

Verlagsgruppe Random House FSC® N001967

2. Auflage
Taschenbuchausgabe 2019 bei Blanvalet,
einem Unternehmen der Verlagsgruppe Random House GmbH,
Neumarkter Straße 28, 81673 München

Umschlaggestaltung und -motiv: www.buerosued.de
JB · Herstellung: wag
Druck und Einband: GGP Media GmbH, Pößneck
Printed in Germany
ISBN 978-3-7341-0692-7

www.blanvalet.de

*Für Benjamin*

# *Teil eins*

*Kleidung. Warum tragen wir sie? Viele Leute glauben, wir bekleideten uns aus Schamgefühl. In alten Kulturen jedoch diente Kleidung nicht dazu, unsere Geschlechtsmerkmale zu bedecken, sondern vor allem, um den Körper warm zu halten. In manchen Kulturen sollte Kleidung ihren Träger vor Magie schützen, und in wieder anderen diente sie nur dem Schmuck und der Zurschaustellung.*

*In dieser Examensarbeit möchte ich die Geschichte der Kleidung – oder Mode – erforschen, vom Urmenschen an, der sich in Tierfelle hüllte, um sich warm zu halten, bis hin zum modernen Mann oder der modernen Frau, von denen einige schmale Stoffstreifen zwischen den Hinterbacken tragen (siehe: Tanga), und zwar aus Gründen, die bisher noch niemand der Verfasserin hinlänglich erklären konnte.*

Geschichte der Mode
Examensarbeit von Elizabeth Nichols

# 1

Unsere Indiskretion leistet uns manchmal gute Dienste,
wenn unsere geheimsten Pläne an Reiz verlieren.

*William Shakespeare (1564–1616),*
*englischer Dichter und Dramatiker*

Ich fasse es nicht! Das kann doch nicht sein, dass ich nicht mehr weiß, wie er aussieht! Wie kann ich das bloß vergessen haben? *Er hat mir immerhin seine Zunge in den Mund gesteckt!* Wie kann ich nur vergessen, wie jemand aussieht, der mir seine Zunge in den Mund gesteckt hat? Schließlich ist es nicht so, dass mir schon so schrecklich viele Typen die Zunge in den Mund gesteckt haben. Nur drei, ungefähr.

Einer davon war in der High School. Und der andere stellte sich als schwul heraus.

Gott, das ist deprimierend. Okay, ich werde jetzt erst mal nicht darüber nachdenken.

Es ist ja auch nicht so, dass ich ihn so schrecklich lange nicht gesehen habe. Schließlich ist es ja erst DREI MONATE her! Man sollte doch meinen, ich wüsste noch, wie der Typ aussieht, mit dem ich DREI MONATE lang gegangen bin.

Auch wenn wir in diesen drei Monaten die meiste Zeit in unterschiedlichen Ländern verbracht haben.

Aber ich habe doch immerhin sein Foto. Na ja, okay, sein Gesicht kann man nicht richtig erkennen. Eigentlich sieht man es überhaupt nicht, da es ein Foto von seinem – oh Gott! – nackten Hintern ist.

Warum schickt einem jemand so etwas? Ich habe jedenfalls nicht um ein Foto von seinem nackten Hintern gebeten. Soll das etwa erotisch sein? Also, ich finde nicht.

Vielleicht liegt es ja auch an mir, und Shari hat recht, wenn sie sagt, ich solle nicht so verklemmt sein.

Aber ich fand es schockierend, in meiner E-Mail ein großes Foto vom nackten Hintern meines Freundes zu finden.

Ja, klar, sie haben bestimmt nur herumgealbert, er und seine Freunde. Und Shari sagt ja auch, das hat etwas mit der Kultur zu tun, und die Briten haben mit Nacktheit viel weniger Probleme als die meisten Amerikaner, und wir sollten uns bemühen, offener und unbekümmerter zu werden, so wie sie.

Vielleicht hat er ja auch, wie die meisten Männer, geglaubt, sein Hintern wäre das Schönste an ihm.

Aber trotzdem.

Okay, ich will jetzt im Moment nicht darüber nachdenken. Ich will nicht über den Hintern meines Freundes nachdenken. Ich werde mich lieber auf die Suche nach ihm machen. Irgendwo muss er hier sein, schließlich hat er mir versprochen, mich abzuholen …

Oh, mein Gott, das kann er doch nicht sein, oder? Nein, natürlich nicht. Warum sollte er so eine Jacke tragen? Warum sollte ÜBERHAUPT JEMAND so eine Jacke tragen? Es sei denn, er meint es ironisch. Oder er ist Michael Jackson. Das ist der einzige Mann, den ich mir in einer roten Lederjacke mit Epauletten vorstellen könnte.

Das KANN er nicht sein. Oh, bitte, lieber Gott, lass es ihn nicht sein …

Oh nein, er schaut hierher … er schaut in meine Richtung! Blick zu Boden, blick zu Boden, stell bloß keinen Augenkontakt mit dem Typen in der roten Lederjacke mit den Epauletten her. Er ist bestimmt ein netter Mann; es ist eine Schande, dass er sich bei der Heilsarmee Jacken aus den Achtzigerjahren holen muss.

Aber er darf nicht merken, dass ich ihn angeschaut habe, sonst glaubt er am Ende noch, er gefällt mir oder so.

Es ist nicht so, dass ich Vorurteile gegen Arbeitslose habe, oh nein, ich weiß ganz gut, dass das vielen von uns jederzeit passieren könnte, und einige sind sogar so pleite, dass sie noch bei ihren Eltern wohnen.

Aber darüber will ich jetzt im Moment nicht nachdenken.

Ich will einfach nur nicht, dass Andrew mich hier abholt und sieht, wie ich mit einem Arbeitslosen in einer roten Lederjacke rede. Ich meine, so einen ersten Eindruck will ich nicht erwecken. Na ja, Sie wissen schon, es ist ja nicht sein ERSTER Eindruck von mir, da wir ja schließlich drei Monate lang miteinander gegangen sind und so. Aber es wird sein erster Eindruck von meinem Neuen Ich sein, das er noch nicht kennen gelernt hat …

Okay. Okay, alles in Ordnung, er guckt nicht mehr.

Oh Gott, es ist wirklich grauenhaft, ich fasse es nicht, wie sie die Leute in ihrem Land willkommen heißen. Wir werden hier diesen Gang entlanggetrieben, und alle diese Leute GUCKEN UNS AN … ich habe das Gefühl, jeden Einzelnen persönlich zu enttäuschen, weil ich nicht diejenige bin, auf die sie warten. Ich finde es jedenfalls nicht nett, so mit Leuten umzuspringen, die gerade sechs Stunden lang in einem Flugzeug gesessen haben, acht in meinem Fall, wenn man den Flug von Ann Arbor nach New York mitrechnet. Zehn, wenn man den zweistündigen Aufenthalt in JFK zählt…

Warte mal. Mustert mich der Typ in der roten Epauletten-Lederjacke etwa gerade?

Oh Gott, TATSÄCHLICH! Die rote Lederjacke mit den Epauletten mustert mich völlig ungeniert!

Oh Gott, das ist so peinlich! Das liegt bestimmt an meiner Unterwäsche. Wie hat er das nur gemerkt? Ich meine, dass ich keine anhabe? Ja, klar, bei mir zeichnet sich kein Höschen ab, aber schließlich könnte ich ja auch einen Stringtanga tragen. Ich HÄTTE wahrscheinlich besser einen angezogen, Shari hatte recht.

Aber es ist so unbequem, wenn sie in die… hochkriechen.

Und ich hätte GANZ BESTIMMT besser nicht so ein enges Kleid angezogen – obwohl ich es ja bis übers Knie gekürzt habe, damit ich größere Schritte damit machen kann.

Aber vor allem friere ich – wieso ist es eigentlich hier im AUGUST so kalt?

Und diese Seide klebt auch noch besonders am Körper, deshalb passt ein Höschen eigentlich nicht darunter.

Aber in dem Laden haben alle gesagt, wie toll ich darin aussähe… obwohl ich gar nicht gedacht hätte, dass ein China-Kleid mir stehen würde, da ich ja eigentlich eher der kaukasische Typ bin.

Aber ich möchte unbedingt gut aussehen, da er mich doch so lange nicht gesehen hat und ich elf Kilo abgenommen habe, und wenn ich im Trainingsanzug aus dem Flugzeug gestiegen wäre, hätte er das doch gar nicht gemerkt.

Das tragen doch nur Promis, wenn sie bei *Us Weekly's* in der Rubrik »Was haben sie sich nur dabei gedacht?« auftauchen, oder? Sie wissen schon, wenn sie im Trainingsanzug und wirren Haaren aus dem Flieger steigen. Wenn man unbedingt prominent sein will, sollte man auch so aussehen, auch wenn man gerade erst aus dem Flugzeug gestiegen ist.

Na ja, nicht dass ich prominent wäre, aber ich möchte trotzdem gut aussehen. Ich habe mir solche Mühe gegeben, habe drei Monate lang kaum einen Bissen zu mir genommen, und …

Warten Sie mal. Und wenn er mich jetzt nicht erkennt? Ehrlich, ich meine, immerhin habe ich elf Kilo verloren und eine neue Frisur und alles …

Oh Gott, ist er vielleicht hier und erkennt mich nicht? Bin ich schon an ihm vorbeigelaufen? Muss ich jetzt umdrehen und den Gang noch einmal entlanggehen und nach ihm Ausschau halten? Aber das kommt mir so blöd vor. Was soll ich nur tun? Oh, mein Gott, das ist nicht fair, ich wollte doch nur gut für ihn aussehen, und jetzt bin ich hier in einem fremden Land gestrandet, weil ich so völlig anders aussehe, dass mein Freund mich nicht mehr erkennt! Und wenn er nun denkt, ich sei nicht gekommen, und wieder nach Hause geht? Ich habe kein Geld – na ja, zwölfhundert Dollar, aber das muss bis zu meinem Heimflug am Ende des Monats reichen …

ROTE LEDERJACKE GUCKT IMMER NOCH SO!!! Oh Gott, was kann er nur von mir wollen?

Wenn er nun zu einem Flughafen-Mädchenhändlerring gehört? Wenn er nun hier die ganze Zeit herumhängt und nach naiven, jungen Touristinnen aus Ann Arbor Ausschau hält, damit er sie kidnappen und nach Saudi Arabien schicken kann, wo sie die siebzehnte Frau irgendeines Scheichs werden? Ich habe mal ein Buch gelesen, in dem so etwas vorkam … allerdings schien das Mädchen richtig Spaß daran zu haben. Aber vermutlich nur, weil sich der Scheich am Ende von seinen sechzehn anderen Frauen hat scheiden lassen und nur sie behalten hat, weil sie so rein und trotzdem so gut im Bett war.

Vielleicht behält er ja die Mädchen auch nur, um Lösegeld zu erpressen, und verkauft sie gar nicht. Aber ich bin ja gar nicht reich. Ich weiß, das Kleid hier sieht teuer aus, aber ich habe es doch bei Vintage to Vavoom für zwölf Dollar gekauft (mit meinem Angestelltenrabatt!).

Und mein Dad hat auch kein Geld. Er arbeitet doch nur in einem Teilchenbeschleuniger!

*Bitte, kidnappe mich nicht, kidnappe mich nicht, kidnappe mich nicht …*

Warten Sie mal – ist das nicht ein Informationsstand? Oh, toll! Kundenservice! Das mache ich, ich lasse Andrew ausrufen. Und wenn er da ist, kann er mich hier ganz leicht finden. Und ich bin in Sicherheit vor der Roten Lederjacke; er wird es nicht wagen, mich am Informationsstand zu kidnappen und nach Saudi Arabien zu schicken …

»Hallo, meine Liebe, Sie sehen aus, als hätten Sie sich verlaufen. Kann ich etwas für Sie tun?«

Oh, der ist ja nett, der Typ am Schalter! Und so ein süßer Akzent! Nur der Schlips ist unglücklich gewählt.

»Hi, ich bin Lizzie Nichols«, sage ich. »Mein Freund, Andrew Marshall, soll mich hier abholen. Aber ich kann ihn nirgends entdecken, und …«

»Soll ich ihn für Sie ausrufen?«

»Oh ja! Bitte, würden Sie das tun? Da drüben verfolgt mich nämlich so ein Typ, da, sehen Sie ihn? Vielleicht ist er ja ein Kidnapper oder der Anführer einer Bande von Mädchenhändlern …«

»Welcher denn?«

Ich will nicht mit dem Finger auf ihn zeigen, aber ich habe trotzdem das Gefühl, dass es meine Pflicht ist, Rote Lederjacke mit Epauletten bei den Behörden oder wenigstens bei dem Mann am Informationsstand anzuzeigen, schließlich sieht er tatsächlich sehr seltsam aus in dieser Jacke, und er starrt mich immer noch an, echt unhöflich oder zumindest eindringlich, als ob er mich immer noch kidnappen wolle.

»Da drüben«, sage ich und nicke in die Richtung von Roter Lederjacke mit Epauletten. »Der in der grässlichen Jacke mit den Epauletten. Sehen Sie ihn? Der, der zu uns herüberstarrt.«

»Ah, ja.« Der Mann am Schalter nickt. »Ja, Sie haben recht. Sehr bedrohlich. Warten Sie, ich rufe Ihren Freund aus, damit der Kerl sein Fett abbekommt! ANDREW MARSHALL! ANDREW MARSHALL! MISS NICHOLS ERWARTET SIE AM INFORMATIONSSTAND. ANDREW MARSHALL, BITTE KOMMEN SIE ZUM INFORMATIONSSTAND. So. Wie fanden Sie mich?«

»Oh, toll«, erwidere ich ermutigend, weil er mir ein wenig leidtut. Ich meine, es ist ja bestimmt anstrengend, den ganzen Tag über in so einem Stand zu sitzen und durch einen Lautsprecher zu brüllen. »Das war wirklich …«

»Liz?«

Andrew! Endlich!

Ich drehe mich um, und da steht Rote Lederjacke mit Epauletten vor mir.

Nur ... nur, es WAR die ganze Zeit über Andrew.

Und ich habe ihn einfach nicht erkannt, weil mich die Jacke – die hässlichste Jacke, die ich je gesehen habe – so abgelenkt hat. Außerdem hat er sich anscheinend die Haare schneiden lassen. Es steht ihm nicht besonders gut.

Irgendwie wirkt er damit ein bisschen bedrohlich.

»Oh«, sage ich. Es fällt mir äußerst schwer, meine Verwirrung zu vermeiden. Und mein Entsetzen. »Andrew. Hi.«

Hinter der Scheibe des Informationsstands bricht der Angestellte in sehr, sehr lautes Lachen aus.

Und ich stelle erschreckt fest, dass ich die Ursache bin.

Schon wieder einmal.

*Die ersten Stoffe waren aus pflanzlichen Fasern wie Baumrinde, Baumwolle und Hanf gewebt. Tierische Fasern wurden erst im Neolithikum verwendet, von Kulturen, die – im Gegensatz zu ihren nomadisierenden Vorfahren – sesshaft waren und Ansiedlungen gründeten, in deren Nähe Schafe grasen, und wo Webstühle gebaut werden konnten.*

*Die alten Ägypter trugen Wolle jedoch erst nach der Eroberung Alexandrias, da der Stoff in dem warmen Klima offensichtlich kratzte.*

Geschichte der Mode
Examensarbeit von Elizabeth Nichols

# 2

Klatsch ist nicht skandalös und noch nicht einmal bösartig. Hier plaudern Menschen, die Menschen lieben, über Menschen.

*– Phyllis McGinley (1905–1978), amerikanische Dichterin und Schriftstellerin*

*Zwei Tage vorher in Ann Arbor*
*(oder vielleicht auch drei Tage – warten Sie, wie spät ist es jetzt in Amerika?)*

Du verrätst deine feministischen Prinzipien«, sagt Shari die ganze Zeit.

»Hör auf«, erwidere ich.

»Ernsthaft. Ich erkenne dich gar nicht mehr wieder. Seitdem du diesem Typen begegnet bist …«

»Shari, ich liebe ihn. Was ist denn so falsch daran, dass ich mit dem Mann zusammen sein will, den ich liebe?«

»Gar nichts«, entgegnet Shari. »Falsch ist allerdings, dass du deine eigene Karriere auf Eis legst, bis er seinen Abschluss gemacht hat.«

»Und was für eine Karriere soll das sein, Shar?« Ich fasse es nicht, dass wir uns schon wieder mal über dieses Thema unterhalten.

Außerdem finde ich es nicht in Ordnung, dass sie Chips mit Dip in sich hineinschaufelt, wo sie doch ganz genau weiß, dass ich noch weitere zwei Kilo abnehmen will.

Na gut. Wenigstens hat sie den schwarzweißen mexikanischen Tellerrock im Stil der Fünfzigerjahre an. Ich habe ihn für sie ausgesucht, obwohl sie im Laden behauptet hat, ihr Hintern sähe darin viel zu dick aus. Das stimmt gar nicht. Höchstens auf eine gute Weise.

»Du weißt schon«, sagt Shari, »die Karriere, die du machen würdest, wenn du einfach nach deiner Rückkehr aus England mit mir nach New York ziehen würdest, statt …«

»Ich habe dir doch schon gesagt, dass ich heute mit dir darüber nicht streiten will«, erwidere ich. »Heute ist meine Examens-Party, Shar. Kannst du mich denn nicht einfach nur in Ruhe feiern lassen?«

»Nein«, sagt Shari. »Kann ich nicht. Du führst dich auf wie ein Arsch.«

Sharis Freund Chaz kommt zu uns und schaufelt sich Zwiebeldip auf einen Kartoffelchip mit Barbecue-Geschmack.

Mmm. Kartoffelchips mit Barbecue-Geschmack. Vielleicht könnte ich ja einen einzigen …

»Wieso führt Lizzie sich auf wie ein Arsch?«, fragt er kauend.

Aber einen einzigen Kartoffelchip kann man nie essen. Niemals.

Chaz ist groß und schlaksig. Ich wette, dass er noch nie in seinem ganzen Leben zwei Kilo abnehmen musste. Er muss ja sogar einen Gürtel tragen, damit seine Levi's oben bleibt. Es ist ein geflochtener Ledergürtel. Aber zu ihm passt es.

Was natürlich überhaupt nicht zu ihm passt, ist die Baseballkappe der University of Michigan. Aber es ist mir bis jetzt noch nicht gelungen, ihn davon zu überzeugen, dass

Baseballkappen als Accessoire zu niemandem passen, nur zu Kindern und echten Baseball-Spielern.

»Sie hat immer noch vor hierzubleiben, wenn sie aus England zurückkommt«, erklärt Shari und steckt selber einen Chip in den Dip, »statt mit uns nach New York zu ziehen und mit dem wahren Leben anzufangen.«

Shari braucht auch nicht darauf zu achten, was sie isst. Sie hatte immer schon von Natur aus einen schnellen Stoffwechsel. Als wir Kinder waren, hatte sie als Pausenbrot immer drei Sandwiches mit Gelee und Erdnussbutter und eine Packung Oreo-Kekse dabei, und sie hat nie auch nur ein Gramm zugenommen. Mein Pausenbrot? Ein hart gekochtes Ei, eine Orange und ein Hühnerbein. Und ich war immer schon mollig.

»Shari«, sage ich, »ich habe hier auch ein wahres Leben. Ich habe ein Dach über dem Kopf …«

»Bei deinen Eltern!«

»… und einen Job, den ich liebe …«

»Als Verkäuferin in einem Secondhandladen. Das ist kein *Beruf*!«

»Ich habe dir doch gesagt«, wiederhole ich zum ungefähr neunhundertsten Mal, »ich werde hierbleiben und mein Geld sparen. Und wenn Andrew seinen Master hat, ziehen wir nach New York. Das ist doch nur noch ein Semester.«

»Wer ist Andrew noch mal?«, will Chaz wissen. Shari boxt ihn an die Schulter.

»Aua«, sagt Chaz.

»Du weißt schon«, erklärt Shari, »der Typ in McCracken Hall. Der, von dem Lizzie den ganzen Sommer über geredet hat.«

»Ah ja, Andy. Der Brite, der im siebten Stock die illegale Pokerrunde betrieben hat.«

Lachend erwidere ich. »Das ist nicht Andrew! Er *spielt* nicht. Er will Lehrer werden, damit er unsere kostbarste Ressource erhalten kann – die nächste Generation.«

»Der Typ, der dir ein Foto von seinem nackten Hintern geschickt hat?«

Ich schnaufe empört. »Das hast du ihm erzählt, Shari?«

»Ich wollte wissen, was ein Mann davon hält«, erwidert Shari achselzuckend. »Es hat mich interessiert, ob er mir erklären konnte, was für ein Individuum so etwas macht.«

Da Shari Psychologie belegt hatte, ist das eine ganz vernünftige Erklärung. Ich werfe Chaz einen fragenden Blick zu. Er weiß eine Menge Dinge – zum Beispiel, wie oft man um Palmer Field herumlaufen muss, um eine Meile vollzubekommen (vier Mal – ich musste das nämlich wissen, weil ich dort jeden Tag gewalkt bin, um abzunehmen); was die Zahl 33 innen in der Rolling Rock Flasche bedeutet; warum so viele Typen glauben, Männer-Shorts stünden ihnen …

Aber Chaz zuckt auch nur mit den Schultern. »Ich konnte ihr leider nicht helfen«, sagt er. »Ich habe meinen nackten Hintern noch nie fotografiert.«

»Das hat Andrew auch nicht«, erwidere ich. »Seine Freunde haben das Foto gemacht.«

»Wie homoerotisch«, sagt Chaz. »Warum nennst du ihn eigentlich Andrew, wo doch alle Andy zu ihm sagen?«

»Weil nur Sportler Andy heißen«, erwidere ich. »Und Andrew ist kein Sportler, sondern macht seinen Master in Pädagogik. Eines Tages wird er Kindern Lesen beibringen, und ich finde, einen wichtigeren Job gibt es auf der ganzen Welt nicht. Und er ist *nicht* schwul. Das habe ich schon mal überprüft.«

Chaz zieht die Augenbrauen hoch. »Du hast es *überprüft*? Wie denn? Nein, warte … ich will es gar nicht wissen.«

»Sie tut gerne so, als ob er *Prinz Andrew* wäre«, wirft Shari ein. »Hmm, also, wo war ich stehen geblieben?«

»Du hast gesagt, Lizzie benähme sich wie ein Arsch«, erwidert Chaz hilfsbereit. »Warte mal. Wie lange ist es her, seit du den Typen das letzte Mal gesehen hast? Drei Monate?«

»So ungefähr«, erwidere ich.

»Mann!« Chaz schüttelt bedenklich den Kopf. »Der wird dich ja förmlich anspringen, wenn du aus dem Flieger steigst.«

»Andrew ist nicht so«, entgegne ich stolz. »Er ist ein Romantiker. Wahrscheinlich möchte er, dass ich mich erst einmal akklimatisiere und in seinem breiten Bett mit der Satin-Bettwäsche von meinem Jetlag erhole. Er wird mir das Frühstück ans Bett bringen – ein tolles englisches Frühstück mit … na, englischen Sachen halt.«

»Wie gedünstete Tomaten zum Beispiel?«, wirft Chaz gespielt unschuldig ein.

»Netter Versuch«, erwidere ich, »aber Andrew weiß, dass ich keine Tomaten mag. In seiner letzten E-Mail hat er mich gefragt, welches Essen ich nicht mag, und da habe ich ihm das mit den Tomaten geschrieben.«

»Du solltest hoffen, dass er dir nicht nur das Frühstück ans Bett bringt«, sagt Shari düster. »Wozu soll es sonst gut sein, dass du um die halbe Welt reist, nur um ihn zu sehen?«

Das ist das Problem mit Shari. Sie ist so unromantisch. Es überrascht mich wirklich, dass sie und Chaz schon so lange zusammen sind. Ich meine, zwei Jahre sind der reinste Rekord für sie.

Allerdings versichert sie mir gerne, dass es sich um eine rein körperliche Geschichte handelt. Chaz hat gerade seinen Master in Philosophie gemacht, und Shari glaubt, dass er nie eine Stelle finden wird.

»Was würde es also nützen, wenn ich mir eine Zukunft mit ihm ausmale?«, sagt sie häufig zu mir. »Irgendwann wird er sich unzulänglich vorkommen – obwohl er natürlich das Geld aus seinem Trust Fund hat –, und seine Ängste werden sich unweigerlich im Bett auswirken. Also halte ich ihn mir solange als Spielzeug, wie er noch einen hochkriegt.«

Shari ist in dieser Hinsicht äußerst pragmatisch.

»Ich kapiere immer noch nicht, warum du unbedingt nach England fliegen musst, nur um den Typen zu treffen«, sagt Chaz. »Er hat doch noch nicht einmal mit dir geschlafen, kennt dich nicht einmal gut genug, um von deiner Abneigung für Tomaten zu wissen, und glaubt anscheinend, du freust dich über ein Foto von seinem nackten Arsch.«

»Du weißt ganz genau, warum sie das tut«, warf Shari ein. »Nur wegen seines Akzents.«

»Shari!«, schreie ich.

»Ja, ist ja gut.« Shari verdreht die Augen. »Er hat ihr das Leben gerettet.«

»Wer hat wessen Leben gerettet?« Angelo, mein Schwager, schlendert vorbei, weil er den Dip entdeckt hat.

»Lizzies neuer Freund«, sagt Shari.

»Hat Lizzie einen neuen Freund?« Angelo versucht offensichtlich, weniger Kohlehydrate zu sich zu nehmen. Er dippt nur Stangensellerie. Vielleicht ist er ja auf Diät wegen seines dicken Bauchs, der in dem weißen Polyesterhemd, das er trägt, auch nicht besser aussieht. Warum hört er nicht auf mich? Ich habe ihm immer schon gesagt, er soll nur Naturfasern tragen. »Wieso weißt du nichts davon? Der LF weiß Bescheid.«

»LF?«, echot Chaz und zieht die dunklen Augenbrauen hoch.

»Der Lizzie-Funk«, erklärt Shari. »Wo lebst du?«

»Ah, ja, klar«, erwidert Chaz und trinkt einen Schluck Bier.

»Ich habe Rose alles erzählt«, sage ich und blicke finster in die Runde. Eines Tages zahle ich es meiner Schwester Rose schon noch heim wegen dieser Geschichte mit dem Lizzie-Funk. Das mag ja lustig gewesen sein, als wir Kinder waren, aber mittlerweile bin ich zweiundzwanzig! »Hat sie dir nichts davon gesagt, Ange?«

Angelo blickt mich verwirrt an. »Was gesagt?«

Ich seufze. »Diese Studentin im zweiten Stock hat ihren Eintopf auf ihrer illegalen Kochplatte überkochen lassen, und das gesamte Gebäude füllte sich mit Rauch, und sie mussten uns evakuieren«, erkläre ich. Ich erzähle die Geschichte, wie Andrew und ich uns kennen gelernt haben, immer wieder gern, weil sie superromantisch ist. Eines Tages, wenn Andrew und ich verheiratet sind und in einem baufälligen, Tomaten freien viktorianischen Haus wohnen, mit unserem Golden Retriever Rolly und unseren vier Kindern, Andrew Jr., Henry, Stella und Beatrice, und ich berühmt – na ja, oder was auch immer – bin, und Andrew

Direktor ist an der nahe gelegenen Jungenschule und den Kindern Lesen beibringt, und ich in der *Vogue* interviewt werde, werde ich diese Geschichte erzählen. Ich werde von Kopf bis Fuß fabelhaft aussehen in Second-Hand-Chanel und der Reporterin auf meiner Veranda, die geschmackvoll mit weißen Korbmöbeln und Chintzkissen eingerichtet ist, lachend einen französischen Kaffee servieren.

»Na ja, ich habe gerade geduscht«, fahre ich fort, »deshalb habe ich den Rauch nicht gerochen und auch nicht gehört, wie der Alarm losging. Erst als Andrew in den Waschraum der Mädchen kam und ›*Feuer!*‹ rief und …«

»Stimmt es eigentlich, dass es bei den Mädchen in McCracken Hall nur offene Duschen gibt?«, will Angelo wissen.

»Ja«, informiert Chaz ihn im Plauderton. »Sie müssen alle zusammen duschen. Manchmal seifen sie sich gegenseitig den Rücken ein, während sie sich ihre Mädchengeschichten vom Abend zuvor erzählen.«

Angelo fallen fast die Augen aus dem Kopf. »Willst du mich verscheißern?«

»Hör nicht auf ihn, Angelo«, sagt Shari und nimmt sich noch einen Chip. »Das erfindet er nur.«

»In *Beverly Hills Bordello* passiert das die ganze Zeit«, erwidert Angelo.

»Wir haben nie zusammen geduscht«, sage ich. »Ich meine, Shari und ich manchmal …«

»Erzähl uns mehr darüber«, sagt Chaz und macht sich ein Bier mit dem Flaschenöffner auf, den meine Mom neben den Kühlschrank gelegt hat.

»Lass es lieber«, wirft Shari ein. »Du ermutigst ihn nur.«

»Was hast du denn gerade gewaschen, als er hereinkam?«, will Chaz wissen, »und war sonst noch ein Mädchen in der Dusche? Was hat sie denn gerade für Körperteile gewaschen? Oder hat sie dir dabei geholfen, *deine* zu waschen?«

»Nein«, erwidere ich, »ich war alleine. Und als ich einen Jungen im Duschraum sah, habe ich natürlich geschrien.«

»Oh, natürlich«, sagt Chaz.

»Also habe ich mir ein Handtuch gegriffen, und dieser Typ – ich konnte ihn in all dem Rauch und dem Dampf kaum erkennen – meint im süßesten, britischen Akzent, den ich je gehört habe: ›Miss, das Gebäude brennt. Sie müssen leider evakuiert werden.‹«

»Warte mal«, sagt Angelo. »Der Typ hat dich hüllenlos gesehen?«

»Im Naturkostüm«, bestätigt Chaz.

»Na ja, mittlerweile war alles voller Rauch, und ich konnte nichts mehr sehen, deshalb nahm er mich an der Hand und brachte mich die Treppe hinunter nach draußen in Sicherheit. Und dort haben wir uns unterhalten – ich in meinem Handtuch und so. Und da habe ich gemerkt, dass er die Liebe meines Lebens ist.«

»An einem einzigen Gespräch«, wirft Chaz skeptisch ein. Aber er ist bei allem skeptisch, schließlich hat er nicht vergebens Philosophie studiert. Da werden sie darauf gedrillt.

»Na ja«, fahre ich fort, »wir haben auch den Rest des Abends miteinander verbracht. Deshalb weiß ich auch, dass er nicht schwul ist. Er hat einen ordentlich Ständer bekommen.«

Chaz verschluckt sich ein bisschen an seinem Bier.

»Na, auf jeden Fall«, versuche ich, die Unterhaltung wieder in die richtigen Bahnen zu lenken, »waren wir die ganze Nacht zusammen. Aber am nächsten Tag musste er wieder nach England zurück, weil das Semester vorbei war …«

»… und da Lizzie jetzt auch endlich mit der Schule fertig ist, fliegt sie nach London, um den Rest des Sommers mit ihm zu verbringen«, beendet Shari den Satz für mich. »Und dann kommt sie wieder hierher zurück, um hier zu verrotten, genau wie ihr …«

»Ach, komm, Shari«, unterbreche ich sie. »Du hast es versprochen.«

Shari verzieht nur das Gesicht.

»Hör mal, Liz«, sagt Chaz und nimmt sich noch ein Bier. »Ich weiß ja, dass der Typ die Liebe deines Lebens ist und so, aber du hast ja noch das ganze nächste Semester vor dir, um mit ihm zusammen zu sein. Bist du sicher, dass du für den Rest des Sommers nicht lieber mit uns nach Frankreich kommen möchtest?«

»Gib dir keine Mühe, Chaz«, sagt Shari. »Das habe ich sie schon achtzig Millionen Mal gefragt.«

»Hast du auch erwähnt, dass wir in einem französischen Château aus dem siebzehnten Jahrhundert wohnen, das einen eigenen Weinkeller hat und auf einem Hügel über einem üppig grünen Tal liegt, durch das sich träge ein Fluss schlängelt?«, will Chaz wissen.

»Ja, das hat Shari mir gesagt«, erwidere ich, »und es ist lieb von dir, dass du fragst. Aber eigentlich bist du doch gar nicht in der Position, Leute einzuladen, oder? Das Schloss gehört doch gar nicht dir, sondern einem deiner Freunde aus dem Internat.«

»Ein zu vernachlässigendes Detail«, sagt Chaz. »Luke fände es toll, wenn du mitkämst.«

»Ha«, wirft Shari ein, »das glaube ich gerne. Dann hat er noch mehr Sklaven für sein Amateur-Heiratsunternehmen.«

»Wovon reden die beiden?«, fragt Angelo verwirrt.

»Chaz' Freund aus dem Internat, Luke, hat ein Schloss in Frankreich«, erkläre ich ihm, »das sein Vater im Sommer manchmal für Hochzeiten vermietet. Shari und Chaz fliegen morgen dorthin und dürfen kostenlos einen Monat lang auf dem Schloss wohnen, müssen aber im Gegenzug bei den Hochzeiten helfen.«

»Ist das dann so was wie Vegas?«, fragt Angelo.

»Genau«, erwidert Shari. »Nur geschmackvoller. Und es kostet mehr als einsneunundneunzig. Und kostenloses Frühstücks-Büfett gibt es auch nicht.«

Angelo wirft ihr einen schockierten Blick zu. »Wozu soll es dann gut sein?«

Jemand zupft mich am Kleid, und ich blicke herunter. Die älteste Tochter meiner Schwester, Maggie, hält mir eine Kette aus Makkaroni hin.

»Tante Lizzie«, sagt sie. »Die habe ich für dich gemacht.«

»Oh, danke, Maggie«, sage ich und hocke mich hin, damit sie mir die Kette umlegen kann.

»Die Farbe ist noch nicht trocken«, sagt Maggie und zeigt auf die roten und blauen Farbspritzer, die von der Kette auf mein roséfarbenes seidenes Partykleid von Suzy Perette (was trotz Angestelltenrabatt nicht billig war) abgefärbt haben.

»Ist schon okay, Mags«, sage ich. Schließlich ist sie ja erst vier. »Sie ist wunderschön.«

»Da bist du ja!« Grandma Nichols schwankt auf uns zu. »Ich habe dich überall gesucht, Anne-Marie. *Dr. Quinn* fängt gleich an.«

»Grandma«, sage ich und richte mich auf, um sie an ihrem bleistiftdünnen Arm zu packen, bevor sie umfallen kann. Ich sehe, dass es ihr bereits gelungen ist, sich das gesamte Vorderteil der grünen Crêpe-de-Chine-Tunika zu bekleckern, die ich ihr aus dem Laden besorgt habe. Zum Glück verdecken die Farbkleckse von der Makkaronikette, die Maggie für sie gemacht hat, die Flecken irgendwie. »Ich bin Lizzie, nicht Anne-Marie. Mom ist drüben am Tisch mit den Desserts. Und was hast du getrunken?«

Ich ergreife die Flasche Heineken, die Grandma in der Hand hält und schnüffele am Inhalt. Sie müsste eigentlich alkoholfreies Bier enthalten, da Grandma Nichols Alkohol nicht verträgt, was zu zahlreichen »Zwischenfällen«, wie meine Mom es immer nennt, geführt hat. Indem sie für sie nur alkoholfreies Bier in den Kühlschrank gestellt hat, natürlich ohne Grandma etwas davon zu sagen, wollte meine Mutter verhindern, dass es auf meiner Examensparty zu irgendwelchen Zwischenfällen kommt.

Aber ich kann nicht feststellen, ob das Bier in der Flasche alkoholfrei ist. Wir hatten die Flaschen für Grandma in einem besonderen Fach im Kühlschrank gelagert, aber sie hat sich vielleicht einfach eine andere Flasche genommen. Sie ist in dieser Beziehung sehr gewitzt.

Aber vielleicht GLAUBT sie auch nur, dass in der Flasche echter Alkohol ist und benimmt sich deshalb betrunken.

»Lizzie?« Grandma schaut mich misstrauisch an. »Was machst du denn hier? Solltest du nicht auf dem College sein?«

»Ich habe im Mai das College beendet, Grandma«, erwidere ich. »Heute ist meine Examensparty. Na ja, eigentlich meine Examens-Schrägstrich-Gute-Reise-Party.«

»Gute Reise?« Grandmas Misstrauen verwandelt sich in Empörung. »Wohin fährst du denn?«

»Nach England, Grandma, übermorgen«, antworte ich. »Um meinen Freund zu besuchen. Erinnerst du dich? Wir haben darüber geredet.«

»Freund?« Grandma wirft Chaz einen finsteren Blick zu. »Ist das nicht der da?«

»Nein, Grandma«, erwidere ich. »Das ist Chaz. Sharis Freund. Du kennst doch Shari Dennis noch, oder, Grandma? Sie hat unten an der Straße gewohnt.«

»Ah, das Mädchen von den Dennis.« Grandma kneift die Augen zusammen. »Jetzt erinnere ich mich an dich. Ich glaube, ich habe deine Eltern drüben am Grill gesehen. Singst du mit Lizzie eigentlich immer noch das Lied, das ihr früher immer gesungen habt, wenn ihr euch getroffen habt?«

Shari und ich wechseln einen entsetzten Blick. Angelo jubelt.

»Hey, yeah!«, schreit er. »Rosie hat mir davon erzählt. Was war das noch mal für ein Song? Irgendwas mit Schultalentwettbewerb und so ein Scheiß, oder?«

Ich werfe Angelo einen warnenden Blick zu, da Maggie immer noch bei uns steht, und sage: »Vorsicht, Kinder.« Man sieht meinem Schwager an, dass er keine Ahnung hat, wovon ich rede. Seufzend beginne ich, Grandma zum Haus zurückzulotsen.

»Du gehst jetzt besser, Grandma«, sage ich, »sonst verpasst du noch deine Fernsehsendung.«

»Was ist mit dem Lied?«, will Grandma wissen.

»Das singen wir später, Mrs. Nichols«, versichert Shari ihr.

»Ich nehme dich beim Wort«, erklärt Chaz augenzwinkernd. Shari formt lautlos mit den Lippen, *Davon träumst du aber auch nur*, und Chaz schickt ihr über den Rand seiner Bierflasche einen Luftkuss.

Sie sind so süß zusammen. Ich kann es kaum erwarten, in London zu sein, damit Andrew und ich auch so süß miteinander umgehen können.

»Komm, Grandma«, sage ich. »*Dr. Quinn* fängt jetzt an.«

»Oh, gut«, sagt Grandma. An Shari gewandt, gesteht sie: »Ich mache mir gar nichts aus Dr. Quinn, aber der Kerl, der bei ihr ist – von dem kann ich nicht genug bekommen!«

»Okay, Grandma«, sage ich rasch, während Shari den Schluck Amstel Light, den sie gerade genommen hat, fast ausspuckt. »Lass uns hineingehen, bevor du die Sendung noch verpasst …«

Wir kommen jedoch nicht weit. Dr. Rajghatta, Dads Chef im Protonenbeschleuniger, und seine hübsche Frau Nishi, die einen rosa Sari trägt, stellen sich uns in den Weg.

»Herzlichen Glückwunsch zum Examen«, sagt Dr. Rajghatta.

»Ja«, fügt seine Frau hinzu, »und Sie sehen besonders hübsch und schlank aus.«

»Oh, danke«, erwidere ich. »Vielen Dank.«

»Und was machen Sie jetzt, wo Sie Ihren Bachelor-Abschluss haben … in was noch einmal?«, will Dr. R. wissen.

»Modegeschichte«, erwidere ich.

»Modegeschichte? Ich wusste gar nicht, dass das an dieser Schule als Hauptfach angeboten wird«, sagt Dr. R.

»Oh, es ist auch kein Hauptfach. Ich bin im Individualprogramm. Sie wissen schon, wo man sich seine Fächer selber zusammenstellt.«

»Aber Modegeschichte?« Dr. Rajghatta wirkt besorgt. »Hat man denn auf diesem Gebiet überhaupt Berufsaussichten?«

»Oh, jede Menge«, erwidere ich, wobei ich verdränge, dass ich erst letztes Wochenende in der *New York Times* gesehen habe, dass man für die meisten Jobs in der Modebranche entweder keinen Bachelor braucht oder aber jahrelange Berufserfahrung, die ich natürlich nicht habe. »Ich könnte zum Beispiel eine Stelle in der Kleiderkammer des Metropolitan Museum of Art bekommen.« Ja, klar, als Hausmeister. »Oder auch als Kostümbildner am Broadway.« Na ja, jedenfalls wenn alle anderen Kostümbildner auf der Welt plötzlich sterben würden. »Oder auch als Einkäuferin für ein großes Kaufhaus, wie Saks Fifth Avenue zum Beispiel.« Jedenfalls, wenn ich auf meinen Dad gehört hätte, der mich angefleht hat, Betriebswirtschaftslehre wenigstens als Nebenfach zu nehmen.

»Was soll das heißen, Einkäuferin?« Grandma wirkt schockiert. »Du wirst doch Designer, kein Einkäufer! Wissen Sie, sie hat schon als kleines Mädchen ihre Kleider auseinandergerissen und komisch wieder zusammengenäht«, erklärt sie Dr. und Mrs. R., die mich anschauen, als ob Grandma gerade verkündet hätte, ich würde in meiner Freizeit gerne nackt Salsa tanzen.

»Ach«, werfe ich mit einem nervösen Lachen ein, »das war doch nur ein Hobby.« Ich erwähne natürlich nicht, dass ich meine Kleidung nur deshalb umändern musste, weil ich so mollig war, dass ich in die schicken, modischen

Sachen aus der Jugendabteilung nicht hineinpasste, und deshalb das Zeug, das Mom mir bei Jungen Erwachsenen gekauft hatte, irgendwie aufpeppen musste.

Das ist natürlich auch der Grund, warum ich Secondhandkleidung so sehr liebe. Die Sachen sind viel besser genäht – und sie stehen einem viel besser, ganz gleich, welche Größe man hat.

»Hobby, ach du liebe Güte«, sagt Grandma. »Sehen Sie die Bluse hier?« Sie zeigt auf ihre fleckige Tunika. »Sie hat sie selber gefärbt. Sie war orange, das müssen Sie sich mal vorstellen! Und sie hat die Ärmel umgenäht, um sie sexier zu machen, weil ich sie darum gebeten habe.«

»Es ist eine sehr schöne Bluse«, sagt Mrs. Rajghatta freundlich. »Lizzie wird es mit ihren Talenten sicher weit bringen.«

»Oh«, stammele ich mit knallrotem Kopf, »also, ich könnte nie … Sie wissen schon. Davon leben. Es ist nur ein Hobby.«

»Nun, das ist gut«, sagt Mr. Rajghatta erleichtert. »Niemand sollte fünf Jahre auf ein Top-College gehen, nur um nachher vom Nähen zu leben.«

»Ja, das wäre wirklich Zeitverschwendung«, stimme ich ihm zu. Ich beschließe, ihm nicht zu erzählen, dass ich in meinem ersten Semester nach dem College weiterhin als zweite Verkäuferin arbeiten werde, während ich darauf warte, dass mein Freund seinen Abschluss macht.

Grandma wirkt verärgert. »Was kümmert dich das denn?«, fragt sie und stößt mich in die Seite. »Du musstest diese vier Jahre doch sowieso nicht bezahlen. Was spielt es denn dann für eine Rolle, was du anschließend mit dem Gelernten anstellst?«

Dr. und Mrs. Rajghatta und ich lächeln uns verlegen an. Grandmas Äußerung ist uns allen gleichermaßen peinlich.

»Ihre Eltern sind sicher sehr stolz auf Sie«, sagt Mrs. Rajghatta, immer noch freundlich lächelnd. »Es ist sehr selbstbewusst von Ihnen, etwas so … Exotisches zu studieren, wo heutzutage so viele junge Leute keine Arbeit finden. Das ist sehr mutig von Ihnen.«

»Oh«, stoße ich hervor. Immer, wenn ich an meine Zukunft denke, wird es mir ein bisschen übel. Also denke ich besser gar nicht daran, sondern male mir lieber aus, wie viel Spaß ich mit Andrew haben werde. »Ja, ich glaube, ich bin schon mutig.«

»Das würde ich auch sagen«, wirft Grandma ein. »Sie fliegt übermorgen nach England zu irgendeinem Kerl, den sie kaum kennt.«

»Wir müssen jetzt hineingehen«, erkläre ich und packe Grandma am Ärmel. »Danke, dass Sie gekommen sind, Dr. und Mrs. Rajghatta.«

»Oh, warten Sie. Das ist für Sie, Lizzie«, sagt Mrs. Rajghatta und drückte mir ein kleines Päckchen in Geschenkpapier in die Hand.

»Oh, vielen Dank!«, rufe ich aus. »Das wäre doch nicht nötig gewesen.«

»Es ist gar nichts Besonderes«, sagt Mrs. Rajghatta lachend. »Nur ein Leselämpchen. Ihre Eltern haben erwähnt, dass Sie nach Europa fliegen, und da habe ich gedacht, wenn Sie im Zug oder sonst wo lesen möchten, dann …«

»Nun, herzlichen Dank«, sage ich. »Das kann ich jetzt wirklich gut gebrauchen. Auf Wiedersehen.«

»Ein Leselämpchen«, grummelt Grandma, als ich sie

von Dads Chef und seiner Frau wegziehe. »Was soll man denn mit einem Leselämpchen anfangen?«

»Eine ganze Menge«, sage ich. »Sie sind sehr praktisch.«

Darauf gibt Grandma ein sehr schlimmes Wort von sich. Ich bin froh, wenn ich sie endlich heil vor dem Fernseher sitzen habe, damit sie sich die Wiederholung von *Dr. Quinn* anschauen kann.

Aber vorher sind noch weitere Hindernisse zu umschiffen, unter anderem auch Rose.

»Meine kleine Schwester!«, schreit Rose und blickt von dem Kleinkind auf, dem sie gerade zermatschte Erbsen in den Mund schaufelt. »Ich kann es kaum glauben, dass du schon mit dem College fertig bist! Ich fühle mich so alt!«

»Du *bist* alt«, stellt Grandma fest.

Aber Rose ignoriert sie, wie üblich.

»Angelo und ich sind so stolz auf dich«, fährt sie mit Tränen in den Augen fort. Es ist eine Schande, dass sie wegen der Länge ihrer Jeans nicht auf mich gehört hat. Dieses Umgekrempelte funktioniert nur, wenn man so lange Beine wie Cindy Crawford hat, und das haben wir Nichols-Mädchen nun mal nicht. »Nicht nur wegen des Examens, sondern auch – na ja, du weißt schon. Dass du so abgenommen hast. Wirklich, du siehst toll aus. Und … nun, wir haben eine Kleinigkeit für dich.« Sie drückt mir ein kleines Päckchen in Geschenkpapier in die Hand. »Es ist nichts Besonderes … du weißt ja, seit Angelo keine Arbeit mehr hat, und die Tagesmutter für das Baby und alles … Aber ich dachte, du könntest vielleicht ein Leselämpchen gebrauchen. Ich weiß doch, wie gerne du liest.«

»Wow«, sage ich. »Danke, Rose. Das ist wirklich lieb von dir.«

Grandma macht den Mund auf, um etwas zu sagen, aber ich zerquetsche ihr fast die Hand.

»Aua«, sagt Grandma. »Das nächste Mal kannst du ja gleich mit dem Messer zustechen.«

»Ich muss Grandma jetzt nach drinnen bringen«, sage ich. »Zeit für *Dr. Quinn.*«

Rose wirft Grandma einen hochnäsigen Blick zu. »Oh Gott«, sagt sie. »Sie hat doch hoffentlich nicht vor allen Leuten über ihre Vorliebe für Byron Sully geredet, oder?«

»*Er* hat zumindest einen Job«, legt Grandma los, »was immerhin mehr ist, als man von deinem Ehemann behaupten …«

»Okay«, sage ich und packe Grandma am Arm. »Komm, Grandma. Wir wollen doch Sully nicht warten lassen.«

»So darfst du nicht über deinen Schwiegerenkel reden, Gram!«, heult Rose hinter uns her. »Warte nur, wenn ich das Daddy erzähle!«

»Ach, halt die Klappe!«, murrt Grandma. Zu mir sagt sie: »Wie hast du deine Schwester nur all die Jahre ausgehalten?«

Bevor ich die Antwort formulieren kann – dass es nicht einfach war –, höre ich meine andere Schwester, Sarah, meinen Namen rufen. Ich drehe mich um und sehe, wie sie mit einer Auflaufform in der Hand auf uns zugestolpert kommt.

Leider trägt sie weiße Stretch-Capris, die ihr viel zu eng sind.

Lernen meine Schwestern es denn nie? Manche Dinge sollten besser ein Geheimnis bleiben.

Aber wahrscheinlich hängt Sarah so an dieser Kleidung, weil sie sich damit ihren Mann Chuck geangelt hat.

»Oh, hey«, sagt Sarah undeutlich. Anscheinend hat auch sie dem Heineken reichlich zugesprochen. »Ich habe zu Ehren deines großen Tages dein Lieblingsgericht gekocht.« Sie zieht die Plastikfolie von der Auflaufform und hält sie mir unter die Nase. Eine Welle von Übelkeit überschwemmt mich.

»Tomaten-Ratatouille!«, kreischt Sarah und brüllt vor Lachen. »Weißt du noch, wie Tante Karen diese Ratatouille gemacht hat, und Mom dich gezwungen hat, aus Höflichkeit davon zu essen, und du hast über die halbe Terrasse gekotzt?«

»Ja«, erwidere ich, wobei ich das Gefühl habe, ich müsste gleich schon wieder über die halbe Terrasse kotzen.

»War das nicht lustig? Ich habe sie um der alten Zeiten willen gemacht. Hey, was ist los?« Zum ersten Mal scheint ihr mein Gesichtsausdruck aufzufallen. »Ach, komm! Jetzt sag mir nicht, dass du Tomaten immer noch hasst! Ich dachte, du wärst da herausgewachsen!«

»Warum sollte sie?«, wirft Grandma ein. »Ich mag schon mein ganzes Leben lang keine Tomaten. Am besten nimmst du das Zeug und schüttest es ins …«

»Okay, Gram«, unterbreche ich sie. »Lass uns gehen. *Dr. Quinn* wartet …«

Ich schiebe Grandma weiter, bevor das Ganze in eine Schlägerei ausartet. Drinnen stehen meine Eltern.

»Da ist sie ja.« Dads Gesicht hellt sich bei meinem Anblick auf. »Die erste von allen Nichols-Mädchen, die das College abgeschlossen hat.«

Hoffentlich haben ihn Rose und Sarah nicht gehört. Obwohl es ja eigentlich stimmt.

»Hi, Dad«, sage ich. »Hi, Mom. Tolle El…« Dann sehe

ich die Frau, die neben ihnen steht. »Dr. Sprague!«, schreie ich. »Sie sind gekommen!«

»Natürlich bin ich gekommen!« Dr. Sprague, meine Studienberaterin, umarmt mich und gibt mir einen Kuss. »Das hätte ich um nichts in der Welt verpassen wollen! Und sieh dich einmal an, wie dünn du jetzt bist! Die kohlehydratarme Diät hat offensichtlich gewirkt!«

»Oh, danke«, erwidere ich.

»Ach, und ich habe dir auch noch ein kleines Abschiedsgeschenk mitgebracht … es tut mir leid, aber ich hatte keine Zeit mehr, um es einzupacken«, erklärt Dr. Sprague und drückt mir etwas in die Hand.

»Oh«, sagt mein Vater. »Ein Leselämpchen! Sieh nur, Lizzie! Na, dafür hast du doch bestimmt Verwendung.«

»Ganz bestimmt!«, wirft Mom ein. »Vor allem in diesen Zügen in Europa. Da ist ein Leselämpchen immer praktisch.«

»Himmelherrgott«, sagt Grandma. »Gab es die Dinger irgendwo im Sonderangebot?«

»Vielen Dank, Dr. Sprague«, sage ich hastig. »Wie umsichtig von Ihnen. Aber es wäre wirklich nicht nötig gewesen.«

»Ja, ich weiß«, erwidert Dr. Sprague. Wie immer sieht sie kühl und professionell in ihrem roten Leinenkostüm aus. Allerdings bin ich mir nicht ganz sicher, ob dieses Rot die richtige Farbe für sie ist. »Können wir uns wohl kurz einmal unter vier Augen unterhalten, Elizabeth?«

»Ja, natürlich«, antworte ich. »Mom, Dad, wenn ihr uns bitte entschuldigen wollt. Vielleicht kann einer von euch Grandma helfen, den richtigen Sender zu finden? Ihre Sendung hat schon angefangen.«

»Oh Gott«, stöhnt meine Mutter. »Nicht ...«

»Na, du könntest einiges von Dr. Quinn lernen, Anne-Marie«, erklärt Grandma. »Sie kann Seife aus Schafsdärmen machen. Und sie hat mit fünfzig noch Zwillinge bekommen! Mit fünfzig!« Ihre Stimme wird immer lauter, als Mom sie wegführt. »Ich hätte gerne mal gesehen, wie du mit fünfzig noch Zwillinge bekommen hättest!«

»Ist irgendwas nicht in Ordnung?«, frage ich Dr. Sprague, als wir ins Wohnzimmer meiner Eltern gehen. Hier hat sich in den vier Jahren, in denen ich in einem Studentenheim gewohnt habe, das praktisch auf der anderen Straßenseite liegt, kaum etwas verändert. Die beiden Sessel, in denen meine Mom und mein Dad jeden Abend sitzen und lesen – er Spionagethriller und sie Liebesromane –, sind immer noch mit Schaffellen ausgepolstert. An den Wänden hängen immer noch an jedem freien Fleck unsere Kinderfotos – wobei ich auf jedem immer dicker werde und Rose und Sarah immer schlanker und glamouröser. Es ist gemütlich, ein wenig abgenutzt und einfach, und ich würde es gegen kein Wohnzimmer auf der ganzen Welt eintauschen.

Höchstens gegen das von Pam Anderson in ihrem Strandhaus in Malibu Beach, das ich letzte Woche in MTV gesehen habe. Es war überraschend hübsch, wenn man es so bedenkt.

»Hast du meine Nachrichten nicht bekommen?«, fragt Dr. Sprague. »Ich habe den ganzen Morgen über versucht, dich auf deinem Handy zu erreichen.«

»Nein, tut mir leid«, erwidere ich. »Ich war den ganzen Tag damit beschäftigt, Mom bei den Vorbereitungen für die Party zu helfen. Warum denn? Was ist denn los?«

»Es gibt keine einfache Möglichkeit, es zu sagen, deshalb sage ich es jetzt einfach mal«, fährt Dr. Sprague seufzend fort. »Als du dich für dein individuelles Hauptfach eingeschrieben hast, Lizzie, war dir da eigentlich klar, dass du für den Abschluss eine Examensarbeit schreiben musst?«

Ich blicke sie verständnislos an. »Was?«

»Eine Examensarbeit«, wiederholt Dr. Sprague und sinkt stöhnend in den Sessel meines Vaters. Anscheinend sieht sie mir an, dass ich keine Ahnung habe, wovon sie redet. »Oh Gott, ich wusste es. Lizzie, hast du denn die Unterlagen für den Fachbereich überhaupt nicht gelesen?«

»Doch, natürlich«, erwidere ich defensiv. »Ich meine … jedenfalls das meiste.« Es war alles so langweilig gewesen.

»Hast du dich denn nicht gewundert, warum deine Zeugnishülle gestern leer war?«

»Na ja«, erwidere ich, »ich habe gedacht, es läge daran, dass ich mit diesem einen Sprachschein nicht fertig geworden bin. Ich hatte ja beide Sommerkurse …«

»Aber du hättest auch eine Arbeit schreiben müssen«, sagt Dr. Sprague, »in der du im Grunde zusammenfasst, was du in deinem Spezialgebiet gelernt hast. Liz, ehe du die Examensarbeit nicht abgegeben hast, hast du nicht offiziell dein Examen bestanden.«

»Aber …« Meine Lippen fühlen sich ganz taub an. »Übermorgen fliege ich für einen Monat nach England, um meinen Freund zu besuchen.«

»Nun«, sagt Dr. Sprague seufzend, »dann musst du sie eben schreiben, wenn du zurückkommst.«

Jetzt sinke ich in den Sessel, aus dem sie sich gerade wieder erhoben hat.

»Ich fasse es nicht«, murmele ich und lasse alle Leselämpchen in meinen Schoß fallen. »Meine Eltern veranstalten diese Riesenparty – da draußen sind mindestens sechzig Leute. Es kommen sogar ein paar meiner Lehrer von der High School. Und Sie sagen, ich habe noch gar keinen Abschluss?«

»Erst wenn du die Examensarbeit geschrieben hast«, erwidert Dr. Sprague. »Es tut mir leid, Lizzie. Aber es werden mindestens fünfzig Seiten erwartet.«

»Fünfzig Seiten?« Sie hätte genauso gut fünfzehnhundert sagen können. Wie sollte ich ein englisches Frühstück in Andrews breitem Bett genießen, wenn fünfzig Seiten wie ein Damoklesschwert über meinem Kopf hingen? »O Gott!« Und dann durchfährt mich ein noch schlimmerer Gedanke. Jetzt bin ich doch nicht mehr die erste der Nichols-Töchter, die das College beendet hat. »*Bitte*, sagen Sie meinen Eltern nichts davon, Dr. Sprague. *Bitte!*«

»Nein. Und es tut mir auch wirklich leid«, erwidert Dr. Sprague. »Ich kann mir gar nicht erklären, wie das passieren konnte.«

»Ich schon«, sage ich kläglich. »Ich hätte auf ein kleines, privates College gehen sollen. Auf einer großen Universität geht man viel leichter im Getriebe unter, und am Ende stellt sich dann noch heraus, dass man gar keinen Abschluss hat.«

»Aber das Studium auf einem kleinen, privaten College hätte Tausende von Dollars gekostet, die du jetzt zurückzahlen müsstest«, erwidert Dr. Sprague. »Indem du auf der großen staatlichen Universität warst, an der dein Vater arbeitet, hast du eine erstklassige Ausbildung fast völlig kostenlos bekommen, und statt dir jetzt sofort einen Job suchen zu müssen, kannst du nach England fliegen, um dich mit... wie heißt dein Freund noch mal?«

»Andrew«, erwidere ich.

»Ja, genau, Andrew. Nun.« Dr. Sprague schultert ihre teure Ledertasche, »ich gehe jetzt wohl besser. Ich wollte nur rasch vorbeischauen, um es dir zu sagen. Und vielleicht tröstet es dich ja, Lizzie, aber ich bin absolut davon überzeugt, dass deine Arbeit großartig wird.«

»Ich weiß ja noch nicht einmal, worüber ich sie schreiben soll«, jammere ich.

»Eine kurze Geschichte der Mode reicht aus«, sagt Dr. Sprague. »Du brauchst ja nur zu zeigen, dass du hier etwas gelernt hast. Und«, fügt sie fröhlich hinzu, »du kannst auch in England ein bisschen recherchieren.«

»Ja, meinen Sie?« Langsam geht es mir wieder ein bisschen besser. Die Geschichte der Mode? Ich *liebe* Mode. Und Dr. Sprague hat recht – England ist tatsächlich der perfekte Ort für die Recherche. Es gibt dort alle möglichen Museen. Und ich könnte auch das Haus von Jane Austen besichtigen! Vielleicht haben sie ja noch ihre Kleider da! Kleider, wie die Schauspieler sie in *Stolz und Vorurteil* getragen haben! Die waren absolut fantastisch!

Gott! Am Ende macht das alles noch richtig Spaß!

Allerdings habe ich keine Ahnung, ob auch Andrew zu Jane Austens Haus möchte. Aber warum eigentlich nicht? Schließlich ist er Engländer, und sie war doch auch aus England. Natürlich ist er an der Geschichte seines eigenen Landes interessiert.

Ja, ja, das wird alles wunderbar!

»Danke, dass Sie persönlich vorbeigekommen sind, um mir das zu sagen, Dr. Sprague«, sage ich, als ich sie zur

Tür bringe. »Und natürlich auch danke für das Leselämpchen.«

»Ach, nicht der Rede wert«, entgegnet Dr. Sprague. »Ich sollte so etwas nicht sagen, aber du wirst uns im Büro fehlen. Du hast immer solches Aufsehen erregt, wenn du in einem deiner, äh ...« Ich bemerke, dass ihr Blick an meiner Makkaroni-Kette und den Farbspritzern auf meinem Kleid hängen bleibt. »... *ungewöhnlichen* Outfits aufgetaucht bist.«

»Oh«, erwidere ich lächelnd, »danke, Dr. Sprague. Wenn Sie einmal ein ungewöhnliches Outfit brauchen, kommen Sie einfach zu Vintage to Vavoom, drüben in Kerrytown ...«

In diesem Moment platzt meine Schwester Sarah ins Wohnzimmer.

Sie hat ihren Ärger über den Zwischenfall mit der Tomaten-Ratatouille offensichtlich vergessen, denn sie lacht hysterisch. Hinter ihr kommen ihr Ehemann Chuck, meine andere Schwester Rose, ihr Mann Angelo, Maggie, unsere Eltern, die Rajghattas, verschiedene andere Partygäste, Shari und Chaz zur Tür herein.

»Hier ist sie, hier ist sie!«, schreit Sarah. Ich merke sofort, dass sie sternhagelvoll ist. Sarah packt mich am Arm und zieht mich zur Empore – die wir als Bühne benutzt haben, wenn wir als Kinder kleine Theaterstücke für unsere Eltern aufgeführt haben. Nein, auf die Sarah und Rose mich geschubst haben, damit ich kleine Theaterstücke für unsere Eltern – und für sie – aufführte.

»Na los, College-Absolventin«, sagt Sarah, wobei sie mit dem Wort ein bisschen Probleme hat. »Sing! Wir wollen alle, dass du und Shari euer kleines Lied singt!«

Es hört sich allerdings so an: *Sching. Wir wollen alle, dass Shari und du euer kleines Lied schingt.*

Ich stelle fest, dass Rose Shari genauso fest am Arm hält wie Sarah mich. »Nein«, sage ich.

»Ach, komm«, schreit Rose. »Wir wollen das Lied von unserer kleinen Schwester und ihrer kleinen Freundin hören!« Sie schubst Shari so heftig gegen mich, dass wir beide fast umgefallen wären.

»Deine Schwestern«, murmelt Shari in mein Ohr, »sind so eifersüchtig auf dich, wie ich es noch nie erlebt habe. Sie nehmen es dir richtig übel, dass du dich nicht im ersten Jahr auf dem College von einem Kerl hast schwängern lassen und mit deinem sabbernden Nachwuchs zu Hause bleiben musstest!«

»Shari!«, weise ich sie schockiert zurecht. Obwohl es eigentlich natürlich stimmt, was sie sagt.

»Alle College-Absolventen«, lallt Rose, »müssen singen.«

»Rose«, sage ich. »Nein. Wirklich nicht. Später vielleicht, aber jetzt bin ich nicht in der richtigen Stimmung.«

»Alle College-Absolventen«, wiederholt Rose mit drohend zusammengekniffenen Augen, »müssen *singen.*«

»Rechnet lieber nicht mit mir«, erkläre ich.

Dreißig erwartungsvolle Gesichter blicken mich an. In diesem Moment kommt Grandma aus dem Fernsehzimmer.

»Sully spielt heute noch nicht mal mit«, verkündet sie. »Verdammich. Gibt denn hier keiner einer alten Frau was zu trinken?«

Dann sinkt sie auf dem Teppich zusammen und fängt leise an zu schnarchen.

»Ich liebe diese Frau«, sagt Shari, als alle losstürzen, um meine Großmutter wiederzubeleben. Shari und mich haben sie völlig vergessen.

»Ich auch«, erwidere ich. »Du hast keine Ahnung, wie sehr.«

*Die alten Ägypter, die sowohl Toilettenpapier als auch die erste bekannte Form der Geburtenkontrolle (Zitronenschale als Zervix-Kappe plus Alligatordung als äußerst hygienisches, wenn auch stinkendes Spermizid) erfunden haben, waren sehr sauber. Sie zogen feines Leinen jedem anderen Material vor, da es leicht zu waschen war – nicht ganz überraschend, wenn man an den Alligatordung denkt.*

Geschichte der Mode
Examensarbeit von Elizabeth Nichols

# 3

Jeder, der der Natur gehorchend Klatsch weitergibt, erfährt die explosive Erleichterung, die die Befriedigung eines Grundbedürfnisses begleitet.

*– Primo Levi (1919–1987), italienischer Chemiker und Schriftsteller*

Ich habe dich gleich erkannt!«, sagt Andrew in diesem süßen Akzent, bei dem alle Mädchen in McCracken Hall in Ohnmacht gefallen sind – auch wenn seine *th*s wie *f*s klingen. »Was ist los? Du bist direkt an mir vorbeigegangen.«

»Sie hat Sie für einen Kidnapper gehalten!« Der Typ vom Informationsschalter prustet erneut los.

»Kidnapper?« Verständnislos blickt Andrew von dem Typen zu mir. »Was meint er damit?«

»Nichts«, erwidere ich, packe Andrew am Arm und ziehe ihn vom Informationsschalter weg. »Gar nichts. Oh, Mann! Es ist schön, dich zu sehen!«

»Ja, finde ich auch«, sagt Andrew, legt den Arm um mich und drückt mich fest an sich. »Du siehst absolut toll aus! Hast du abgenommen oder so?«

»Nur ein bisschen«, erwidere ich bescheiden. Andrew braucht ja nicht zu wissen, dass nicht die kleinste Spur Kohlehydrate – weder eine Fritte noch ein Brotkrumen – mir über die Lippen gekommen ist, seit er sich im Mai von mir verabschiedet hat.

Ein kahlköpfiger, älterer Mann kommt auf uns zu und lächelt mich höflich an. Er trägt einen marineblauen Anorak und eine braune Kordhose. Im August.

Das ist kein gutes Zeichen. Ich meine ja nur.

»Liz!«, sagt Andrew. »Das ist mein Dad. Dad, das ist Liz!«

Oh, wie süß! Er hat seinen Dad mit zum Flughafen gebracht, damit er mich kennen lernt. Offensichtlich muss Andrew unsere Beziehung sehr ernst nehmen, sonst würde er sich doch nicht solche Mühe geben. Ich habe ihm seine Jacke schon verziehen.

Na ja, fast jedenfalls.

»Wie geht es Ihnen, Mr. Marshall?«, sage ich und schüttele ihm die Hand. »Ich freue mich sehr, Sie kennen zu lernen.«

»Ja, ich freue mich auch, Sie kennen zu lernen«, sagt Andrews Vater mit einem netten Lächeln. »Und bitte, sagen Sie Arthur zu mir. Und kümmern Sie sich gar nicht um mich, ich bin nur der Chauffeur.«

Andrew lacht. Ich auch. Aber Moment mal – hat Andrew kein eigenes Auto?

Oh, ja, klar, das stimmt ja. Shari hat gesagt, in Europa ist alles anders, hier hat noch lange nicht jeder ein Auto, weil sie so teuer sind. Und Andrew versucht schließlich, mit seinem Lehrergehalt auszukommen …

Ich muss endlich meine Vorurteile über andere Kulturen ablegen. Es ist doch süß, dass Andrew kein Auto hat. So umweltbewusst! Außerdem lebt er in London, und da haben viele Leute kein Auto. Sie fahren mit öffentlichen Verkehrsmitteln, oder sie gehen zu Fuß, wie New Yorker. Deshalb gibt es auch so wenig dicke Leute in New York, weil es so gesund ist, zu Fuß zu gehen. Vielleicht gibt es in London ja auch nicht viele dicke Leute. Ich meine, man braucht sich ja bloß Andrew anzusehen. Er ist dünn wie ein Zahnstocher …

Und trotzdem hat er so tolle Armmuskeln, groß wie Grapefruits …

Obwohl, wenn ich sie mir jetzt so anschaue, kommen sie mir eher wie Orangen vor. Aber das kann man unter einer Lederjacke ja sowieso nicht so genau sehen, oder?

Ich finde es auch süß, dass er so eine enge Beziehung zu seinem Dad hat. Ich meine, dass er ihn bitten konnte, ihn nach Heathrow zu fahren, um seine Freundin abzuholen. Mein Dad hat immer viel zu viel zu tun für solche Dinge. Allerdings ist sein Job im Protonenbeschleuniger auch sehr wichtig, da dort ständig Atome zertrümmert werden und so. Andrews Dad ist Lehrer, und Lehrer haben den ganzen Sommer über frei.

Dr. Rajghatta würde sich kaputtlachen, wenn mein Dad ihn jemals fragen würde, ob er den ganzen Sommer über frei haben kann.

Andrew nimmt meinen Koffer, der Rollen hat, sodass er eigentlich das Leichteste ist, was ich dabeihabe. Meine Reisetasche ist viel schwerer, da sie all mein Make-up und so enthält. Es würde mir nicht so viel ausmachen, wenn die Fluglinie meine Kleider verlieren würde, aber wenn ich meine Schminksachen nicht dabeihätte, würde ich sterben. Ungeschminkt sehe ich unmöglich aus. Ohne Eyeliner und Wimperntusche sind meine Augen so klein und verquollen wie bei einem Schwein … auch wenn Shari, die in den letzten vier Jahren mit mir zusammengewohnt hat, schwört, dass das nicht stimmt. Shari behauptet, wenn ich wollte, käme ich sehr gut ohne Make-up aus.

Aber warum sollte ich denn, wo doch Make-up eine so segensreiche Erfindung für diejenigen unter uns ist, die mit Schweinchenaugen geschlagen sind?

Allerdings wiegen Schminksachen auch eine ganze Menge, vor allem, wenn man so viel davon hat wie ich. Ganz zu schweigen von meiner Frisier-Ausrüstung und den entsprechenden Produkten. Es ist nicht witzig, lange Haare zu haben. Man muss kiloweise Zeug mit sich herumschleppen, um es richtig zu pflegen. Und dann konnte Andrew mir noch nicht einmal sagen, wie britische Steckdosen aussehen (»Sie sehen aus wie Steckdosen«, sagte er am Telefon immer nur. Das ist doch typisch Junge, oder?), und deshalb habe ich sicherheitshalber alle möglichen Geräte mitgebracht.

Aber vielleicht ist es ja auch egal, dass Andrew den Rollkoffer zieht, denn bei der Reisetasche würde er bestimmt fragen, warum sie so schwer ist, und dann müsste ich ihm die Wahrheit sagen. Ich habe nämlich beschlossen, dass diese Beziehung nicht auf Lügen gegründet sein soll, wie mit diesem T.J., den ich beim Kinoabend in der McCracken Hall kennen gelernt habe. Es stellte sich heraus, dass er praktizierender Hexenmeister war – das wäre ja noch in Ordnung gewesen, da ich die Religionen anderer Leute absolut respektiere …

Aber es stellte sich ebenfalls heraus, dass er ein Schürzenjäger war, was ich erfuhr, als ich ihn mit Amy de Soto erwischte. Er wollte mir allen Ernstes einreden, dass sein Schutzengel ihn *gezwungen* habe, mit ihr zu schlafen.

Deshalb habe ich mir vorgenommen, Andrew immer die

Wahrheit zu sagen, weil T.J. mir nicht einmal so viel Respekt entgegengebracht hat.

Allerdings bedeutet das nicht, dass ich mich nicht bemühen werde, die Wahrheit zu vermeiden, wenn ich kann. Es gibt zum Beispiel überhaupt keinen Grund, warum er erfahren sollte, dass meine Reisetasche deshalb so schwer ist, weil sie Folgendes enthält: etwa fünfundsiebzig Millionen Kosmetikproben von Clinique; eine Schachtel mit Gesichtswasser-Pads (weil ich von Moms Seite der Familie im Gesicht so glänze); eine Familienpackung Calciumtabletten (weil ich gehört habe, dass das englische Essen nicht gerade das beste sein soll); eine Familienpackung ballaststoffhaltige Kautabletten (dito); den bereits erwähnten Lockenstab und Fön; die Kleider, die ich im Flieger getragen habe, bevor ich mir mein chinesisches Kleid angezogen habe; ein Game Boy mit Tetris; den neuesten Dan Brown (weil man nicht über den Atlantik fliegen kann, ohne etwas zu lesen dabeizuhaben); meinen Mini iPod; drei Leselämpchen; Tönungscreme für meine Highlights; Aspirin, Pflaster für die Blasen, die ich bestimmt bekommen werde, wenn ich Hand in Hand mit Andrew durch das British Museum schlendere und mir all die Kunstwerke anschaue; Rezepte für meine Pille und die Antibiotika gegen meine Akne; und natürlich das Notebook, auf dem ich begonnen habe, meine Examensarbeit zu schreiben. Meinen Nähkorb – falls ich irgendwas an meiner Kleidung flicken muss – musste ich wegen der Scheren in den Koffer packen.

An diesem Punkt unserer Beziehung gibt es keinen Grund, dass Andrew erfährt, dass ich nicht so attraktiv zur Welt gekommen bin, sondern dass ein großer Teil Kunstgriffen zu verdanken ist. Wenn er nun einer der Typen ist, die auf natürliche, rotwangige Schönheiten wie Liv Tyler stehen? Was für Chancen habe ich gegen so eine, die aussieht wie eine englische Rose? Ein Mädchen muss wenigstens *ein paar* Geheimnisse haben.

Oh, warten Sie mal, Andrew sagt gerade etwas zu mir. Er fragt mich, wie mein Flug war. Warum trägt er eigentlich diese Jacke? Er kann doch nicht im Ernst glauben, dass sie gut aussieht, oder?

»Der Flug war toll«, antworte ich. Ich erzähle Andrew nichts von dem kleinen Mädchen, das neben mir gesessen und mich völlig ignoriert hat, als ich noch Jeans und T-Shirt trug und die Haare zu einem Pferdeschwanz zusammengebunden hatte. Erst, als ich mich eine halbe Stunde vor der Landung geschminkt und umgezogen habe, hat das Kind seinen ganzen Mut zusammengenommen und mich schüchtern gefragt: »Entschuldigung, aber sind Sie die Schauspielerin Jennifer Garner?«

Jennifer Garner! Ich! Dieses Kind hat gedacht, *ich* wäre Jennifer Garner!

Okay, sie war erst zehn oder so und trug ein T-Shirt mit Kermit der Frosch (obwohl sie das eigentlich nicht ernst gemeint haben kann, weil sie doch ein bisschen zu alt dafür war, um sich noch die Sesamstraße anzuschauen).

Aber trotzdem! Noch nie in meinem ganzen Leben hat mich jemand mit einem Filmstar verwechselt! Und schon gar nicht mit einer so dünnen Schauspielerin wie Jennifer Garner.

Aber wahrscheinlich sehe ich mit Make-up und den Haaren tatsächlich ein bisschen aus wie Jennifer Garner… na ja, wenn sie ihren Babyspeck noch nicht ganz verloren hätte. Und einen Pony hätte. Und nur einsfünfundsechzig wäre.

Vermutlich ist es dem Kind überhaupt nicht in den Sinn gekommen, dass Jennifer Garner wohl kaum allein in der Touristenklasse fliegen würde. Aber was soll's.

Und ehe ich mich versah, antwortete ich schon: »Ja, ich bin Jennifer Garner.« Schließlich würde ich das Kind nie wieder im Leben sehen. Warum sollte ich ihr also keine Freude machen?

Dem Kind fielen vor Aufregung fast die Augen aus dem Kopf.

»Hi!«, sagte sie und hüpfte ein bisschen in ihrem Sitz hin und her. »Ich bin Marnie! Ich bin dein größter Fan!«

»Hi, Marnie!«, erwiderte ich. »Nett, dich kennen zu lernen.«

»Mom!«, flüsterte Marnie ihrer Mutter zu, die neben ihr auf dem Sitz döste. »Das IST Jennifer Garner! Ich habe es dir doch gesagt!«

Die schläfrige Mutter des kleinen Mädchens blickte mich aus müden Augen an und sagte: »Oh. Hallo.«

»Hi«, sagte ich, wobei ich mich fragte, ob ich auch wie Jennifer Garner klang.

Aber das muss wohl so gewesen sein, denn das kleine Mädchen fuhr fort: »In *30 über Nacht* fand ich dich einfach toll.«

»Danke«, erwiderte ich. »Das ist auch einer meiner besten Filme. Neben *Alias* natürlich.«

»Ich darf abends noch nicht so lange aufbleiben, um das gucken zu können«, sagte Marnie traurig.

»Oh«, meinte ich. »Vielleicht kannst du es dir ja auf DVD anschauen.«

»Kann ich ein Autogramm haben?«, fragte das kleine Mädchen.

»Natürlich«, erwiderte ich, nahm meinen Kugelschreiber und die Serviette von British Airways, die sie mir reichte, und kritzelte *Für Marnie, meinen größten Fan! Alles Liebe, Jennifer Garner,* darauf.

Die Kleine nahm die Serviette so andächtig entgegen, als könne sie ihr Glück kaum fassen. »Danke!«, sagte sie.

Sie würde diese Serviette bestimmt mit zurück nach Amerika nehmen, wenn sie aus ihrem Urlaub in Europa zurückflog, und sie all ihren Freundinnen zeigen.

Erst da begann ich mich nicht mehr ganz so gut zu fühlen. Wenn nun eine von Marnies Freundinnen ein Autogramm von der ECHTEN Jennifer Garner besaß und sie die Handschrift vergleichen würden? Dann würde Marnie im Nachhinein sicher noch misstrauisch werden und sich fragen, warum Jen nicht wenigstens mit ihrer Presse-Agentin nach Europa flog, und dann auch noch Economy. Spätestens dann würde ihr klar werden, dass ich nicht die ECHTE Jennifer Garner war, und dass ich sie die ganze Zeit belogen hatte. Und das konnte ihren Glauben an das Gute im Menschen erschüttern. Vielleicht konnte Marnie nie wieder jemandem vertrauen, so wie ich, als mein Ballbegleiter Adam Berger mir erklärt hatte, er müsse nach Hause, um die Decke zu streichen, und könne nicht mit mir zur Party danach gehen. In Wirklichkeit ging er mit Melissa Kemplebaum, die klapperdürr ist, auf die Party, nachdem er mich zu Hause abgesetzt hatte.

Aber letztendlich sagte ich mir, es war nicht so schlimm, schließlich würde ich Marnie nie wiedersehen. Also war es doch egal.

Trotzdem erwähne ich jetzt den Zwischenfall Andrew gegenüber nicht, weil er schließlich Pädagogik studiert, und ich bezweifle sehr, dass er es richtig findet, wenn man Kinder anlügt.

Außerdem bin ich ein bisschen müde, obwohl es in England acht Uhr morgens ist, und ich frage mich, wie weit es wohl bis zu Andrews Wohnung ist, und ob er Diet Coke dahat, denn im Moment könnte ich wirklich eine brauchen.

»Oh, es ist nicht allzu weit«, sagt Andrews Dad, als ich Andrew frage, wie weit er vom Flughafen entfernt wohnt. Aber das liegt wahrscheinlich daran, dass Mr. Marshall Lehrer ist und auch, wenn er frei hat, gar nicht anders kann, als Fragen zu beantworten.

Ich finde es großartig, dass Männer wie Andrew und sein Dad der Jugend etwas beibringen wollen. Die Marshalls gehören wirklich einer aussterbenden Spezies an. Ich bin so froh, dass ich mit Andrew zusammen bin und nicht mit Chaz zum Beispiel, der nur Philosophie studiert hat, um besser mit seinen Eltern streiten zu können. Wie will er *damit* etwas für die Zukunft tun?

Andrew hingegen hat sich mit voller Absicht einen Beruf ausgesucht, mit dem er zwar nicht viel Geld verdienen kann, aber einen großen Einfluss auf das Denken junger Menschen hat. Und das ist doch wirklich edel, oder?

Der Weg zu Mr. Marshalls Auto ist sehr, sehr lang. Wir laufen durch endlose Gänge, in denen auf Plakaten an den Wänden für Produkte geworben wird, von denen ich noch nie gehört habe. Als Chaz das letzte Mal seinen Freund Luke besucht hatte – den mit dem Château –, hat er sich darüber beklagt, wie amerikanisiert Europa mittlerweile wäre, und dass man nirgendwo hingehen könne, ohne auf eine Coca-Cola-Werbung zu stoßen.

Aber hier in England kann ich keine Amerikanisierung erkennen. Bis jetzt jedenfalls nicht. Ich habe nichts gesehen, was mich auch nur im Entferntesten an Amerika erinnert hat, noch nicht einmal einen Coke-Automaten.

Natürlich ist das nichts Schlechtes. Ich meine ja nur. Obwohl ein Coke-Automat im Moment nicht das Verkehrteste wäre.

Andrew und sein Dad reden über das Wetter, und was ich für ein Glück habe, dass ich gerade jetzt zu Besuch gekommen bin, wo das Wetter so schön ist. Aber als wir aus dem Gebäude ins Parkhaus kommen, stelle ich fest, dass es höchstens achtzehn Grad Celsius sein können, und der Himmel – so weit ich sehen kann – ist grau und bedeckt.

Wenn das gutes Wetter ist, was empfinden die Briten dann als schlecht? Und ich muss zugeben, es ist durchaus kalt genug für eine Lederjacke. Allerdings ist Andrew damit nicht entschuldigt.

Wir sind beinahe am Auto angelangt – ein roter Kleinwagen, genau das, was ich von einem Lehrer im mittleren Alter erwartet habe –, als jemand kreischt. Ich drehe mich um, und da steht das kleine Mädchen mit seiner Mutter und einem älteren Paar, wohl den Großeltern, neben einem Geländewagen.

»Da ist sie!«, schreit Marnie und zeigt auf mich. »Jennifer Garner! Jennifer Garner!«

Ich gehe mit gesenktem Kopf weiter und versuche, das Kind zu ignorieren. Aber sowohl Andrew als auch sein Vater blicken verwirrt lächelnd zu der Kleinen hin. Andrew sieht ein bisschen aus wie sein Dad. Ob er mit fünfzig wohl auch völlig kahl ist? Wird eine Glatze eigentlich von der Seite der Mutter oder der Seite des Vaters vererbt? Warum habe ich eigentlich nicht einen einzigen Biologie-Kurs in mein eigenes Hauptfach integriert? Wenigstens einen hätte ich doch dazwischenquetschen können …

»Spricht das Kind mit Ihnen?«, fragt Mr. Marshall mich.

»Mit mir?« Ich werfe einen Blick über die Schulter und tue so, als merkte ich zum ersten Mal, dass ein Kind mir quer durchs Parkhaus etwas zuschreit.

»Jennifer Garner! Ich bin es, Marnie! Aus dem Flugzeug! Erinnern Sie sich?«

Ich lächle und winke Marnie zu. Sie errötet vor Freude und packt ihre Mutter am Arm.

»Siehst du!«, schreit sie. »Ich habe es dir doch gesagt! Sie ist es wirklich!«

Marnie winkt mir heftig zu, und ich winke zurück, während Andrew meinen Koffer in den Kofferraum wuchtet, wobei er leise flucht. Da er ihn die ganze Zeit gezogen hat, hat er keine Ahnung gehabt, wie schwer er tatsächlich ist.

Aber ein Monat ist auch eine lange Zeit. Ich weiß gar nicht, wie ich mit weniger als zehn Paar Schuhen auskommen sollte. Selbst Shari hat gesagt, sie sei stolz auf mich, weil ich so vernünftig sei, nicht auch noch meine Espadrilles mit der Plateau-Sohle einzupacken. Allerdings ist es mir gelungen, sie noch in der letzten Minute vor meiner Abreise hineinzuquetschen.

»Warum sagt das Kind Jennifer Garner zu Ihnen?«, will Mr. Marshall wissen. Er winkt Marnie, die immer noch neben dem Auto steht, ebenfalls zu.

»Oh«, erwidere ich und merke, wie ich rot werde. »Wir

haben im Flugzeug nebeneinander gesessen, und da haben wir uns mit einem kleinen Spiel die Zeit vertrieben.«

»Das ist ja nett von Ihnen«, sagt Mr. Marshall und winkt noch ein bisschen nachdrücklicher. »Nicht alle jungen Leute wissen, wie wichtig es ist, Kinder nicht herablassend, sondern respektvoll zu behandeln. Es ist so wichtig, der jungen Generation ein gutes Beispiel zu geben, vor allem, wenn man bedenkt, wie instabil heutzutage die Familien geworden sind.«

»Ja, das stimmt«, antworte ich im Brustton der Überzeugung.

»Du liebe Güte«, sagt Andrew. Er hat meine Reisetasche, die ich auf den Boden gestellt hatte, angehoben. »Was hast du denn hier drin, Liz? Eine Leiche?«

»Oh«, erwidere ich verlegen, »nur das Nötigste.«

»Tut mir leid, dass ich kein schickeres Auto habe«, sagt Mr. Marshall und öffnet die Fahrertür. »Sie sind in Amerika sicher anderes gewöhnt, aber ich benutze den Wagen kaum, da ich meistens zu Fuß zu der Schule gehe, an der ich unterrichte.«

Ich finde die Vorstellung bezaubernd, wie Mr. Marshall in einem Tweedjackett mit Lederflicken an den Ellbogen – und nicht mit diesem langweiligen Anorak, den er jetzt anhat – eine baumbestandene Landstraße entlanggeht, vielleicht begleitet von ein oder zwei Cockerspaniels.

»Oh, ist schon in Ordnung«, erwidere ich. »Mein Auto ist nicht viel größer.«

Ich frage mich, warum er an der Tür stehen bleibt und nicht endlich einsteigt, als er schließlich sagt: »Nach Ihnen, äh, Liz.«

Wie? *Ich* soll fahren? Aber … ich bin doch gerade erst angekommen! Ich kenne mich doch hier gar nicht aus!

Aber dann stelle ich fest, dass er mir keineswegs die Fahrertür aufhält … das ist die Beifahrerseite. Das Lenkrad befindet sich auf der rechten Seite des Autos.

Ja klar! Wir sind in England!

Ich lache über meinen Irrtum und setze mich auf den Beifahrersitz.

Andrew schlägt den Kofferraum zu und kommt nach vorne. Als er mich dort sitzen sieht, sagt er zu seinem Vater: »Soll ich etwa hinten sitzen?«

»Denk an deine Manieren, Andy«, erwidert Mr. Marshall. Es hört sich komisch an, dass er Andrew Andy nennt. Für mich ist er eher Andrew. Aber für seine Familie anscheinend nicht.

Obwohl er ehrlich gesagt in dieser Lederjacke mehr wie ein Andy aussieht.

»Damen nach vorne«, fährt Mr. Marshall lächelnd fort. »Und Herren nach hinten.«

»Ich dachte, du wärst Feministin, Liz«, sagt Andrew. »Willst du dich wirklich so behandeln lassen?«

»Oh«, sage ich. »Natürlich sollte Andrew vorne sitzen. Er hat viel längere Beine …«

»Ich will nichts davon hören«, erklärt Mr. Marshall. »Wenn Sie nach hinten klettern müssen, zerknittern Sie Ihr hübsches China-Kleid.« Damit schlägt er meine Tür zu.

Dann geht er ums Auto herum auf die Fahrerseite und klappt den Sitz vor, damit Andrew einsteigen kann. Es gibt einen kurzen Wortwechsel, den ich nicht wirklich verstehe, und dann taucht Andrew auf und klettert mit beleidigtem Gesichtsausdruck nach hinten.

Ich komme mir schlecht vor, weil ich auch nur denke, Andrew könne beleidigt sein, dass ich vorne sitze. Wahrscheinlich ärgert es ihn, dass er kein eigenes Auto hat, um mich abzuholen. Ja, das wird der Grund sein. Der Ärmste! Er glaubt wahrscheinlich, dass ich ihn an amerikanischen Standards des kapitalistischen Materialismus messe! Ich muss ihm irgendwie klarmachen, dass ich seine Armut äußerst sexy finde, da er ja alle seine Opfer zum Wohl der Kinder bringt, die er eines Tages unterrichten wird.

Wow! Wenn ich bloß daran denke, wie vielen Kleinen es besser gehen wird, weil Andrew all diese Opfer bringt, werde ich ein bisschen geil.

Mr. Marshall setzt sich hinters Steuer und lächelt mich an. »Sind Sie bereit?«, fragt er fröhlich.

»Bereit«, erwidere ich, und trotz meines Jetlags verspüre ich leise Erregung. England! Endlich bin ich in England! Ich werde über eine englische Landstraße nach London gefahren.

Bevor wir jedoch aus der Parklücke ausscheren können, fährt der Geländewagen an uns vorbei. Aus dem hinteren Fenster lehnt sich Marnie, meine kleine Freundin aus dem Flugzeug, und schreit: »Auf Wiedersehen, Jennifer Garner!«

Ich kurbele ebenfalls mein Fenster herunter und winke. »Wiedersehen, Marnie!«

Der Geländewagen fährt weiter, eine glücklich strahlende Marnie auf dem Rücksitz.

»Wer um alles in der Welt ist denn diese Jennifer Garner?«, ruft Mr. Marshall aus.

»Nur so ein amerikanischer Filmstar«, sagt Andrew, bevor ich etwas erwidern kann.

*Nur so ein amerikanischer Filmstar? Nur so ein amerikanischer Filmstar, der zufällig genauso aussieht wie deine Freundin!*, hätte ich am liebsten gebrüllt. *Die deiner Freundin so ähnlich sieht, dass kleine Mädchen in Flugzeugen ein Autogramm von ihr haben wollen!*

Aber es gelingt mir, den Mund zu halten, weil ich nicht möchte, dass Andrew vielleicht denkt, er kann meine Ansprüche nicht erfüllen, wenn ich so aussehe wie Jennifer Garner. Das kann einem Jungen schon Angst machen. Selbst einem Amerikaner.

*Im Gegensatz zur ägyptischen Kleidung, die im Stil deutlich zwischen den Geschlechtern unterschied, kleideten sich Männer und Frauen im Griechenland der Antike gleich. Große Stoffrechtecke unterschiedlicher Größe wurden über den Körper drapiert und nur mit Schmucknadeln oder Broschen befestigt.*

*Dieses Kleidungsstück, das man Toga nennt, wurde später gerne auf Partys im College getragen, aus Gründen, die der Verfasserin verschlossen bleiben, weil eine Toga weder schmeichelhaft noch bequem ist, vor allem, wenn man sie mit Unterwäsche trägt.*

Geschichte der Mode<br>
Examensarbeit von Elizabeth Nichols

# 4

Männer haben Frauenklatsch immer verachtet,
weil sie die Wahrheit vermuten:
Man hat sie gemessen, und ihre Maße werden verglichen.

*– Erica Jong (1942– ), amerikanische Autorin*

Ich sehe überhaupt keine Schafe. Es stellt sich heraus, dass Heathrow Airport eigentlich nicht so weit draußen auf dem Land liegt. Wenn ich nicht am Aussehen der Häuser merken würde, dass ich nicht mehr in Michigan bin, dann würde ich es ganz bestimmt an den Reklametafeln merken. Häufig ist nicht eindeutig zu erkennen, welches Produkt sie verkaufen wollen – auf einer steht zum Beispiel eine Frau in Unterwäsche, mit dem Wort *Vodafone* darunter, was ja auch eine Anzeige für Telefonsex sein könnte.

Aber es könnte natürlich auch Werbung für Höschen sein.

Als ich jedoch frage, können mir weder Andrew noch sein Vater eine Antwort darauf geben, wobei jedoch das Wort *Höschen* bei ihnen wahre Heiterkeitsstürme hervorruft.

Mir ist es egal, dass sie mich so (unabsichtlich) lustig finden, zumal sich anscheinend Andrews Laune auf dem Rücksitz gebessert hat.

Als wir schließlich in die Straße einbiegen, in der Andrew wohnt (was ich gleich erkenne, da ich den ganzen Sommer über Care-Pakete hierhergeschickt habe – Pakete mit seinen amerikanischen Lieblingssüßigkeiten, Necco Waffeln, und Marlboro Lights, seine bevorzugte Zigarettenmarke, obwohl ich gar nicht rauche und annehme, dass Andrew vor der Geburt unseres ersten Kindes auch aufhören wird), geht es mir schon viel besser als im Parkhaus. Das liegt daran, dass die Sonne schüchtern hinter den Wolken hervorlugt, und außerdem sieht Andrews Straße so nett und europäisch aus, mit den sauberen Bürgersteigen, blühenden Bäumen und altmodischen Stadthäusern. Ein bisschen komme ich mir vor wie in dem Film *Notting Hill.*

Und ich muss zugeben, ich bin erleichtert: Ich hatte befürchtet, dass Andrews »Wohnung« in einer hässlicheren, heruntergekommeneren Gegend liegt, sodass ich mich in der Dunkelheit nicht mehr alleine auf die Straße trauen könnte. Aber hier sind wir, wie Mr. Marshall mir versichert, nur eine Meile von Hampstead Heath entfernt, dem Park, wo viele berühmte Sachen passiert sind – allerdings fällt mir im Moment nichts davon ein –, und wo die Leute heute picknicken und Drachen steigen lassen.

Es freut mich, dass Andrew in so einer netten, angenehmen Gegend wohnt. Ich hatte geglaubt, Lehrer würden nicht genug verdienen, um sich Wohnungen in Stadthäusern leisten zu können. Wahrscheinlich ist seine Wohnung unterm Dach – so wie Mickey Rooneys Wohnung in *Frühstück bei Tiffany's*! Vielleicht lerne ich ja seine durchgeknallten, aber großherzigen Nachbarn kennen. Und vielleicht kann ich sie – und natürlich auch Andrews Eltern, um Mr. Marshall für die Fahrt vom Flughafen zu danken – zu einem kleinen Abendessen einladen, um meine amerikanische Gastfreundlichkeit zu demonstrieren. Ich kann Moms Spaghetti Due machen. Sie schmecken kompliziert, sind aber ganz einfach zuzubereiten. Man braucht nur Pasta, Knoblauch, Olivenöl, Chilipulver und Parmesan, und selbst in England wird es diese Zutaten geben.

»Nun, wir sind da«, sagt Mr. Marshall, hält vor einem Ziegelhaus und stellt den Motor ab. »Home, sweet home.«

Ich bin ein bisschen überrascht, dass Mr. Marshall mit uns aussteigt, weil ich angenommen hatte, er setzt uns nur ab und fährt zu seinem eigenen Haus irgendwo – na ja, wo auch immer Andrews Familie wohnt, eine Familie, die aus dem Lehrer-Vater, einer Sozialarbeiterin-Mutter, zwei jüngeren Brüdern und einem Collie besteht.

Aber vielleicht will uns Mr. Marshall ja mit meinem Gepäck helfen, da Andrew wahrscheinlich im obersten Stockwerk des reizenden Stadthauses, vor dem wir parken, wohnt.

Aber oben an der Treppe, die zur Haustür führt, zieht Mr. Marshall einen Schlüssel aus der Tasche und sperrt auf.

Und wird sofort von einem wunderschönen weißgoldenen Collie begrüßt.

»Hallo«, ruft Mr. Marshall in die Diele, und ich stelle fest, dass es sich keineswegs um ein Mietshaus, sondern um ein Einfamilienhaus handelt. »Wir sind da!«

Ich trage meine Reisetasche, während Andrew meinen Koffer hinter sich die Treppe hinaufzieht. Er macht sich gar nicht erst die Mühe, ihn anzuheben, sondern lässt ihn einfach die Stufen hinaufrattern – *dong, dong, dong*. Und als ich den Hund sehe, lasse ich fast meine Tasche fallen.

»Andrew«, flüstere ich und drehe mich um, da er hinter

mir die Treppe hinaufgeht. »Wohnst du etwa zu Hause? Bei deinen Eltern?«

Die einzige Erklärung, die ich mir sonst noch vorstellen kann, ist, dass er den Hund hütet, aber besonders einleuchtend kommt mir das nicht vor.

»Ja, natürlich«, erwidert Andrew und wirft mir einen verärgerten Blick zu. »Was hast du denn gedacht?«

»Ich dachte, du wohnst in einer Wohnung«, erwidere ich, wobei ich versuche, nicht vorwurfsvoll zu klingen. Ich bin nur ein … ein bisschen überrascht. »Du hast mir doch im Mai gesagt, du wolltest dir für den Sommer in England eine Wohnung nehmen.«

»Ach so, ja«, erwidert Andrew. Da wir auf der Treppe stehen geblieben sind, scheint er den Zeitpunkt für gekommen zu halten, eine Zigarettenpause zu machen. Er zieht ein Päckchen aus der Tasche und zündet sich eine an.

Na ja, es war wirklich eine lange Fahrt vom Flughafen. Und sein Vater hat ja auch zu ihm gesagt, dass er im Auto nicht rauchen dürfe.

»Ja, das mit der Wohnung hat nicht geklappt. Mein Kumpel – erinnerst du dich noch? Ich habe dir von ihm geschrieben. Er wollte mir seine Wohnung vermieten, weil er einen Ferienjob auf einer Perlenfarm in Australien bekommen hat. Aber dann hat er ein Mädchen kennen gelernt und wollte nicht mehr weg, deshalb bin ich zu meinen Eltern gezogen. Ist das ein Problem?«

*Ist das ein Problem?* IST DAS EIN PROBLEM? Alle meine Fantasien darüber, wie Andrew mir Frühstück ans Bett bringt – an sein breites Bett mit der Satinbettwäsche – zerplatzen wie eine Seifenblase. Ich werde nicht Spaghetti Due für die Nachbarn und Andrews Eltern machen. Na ja, für seine Eltern vielleicht schon, aber es ist ja nicht dasselbe, wenn sie einfach nur die Treppe herunterkommen …

Und dann durchzuckt mich ein schrecklicher Gedanke.

»Aber, Andrew«, sage ich, »wie sollen wir denn … ich meine, wie sollen wir zwei denn … wenn deine Eltern hier sind?«

»Ach, mach dir darüber keine Sorgen«, erwidert Andrew. Er sieht faszinierend sexy aus, wie er den Rauch aus einem Mundwinkel ausstößt. Bei mir zu Hause raucht niemand – nicht einmal mehr Grandma, seit sie den Teppich im Wohnzimmer in Brand gesetzt hat. »Wir sind hier in London und nicht im bibelfesten Amerika. In dieser Hinsicht sind wir cool. Und meine Eltern sind die coolsten.«

»Gut«, sage ich. »Entschuldigung, ich war bloß, na ja … ein bisschen überrascht eben. Aber es spielt nicht wirklich eine Rolle, solange wir zusammen sein können. Macht es deinen Eltern wirklich nichts aus? Ich meine, dass wir zusammen in einem Zimmer schlafen?«

»Ach so, ja«, erwidert Andrew irgendwie zerstreut, während er meinen Koffer weiter die Treppe heraufschleift. »Ja, das. Ich habe eigentlich gar kein eigenes Zimmer in diesem Haus. Weißt du, meine Eltern sind mit meinen Brüdern hierhergezogen, als ich voriges Jahr in Amerika war. Ich hatte ihnen gesagt, dass ich im Sommer nicht nach Hause kommen würde, aber das war, bevor ich Probleme mit meinem Studentenvisum bekam und … Na ja, auf jeden Fall haben sie halt gedacht, dass ich im Grunde genommen ausgezogen wäre, und deshalb haben sie nur ein Haus mit drei Schlafzimmern gekauft. Aber mach dir keine Gedanken, ich habe mich einfach bei meinem Bruder Alex einquartiert …«

Ich blicke Andrew an, der immer noch auf der Stufe unter mir steht. Er ist so groß, dass ich selbst jetzt den Kopf ein wenig heben muss, um in seine graugrünen Augen sehen zu können.

»Oh, Andrew«, sage ich gerührt, »dein Bruder räumt sein Zimmer für mich? Das wäre aber nicht nötig gewesen.«

Ein seltsamer Ausdruck huscht über Andrews Gesicht.

»Nein, das hat er auch gar nicht gemacht«, erwidert Andrew. »Du kennst doch Kinder. Das täte er nie.« Er grinst gequält. »Aber du brauchst dir wirklich keine Sorgen zu machen. Meine Mom ist handwerklich sehr geschickt, und sie hat ein Hochbett für dich gebaut – na ja, für mich eigentlich, aber du kannst es gerne benutzen.«

Ich ziehe die Augenbrauen hoch. »Ein Hochbett?«

»Ja, es ist fantastisch. Sie hat es aus Holzfaserplatten gebaut, und es steht im Wäscheraum. Direkt über der Waschmaschine und dem Trockner!« Als Andrew meinen Gesichtsausdruck sieht, fügt er hinzu: »Aber keine Sorge, sie hat einen Vorhang zwischen Wäscheraum und Küche gespannt. Du hast jede Menge Privatsphäre. Dahinten geht sowieso niemand hin, außer dem Hund. Dort steht nämlich sein Futternapf.«

Hund? Futternapf? Also … statt bei meinem Freund zu schlafen, schlafe ich beim Hund. Und seinem Futternapf.

Aber das ist okay. Das ist in Ordnung. Lehrer wie Andrews Vater und Sozialarbeiterinnen wie seine Mom haben nicht viel Geld, und Häuser sind in England teuer. Ich habe Glück, dass ich überhaupt ein Fleckchen ganz allein für mich habe. Sie haben ja noch nicht einmal ein Zimmer für ihren ältesten Sohn, und trotzdem haben sie einen Platz gefunden, um ein Bett für mich aufzubauen.

Und warum sollte einer von Andrews Brüdern sein Zimmer für mich räumen? Nur, weil ich zu Hause immer MEIN Zimmer räumen musste, wenn irgendwer zu Besuch kam und über Nacht blieb, so heißt das noch lange nicht, dass Andrews Familie das genauso sieht.

Außerdem bin ich ja auch kein besonderer Gast, sondern lediglich Andrews zukünftige Frau.

Na ja, in Gedanken jedenfalls.

»Na, komm«, sagt Andrew, »geh weiter. Ich muss mich für die Arbeit umziehen.«

Ich erstarre. »Arbeiten? Du gehst arbeiten? *Heute*?«

»Ja.« Wenigstens besitzt er so viel Anstand, mir einen entschuldigenden Blick zuzuwerfen. »Aber das ist nicht schlimm, Liz, ich habe nur die Schicht für Mittagessen und Abendessen ...«

»Du ... du bist *Kellner*?«

Ich will nicht so abwertend klingen, wirklich nicht. Ich habe nichts gegen Leute, die in Restaurants arbeiten, echt nicht. Ich habe in den Semesterferien auch schon gekellnert, wie alle anderen. Aber ...

»Was ist denn mit deinem Praktikum?«, frage ich. »Du wolltest doch an diese angesehene Schule für hochbegabte Kinder?«

»Praktikum?« Andrew schnipst die Asche von seiner Zigarette. Sie fällt auf die Rosenbüsche im Vorgarten. Aber Asche wird oft als Dünger verwendet, deshalb ist das nicht so schlimm. »Oh, *das* war eine Katastrophe von epischen Ausmaßen. Wusstest du, was sie mir bezahlen wollten? Nicht einen einzigen Cent!«

»Aber …« Ich schlucke. Auf den Bäumen am Straßenrand zwitschern Vögel. Wenigstens die Vögel klingen hier genauso wie zu Hause in Michigan. »Deshalb ist es ja auch ein Praktikum. Deine Bezahlung ist die Erfahrung, die du da sammelst.«

»Na ja, von Erfahrung kann ich mit meinen Kumpels kein Bier trinken gehen, oder?«, witzelt Andrew. »Außerdem gab es mindestens zweitausend Bewerber für die Stelle … eine Stelle, die noch nicht einmal bezahlt wird! Das ist hier nicht so wie in den Staaten, wo du allen anderen vorgezogen wirst, nur weil du einen britischen Akzent hast … Ach, ich habe mich auf jeden Fall gar nicht erst darum beworben, Lizzie. Was hätte es denn gebracht?«

Ich starre ihn fassungslos an. Was ist aus seinen Idealen geworden? Ich denke, er wollte unbedingt Kindern Lesen beibringen?

»Außerdem«, fügt er hinzu, »will ich mit *echten* Kindern arbeiten und nicht mit kleinen Genies … mit Kindern, die tatsächlich ein männliches Vorbild im Leben brauchen …«

»Hast du dich denn dann um ein Praktikum bei einer Schule in der Innenstadt beworben?«, frage ich.

»Oh, nein, um Himmels willen«, erwidert Andrew. »Die Bezahlung ist echt Scheiße. Die einzige Möglichkeit, hier in dieser Stadt durchzukommen, ist in der Nahrungsmittelbranche. Und ich habe die beste Schicht, von elf bis dreiundzwanzig Uhr. Und ich muss mich jetzt beeilen, wenn ich noch rechtzeitig da sein will …«

*Aber ich bin doch gerade erst angekommen!*, würde ich am liebsten schreien. *Ich bin gerade erst angekommen, und du gehst schon wieder? Du gehst nicht nur, sondern lässt mich auch noch mit deiner Familie allein, die ich überhaupt nicht kenne – und das ZWÖLF STUNDEN lang?*

Aber ich halte den Mund. Ich meine, schließlich hat Andrew mich eingeladen, mietfrei im Haus seiner Familie bei ihm zu wohnen, und ich rege mich darüber auf, dass er zur Arbeit muss – und darüber, *was* für eine Arbeit er macht? Was für eine Freundin bin ich denn?

Mein Gesichtsausdruck muss allerdings verraten haben, wie mir zumute ist, denn Andrew legt den Arm um meine Taille und zieht mich an sich. »Hör mal, Liz, mach dir keine Gedanken. Wir sehen uns ja heute Abend, wenn ich von der Arbeit komme.«

Er tritt die Zigarette mit dem Absatz aus und drückte seine Lippen an meinen Hals.

»Und dann machen wir es uns schön«, murmelt er. »In Ordnung?«

Es ist schwer, einen klaren Gedanken zu fassen, wenn ein süßer Typ mit britischem Akzent einen auf den Hals küsst.

Na ja, aber es gibt sowieso nichts zu bedenken. Mein Freund betet mich anscheinend an. Ich bin das glücklichste Mädchen der Welt.

»Na ja«, sage ich, »das klingt…«

Ehe ich den Satz zu Ende bringen kann, ist auf einmal Andrews Mund auf meinem, und wir knutschen auf der Vordertreppe zum Haus seiner Eltern.

Ich hoffe, die Nachbarn der Marshalls sind keine empfindsamen alten Damen, und wenn, dann gucken sie hoffentlich gerade nicht aus dem Fenster.

»Oh, Scheiße«, flucht Andrew, als er sich von mir löst.

»Ich muss zur Arbeit. Aber wir sehen uns heute Abend, ja?«

Meine Lippen prickeln immer noch, weil er mit seinen Bartstoppeln darübergeglitten ist. Wahrscheinlich sind sie von dem ganzen Druck jetzt so angeschwollen wie die von Angelina Jolie.

Allerdings ist mir das auch egal. Ich habe im Küssen nicht so große Erfahrung. Aber Andrew ist bestimmt der beste Küsser auf der ganzen Welt.

Und ich kann auch nicht umhin zu bemerken, dass sich in seinem Schritt unter der Hose etwas abspielt, was mir sehr gefällt.

»Musst du wirklich zur Arbeit?«, frage ich. »Kannst du heute nicht blaumachen?«

»Heute nicht. Aber morgen habe ich frei«, erwidert er. »Ich muss was in der Stadt erledigen, aber danach können wir alles unternehmen, wozu du Lust hast. Oh Gott.« Er küsst mich noch ein paar Mal und legt dann seine Stirn an meine. »Ich fasse es nicht. Bei dir ist alles in Ordnung, oder?«

Ich starre ihn an und denke, wie gut er doch aussieht, trotz der grässlichen Jacke, und wie süß und anspruchslos er doch ist. Ich meine, er ist so entschlossen, in die Fußstapfen seines Vaters zu treten und all diesen Kindern Lesen beizubringen. Er gibt sich eben nur nicht mit jeder Situation zufrieden, sondern wartet auf das Richtige …

Ich hatte ein solches Glück, dass ich gerade in dem Moment geduscht habe, als der Eintopf des Mädchens in Flammen gestanden hat, und vor allem, dass Andrew gerade zu diesem Zeitpunkt Aufsicht führte.

Ich denke an das erste Mal, als er mich vor McCracken

Hall geküsst hat (ich in meinem Handtuch und er in diesen Levi's, die genau an den richtigen Stellen verwaschen waren). Sein Atem war ganz rauchig – aber von Zigaretten, nicht vom Feuer – und heiß in meinem Mund.

Ich denke an all unsere Telefonate und E-Mails seitdem. Ich denke daran, dass ich mein ganzes Geld in ein Flugticket nach England investiert habe, da ich ja nicht mit Shari und Chaz nach New York ziehe, sondern bei meinen Eltern wohnen bleibe und im Herbst in Andrews Nähe sein kann.

Lächelnd sage ich. »Ja, es ist alles in Ordnung.«

»Na, tschüss dann«, sagt Andrew. Und gibt mir einen letzten Kuss.

Und dann dreht er sich um und geht.

*Eine der frühesten bekannten weiblichen Mode-Ikonen war die byzantinische Kaiserin Theodora, die Tochter eines Bärenzähmers, die tausend andere Mädchen um die Hand des Kaisers Justinian aus dem Rennen schlug. Gerüchte besagen, dass ihr bei dem Konkurrenzkampf ihre Fähigkeiten im Tanzen und der Akrobatik sehr zugutekamen.*

*Zwar mussten Gesetze geändert werden, damit Justinian jemanden von so niedrigem Stand heiraten konnte, aber Theodora erwies sich als würdige Kaiserin, indem sie zwei königliche Spione beauftragte, heimlich nach China zu reisen und Seidenwürmer zu stehlen, damit sie ihre eigene Seide produzieren konnte. Da Theodora nicht zu Chanel gehen konnte, ließ sie sich Chanel eben einfach bringen.*

Geschichte der Mode
Examensarbeit von Elizabeth Nichols

# 5

»Ich wiederhole nie etwas.«
Dies ist der rituelle Satz des Gesellschaftsmenschen,
der jedes Mal wieder für Klatsch sorgt.

*– Marcel Proust (1871–1922), französischer Schriftsteller, Kritiker und Essayist*

Ich bin hier! Endlich bin ich in England!

Und, na ja, es ist zwar nicht ganz so, wie ich erwartet hatte, weil ich wirklich geglaubt habe, Andrew hätte eine eigene Wohnung.

Aber er hat mich nicht ANGELOGEN.

Und vielleicht ist es ja auch besser so, dass wir zwei uns nicht die ganze Zeit in seiner Wohnung einigeln und uns Tag und Nacht lieben. So bin ich gezwungen, seine Familie kennen zu lernen, und wir können prüfen, ob wir miteinander auskommen. Schließlich will ja niemand in eine Familie einheiraten, die einen hasst.

Außerdem kann ich mit meiner Examensarbeit anfangen, wenn Andrew arbeiten ist. Vielleicht leiht mir ja einer der Marshalls einen Computer. Und ich kann ein bisschen im British Museum, oder wie es heißt, recherchieren.

Ja, ehrlich, so ist es viel besser. Ich lerne Andrew und seine Familie richtig kennen, und ich kann mit meiner Examensarbeit anfangen. Vielleicht werde ich ja sogar fertig, bis ich wieder nach Hause fliege! Das wäre toll! Dann würden meine Eltern nie erfahren, dass es eine kleine Verzögerung bei meinem Examen gab.

Mmm… irgendetwas duftet aus der Küche. Was mag das wohl sein? Es riecht gut… irgendwie. Gar nicht wie Rühreier mit Speck, die die Spezialität meiner Mutter sind. Es ist so nett von Mrs. Marshall, mir Frühstück zu machen. Ich habe ihr gesagt, dass das nicht nötig ist… Sie scheint sehr nett zu sein, mit ihrem sandbraunen Pagenkopf. Sie hat gesagt, ich solle sie Tanya nennen – obwohl ich das natürlich nie tun werde. Irgendwie hat sie die Augen aufgerissen, als ich hereinkam und Mr. Marshall mich vorstellte. Aber sie hat nicht gesagt, was sie an mir so erschreckt hat.

Ich kann nur hoffen, dass sie das mit meiner Unterwäsche nicht gemerkt hat. Und wenn es nun daran gelegen hat, dass sie so geguckt hat? Wahrscheinlich denkt sie, dass ihr Sohn sich von allen amerikanischen Mädchen, die es gibt, ausgerechnet so eine Schlampe aussuchen musste. Ich wusste doch, dass ich mir besser etwas anderes angezogen hätte. Und außerdem ist mir in diesem blöden Kleid so kalt. Man kann bestimmt meine Nippel sehen. Vielleicht sollte ich mir etwas weniger Dünnes anziehen. Ja, genau, das werde ich machen. Ich ziehe mir eine Jeans und das Twinset mit den Perlen an – das ich mir eigentlich für abends mitgebracht hatte, für den Fall, dass es dann etwas kühler wäre.

Ich hatte ja keine Ahnung, dass es hier auch tagsüber kühl ist.

Okay. Wow, was Mrs. Marshall da kocht, riecht wirklich… heftig. Was mag das wohl sein? Irgendwie kommt es mir bekannt vor.

Das selbstgebaute Bett ist gar nicht so übel. Es ist wirklich süß, so eine Art Bett, wie Ty Pennington es in seiner Hausverschönerungssendung *Extreme Makeover: Home Edition* für ein krebskrankes Kind bauen würde, nur dass es dann vielleicht herzförmig oder wie ein Raumschiff aussehen würde.

Okay, ich bin fertig. Noch kurz durch die Haare gefahren, und … hmm, blöd, dass es hier drin keinen Spiegel gibt. Na ja, die Engländer sind anscheinend nicht so eitel wie wir in den USA. Wen kümmert es schon, ob meine Wimperntusche verschmiert ist. Ich sehe bestimmt gut aus. Okay, ich ziehe einfach den Vorhang zurück und …

»Ach, du meine Güte«, sagt Mrs. M fröhlich. »Ich dachte, Sie würden sich ein bisschen hinlegen.«

Hatte sie *das* eben zu mir gesagt? Ich habe sie nicht richtig verstanden. Oh, warum musste Andrew auch zur Arbeit gehen? Anscheinend brauche ich hier einen Dolmetscher!

»Es tut mir leid«, entschuldige ich mich. »Ich bin viel zu aufgeregt, um zu schlafen!«

»Sind Sie zum ersten Mal in England?«, will Mrs. M wissen.

»Ich bin zum ersten Mal in meinem Leben außerhalb der Vereinigten Staaten«, erwidere ich. »Was Sie da kochen, riecht köstlich.« Das ist eine kleine Lüge. Was sie da kocht … riecht einfach. Aber *höchstwahrscheinlich* wird es köstlich schmecken. »Kann ich Ihnen irgendwie helfen?«

»Oh nein, meine Liebe, das schaffe ich schon alleine. Wie gefällt Ihnen denn Ihr Bett? Ist es nicht zu hart? Alles in Ordnung?«

»Oh, es ist toll«, erwidere ich und setze mich auf einen

Hocker am Ende der Küchentheke. Ich kann nicht sehen, was auf dem Herd brutzelt, weil alle Töpfe Deckel haben. Aber es riecht … gewaltig. Die Küche ist winzig, eher eine Kochecke als wirklich eine Küche. Durch das Fenster an einem Ende blickt man auf einen hellen, sonnenbeschienenen Garten voller Rosen. Mrs. M sieht selber aus wie eine Rose mit ihren rosigen Wangen. Sie trägt Jeans und eine Bluse mit Puffärmeln, die sie anscheinend Second Hand gekauft hat, denn sie sieht nicht mehr neu aus. Jetzt ist mir auch klar, warum Andrew keine Probleme damit hat, in seiner roten Lederjacke herumzulaufen. Aber während manche Secondhandteile – wie Mrs. Marshalls Bluse zum Beispiel – toll sind, sind andere es nicht. Ganz offensichtlich kann der Familie Marshall eine Unterweisung in Secondhandkleidung nicht schaden.

Gut, dass ich hier bin. Ich muss sehr vorsichtig mit der Tatsache umgehen, dass sie nicht viel Geld für Kleidung ausgeben können. Aber ich bin der lebende Beweis dafür, dass man auch ohne viel Geld großartig aussehen kann. Dieses Twinset zum Beispiel habe ich bei eBay für zwanzig Dollar ersteigert. Und meine Stretch-Levi's sind von Sears. Ja, okay, sie stammen aus der Kinderabteilung … aber Sie können sich ja vorstellen, wie begeistert ich war, in etwas aus der Kinderabteilung zu passen.

Obwohl man eigentlich in unserer gewichtbesessenen Gesellschaft nicht damit prahlen sollte. Warum müssen Frauen in Kindergrößen passen, nur um als begehrenswert zu gelten?

»Das ist ein hübsches Twinset«, sagt Mrs. M zu mir.

»Danke!«, erwidere ich. »Ich habe gerade Ihre Bluse bewundert!«

Sie lacht. »Was, das alte Ding? Das ist mindestens schon dreißig Jahre alt, wahrscheinlich älter.«

»Wunderbar«, sage ich. »Ich liebe alte Kleider.«

Ist das nicht cool? Andrews Mutter und ich kommen uns näher. Vielleicht können wir ja später mal shoppen gehen, nur Mrs. M und ich. Vermutlich hat sie nicht so viele Gelegenheiten zu Frauengesprächen, schließlich hat sie ja drei Söhne. Vielleicht können wir ja Maniküre und Pediküre machen und anschließend bei Harrods Champagner trinken? Obwohl – lassen sich die Engländer überhaupt die Hände und Füße pflegen?

»Ich kann Ihnen gar nicht sagen, wie toll es ist, Sie endlich kennen zu lernen, nachdem ich so viel von Ihnen gehört habe«, erkläre ich. Und ich will mich damit nicht einschleimen, sondern ich meine es wirklich so. »Ich finde es so toll, hier zu sein!«

»Wie schön«, sagt Mrs. Marshall. Sie scheint sich aufrichtig für mich zu freuen.

Ihre Fingernägel sind kurz und viereckig und überhaupt nicht lackiert. Na ja, wahrscheinlich hat sie für so frivole Sachen wie Maniküre nicht viel Zeit, da sie als Sozialarbeiterin sicher viel zu tun hat. »Und auf welche Sehenswürdigkeiten freuen Sie sich am meisten?«

Aus irgendeinem Grund sehe ich auf einmal das Foto von Andrews nacktem Hintern vor mir. Das ist ja nicht zu fassen! Wahrscheinlich liegt es am Jetlag.

»Oh, auf den Buckingham Palace natürlich«, sage ich. »Und das British Museum.« Ich erwähne allerdings nicht, dass ich mir nur die Säle mit den historischen Kostümen anschauen will. Wenn es solche Säle überhaupt gibt. Langweilige alte Kunstwerke kann ich mir zu Hause genug anschauen, schließlich werden wir nach New York ziehen, wenn Andrew seinen Master hat. Er hat schon eingewilligt.

»Oh, und natürlich auf den Tower of London.« Ich habe gehört, dass dort alle Kronjuwelen aufbewahrt werden. »Und … oh, Jane Austens Haus.«

»Ach, sind Sie ein Fan von ihr?« Mrs. Marshall wirkt ein wenig überrascht. Offensichtlich hatte keine von Andrews früheren Freundinnen einen so intellektuellen literarischen Geschmack. »Welcher ist denn Ihr Lieblingsroman?«

»Oh, die Fernsehfassung mit Colin Firth natürlich«, erwidere ich. »Obwohl die Kostüme auch in der Version mit Gwyneth Paltrow wirklich hübsch waren.«

Mrs. Marshall wirft mir einen seltsamen Blick zu – vielleicht kann sie ja meinen Akzent ebenso schwer verstehen wie ich ihren. Aber ich bemühe mich um eine deutliche Aussprache. Dann jedoch merke ich, was sie mit der Frage gemeint hat, und sage: »Ach so, Sie meinen die *Bücher*? Ich weiß nicht. Sie sind alle gut.« Sie enthalten nur nicht annähernd genug Beschreibungen der Kleidung.

Mrs. Marshall lacht und sagt: »Möchten Sie sich einen Tee nehmen? Sie kommen bestimmt um vor Durst nach dem langen Flug.«

Natürlich hätte ich viel lieber eine Diet Coke. Aber als ich danach frage, macht Mrs. Marshall wieder so ein komisches Gesicht und meint, sie müsste erst welche im Supermarkt kaufen.

»Oh nein«, erwidere ich verlegen. »Es ist schon in Ordnung. Dann trinke ich einfach Tee.«

Mrs. Marshall blickt mich erleichtert an. »Gut«, sagt sie.

»Mir gefällt der Gedanke auch gar nicht, dass Sie Ihren Körper so mit all diesen hässlichen, unnatürlichen Chemikalien belasten. Das kann Ihnen nicht guttun.«

Ich lächele sie an, obwohl ich keine Ahnung habe, wovon sie redet. Diet Coke enthält keine hässlichen Chemikalien. Es enthält Kohlensäure, Koffein und Süßstoff. Was ist daran so unnatürlich?

Aber da ich jetzt in England bin, will ich mich auch wie die Engländer benehmen. Ich schenke mir einen Tee aus der Keramikkanne ein, die neben dem Wasserkocher steht, und gieße auf Mrs. Ms Drängen Milch hinein. Anscheinend trinken die Engländer ihren Tee so, statt mit Honig oder Zitrone.

Überrascht stelle ich fest, dass er so eigentlich ganz gut schmeckt. Und das sage ich auch.

»Was schmeckt gut?« Ein Junge mit rotblonden Haaren von vielleicht fünfzehn oder sechzehn in einer dunklen Jeansjacke und hell gebleichten Jeans (autsch – allerdings trägt er unter der Jacke ein Killers T-Shirt, was die Jeans ein bisschen wettmacht) ist in die Küche gekommen. Er erstarrt, als er mich sieht.

»Wer ist das denn?«, will er wissen.

»Was soll das heißen, wer ist das denn«, weist ihn Mrs. Marshall zurecht. »Das ist Liz, die Freundin deines Bruders Andy aus Amerika …«

»Ach, komm, Mum«, erwidert Alex grinsend. »Willst du mich auf den Arm nehmen? Das ist sie nicht. Sie ist doch gar nicht …«

»Alex, das ist Liz«, unterbricht ihn Mrs. M streng. Im Moment sieht sie nicht mehr aus wie eine Rose. Höchstens wie eine mit Dornen. »Begrüß sie bitte anständig.«

Alex verzieht das Gesicht und streckt mir die rechte Hand entgegen. Ich schüttele sie.

»Entschuldigung«, sagt er. »Freut mich, dich kennen zu lernen. Aber Andy hat gesagt…«

»Alex, bring das bitte zum Tisch«, sagt Mrs. M und drückt ihrem jüngsten Sohn Messer und Gabeln in die Hand. »Wir können gleich frühstücken.«

»Frühstück? Es ist doch schon fast Mittag.«

»Nun, Liz hat noch nicht gefrühstückt, und deshalb frühstücken wir.«

Alex nimmt das Besteck und geht ins Esszimmer. Geronimo – so heißt ihr Collie. Ist das nicht süß? –, der sich die ganze Zeit über an mein Bein gedrückt hatte, läuft ihm nach, anscheinend in der Hoffnung, etwas zu fressen zu bekommen.

»Haben Sie auch Brüder, Liz?«, fragt Mrs. M mich.

»Nein«, erwidere ich, »nur zwei ältere Schwestern.«

»Da hat Ihre Mutter aber Glück gehabt«, sagt Mrs. M. »Jungen sind so anstrengend.« Dann dreht sie sich um und ruft: »Alex, sag deinem Vater, das Frühstück ist fertig. Und sag auch Alistair Bescheid.«

Andrew, Alistair und Alexander. Ich finde es so süß, dass Andrews Eltern all ihren Söhnen Namen mit A gegeben haben… so wie Paul Anka, nur dass er Töchter hatte – Alexandra, Amanda, Alicia, Anthea und Amelia.

Und wie süß es ist, dass sie alle Liz zu mir sagen statt Lizzie. Noch nie hat mich jemand Liz genannt. Außer Andrew natürlich. Dabei habe ich es ihm nie gesagt. Er tut es einfach.

»Nun«, sagt Mrs. Marshall und lächelt mich an. »Setz dich doch, Liz. Dann können wir essen.«

»Ich helfe Ihnen, die Sachen zum Tisch zu bringen«, sage ich und rutsche vom Hocker.

Aber Mrs. Marshall scheucht mich aus der Küche und erklärt, sie bräuchte keine Hilfe. Ich gehe ins Esszimmer – das eigentlich nur ein Teil des L-förmigen Wohnzimmers ist. Geronimo sitzt bereits neben dem Stuhl am Kopfende und wartet gespannt auf alle Brocken, die möglicherweise für ihn abfallen.

»Wo soll ich mich hinsetzen?«, frage ich Alex, der typisch für einen Teenager – das ist bestimmt auf der ganzen Welt so – mit den Schultern zuckt.

In diesem Moment betritt Mr. Marshall das Zimmer und zieht mir einen Stuhl heraus.

Ich bedanke mich, und als ich mich setze, überlege ich, wann mein Vater mir jemals einen Stuhl zurechtgerückt hätte. Ich glaube, nie.

»So«, sagt Mrs. Marshall, die mit dampfenden Platten aus der Küche kommt. »Zu Ehren des ersten England-Besuchs von Andys Freundin Liz ein originales englisches Land-Frühstück.«

Ich setze mich noch ein bisschen gerader hin, um zu zeigen, wie aufgeregt und geschmeichelt ich bin. »Oh, vielen Dank«, sage ich. »Aber Sie hätten sich wirklich nicht so viel Mühe …«

Dann sehe ich, was sich auf den Platten befindet.

»Tomaten-Ratatouille«, sagt Mrs. Marshall stolz. »Ihr Lieblingsgericht. Und dann unsere englische Version dieses Gerichts, gedünstete Tomaten. Das hier sind gefüllte Tomaten und Tomaten-Omelett. Andy hat mir erzählt, wie gerne Sie Tomaten mögen, Liz. Ich hoffe, dass Sie sich bei dieser Mahlzeit wie zu Hause fühlen!«

Oh, mein Gott.

»Liz?«, fragt Mrs. Marshall besorgt. »Ist alles in Ordnung, meine Liebe? Sie sehen ein bisschen … blass um die Nase aus.«

»Es geht mir gut, danke«, erwidere ich und trinke einen großen Schluck von meinem Milchtee. »Es sieht wunderbar aus, Mrs. Marshall. Vielen Dank, dass Sie sich so viel Mühe gemacht haben. Das wäre doch nicht nötig gewesen.«

»Es war mir ein Vergnügen.« Mrs. Marshall strahlt, als sie sich mir gegenübersetzt. »Und bitte, Sie sollen mich doch Tanya nennen.«

»Ja. Tanya.« Ich hoffe, die anderen sehen nicht, dass mir die Tränen in die Augen steigen. Wie kann er sich so irren? Hat er meine E-Mails denn nicht gelesen? Hat er in der Brandnacht denn nicht zugehört?

»Wer fehlt noch?«, fragt Mrs. Marshall und blickt auf den leeren Stuhl gegenüber von Alex.

»Alistair«, antwortet Alex und nimmt sich eine Scheibe Toast. Toast. Ich kann Toast essen. Nein, das kann ich nicht. Nicht, wenn ich so dünn bleiben möchte. Oh Gott! Ich muss aber etwas essen. Das Tomaten-Omelett. Vielleicht schmeckt man ja durch die Eier die Tomaten nicht.

»ALISTAIR!«, brüllt Mr. Marshall.

Von irgendwo aus den Tiefen des Hauses ruft eine männliche Stimme: »Ja! Ich komme!«

Ich esse einen Bissen Omelett. Es ist gut. Man schmeckt die To …

»Doch. Doch, man schmeckt die Tomaten.«

Na ja, es ist eben ein richtiger Irrtum. Das mit den Tomaten, meine ich. Jeder kann mal etwas verwechseln. Sogar ein Seelenpartner. Wenigstens hat er sich daran erinnert, dass ich überhaupt Tomaten erwähnt habe. Er wusste wohl bloß nicht mehr, was genau ich darüber gesagt habe. Nur, *dass* ich etwas gesagt habe.

Und schließlich hat er ja auch genug damit zu tun, Kindern Lesen beizubringen. Und zu kellnern.

Als gerade niemand zu mir hinschaut, lasse ich das Omelett unauffällig von meinem Teller gleiten. Dann werfe ich Geronimo, der sofort angelaufen kommt, einen Blick zu. Und schon habe ich eine Hundeschnauze auf den Knien.

»Was ist das?« Ein Junge, offensichtlich Andys mittlerer Bruder, Alistair, taucht in der Tür auf. Im Gegensatz zu seiner Mom und seinen beiden Brüdern hat Alistair leuchtend kupferrote Haare – wahrscheinlich die gleiche Haarfarbe wie sein Vater, bevor er eine Glatze bekam … jedenfalls seinen Augenbrauen nach zu urteilen.

»Oh, hallo, Ali«, sagt Mrs. Marshall. »Setz dich. Es gibt ein traditionelles englisches Frühstück, um Andys Freundin Liz aus Amerika willkommen zu heißen.«

»Hi«, sage ich und blicke den Rotschopf an, der anscheinend nur ein oder zwei Jahre jünger ist als ich. Er ist von Kopf bis Fuß in Adidas gekleidet … Adidas Trainingshosen, Jacke, T-Shirt und Schuhe. Vielleicht läuft er für sie Werbung. »Ich bin Lizzie. Nett, dich kennen zu lernen.«

Alistair starrt mich eine Minute lang an. Dann bricht er in Lachen aus.

»Okay«, sagt er. »Guter Versuch, Mum. Was soll das jetzt für ein Witz sein?«

»Es ist überhaupt kein Witz, Alistair«, sagt Mrs. Marshall mit kühler Stimme.

»Aber«, blökt Alistair, »das kann nicht Liz sein! Andy hat gesagt, Liz wäre ein Dickerchen!«

*Über die Kleidung in der Zeit vom zweiten Jahrhundert bis weit ins achte Jahrhundert ist nur wenig bekannt, dank der barbarischen Invasionen der Goten, Westgoten, Ostgoten, Hunnen und Franken. Wir wissen allerdings, dass aufgrund dieser Feldzüge nur wenige Leute Gelegenheit hatten, über Mode nachzudenken, da sie die meiste Zeit um ihr Leben rannten.*

*Erst als Karl der Große 800 zum römischen Kaiser gekrönt wurde, gab es wieder eine Art detaillierter Beschreibung der Garderobe dieser Zeit, zu der über Kreuz gebundene Hosen gehörten, die später als Braies oder Breeches bekannt wurden, jenes Kleidungsstück, ohne das Autorinnen historischer Liebesromane in der ganzen Welt nicht auskommen.*

Geschichte der Mode
Examensarbeit von Elizabeth Nichols

# 6

Aber sprich die Wahrheit, und die Natur und alle ihre Geister sind dir unerwartet gewogen. Sprich die Wahrheit, und alle lebendigen und toten Dinge sind dein Beleg, und selbst die Wurzeln des Grases unter deinen Füßen tragen dich als Zeuge.

*– Ralph Waldo Emerson (1803–1882), amerikanischer Essayist, Dichter und Philosoph*

Es klingelt fünf Mal, bevor Shari drangeht. Eine Minute lang fürchte ich, dass sie überhaupt nicht abnimmt. Wenn sie nun schläft? Nach europäischer Zeit ist es zwar erst neun Uhr abends, aber wenn sie nun nicht so gut mit dem Zeitunterschied klarkommt wie ich? Andererseits ist sie schon länger hier. Sie sind vor zwei Tagen nach Paris geflogen, haben dort in einem Hotel übernachtet und sind dann am nächsten Tag ins Château gefahren.

Andererseits handelt es sich um Shari, die zwar in der Schule gut war, aber im alltäglichen Leben eine Katastrophe. Sie hat ihr Handy öfter ins Klo fallen lassen, als ich zählen kann. Hoffentlich kann ich sie überhaupt erreichen!

Zu meiner Erleichterung meldet sie sich schließlich. Und ich merke sofort, dass ich sie nicht geweckt habe, weil im Hintergrund Musik dröhnt. *Vamos a la playa* höre ich immer wieder.

»Lizzie!«, schreit Shari ins Telefon. »Bist DUU das?«

Oh. Sie ist betrunken.

»Wie geht's diiir?«, will sie wissen. »Wie ist es in London? Wie geht's dem scharfen, scharfen Andrew? Wie geht's seinem Arsch?«

»Shari«, sage ich leise. Ich will nicht, dass die Marshalls mich hören, deshalb lasse ich Wasser in die Badewanne ein. Ich verschwende es nicht einfach so, sondern habe tatsächlich vor zu baden. Gleich. »Es ist ziemlich komisch hier. Echt komisch. Ich muss mal kurz mit jemand Normalem reden.«

»Warte, ich gehe Chaz holen«, sagt Shari. Dann kichert sie. »Das soll ein Witz sein! Oh, mein Gott, Lizzie, du solltest das hier mal sehen. Du würdest tot umfallen! Lukes Haus ist RIESIG, RIESIG. Es hat einen Namen, Mirac, und es hat ein eigenes WEINGUT. Lizzie, sie machen ihren eigenen Champagner hier. SIE MACHEN IHN SELBER!«

»Das ist ja toll«, erwidere ich. »Shari, ich glaube, Andrew hat seinen Brüdern erzählt, ich sei fett.«

Das verschlägt Shari einen Moment lang die Sprache. Wieder höre ich *Vamos a la playa*. Dann explodiert sie.

»Das hat der Scheißkerl gesagt? Er hat gesagt, du wärst fett? Bleib, wo du bist. Rühr dich nicht von der Stelle. Ich nehme den nächsten Zug durch den Kanal und komme herüber, um ihm die Eier abzuschneiden …«

»Shari«, unterbreche ich sie. Sie schreit so laut, dass ich Angst habe, die Marshalls könnten sie durch die geschlossene Tür hören. Trotz Fernseher und Wasserrauschen. »Shari, warte, so habe ich das nicht gemeint. Ich meine, ich weiß nicht genau, was er gesagt hat. Es ist alles bloß so komisch hier. Ich bin hier angekommen, und Andrew ist sofort zur Arbeit losgezogen. Das war ja okay. Ich meine, es war schon in Ordnung, denn in Wahrheit …« Jetzt spüre ich, wie mir die Tränen kommen. Na toll … »In Wahrheit arbeitet Andrew gar nicht mit Kindern. Er ist Kellner. Er arbeitet von elf Uhr morgens bis elf Uhr abends. Ich wusste noch nicht einmal, dass so etwas legal ist. Außerdem hat er keine eigene Wohnung. Wir wohnen hier bei seinen Eltern und seinen kleinen Brüdern. Und denen hat er anscheinend erzählt, ich sei fett. Und seiner Mom hat er erzählt, ich würde Tomaten mögen.«

»Ich nehme alles zurück«, sagt Shari. »Ich komme nicht dorthin. Du kommst her. Kauf dir ein Zugticket und komm her. In Paris musst du umsteigen und den Zug nach Souillac nehmen. Und dann ruf mich einfach an. Wir holen dich am Bahnhof ab.«

»Shari«, erwidere ich. »Das geht nicht. Ich kann nicht einfach hier abhauen.«

»Und wie du das kannst!«, sagt Shari. Ich höre eine andere Stimme im Hintergrund, und dann sagt Shari: »Das ist Lizzie. Der Scheißer Andrew arbeitet Tag und Nacht, und sie muss bei seinen Eltern wohnen und Tomaten essen. Und er hat gesagt, sie sei fett.«

»Shari«, werfe ich schuldbewusst ein. »Ich weiß nicht genau, ob er das gesagt hat. Und er ist kein … Mit wem redest du da überhaupt?«

»Chaz sagt, du sollst deinen überhaupt nicht dicken Hintern morgen früh zum Zug bewegen. Er holt dich morgen Abend höchstpersönlich am Bahnhof ab.«

»Ich kann nicht nach Frankreich kommen«, sage ich entsetzt. »Mein Rückflug geht doch von Heathrow, und ich kann nicht umbuchen.«

»Ja und? Dann fährst du am Ende des Monats eben wieder nach England und fliegst von dort aus nach Hause. Ach, komm doch her, Lizzie. Wir haben bestimmt eine Menge Spaß!«

»Shari, ich kann nicht nach Frankreich kommen«, erwidere ich kläglich. »Und ich will auch gar nicht nach Frankreich. Ich liebe Andrew. Das verstehst du nicht. Dieser Abend draußen vor McCracken Hall … es war magisch, Shar. Er hat in meine Seele geblickt und ich in seine.«

»Wie soll das denn gegangen sein?«, fragt Shari. »Es war doch dunkel.«

»Nein, das stimmt nicht. Wir konnten doch im Schein der Flammen, die aus dem Zimmer von diesem Mädchen schlugen, etwas sehen.«

»Na ja, vielleicht hast du ja nur gesehen, was du sehen wolltest. Oder vielleicht hast du auch nur *gefühlt*, was du *fühlen* wolltest.«

Ich weiß, dass sie damit auf Andrews Ständer anspielt, und starre verzweifelt auf das Wasser, das in die Wanne läuft.

Eigentlich bin ich ja ein fröhlicher Mensch. Ich habe sogar gelacht, als Alistair am Tisch gesagt hat, er habe geglaubt, ich sei dick. Was bleibt einem auch anderes übrig, wenn man herausfindet, dass der eigene Freund herumläuft und überall erzählt, man sei dick?

Zumal ich ja auch tatsächlich dick war, als Andrew mich das letzte Mal gesehen hatte. Oder wenigstens mindestens elf Kilo schwerer als jetzt.

Ich musste einfach lachen, damit mich die Marshalls nicht für eine überempfindliche Heulsuse hielten. Und ich glaube, das ist mir auch gelungen, denn Mrs. Marshall hat ihrem Sohn lediglich einen bösen Blick zugeworfen … Da es mir aber nichts auszumachen schien, hat sie dann wohl nicht weiter darüber nachgedacht, genau wie die anderen auch.

Und Alistair erwies sich als ganz nett. Er bot mir seinen Computer an, damit ich mit meiner Examensarbeit anfangen konnte, was ich dann auch den Rest des Tages getan habe. Abends gab es ein »Curry« aus dem Restaurant an der Ecke mit den beiden alten Marshalls, weil die beiden jungen ausgegangen waren. Wir sahen uns während des Essens eine britische Krimiserie an, von der ich wegen des Akzents der Schauspieler ungefähr nur jedes siebte Wort verstand.

Ich war absolut entschlossen, das mit dem Dicksein nicht an mich herankommen zu lassen. Denn ungeachtet dessen, was meine Schwestern denken – und sie haben mich nur zu gerne mit diesem Thema aufgezogen, als ich ein Kind war –, spielt Gewicht keine Rolle. Wirklich nicht. Außer natürlich, wenn man Model ist oder so.

Aber im Allgemeinen haben die paar Pfund zu viel mich nie daran gehindert, das zu tun, was ich tun wollte. Klar, da waren die zahlreichen Gelegenheiten, bei denen ich im Sport als Letzte in die Volleyballmannschaft gewählt wurde.

Und gelegentlich war es mir auch peinlich, wenn ich vor einem Jungen, in den ich verknallt war, im Badeanzug am See oder im Schwimmbad erscheinen musste.

Und dann gab es da noch die blöden Typen, die mich erst gar keines Blickes würdigten, weil ich schwerer war als die Mädchen, die sie bevorzugten.

Aber wer will schon mit blöden Typen herumhängen?

Ich möchte mit Jungs zusammen sein, die mehr im Kopf haben als die nächste Saufparty. Ich möchte mit Jungs zusammen sein, die die Welt verbessern wollen – so wie Andrew. Ich will mit Jungs zusammen sein, die wissen, dass bei einem Mädchen nicht der Taillenumfang, sondern das Herz zählt – so wie Andrew. Ich will mit Jungs zusammen sein, die hinter die äußere Erscheinung eines Mädchens und in ihre Seele hineinblicken können – so wie Andrew.

Nur … na ja, nach Alistairs Bemerkung kommt es mir so vor, dass Andrew an jenem Abend vor McCracken Hall vielleicht doch nicht in meine Seele geblickt hat.

Und auch die Sache mit den Tomaten. Ich habe Andrew doch gesagt – beziehungsweise, ich habe es ihm geschrieben –, dass ich Tomaten hasse. Ich habe ihm gesagt, dass es das einzige Nahrungsmittel ist, was ich nicht ausstehen kann. Ich habe ihm doch sogar erzählt, wie grauenhaft es war, in einer halb italienischen Familie aufzuwachsen und Tomaten zu verabscheuen. Mom hat immer reichlich Tomatensauce für ihre Pasta und Lasagne gekocht. Sie hatte zahlreiche Tomatenstauden hinten im Garten, und ich musste dort immer Unkraut jäten, weil ich die Einzige war, die die hässlichen roten Dinger nicht anfasste und deshalb auch bei der Ernte nicht half.

All das habe ich Andrew erzählt, und zwar nicht nur als Antwort auf seine Frage, was ich gerne esse, sondern auch in jener Nacht, die wir vor drei Monaten unter den Sternen und im Rauch verbracht haben.

Und er hat mir nicht zugehört. Er hat auf kein einziges meiner Worte geachtet.

Aber er hat seiner Familie mitgeteilt, ich sei ein – was für einen Ausdruck hat er noch mal verwendet? Ach ja, ein »Dickerchen«.

Habe ich vielleicht einen Fehler gemacht? Ist es möglich – wie Shari einmal gemeint hat –, dass ich Andrew gar nicht liebe, wie er wirklich ist, sondern weil ich die Persönlichkeit auf ihn projiziert habe, die ich gerne in ihm sehen möchte?

Könnte es sein, dass sie recht hat? Habe ich mich die ganze Zeit über nur so hartnäckig geweigert, ihn so zu sehen, wie er wirklich ist, weil es so schön war, mit ihm zu knutschen (und weil ich so geschmeichelt über seinen Ständer war)? Will ich bloß nicht zugeben, dass er mich nur körperlich anzieht?

Ich habe fast zwei Stunden lang nicht mit Shari gesprochen, als sie das gesagt hatte, so wütend war ich darüber gewesen. Schließlich hat sie sich entschuldigt.

Aber wenn sie nun recht hatte? Denn der Andrew, den ich kannte – oder zu kennen glaubte –, würde seinem Bruder nie gesagt haben, ich sei dick. Der Andrew, den ich kannte, hätte nicht einmal bemerkt, dass ich dick war.

»Lizzie?« Sharis Stimme dringt an mein Ohr. »Bist du tot?«

»Nein, ich bin noch da«, erwidere ich. Im Hintergrund dröhnt immer noch Rockmusik, und es ist ganz offensichtlich, dass Shari keinen Jetlag hat. Sharis Freund ist nicht bei der Arbeit. Oder beziehungsweise, ist er doch, aber sie arbeiten wenigstens zusammen. »Ich … hör mal, ich muss Schluss machen. Ich rufe dich später noch mal an.«

»Warte«, sagt Shari. »Bedeutet das, dass du im Herbst doch mit mir nach New York kommst?«

Ich lege auf. Eigentlich bin ich ihr nicht böse. Ich bin nur so …

So müde.

Ich kann mich nicht mehr erinnern, gebadet, meinen Schlafanzug angezogen zu haben und ins Bett gekrabbelt zu sein. Ich weiß nur noch, dass es mir vorkam, als sei es tief in der Nacht, als Andrew mich sanft wachrüttelte. Aber es ist erst Mitternacht – zumindest dem Uhrenzifferblatt nach zu urteilen, das er mir vors Gesicht hält, als ich verschlafen frage, wie spät es ist.

Mir war es noch gar nicht aufgefallen, dass er eine Digitalarmbanduhr mit Leuchtziffern trägt. Das ist irgendwie … nicht sexy.

Aber vielleicht braucht er sie ja, damit er weiß, wie spät es ist, wenn er in dem dunklen, nur von Kerzen erhellten Restaurant schuftet …

»Tut mir leid, dass ich dich geweckt habe«, sagt er. Er steht neben meinem Hochbett, das gerade so hoch ist, dass er sich nicht bücken muss, um leise mit mir zu reden. »Ich wollte nur sichergehen, dass alles in Ordnung ist. Brauchst du etwas?«

Ich betrachte ihn blinzelnd im Halbdunkel der Kammer, die nur vom Schein des Mondes beleuchtet wird. Andrew trägt schwarze Jeans und ein weißes Hemd – Kellnerkleidung.

Ich weiß nicht, was mich dazu treibt. Vielleicht liegt es daran, dass ich mich den ganzen Abend über so allein gefühlt habe und so deprimiert war. Vielleicht schlafe ich ja auch noch halb.

Oder vielleicht liebe ich ihn wirklich. Auf jeden Fall setze ich mich auf, packe ihn an der Hemdbrust und flüstere: »Oh, Andrew, alles ist so furchtbar! Dein Bruder Alistair – er hat heute gesagt, du hättest ihm erzählt, ich sei ein Dickerchen. Das stimmt doch nicht, oder?«

»Was?« Lachend küsst Andrew mich auf den Hals. Das tut er anscheinend gerne. »Was redest du da?«

»Dein Bruder, Alistair. Er tat ganz geschockt, als er mich sah, und behauptete, du hättest zu ihm gesagt, ich sei dick.«

Andrew hört auf, mich auf den Hals zu küssen, und sieht mich an.

»Hör mal«, sagt er, »du nimmst ihn doch nicht etwa ernst?«

»Aber er hat es wirklich gesagt. ›Ein Dickerchen‹, so hat er sich ausgedrückt.«

Ein bisschen zu spät geht mir auf, dass Andrew jetzt vielleicht stinksauer auf seinen Bruder ist – vor allem, wenn es nicht stimmt, was Alistair gesagt hat. Und es kann ja gar nicht stimmen, oder? Andrew würde so etwas doch nie sagen …

»Oh, Andrew, es tut mir leid«, sage ich, schlinge ihm die Arme um den Hals und küsse ihn zärtlich. »Ich hätte es gar nicht erst erwähnen sollen. Vergiss es einfach. Alistair wollte mich bestimmt nur aufziehen. Und ich bin darauf hereingefallen. Wir vergessen das Ganze einfach, ja?«

Aber Andrew scheint es nicht vergessen zu wollen. Er zieht mich fester an sich und belegt seinen Bruder sehr nachdrücklich mit einigen äußerst deutlichen Adjektiven. Schließlich flüstert er mir zu: »Ich finde, du siehst toll aus. Der Ansicht war ich immer schon. Klar, als wir uns das erste Mal begegnet sind, warst du ein bisschen dicker als jetzt, und als du heute früh am Flughafen aus dem Zoll gekommen bist, da habe ich dich noch nicht mal erkannt in diesem kleinen chinesischen Kleid. Ich konnte gar nicht aufhören, dich anzustarren, und habe mich gefragt, welcher Typ wohl das Glück hat, diese scharfe Nummer abzuholen.«

Ich blinzele verwirrt. Irgendwie finde ich seine Worte nicht so ermutigend.

»Als dann die Durchsage kam und ich dich am Infostand sah, da wurde mir klar, dass ich der Glückliche war«, fährt Andrew fort. »Es tut mir leid, dass bis jetzt alles so blöd gelaufen ist – das mit der Wohnung von meinem Kumpel hat nicht geklappt. Du hast kein richtiges Bett, und dann noch mein Arschloch von einem Bruder und meine Arbeitszeiten. Aber du musst wissen …« Er legt mir den Arm um die Taille. »… dass ich hin und weg bin, weil du endlich hier bist.« Und damit knutscht er noch ein bisschen mehr an meinem Hals herum.

Ich nicke. Es gefällt mir zwar, dass er mich auf den Hals küsst, aber es lastet trotzdem noch etwas auf mir. Also sage ich: »Andrew, nur noch eins.«

»Ja, was ist denn, Liz«, will er wissen, während seine Lippen zu meinem Ohrläppchen gleiten.

»Andrew, ich«, sage ich langsam, »also ich … eigentlich …«

»Was ist denn los, Liz?«, fragt er.

Ich hole tief Luft. Ich *muss* es einfach sagen, sonst hängt es mir während meines ganzen Aufenthalts wie ein Damoklesschwert über dem Kopf.

»Eigentlich hasse ich Tomaten«, stoße ich hervor.

Andrew hebt den Kopf und blickt mich verständnislos an. Dann wirft er den Kopf zurück und lacht.

»Oh Gott!«, flüstert er. »Stimmt ja! Das hast du mir doch geschrieben! Mum hat mich gefragt, was du besonders gerne isst, damit sie es zum Empfang für dich kochen kann. Aber ich konnte mich nicht mehr erinnern. Ich wusste nur noch, dass du irgendwas über Tomaten gesagt hast …«

Ich versuche, es nicht persönlich zu nehmen, dass er sich nicht mehr erinnern konnte, WAS ich über Tomaten gesagt hatte. Dass ich sie nämlich überhaupt nicht ausstehen kann.

Andrew lacht sich kaputt. Es freut mich ja, dass er die Situation so erheiternd findet. »Ach, du armes Mädchen. Keine Sorge, ich lasse demnächst mal ein paar Worte fallen. Komm her, ich küsse dich noch mal …« Was er auch tut. Und dann flüstern wir eine ganze Zeit lang nicht, weil wir uns küssen.

Und ich merke, dass Andrews Bruder unrecht hat – er findet mich gar nicht dick … höchstens auf eine *gute* Art und Weise. Er mag mich. Er mag mich WIRKLICH. Das spüre ich durch seine Kellnerhose hindurch.

Ich helfe ihm dabei, sie auszuziehen, weil sie ihn so einengt.

Und dann krabbelt er lachend zu mir ins Hochbett, das zum Glück nicht zusammenkracht, und wir nehmen uns in den Arm.

»Andrew«, flüstere ich, »hast du ein Kondom dabei?«

»Ein Kondom?«, flüstert Andrew zurück, als ob ihm das Wort nicht geläufig sei. »Nimmst du denn nicht die Pille? Ich dachte, alle amerikanischen Mädchen nehmen die Pille.«

»Na ja«, erwidere ich, »das tue ich ja auch. Aber … du

weißt schon, die Pille schützt einen nicht vor Krankheiten.«

»Willst du damit andeuten, ich hätte eine Krankheit?«, fragt Andrew böse.

Ach, du liebe Güte. Warum kann ich eigentlich nie meinen Mund halten?

»Äh«, sage ich hastig. »Nein, aber, äh, *ich* könnte ja eine haben. Man weiß nie.«

»Oh«, sagt Andrew schmunzelnd. »Ach so. Aber du? Niemals. Du bist viel zu süß.« Und er widmet sich wieder meinem Hals.

Das ist ja nett. Aber meine Frage hat er noch nicht beantwortet.

»Und?«, frage ich. »Hast du ein Kondom?«

»Du meine Güte, Liz«, sagt Andrew und setzt sich auf. Er fummelt herum und zieht schließlich ein Päckchen Trojan aus seiner Kellnerhose, die am Fußende des Bettes liegt. »Bist du jetzt zufrieden?«

»Ja«, erwidere ich. Und das stimmt auch. Obwohl ich mich fragen könnte, warum mein Freund mit einem Kondom in der Tasche zur Arbeit geht, wenn ich eine misstrauische Natur wäre (was ich nicht bin). Was mag er damit vorgehabt haben? Ich meine, schließlich ist seine Freundin zu Hause und nicht an seinem Arbeitsplatz.

Aber darum geht es jetzt nicht. Entscheidend ist nur, dass er ein Kondom hat, und dass wir jetzt zur Sache kommen können.

Was wir auch ohne weitere Verzögerung tun.

Obwohl …

Na ja, es läuft alles so, wie es sollte, wenn auch meine Erfahrungen in dieser Hinsicht sich auf ein bisschen Fummeln in einem extra langen Schlafsaalbett beschränken. Das war damals mit Jeff, meinem einzigen Langzeit-Freund (drei Monate), mit dem ich im ersten College-Jahr ausging, und der mir später unter Tränen gestand, dass er sich in seinen Zimmergenossen Jim verliebt habe.

Aber ich habe natürlich genügend Artikel in *Cosmo* gelesen, um zu wissen, dass jedes Mädchen für seinen eigenen Orgasmus verantwortlich ist – so wie jeder Gast auf einer Party selber dafür sorgen muss, dass er sich amüsiert –, keine Gastgeberin kann sich um ALLES kümmern! Also, ich meine, man kann diese Dinge nicht wirklich einem Jungen überlassen. Er wird es nur vermasseln, oder schlimmer noch, es gar nicht erst versuchen (es sei denn, natürlich, er ist wie Jeff, der sehr an meinen Orgasmen interessiert war... mindestens ebenso wie an meinen Herbert Levine Pumps mit der Strassschnalle, was ich feststellte, als ich ihn dabei erwischte, wie er sich darin vor dem Spiegel bewunderte).

Aber während ich mich um meine Befriedigung selber kümmere, hat Andrew anscheinend Probleme mit seiner eigenen. Jedenfalls hört er abrupt auf und wirft sich auf den Rücken.

»Andrew«, sage ich besorgt, »ist alles in Ordnung?«

»Ach, ich kann einfach nicht kommen«, murrt er wenig romantisch. »Es liegt an dem verdammten Bett. Es ist einfach nicht genug Platz.«

Ich bin erstaunt, um es vorsichtig auszudrücken, weil ich noch nie von einem Mann gehört habe, der nicht kommen kann. Zwar ist für manche Leute – wie Shari zum Beispiel – ein Mann, der ständig einen Steifen hat, ein Gottesgeschenk, aber ich finde es eigentlich eher unangenehm.

Da ich bereits für meinen eigenen Orgasmus gesorgt habe, bin ich mir sowieso nicht sicher, wie lange ich es noch unter Andrew ausgehalten hätte. Langsam werde ich nämlich wund.

Aber es ist nicht richtig, nur an sich zu denken, wenn der andere leidet. Ich weiß doch gar nicht, wie elend Andrew sich jetzt fühlt.

Mitleidig küsse ich ihn und frage: »Kann ich dir irgendwie behilflich sein?«

Anscheinend ist das der Fall, denn Andrew beginnt, meinen Kopf nach unten zu drücken.

Die Sache ist nur, ich habe das noch nie in meinem Leben gemacht, und ich weiß gar nicht, ob ich es überhaupt kann … obwohl, diese Brianna aus dem Studentenwohnheim hat einmal versucht, es mir mit einer Banane beizubringen.

Aber trotzdem. Irgendwie habe ich mir den Vollzug unserer Beziehung anders vorgestellt.

Und doch tut man so etwas ja für die Menschen, die man liebt, wenn sie es brauchen.

Allerdings bitte ich ihn zuerst, sich ein frisches Kondom überzustreifen. SO sehr liebe ich niemanden. Noch nicht einmal Andrew.

*Bei den Kreuzzügen ging es nicht nur um religiöse Überzeugungen. Es ging auch um Mode! Heimkehrende Kreuzritter brachten ihren Frauen nicht nur das Gold der besiegten Feinde mit, sondern auch Schönheitstipps von den Damen des Orients, wie zum Beispiel das Rasieren der Scham (wovon man in den meisten Teilen Europas seit den Anfängen des Römischen Reichs nie etwas gehört hatte).*

*Ob die Engländerinnen diese Praktiken von ihren Schwestern im Fernen Osten übernommen haben, bleibt der Fantasie des Lesers überlassen, aber wir wissen von Porträts aus dieser Zeit, dass viele Frauen es ein wenig zu weit trieben und auch sämtliche Kopfhaare, einschließlich der Wimpern und Augenbrauen, entfernten. Da viele Frauen damals weder lesen noch schreiben konnten, ist es kein Wunder, dass sie alles falsch verstanden haben.*

Geschichte der Mode
Examensarbeit von Elizabeth Nichols

# 7

Wahre dein eigenes Geheimnis und lüfte das anderer Leute.

*– Philip Dormer Stanhope, vierter Earl von Chesterfield (1694–1773), britischer Staatsmann*

Ich erwache mit einem Gefühl tiefster Befriedigung, obwohl ich alleine im Bett liege, da Andrew schließlich in sein eigenes Bett gewankt ist. Der Versuch, mit mir zusammen in dem schmalen Hochbett einzuschlafen, ist kläglich gescheitert, da er viel zu lange Beine hat und ich außerdem die Angewohnheit habe, die Knie an die Brust zu ziehen.

Trotzdem war er dankbar und glücklich, als er ging. Dafür habe ich gesorgt. Ich mag ja eine Anfängerin sein, aber ich lerne schnell.

Ich räkele mich und lasse noch einmal die Nacht Revue passieren. Andrew ist hinreißend. Süß. All die Sorgen, die ich mir gemacht habe, dass er mich dick findet … ich fasse es nicht, dass ich so viel Zeit mit so einem Blödsinn verschwendet habe! Natürlich hat er mich nie dick gefunden, und er hat seiner Familie auch nichts davon gesagt. Wahrscheinlich hat sein Bruder mich mit irgendeinem anderen Mädchen verwechselt.

Nein, Andrew ist der perfekte Freund. Und die rote Lederjacke gewöhne ich ihm auch noch ab. Vielleicht kaufe ich ihm ja sogar eine andere, wenn wir heute in die Stadt gehen – Andrew hat mir nämlich heute Nacht bei unserem postkoitalen Geplauder versprochen, dass wir heute einen Einkaufsbummel machen. Er muss nur vorher schnell noch etwas in der Stadt erledigen.

Am interessiertesten bin ich natürlich – neben Andrew – an den Oxfams, wo es ja angeblich unentdeckte Schätze zu finden gibt, und vielleicht auch noch am Topshop, der das britische Äquivalent von T.J. Maxx sein soll und an H&M, was es bei uns in Michigan nicht gibt, aber ich habe natürlich schon gehört, dass der Laden ein wahres Mekka für Mode-Liebhaber sein soll.

Das erwähne ich natürlich Andrew gegenüber nicht, weil ich gerne ein bisschen intellektueller wirken möchte. Ich sollte mich vor allem für die Geschichte seines Landes interessieren, die unglaublich vielfältig ist und auf viele Jahrtausende zurückblickt … oder zumindest auf die zweihundert Jahre, die im Hinblick auf Mode relevant sind. Andrew ist so süß. Und auch seine Familie war bis jetzt so reizend – das mit dem »Dickerchen« lassen wir mal beiseite –, dass ich ihnen gerne zeigen möchte, wie dankbar ich ihnen bin.

Und dann kommt mir eine Idee, als ich mir kurz darauf in der Badewanne die Beine rasiere. Andrew ist noch nicht aufgestanden, und der Rest der Familie ist zur Arbeit oder in die Schule gegangen. Ich werde mich mit Essen erkenntlich zeigen! Ja! Heute Abend werde ich mich mit den berühmten Spaghetti Due meiner Mutter für ihre Gastfreundschaft bedanken! Die Zutaten dafür haben sie bestimmt im Haus – man braucht ja nur Pasta, Knoblauch, Öl, Parmesan und Chilipulver.

Und wenn sie irgendetwas nicht dahaben, wie zum Beispiel ein knuspriges Baguette – das man braucht, um das köstliche Öl aufzutunken –, können Andrew und ich es aus der Stadt mitbringen!

Mr. und Mrs. Marshall freuen sich bestimmt, wenn sie nach einem langen Arbeitstag nach Hause kommen, und das Essen steht schon auf dem Tisch!

Zufrieden mit meinem Plan schminke ich mich. Gerade trage ich noch eine zusätzliche Schicht Oberlack auf meine Fußnägel auf – ich werde in offenen Schuhen durch die Stadt laufen und möchte meine französisch pedikürten Füße schützen –, als Andrew endlich verschlafen die Treppe herunterkommt. Wir haben ein sehr nettes morgendliches Liebesgerangel in dem selbstgebauten Bett, und dann schlüpfe ich in mein Alex Colman Kleid mit dem Blattmuster (dazu habe ich einen passenden Kaschmir-Pullover … zum Glück habe ich ihn in der letzten Minute noch eingepackt, ich werde ihn nämlich brauchen). Ich dränge Andrew, sich auch endlich anzuziehen, damit wir unsere ganzen Aktivitäten in Angriff nehmen können. Ich muss noch Geld tauschen, und er hat ja Termine in der Stadt.

Mein erster richtiger Tag in London – gestern zählt nicht, weil ich mich vor lauter Jetlag kaum daran erinnern kann – hat so gut begonnen (ein tomatenfreies Frühstück, ein ausgiebiges Bad, Sex), dass ich kaum noch eine Steigerung erwarte, aber es wird immer besser: Die Sonne scheint, und Andrew kann seine Lederjacke nicht tragen, weil es viel zu heiß ist.

Hand in Hand verlassen wir das Haus der Marshalls – Geronimo blickt uns traurig durch die Glastür nach (»Der Hund mag dich wirklich«, stellt Andrew fest. Ja! Ich habe das Herz des Haustieres erobert, indem ich ihn heimlich bei Tisch gefüttert habe.) – und gehen zur Tube. Zum ersten Mal fahre ich mit der Londoner U-Bahn!

Und ich habe kein bisschen Angst davor, in die Luft gejagt zu werden, denn wenn man diese Angst zulässt, dann haben die Terroristen schon gewonnen.

Trotzdem achte ich scharf auf junge Männer (und Frauen – man soll weder im Hinblick auf Geschlecht noch auf Rasse Vorurteile haben), die an diesem schönen Tag weite Mäntel tragen. Dabei fällt mir zwangsläufig auf, wie viel besser die Leute hier angezogen sind als bei uns in Ann Arbor. Es ist ja furchtbar, dass man das über das eigene Land sagen muss, aber die Londoner achten anscheinend viel mehr darauf, wie sie aussehen. Bis jetzt habe ich keine einzige Person – außer Alistair, der aber genau genommen nur ein Teenager ist – in Trainingsanzug oder mit elastischem Hosenbund gesehen.

Allerdings ist auch niemand so schrecklich übergewichtig wie viele Leute daheim in Amerika. Warum sind die Londoner so schlank? Ob es wohl am Tee liegt?

Und die Werbung! Die Werbeanzeigen auf den Wänden in der Tube! Sie sind so … interessant. In vielen Fällen begreife ich gar nicht, was überhaupt beworben wird. Aber das liegt vielleicht auch daran, dass ich noch nie Frauen oben ohne gesehen habe, die für Orangensaft geworben haben.

Shari hat vermutlich recht. Die Engländer sind viel weniger verklemmt als wir – und sie ziehen sich besser an.

Schließlich erreichen wir die Haltestelle, wo Andrew seinen Termin hat – er sagt, in der Nähe sei auch eine Bank, wo ich Geld umtauschen kann –, und als wir wieder nach oben in die Sonne kommen, halte ich die Luft an …

Ich bin in London! Mitten in der Stadt! An dem Ort, wo so viele bedeutende historische Ereignisse stattgefunden haben, unter anderem die Einführung der Punk-Bewegung (wo würden wir heute stehen, wenn Madonna damals nicht dieses erste Bustier getragen hätte, und die Demonstranten auf der Kings Road die Welt nicht mit Vivienne Westwood bekannt gemacht hätten?) und dieses schwarze Abendkleid, das Prinzessin Diana (die damals noch Lady Diana war) am Abend ihrer Verlobungsparty getragen hat.

Aber bevor ich mich noch richtig umschauen kann, zieht Andrew mich in eine Bank, wo ich in einer Schlange stehe, um einige meiner Reiseschecks in britische Pfund umzutauschen. Als ich an der Reihe bin, will die Kassiererin meinen Pass sehen. Misstrauisch betrachtet sie das Foto.

Na ja, warum auch nicht. Schließlich war ich elf Kilo schwerer, als das Foto gemacht wurde.

Als sie mir den Pass zurückgibt, will Andrew es auch sehen, und er mustert es lachend.

»Es ist kaum zu glauben, dass du jemals so dick warst«, sagt er. »Und jetzt siehst du aus wie ein Model. Sieht sie nicht aus wie ein Model?«, fragt er die Frau an der Kasse.

»Hmm«, sagt sie unverbindlich.

Es ist natürlich nett, wenn einem gesagt wird, man sähe wie ein Model aus. Aber ich frage mich unwillkürlich, ob ich denn vorher wirklich so schlimm ausgesehen habe. Als Andrew mich an dem Abend, als es gebrannt hat, zum ersten Mal gesehen hat, war ich doch auch elf Kilo schwerer, und er fand mich trotzdem attraktiv. Ich weiß es doch, schließlich habe ich seinen Ständer gespürt.

Na ja, okay, ich hatte nur ein Handtuch an, aber die Feuerwehr hat uns ja auch nicht wieder ins Haus gelassen.

Aber ich vergesse diese Gedanken sofort wieder, als die Kassiererin mir mein Geld reicht – es sieht so schön aus! Viel schöner als amerikanisches Geld, das einfach nur … nur grün ist. Die Scheine haben ganz unterschiedliche Größen und die Ein-Pfund-Münze liegt wie Gold in meiner Hand.

Bei dem Gedanken, mein neues englisches Geld endlich ausgeben zu können, bin ich ganz aufgeregt, und ich dränge Andrew, seinen Termin schnell hinter sich zu bringen, damit wir zu Harrods gehen können. (Ich glaube, ich habe schon erwähnt, dass ich dort als Erstes hinmöchte. Ich will zwar nichts dort kaufen, aber … ich möchte einfach nur das Denkmal sehen, das der Eigentümer, Mohamed Al Fayed, seinem Sohn errichtet hat, der mit Prinzessin Diana bei dem Autounfall ums Leben gekommen ist.)

»Dann lass uns gehen«, sagt Andrew, und wir machen uns auf den Weg zu einem tristen Bürogebäude, über dessen Eingang Job Centre steht. Andrew reiht sich in eine lange Warteschlange ein, weil er sich für Arbeit »eintragen« muss oder so.

Ich interessiere mich natürlich für alles Britische, weil es ja schließlich genau wie für Madonna meine Adoptivheimat werden könnte, wenn Andrew und ich erst einmal verheiratet sind, deshalb lese ich aufmerksam alle Schilder, an denen wir vorbeikommen, während die Warteschlange aufrückt. Auf den Schildern steht immer dasselbe: Fragen Sie uns nach den neuen Regelungen für Arbeitsuchende. Haben Sie schon einmal daran gedacht, in Europa zu arbeiten? Lassen Sie sich von uns beraten.

Es ist merkwürdig, dass man in England von Europa redet, als ob die Engländer nicht dazugehörten. In den Vereinigten Staaten sehen wir England als Teil von Europa, aber wahrscheinlich ist das falsch.

Dann fragt der Mann hinter dem Schalter Andrew, ob er sich um Arbeit bemüht habe, und Andrew antwortet, ja, aber er habe nichts gefunden.

Was? Wovon redet er da? Wie, keine Arbeit gefunden? Seit ich hier bin, hat er doch kaum etwas anderes gemacht als arbeiten.

»Aber, Andrew«, sage ich laut, »was ist denn mit deinem Job als Kellner?«

Andrew wird blass, was eine Leistung für ihn ist, denn er ist schon so blass. Allerdings auf eine sexy Art – so wie Hugh Grant.

»Ha«, sagt er zu dem Mann hinter dem Schalter. »Sie macht Witze.«

Witze? Was soll das denn heißen?

»Du warst doch gestern den ganzen Tag zur Arbeit«, rufe ich ihm ins Gedächtnis. »Von elf Uhr vormittags bis elf Uhr nachts.«

»Liz«, sagt Andrew mit erstickter Stimme, »mach dich über den netten Mann nicht lustig. Du siehst doch, dass er viel zu tun hat.«

Natürlich sehe ich das. Die Frage ist doch, warum Andrew das nicht sieht.

»Genau«, erwidere ich, »genauso viel zu tun wie du gestern als Kellner, weil der Job an der Schule nicht genug eingebracht hat. Weißt du nicht mehr?«

Ob Andrew Drogen genommen hat? Wieso erinnert er sich nicht daran, dass er an meinem ersten Tag in England arbeiten gehen musste?

Ich werfe ihm einen prüfenden Blick zu. Aber er scheint

nichts genommen zu haben. Er wirft mir lediglich einen Blick zu, als ob er mich umbringen wolle.

Nun, anscheinend habe ich etwas falsch gemacht. Aber was? Ich sage doch nur die Wahrheit.

In diesem Moment greift der Mann hinter dem Schalter zum Telefon und sagt: »Mr. Williams, ich habe ein Problem. Ja, ich komme sofort.«

Dann stellt er ein Schild mit der Aufschrift »Geschlossen« vor sich und sagt: »Kommen Sie bitte mit, Mr. Marshall, Miss.« Er hält uns die Klapptür an der Seite auf, damit wir eintreten können, und führt uns in einen kleinen Raum hinten im Gebäude, in dem außer einem Schreibtisch, ein paar leeren Regalen und einem Stuhl nichts steht.

Auf dem Weg dorthin spüre ich, wie alle uns ansehen – sowohl die Leute, die hier arbeiten, als auch die, die in den Warteschlangen stehen. Manche Leute flüstern. Manche lachen.

Es dauert gute fünf Sekunden, bis mir endlich aufgeht, warum.

Und dann werden meine Wangen so rot, wie Andrew blass geworden ist.

Ich habe es mal wieder geschafft. Habe meinen dummen Mund aufgerissen, wo ich ihn besser gehalten hätte. Aber woher sollte ich wissen, wo sich die Engländer ihr Arbeitslosengeld abholen?

Und außerdem, warum holt sich Andrew Arbeitslosengeld ab, wenn ER NICHT ARBEITSLOS IST?

Andrew scheint das allerdings nicht so zu sehen, denn er blökt die ganze Zeit: »Das macht doch jeder so!«

Die Leute im Job Centre sind jedoch wohl anscheinend

anderer Meinung, jedenfalls dem Blick nach zu urteilen, den uns der Mann zuwirft, bevor er uns im Zimmer zurücklässt, um seinen Vorgesetzten zu holen.

»Hör mal, Liz«, sagt Andrew, kaum dass der Mann den Raum verlassen hat, »ich weiß, dass du es nicht so gemeint hast, aber du hast mich in ziemliche Schwierigkeiten gebracht. Aber es kommt schon wieder alles in Ordnung, wenn du dem Typen nur sagst, du hättest dich geirrt. Es sei ein Missverständnis gewesen, und ich sei gestern gar nicht arbeiten gewesen. Klar?«

Ich sehe ihn verwirrt an.

»Aber, Andrew …« Ich fasse es nicht. Das muss ein Irrtum sein. Andrew, MEIN Andrew, der Kinder unterrichten will, ist doch wohl kaum ein Betrüger. Das ist einfach nicht möglich.

»Du hast doch gestern gearbeitet«, sage ich. »Ich meine … oder etwa nicht? Jedenfalls hast du mir gesagt, du gingest arbeiten. Deshalb hast du mich doch den ganzen Tag und den halben Abend mit deiner Familie alleine gelassen. Du warst doch kellnern, oder?«

»Ja, sicher«, antwortet Andrew. Er schwitzt. Ich habe Andrew noch nie schwitzen sehen, aber jetzt sind ganz deutlich die Tropfen an seinem Haaransatz zu erkennen. »Das stimmt, Liz. Aber du musst ein bisschen für mich lügen.«

»Für dich lügen«, sage ich verwirrt. Ich habe das Gefühl, die Worte zwar zu hören, sie aber nicht zu verstehen.

»Es ist doch nur eine Notlüge«, fährt Andrew fort. »Ich meine, so schlimm ist es doch nicht, wirklich nicht, Liz. Kellner verdienen SCHEISSE hier, es ist doch nicht so wie in den Vereinigten Staaten, wo du garantierte fünfzehn

Prozent Trinkgeld hast. Ich schwöre dir, alle Kellner, die ich kenne, machen das …«

»Trotzdem«, erwidere ich. Ich glaube es nicht. Echt nicht. »Dadurch wird es doch nicht richtiger. Es ist immer noch … unaufrichtig, Andrew. Du nimmst Leuten das Geld weg, die es wirklich brauchen.«

Warum ist er darauf nicht selber gekommen? Er will doch unterprivilegierte Kinder unterrichten – genau die Leute, für die die staatliche Unterstützung, die er in Anspruch nimmt, gedacht ist. Das muss er doch wissen. Seine Mutter ist doch schließlich Sozialarbeiterin! Weiß sie, wie ihr Sohn an das zusätzliche Geld kommt?

»*Ich* brauche es«, beharrt Andrew. Er schwitzt immer heftiger, obwohl eigentlich eine angenehme Temperatur im Zimmer herrscht. »Ich gehöre auch zu diesen Leuten, ich muss doch schließlich von etwas leben können, Liz. Und es ist nicht leicht, einen anständig bezahlten Job zu finden, wenn alle wissen, dass du in ein paar Monaten sowieso wieder zur Schule gehen musst …«

Nun … da hat er recht. Ich habe es bei Vintage to Vavoom auch nur zur stellvertretenden Geschäftsführerin gebracht, weil ich das ganze Jahr über in der Stadt lebe.

Und weil ich so gut in meinem Job bin.

Aber trotzdem …

»Und ich habe es auch nicht nur für mich gemacht, weißt du. Ich wollte dir doch auch etwas bieten, wenn du hier bist«, fährt er fort und wirft einen nervösen Blick zur offenen Tür. »Ich wollte mit dir schön ausgehen, dich zum Essen einladen. Vielleicht sogar irgendwie eine … eine Reise mit dir machen oder so.«

»Oh, Andrew!« Mein Herz fliegt ihm entgegen. Wie konnte ich nur glauben – nun, was habe ich nur von ihm gedacht? Er mag ja den falschen Weg eingeschlagen haben, aber er hatte doch die besten Absichten.

»Aber, Andrew«, sage ich, »ich habe schrecklich viel Geld gespart. Du brauchst das nicht für mich zu tun – so viel zu arbeiten und die Unterstützung in Anspruch zu nehmen. Ich habe genügend Geld für uns beide.«

Plötzlich wirkt er gar nicht mehr so verschwitzt.

»Ach ja? Mehr, als du heute auf der Bank getauscht hast?«

»Selbstverständlich«, sage ich. »Ich spare schon seit einer Ewigkeit mein Gehalt aus dem Laden. Und ich teile es gerne mit dir.« Das meine ich ernst. Schließlich bin ich Feministin, und ich habe kein Problem damit, den Mann zu unterstützen, den ich liebe. Überhaupt kein Problem.

»Wie viel?«, fragt Andrew schnell.

»Wie viel Geld ich habe?« Ich blinzele. »Na ja, zweitausend …«

»Ehrlich? Hervorragend! Kannst du mir ein bisschen leihen?«

»Andrew, ich habe dir doch gesagt«, erwidere ich, »ich bezahle nur zu gerne für uns beide, wenn wir ausgehen …«

»Nein, ich meine, kann ich mir im Voraus etwas leihen?«, will Andrew wissen. Er schwitzt jetzt nicht mehr, aber sein Gesicht sieht irgendwie verkniffen aus. Ständig schaut er zur Tür, wo der Mann vom Schalter jeden Moment mit seinem Vorgesetzten auftauchen muss. »Weißt du, ich habe die Studiengebühren fürs College noch nicht bezahlt …«

»Studiengebühren?«, wiederhole ich.

»Ja, genau«, sagt Andrew. Er grinst jetzt schuldbewusst,

wie ein kleiner Junge, der mit der Hand in der Plätzchendose erwischt worden ist. »Ich habe ein bisschen Scheiße gebaut, bevor du hergekommen bist. Erinnerst du dich noch an die Pokerabende freitags in McCracken Hall?«

Mir dreht sich der Kopf. »Pokerabende? McCracken Hall?« *Wovon redet er?*

»Ja, es gab eine ganze Gruppe, die jeden Freitagabend Texas Hold'em gespielt hat. Ich habe immer mitgemacht, und ich war ganz gut …«

*Der Engländer,* hatte Chaz gesagt … und mir wird jetzt klar, dass er Andrew gemeint hat. *Der Engländer, der die illegale Pokerrunde im siebten Stock betrieben hat.*

»Das warst *du*?« Ich starre ihn fassungslos an. »Aber … aber Spielen im Wohnheim ist illegal.«

Andrew schaut mich ungläubig an.

»Ja, klar«, erwidert er. »Vielleicht, aber alle haben es gemacht …«

*Wenn alle auf einmal Epauletten tragen würden, würdest du es dann auch tun?,* hätte ich am liebsten gefragt, aber ich halte gerade noch rechtzeitig den Mund.

Denn ich kenne natürlich die Antwort schon.

»Na ja, auf jeden Fall, habe ich vor kurzem auch hier ein Spielchen gemacht«, fährt Andrew fort, »und, na ja, hier ging es irgendwie um mehr Geld, als ich gewöhnt war, und die Spieler waren ein bisschen erfahrener, und ich …«

»Du hast verloren«, sage ich mit erstickter Stimme.

»Ich habe dir doch gesagt, ich bin ein bisschen zu selbstbewusst rangegangen … und dann haben sie mich eben über den Tisch gezogen, und ich habe das Geld für die Immatrikulation fürs nächste Semester verloren. Deshalb arbeite ich ja so viel, verstehst du? Ich kann doch meinen Eltern nicht erzählen, was mit ihrem Geld passiert ist – sie sind absolut gegen Spielen, und sie würden mich wahrscheinlich rauswerfen … und dabei habe ich ja jetzt schon kaum ein richtiges Bett, wie du ja weißt. Aber wenn du das Geld entbehren könntest … dann wäre ich aus dem Schneider, verstehst du? Dann bräuchte ich nicht mehr arbeiten zu gehen, und wir könnten den ganzen Tag zusammen sein …« Er legt mir den Arm um die Taille und zieht mich an sich. »Und die ganze Nacht auch«, fügt er anzüglich grinsend hinzu. »Wäre das nicht *fantastisch*?«

Mir dreht sich immer noch der Kopf. Er hat es mir zwar erklärt, aber einen Sinn ergibt es trotzdem nicht … beziehungsweise, der Sinn, den es ergibt, gefällt mir nicht.

Ich blinzele ihn an. »Zweihundert? Um deine Studiengebühren zu bezahlen?«

»Ja, zweihundert oder so«, sagt Andrew. »Oder … wie wäre es mit fünfhundert Dollar? Das ist doch nicht zu viel, wenn du bedenkst, dass es um meine … um *unsere* Zukunft geht. Ich werde dich dafür entschädigen, und wenn es mich den Rest meines Lebens kostet.« Er beugt sich vor, um mich auf den Hals zu küssen. »Wobei ich allerdings sagen muss, dass es nicht besonders anstrengend ist, den Rest meines Lebens ein Mädchen wie dich zu entschädigen.«

»Hmm«, sage ich, »ich glaube schon, dass ich es entbehren könnte …« Die Stimme in meinem Kopf schreit allerdings etwas ganz anderes. »Wir könnten … wir könnten es an die Universität überweisen, wenn wir hier raus sind.«

»Ja, genau«, erwidert Andrew. »Obwohl, also … es wäre vielleicht besser, du gibst es mir in bar, und ich schicke es dann dorthin. Ich kenne jemanden von der Arbeit, der erledigt mir das für lau, ohne Gebühren und so …«

»Ich soll es dir in bar geben«, wiederhole ich.

»Ja, genau«, erwidert Andrew. »Das ist billiger, als wenn wir das Geld von hier aus überweisen. Die verlangen unglaublich hohe Gebühren …« Als er Schritte im Flur hört, fügt er hastig hinzu: »Hör mal, sag dem Wichser, wenn er jetzt reinkommt, dass du dich mit meinem Job vertan hast. Dass du alles falsch verstanden hast. Okay? Kannst du das für mich tun, Liz?«

»Lizzie«, sage ich benommen.

Er blickt mich verständnislos an. »Was?«

»Lizzie. Nicht Liz. Du sagst immer Liz zu mir. Niemand nennt mich so. Mein Name ist Lizzie.«

»Ja, klar«, sagt Andrew. »Ist ja egal. Da kommt er. Sag ihm einfach, du hast dich geirrt, ja?«

»Ja«, erwidere ich. »Mache ich.«

Aber ich stelle fest, dass ich mich nicht wegen Andrews Job geirrt habe.

*Mit der elisabethanischen Epoche begann für viele das Zeitalter der Aufklärung, da solche Genies wie Shakespeare und Sir Walter Raleigh aus ihr hervorgegangen sind, es steht jedoch außer Frage, dass Elizabeth sich gegen Ende ihrer Herrschaft unvorhersehbar und kapriziös verhalten hat. Viele nehmen an, das habe an der beträchtlichen Menge weißer Grundierung gelegen, die sie auf dem Gesicht auftrug, um ihm ein jugendliches Aussehen zu verleihen. Königin Elizabeth hatte jedoch das Pech, dass die Gesichtsfarbe Blei enthielt, was zu einer Bleivergiftung und dadurch zu einer Hirnschädigung führte.*

*Elizabeth ist nicht die einzige Person, die um ihrer Schönheit willen so viel erduldete (siehe: Jackson, Michael).*

Geschichte der Mode
Examensarbeit von Elizabeth Nichols

# 8

Frauen sprechen, weil sie sprechen möchten,
wohingegen ein Mann nur spricht,
wenn ihn äußere Umstände dazu veranlassen –
wie zum Beispiel, dass er keine sauberen Socken finden kann.

*– Jean Kerr (1923–2003), amerikanische Schriftstellerin und Dramatikerin*

Ich weiß nicht, was mich dazu veranlasst hat.

Ich habe Mr. Williams – den Vorgesetzten des Mannes, der uns in das kleine Büro geführt hat – nach der Damentoilette gefragt, und dann bin ich abgehauen.

Genau. Ich bin einfach gegangen. Ich habe das Gebäude – und Andrew – verlassen, habe aber so getan, als müsste ich auf die Toilette.

Und dann lief ich auf den belebten Londoner Straßen herum und hatte keine Ahnung, wohin ich gehen sollte, geschweige denn, wo ich überhaupt war.

Ich weiß nicht, warum ich es getan habe. Ich hatte das gesagt, wozu Andrew mich aufgefordert hatte – dass ich mich in Bezug auf seine Arbeit geirrt hätte. Vermutlich können die Leute im Job Centre Andrew sowieso nichts anhaben, da er ja als Kellner schwarz bezahlt wird. Und wenn sie ihm nichts nachweisen können, können sie ihn auch nicht verhaften.

Deshalb hat Mr. Williams, als ich ihn unterbrach, um

nach der Toilette zu fragen, Andrew auch nur einen Vortrag darüber gehalten, wie unsozial es ist, das staatliche Wohlfahrtssystem zu missbrauchen, wenn man das Geld nicht wirklich braucht.

An diesem Punkt bin ich gegangen.

Und deshalb irre ich jetzt durch die Straßen von London ohne einen blassen Schimmer, wo ich bin. Ich habe keinen Reiseführer, keinen Stadtplan, nichts. Ich habe nur ein Portemonnaie voll mit englischem Geld und das ungute Gefühl, dass Andrew nicht gerade erfreut sein wird, wenn er mich im Haus seiner Eltern wiedersieht – falls ich überhaupt dorthin finde.

Vielleicht hätte ich bleiben sollen. Es war falsch von mir, einfach so zu gehen. Andrew hat recht, es ist wirklich schwer für Studenten, mit dem Geld auszukommen …

Obwohl es natürlich auch nicht gerade hilft, wenn sie ihre Ersparnisse verspielen.

Und was ist mit dem Geld? Ich habe ihm fünfhundert Dollar für seine Studiengebühren versprochen, und dann bin ich einfach gegangen. Wie konnte ich so etwas nur tun? Wenn Andrew die Gebühren nicht zahlen kann, kann er im Herbst nicht zur Universität zurückkommen. Wie konnte ich ihn nur so im Stich lassen?

Aber wie hätte ich bleiben sollen?

Es geht nicht um das Geld. Wirklich nicht. Ich gäbe ihm nur zu gerne meinen letzten Cent. Ich komme nämlich ganz gut damit klar, dass er mich dick gefunden hat.

Ich komme sogar damit klar, dass er sich anscheinend bei seiner Familie über mein Dicksein ausgelassen hat.

Und auch mit dem Spielen und sogar mit der Tatsache,

dass er so getan hat, als könne er nicht kommen, nur damit ich ihm einen blase, komme ich klar.

Aber arme Leute zu betrügen? Und genau das tut er, wenn er Arbeitslosengeld in Anspruch nimmt, obwohl er einen Job hat.

Das kann ich nicht tolerieren.

Und dabei will er Lehrer werden! LEHRER! Können Sie sich vorstellen, dass ein solcher Mann unschuldige Kinder unterrichtet?

Ich bin so blöd. Ich fasse es nicht, dass ich auf sein Gesülze »Ich will den Kindern Lesen beibringen« hereingefallen bin. Das hat er doch offensichtlich nur erfunden, um in mein Höschen – und dann auch noch in mein Portemonnaie – zu kommen. Warum habe ich denn die Warnzeichen nicht erkannt? Ich meine, welcher Mann, der Kindern Lesen beibringen will, mailt unschuldigen amerikanischen Mädchen Fotos von seinem nackten Hintern?

Ich bin so blöd. Wie konnte ich nur so blind sein?

Shari hatte natürlich recht. Es lag nur an seinem Akzent. Genau, das muss der Grund gewesen sein. Ich war hin und weg von seinem Akzent. Er ist so … charmant.

Aber mittlerweile weiß ich, dass ein Typ sich noch lange nicht so verhalten muss wie James Bond, nur weil er so redet. Würde James Bond Arbeitslosengeld in Anspruch nehmen, obwohl er Arbeit hat? Natürlich nicht.

Oh Gott, und ich wollte ihn sogar heiraten! Ich wollte ihn heiraten und den Rest meines Lebens für ihn sorgen. Ich wollte Kinder mit ihm haben – Andrew Jr., Henry, Stella und Beatrice. Und einen Hund! Wie sollte der Hund noch einmal heißen?

Ach, ist ja egal.

Ich bin die größte Idiotin auf dieser Seite des Atlantiks. Wahrscheinlich sogar auf beiden Seiten. Wenn mir das doch nur klar gewesen wäre, bevor ich ihm einen geblasen habe. Ich fasse es nicht, dass ich mich darauf eingelassen habe!

Was soll ich bloß machen? Ich bin erst seit zwei Tagen bei meinem Freund zu Besuch und habe schon beschlossen, dass ich ihn nie wiedersehen will. Und ich wohne bei seiner *Familie*! Dort kann ich ihm ganz sicher nicht aus dem Weg gehen.

Oh Gott. Ich will nach Hause!

Aber ich kann nicht. Selbst wenn ich es mir leisten könnte – selbst wenn ich auf der Stelle zu Hause anrufen und mir von ihnen ein Flugticket besorgen lassen würde –, ich hätte keine ruhige Minute mehr. Sarah und Rose, Mrs. Rajghatta, sogar meine Mutter, haben mich doch ALLE davor gewarnt, nach England zu fahren, um einen Jungen zu besuchen, den ich kaum kannte, na ja, einen Jungen, der mir das Leben gerettet hatte …

Aber wahrscheinlich wäre ich sowieso nicht gestorben, weil ich irgendwann den Rauch auch selber gerochen und das Haus verlassen hätte.

Sie werden mir in alle Ewigkeit vorhalten, dass sie recht hatten! Gott! Und sie hatten ja auch recht! Ich fasse es nicht! Dabei hatten sie bei allem anderen doch nie recht! Alle haben sie gesagt, ich würde nie meinen College-Abschluss machen … nun, das habe ich aber.

Na ja gut, beinahe. Ich muss nur noch diese kleine Arbeit schreiben.

Und dann haben sie alle gesagt, ich würde nie meinen Babyspeck verlieren.

Nun, und das ist mir doch gelungen, wenn man mal von den letzten zwei Kilo absieht. Aber die bemerkt ja kaum jemand außer mir.

Sie haben auch gesagt, ich würde nie einen Job oder eine Wohnung in New York bekommen – nun, ich hoffe, ich kann ihnen noch beweisen, dass sie sich auch in dieser Hinsicht irren. Aber jetzt kann ich darüber nicht nachdenken, sonst muss ich mich übergeben.

Ich weiß nur, dass ich nicht nach Hause zurückkann. Aber ich kann auch nicht bleiben. Nicht, nachdem ich einfach so gegangen bin – das wird Andrew mir nie verzeihen. Ich meine, ich bin einfach *gegangen*, so als ob meine Füße ihren eigenen Willen hätten und sich so weit wie möglich von Andrew entfernen wollten.

Es ist nicht seine Schuld. Nicht wirklich jedenfalls, schließlich ist Spielen eine Sucht!

Wenn ich ein anständiger Mensch wäre, wäre ich geblieben und hätte versucht, ihm zu helfen. Ich hätte ihm das Geld gegeben, damit er im Herbst wieder auf die Universität gehen und neu anfangen könnte … Ich wäre für ihn da gewesen. Gemeinsam hätten wir es schon geschafft …

Aber stattdessen bin ich einfach gegangen. Na toll, Lizzie. Du bist ja vielleicht eine Freundin.

Ich habe so einen Druck auf der Brust. Hoffentlich bekomme ich keine Panikattacke. Ich hatte zwar noch nie eine, aber Brianna Dunleavy bei mir im Wohnheim war deswegen ständig auf der Krankenstation, wo sie ihr ein Attest ausgestellt haben, damit sie das Examen abbrechen konnte.

Ich kann auf keinen Fall eine Panikattacke auf der Straße

haben. Ich trage einen Rock! Wenn ich nun hinfalle und alle können meine Unterwäsche sehen? Es ist zwar die mit den niedlichen Tupfen, aber trotzdem. Ich muss mich mal setzen. Ich muss …

Oh – eine Buchhandlung. Buchhandlungen eignen sich hervorragend für Panikattacken. Das hoffe ich zumindest, schließlich habe ich noch nie eine gehabt.

Ich eile an den Neuerscheinungen und der Kasse vorbei. In der leeren Ratgeberabteilung erblicke ich einen Ledersessel. (Die Briten haben anscheinend für Ratgeber nicht viel übrig, was jammerschade ist, da einige von ihnen – namentlich Andrew Marshall – sie wirklich brauchen könnten.) Ich lasse mich in den Sessel fallen und lege den Kopf auf die Knie.

Dann atme ich. Ein. Aus. Ein. Aus.

Das kann nicht sein, es kann einfach nicht sein. Ich habe eine Panikattacke. In einem fremden Land. Mein Freund kann doch nicht all sein Geld für die Universität beim Glücksspiel verloren haben.

»Entschuldigen Sie, Miss?«

Ich hebe den Kopf. Oh nein! Vor mir steht einer der Angestellten und mustert mich neugierig.

»Äh«, sage ich. »Hi.«

»Hallo«, entgegnet er. Er sieht nett aus. Er trägt Jeans und ein schwarzes T-Shirt. Seine Dreadlocks sind sauber, und er wirkt nicht so wie jemand, der eine Frau, die eine Panikattacke hat, aus seinem Laden wirft.

»Ist alles in Ordnung?«, will er wissen. Auf seinem Namensschild steht, dass er Jamal heißt.

»Ja«, krächze ich. »Danke. Ich … ich fühle mich nur gerade ein wenig unwohl.«

»Ja, Sie sind auch ganz blass«, bestätigt Jamal. »Soll ich Ihnen ein Glas Wasser bringen?«

Da erst merke ich, dass ich schrecklichen Durst habe. Am liebsten hätte ich eine Diet Coke. Gibt es denn in diesem rückständigen Land nirgendwo Diet Coke? Aber ich sage zu Jamal: »Ja, das wäre schrecklich nett von Ihnen.«

Er nickt besorgt und geht. So ein netter Mann. Warum kann er nicht mein Freund sein, statt Andrew? Warum muss ich mich unbedingt in einen Typen verlieben, der behauptet, Kindern Lesen beibringen zu wollen, statt in jemanden, der es tatsächlich tut?

Aber na ja, Jamal arbeitet ja gar nicht in der Kinder- und Jugendbuchabteilung.

Trotzdem! Es waren bestimmt schon Kinder im Laden, die er zum Lesen ermutigt hat.

Aber vielleicht projiziere ich auch schon wieder. Vielleicht rede ich mir das über Jamal ja alles nur ein, weil ich es gerne glauben möchte.

So wie ich glauben wollte, dass Andrew wirklich ein Andrew und kein Andy ist. Und dabei ist er der größte Andy, der mir je begegnet ist.

Plötzlich weiß ich, was ich brauche, und Wasser ist es nicht.

Ich will eigentlich nicht, aber ich kann nicht anders. Ich muss jetzt die Stimme meiner Mutter hören. Ich *muss* einfach.

Mit zitternden Fingern wähle ich die Nummer von zu Hause.

Ich werde ihr nichts von Andrew sagen und dass er sich als Andy herausgestellt hat, beschließe ich. Ich will nur eine vertraute Stimme hören. Eine Stimme, die mich Lizzie nennt und nicht Liz. Eine Stimme …

»Mom?«, schreie ich, als am anderen Ende jemand abnimmt und hallo sagt.

»Warum zum Teufel rufst du so früh am Morgen an«, will Grandma wissen. »Weißt du nicht, wie spät es hier ist?«

»Grandma«, sage ich und schließe die Augen. »Ist Mom da?«

»Zum Teufel, nein«, antwortet Grandma. »Sie ist drüben im Krankenhaus. Du weißt doch, dass sie dienstags Father Mack immer bei der Kommunion hilft.«

Ich widerspreche ihr nicht, obwohl es nicht Dienstag ist. »Ist denn Dad da? Oder Rose? Oder Sarah?«

»Was ist los, bin ich dir nicht gut genug?«

»Doch«, erwidere ich, »ich will nur …«

»Du klingst so, als hättest du dir was eingefangen. Hast du diese Vogelgrippe?«

»Nein«, sage ich. »Grandma …«

Und dann fange ich an zu heulen.

Warum? WARUM??? Ich habe mir doch schon gesagt, dass ich viel zu wütend bin, um zu weinen!

»Warum weinst du?«, will Grandma wissen. »Hast du deinen Pass verloren? Mach dir keine Sorge, sie lassen dich trotzdem einreisen. Sie lassen jeden hinein, sogar die Leute, die uns in die Luft sprengen wollen.«

»Grandma«, sage ich, »ich glaube …« Es ist schwer zu flüstern, wenn man schluchzt, aber ich will die anderen Kunden nicht stören und hinausgeworfen werden. Außerdem kommt jetzt sicher jeden Moment Jamal mit dem Wasser zurück. »Ich glaube, es war ein Fehler, hierherzukommen. Andrew … er ist nicht so, wie ich geglaubt habe.«

»Was hat er gemacht?«, will Grandma wissen.

»Er … er … er hat seiner Familie gesagt, ich sei dick. Und er spielt. Und er betrügt die Regierung. Und er … er … er hat gesagt, ich würde gerne Tomaten essen.«

»Komm nach Hause«, sagt Grandma. »Komm auf der Stelle nach Hause.«

»Das ist ja das Problem«, erwidere ich. »Ich … ich kann nicht nach Hause kommen. Sarah und Rose – alle – alle haben mir gesagt, was passieren würde. Und jetzt ist es passiert. Wenn ich jetzt nach Hause komme, sagen sie doch alle bloß, sie hätten es mir ja gesagt. Und das stimmt ja auch. Oh, Grandma.« Meine Tränen fließen immer heftiger. »Ich werde nie einen Freund finden. Den Richtigen, meine ich, der mich so liebt, wie ich bin, und nicht mein Sparbuch.«

»Blödsinn«, sagt Grandma.

Verblüfft frage ich: »W-was?«

»Natürlich findest du einen Freund«, sagt Grandma. »Im Gegensatz zu deinen Schwestern bist du eben wählerisch. Du heiratest nicht gleich das erste Arschloch, das dir erzählt, wie sehr es dich mag, und dich dann schwängert.«

Diese Bewertung der Beziehungen meiner älteren Schwestern ist ernüchternd, und meine Tränen versiegen sofort.

»Grandma«, sage ich, »meinst du nicht, das ist ein bisschen hart?«

»Der Typ hat sich also als Niete erwiesen«, fährt Grandma fort. »Na, Gott sei Dank! Bleibst du jetzt trotzdem bei ihm bis zu deinem Heimflug?«

»Ich weiß nicht, was mir anderes übrig bleibt«, sage ich. »Ich meine, ich kann ihn doch nicht … einfach verlassen.«

»Wo ist er jetzt?«

»Na ja«, antworte ich, »vermutlich noch im Job Centre.« Ob er sich wohl auf die Suche nach mir gemacht hat?

Ja, natürlich. Ich habe seine fünfhundert Dollar.

»Dann hast du ihn ja schon verlassen«, sagt Grandma. »Hör mal, ich weiß nicht, was daran so schlimm sein soll. Du bist jung, und junge Leute fliegen seit hundert Jahren nach Europa. Denk doch mal nach. Was ist mit deiner Freundin Shari? Ist sie nicht auch irgendwo da drüben?«

Shari. Ich hatte sie ganz vergessen. Shari, die direkt über dem Kanal in Frankreich ist. Shari, die mich doch erst gestern Abend eingeladen hat, zu ihnen zu kommen. Wie hieß das Schloss noch mal? Oh ja, Mirac.

Mirac. Das Wort könnte auch Himmel bedeuten, so magisch klingt es in diesem Moment in meinen Ohren.

»Grandma«, sage ich und stehe auf, »meinst du wirklich … sollte ich?«

»Du hast gesagt, er spielt?«, fragt Grandma.

»Am liebsten anscheinend Texas Hold'em«, erwidere ich.

Grandma seufzt. »Genau wie dein Onkel Ted. Bleib auf jeden Fall bei ihm, wenn du den Rest deines Lebens versuchen willst, ihm finanziell auszuhelfen. Das hat jedenfalls deine Tante Olivia getan. Aber wenn du schlau bist – und dafür halte ich dich –, haust du so schnell wie möglich ab.«

»Grandma«, sage ich und schlucke die Tränen herunter, »ich … ich glaube, ich befolge deinen Rat. Danke.«

»Na«, erwidert Grandma trocken, »das ist doch mal eine seltene Gelegenheit. Eines der Mädchen hört tatsächlich auf mich. Na ja, dafür sollte man die Champagnerkorken knallen lassen.«

»Ich trinke ein Glas auf dich, Grandma«, sage ich. »Und jetzt rufe ich besser Shari an. Vielen, vielen Dank. Und, ach so, äh, du erzählst doch keinem von unserem Gespräch, oder, Grandma?«

»Warum sollte ich?«, grummelt Grandma und legt auf.

Ich wähle eilig Sharis Nummer. Ich fasse es ja nicht, dass ich SHARI vergessen habe. Shari ist in Frankreich und hat gesagt, ich soll zu ihnen kommen. Über den Kanal. Hat sie nicht gesagt, ich soll über den Kanal kommen? Soll ich das wirklich machen?

Oh nein. Sharis Mailbox springt an. Wo ist sie bloß? Zermatscht sie draußen im Weinberg Trauben zwischen den Zehen? Shari, wo bist du? Ich brauche dich!

Ich hinterlasse eine Nachricht. »Hi, Shar. Ich bin's, Lizzie. Ich muss dringend mit dir reden. Es ist wirklich wichtig. Ich glaube … ich bin mir ziemlich sicher, dass Andrew und ich Schluss machen.« Ich sehe seinen Gesichtsausdruck vor mir, als er mir von seinem Freund bei der Arbeit erzählt hat, der angeblich Geld in die Staaten überweisen kann, ohne dass es Gebühren kostet.

Mein Herz setzt kurz aus.

»Äh, eigentlich haben wir uns schon *definitiv* getrennt. Kannst du mich also bitte anrufen? Ich muss nämlich wahrscheinlich auf dein Angebot mit Frankreich zurückkommen. Also ruf mich bitte an. Gleich. Also. Tschüs.«

Es laut auszusprechen, macht es plötzlich viel realer. Mein Freund und ich haben Schluss gemacht. Wenn ich nur meinen Mund wegen seines Kellnerjobs gehalten hätte, wäre das alles nicht passiert. Ich bin an allem schuld. Weil ich so ein loses Mundwerk habe.

Wirklich, ich bin ja schon früher mal ins Fettnäpfchen getreten. Aber so noch nie.

Andererseits, wenn ich nichts gesagt hätte, hätte er es mir dann jemals erzählt? Das mit dem Spielen, meine ich. Oder hätte er versucht, es für den Rest unseres gemeinsamen Lebens vor mir geheim zu halten – so wie er das in den vergangenen drei Monaten ja auch ganz erfolgreich getan hatte? Hätten wir am Schluss dagestanden wie Onkel Ted und Tante Olivia – verbittert, geschieden, finanziell ruiniert, die eine in Cleveland, der andere in Reno?

Das kann ich nicht zulassen. Ich *will* es nicht zulassen.

Ich kann auch nicht zum Haus der Marshalls zurück. Ich meine, klar, ich muss dorthin, weil alle meine Sachen noch da sind. Aber ich kann heute Abend dort nicht schlafen. Nicht in dem selbstgebauten Spanplatten-Bett, dem Bett, in dem Andrew und ich uns geliebt haben … in dem ich ihm einen geblasen habe.

Und dann wird mir klar, dass ich heute Nacht dort gar nicht schlafen muss, weil ich nämlich weiß, wo ich hinwill.

Ich stehe so plötzlich auf, dass mir schwindlig wird. Gerade stehe ich schwankend da und fasse mir an den Kopf, als Jamal mit einem Glas Wasser ankommt.

»Miss?«, sagt er besorgt.

»Oh«, stoße ich hervor, schnappe mir das Glas und kippe das Wasser in einem Zug herunter. »Vielen Dank«, sage ich danach und reiche ihm das Glas. Jetzt fühle ich mich schon viel besser.

»Kann ich irgendwo für Sie anrufen?«, fragt Jamal. Er ist wirklich so nett. So aufmerksam! Ich komme mir fast vor wie zu Hause in Ann Arbor. Bis auf den englischen Akzent.

»Nein«, erwidere ich. »Aber Sie können mir helfen. Ich muss zum Kanaltunnel.«

# *Teil zwei*

*Bei der Französischen Revolution am Ende des 18. Jahrhunderts erhob sich nicht nur das gewöhnliche Volk gegen die Monarchie, um mehr Rechte zu bekommen. Nein! Es ging auch um Mode – Reiche (die gepuderte Perücken trugen, sich Gesichtspflaster aufklebten und deren Reifröcke manchmal einen Durchmesser von bis zu zwei Metern hatten) gegen Arme (die derbe Stiefel, enge Röcke und einfache Kleidung trugen). Wie die Geschichte zeigt, siegte bei dieser Revolution das gewöhnliche Volk.*

*Aber die Mode verlor.*

Geschichte der Mode
Examensarbeit von Elizabeth Nichols

# 9

Gute Redner findet man nur in Paris.

*– Francois Villon (1431–1463), französischer Poet*

Ich ziehe meinen Rollkoffer durch die Gänge des Zuges von Paris nach Souillac und versuche, nicht zu weinen.

Nicht wegen des Koffers. Na ja, irgendwie auch wegen des Koffers. Ich meine, der Gang ist sehr schmal, und ich habe meine Reisetasche über der Schulter und muss irgendwie seitlich gehen, wie eine Krabbe, um niemanden damit an den Kopf zu stoßen, während ich – anscheinend vergeblich, nach einem Platz in der Ersten Klasse in Fahrtrichtung im Nichtraucherwagen suche.

Wenn ich rauchen würde und keine Probleme damit hätte, entgegen der Fahrtrichtung zu sitzen, hätte ich schon längst einen gefunden. Aber ich rauche nicht, und ich kann nicht andersherum sitzen, weil mir dann vielleicht schlecht wird. Beziehungsweise es wird mir ganz bestimmt schlecht, weil ich schon seit dem Aufwachen in Paris das Gefühl habe, mich übergeben zu müssen. Da ist mir nämlich erst richtig klargeworden, was ich eigentlich getan habe.

Ich fahre einfach quer durch Europa, ohne zu wissen, wie ich ins Château kommen soll, da Shari immer noch nicht an ihr Handy geht, beziehungsweise auch nicht zurückruft.

Natürlich ist mir auch deshalb so schrecklich übel, weil

ich solchen Hunger habe. Seit dem Frühstück habe ich nur einen Apfel gegessen, den ich mir an Waterloo Station gekauft habe. Es war das einzig Nahrhafte, auf dem keine Tomaten waren. Wenn ich einen Schokoriegel und ein Sandwich mit Ei und Tomaten hätte haben wollen, wäre alles in Ordnung gewesen.

Da das jedoch nicht der Fall war, hatte ich eben Pech.

Hoffentlich hat dieser Zug einen Speisewagen. Aber bevor ich mich danach auf die Suche machen kann, muss ich erst einmal einen Platz finden, wo ich meine Sachen lassen kann.

Und das erweist sich als schwierig. Mein Koffer ist so unhandlich, dass ich ständig irgendwelchen Leuten in die Kniekehlen fahre, aber niemand scheint meine Entschuldigungen – ich sage abwechselnd immer »*Pardonnez-moi*« oder »*Excusez-moi*« – zu würdigen. Vielleicht, weil es alles Franzosen sind und ich bin Amerikanerin, und Amerikaner mag hier anscheinend niemand. Der Junge neben mir auf dem Platz gegen die Fahrtrichtung im Raucherwaggon hat nämlich gefragt: »*Etes-vous américaine*?«, als er gehört hat, wie ich Shari eine weitere Nachricht hinterlassen habe.

»Äh, *oui*«, habe ich geantwortet.

Er hat bloß angewidert das Gesicht verzogen, einen iPod herausgeholt und sich zum Fenster gedreht, damit er mich nicht noch einmal anschauen musste.

*Vamos a la playa* kreischte es aus seinen Ohrstöpseln. Ich konnte es deutlich hören. *Vamos a la playa.*

Den Song werde ich wahrscheinlich für den Rest des Tages nicht mehr los. Oder für den Rest des Abends, sollte ich vermutlich besser sagen, denn es ist schon Nachmittag, und die Fahrt bis nach Souillac dauert noch sechs Stunden.

Das ist ein weiterer Grund, warum ich mich auf die Suche nach einem neuen Platz begeben habe. Wie soll ich es sechs Stunden neben einem rotznäsigen Siebzehnjährigen aushalten, der ein Eminem-T-Shirt trägt, Europop hört, Amerikaner hasst und *raucht*?

Im Moment sieht es allerdings so aus, als ob es der einzige freie Platz im gesamten Zug gewesen wäre.

Kann ich wohl sechs Stunden lang stehen? Dann hätte ich genug Platz für mich und mein umfangreiches Gepäck zwischen zwei Waggons.

Warum passiert mir so was immer? Es hörte sich so einfach an, als Jamal mir in der Buchhandlung erklärte, wie ich nach Frankreich käme. Er war so nett, und bei ihm klang es so, als sei es ein Kinderspiel, zu Shari nach Frankreich zu fahren.

Aber er hat natürlich nicht erwähnt, dass einem die Franzosen nicht besonders freundlich auf Englisch antworten, sobald man in diesem Land den Mund aufmacht und sie merken, dass man Amerikanerin ist.

Aber trotzdem. Ich konnte der Beschilderung am Gare du Nord folgen, mein Ticket, das ich telefonisch vorbestellt hatte, abholen und meinen Zug ausfindig machen. Dann stieg ich in den ersten Wagen und sank auf den ersten freien Sitz.

Zu blöd, dass ich das Raucherschild nicht gesehen hatte, und auch dass ich in der falschen Richtung saß, merkte ich erst, als sich der Zug schon in Bewegung gesetzt hatte.

So langsam habe ich das Gefühl, das Ganze war keine so gute Idee. Damit meine ich nicht, dass ich den Platz im

Raucherwagen verlassen habe, sondern überhaupt, dass ich nach Frankreich gekommen bin. Wenn ich nun Shari nicht mehr erreiche? Wenn nun ihr Handy mal wieder in die Toilette gefallen ist, so wie damals im Wohnheim, und sie es sich nicht leisten kann, sich ein neues zu holen? Vielleicht gibt es ja auch keinen Handy-Shop in der Nähe, und dann muss sie für den Rest ihres Urlaubs ohne auskommen. Wie soll ich sie dann jemals finden?

Vermutlich könnte ich in Souillac fragen, wo das Château Mirac ist. Aber wenn nun niemand davon gehört hat? Shari hat nicht gesagt, wie weit das Schloss vom Bahnhof entfernt ist. Wenn es nun echt weit weg ist?

Und ich kann auch nicht bei Sharis Eltern anrufen und sie fragen, ob sie wissen, wo sie ist und wie ich sie erreichen kann. Dann fragen sie mich bestimmt, warum ich das wissen will, und wenn ich es ihnen erzähle, sagen sie es meiner Mom und meinem Dad, und dann wissen alle, dass es mit Andrew – ich meine Andy – nicht funktioniert hat.

Und das werden sie mir ewig vorhalten.

Oh Gott, wie bin ich nur da hineingeraten? Vielleicht hätte ich einfach bei Andy bleiben sollen. Was hätte denn schon Schlimmes passieren können? Ich hätte alleine zu Jane Austens Haus fahren und das Haus von Andys Familie nur als so eine Art Basislager benutzen können. Eigentlich hätte ich gar nicht abreisen müssen. Ich hätte einfach nur zu Andy sagen müssen: »Hör mal, es funktioniert nicht zwischen uns, weil du nicht der bist, für den ich dich gehalten hatte. Ich muss meine Examensarbeit schreiben, also einigen wir uns darauf, dass wir uns für den Rest meiner Zeit hier ignorieren und unsere eigenen Wege gehen.«

Genau das hätte ich zu ihm sagen können. Jetzt ist es dazu natürlich zu spät. Ich kann nicht zurück. Nicht nach der Nachricht, die ich ihm dagelassen habe, als ich mit dem Taxi zurück zu seinem Haus gefahren bin – besser habe ich fünfzehn Pfund noch nie ausgegeben –, um meine Sachen zu holen. Gott sei Dank war niemand zu Hause …

… und Gott sei Dank hatte Andy daran gedacht, mir heute Morgen meinen eigenen Schlüssel zu geben, den ich dann in den Briefkasten geworfen habe, als ich gegangen bin.

Oh, mein Gott! Ein Platz! Ein leerer Platz! In die richtige Richtung! Im Nichtraucher-Waggon! Und am Fenster!

Okay, ganz ruhig. Vielleicht ist die Person, die dort sitzt, ja nur gerade zur Toilette gegangen oder so – ach, du lieber Himmel, jetzt habe ich der Dame meine Reisetasche an den Kopf gedonnert. »*Je suis désolée, madame*«, sage ich. Das heißt doch auch, »Es tut mir leid«, oder? Ach, ist ja egal. Ein Platz! Ein leerer Platz!

Oh, mein Gott. Ein Platz neben einem Jungen, der ungefähr so alt wie ich zu sein scheint, mit lockigen dunklen Haaren, großen braunen Augen und einem grauen Button-Down-Hemd, das in einer Levi's steckt, die genau an den richtigen Stellen verwaschen ist. Und er trägt einen Flechtgürtel aus Leder.

Möglicherweise bin ich gestorben. Ich bin vor Hunger, Dehydrierung und Herzeleid in den Gängen des Zuges zusammengebrochen.

Und jetzt bin ich im Himmel.

»*Pardonnez-moi*«, sage ich zu dem heißen Typen. »*Mais est-ce que … est-ce que …*«

Ist der Platz neben Ihnen besetzt, möchte ich gerne fragen. Allerdings auf Französisch. Mir fällt nur das Wort für Platz nicht ein. Diesen Satz haben wir im Französisch-Unterricht auch bestimmt nicht gehabt. Oder wenn, dann habe ich wahrscheinlich gerade von Andrew – ich meine, Andy – geträumt.

Vielleicht stottere ich auch nur deshalb so herum, weil der Typ so toll aussieht.

»Möchten Sie hier sitzen«, fragt der Junge und zeigt auf den Platz neben sich.

Er redet perfektes Englisch. Perfektes AMERIKANISCHES Englisch.

»Oh, mein Gott«, platze ich heraus. »Sind Sie Amerikaner? Ist der Platz tatsächlich noch frei? Kann ich mich da hinsetzen?«

»Ja«, sagt der Typ mit einem Lächeln, das strahlend weiße Zähne enthüllt. »Auf alle drei Fragen.«

Damit steht er auf, damit ich mich ans Fenster setzen kann.

Und nicht nur das. Er sagt: »Warten Sie, ich helfe Ihnen«, packt meinen Rollkoffer, mit dem ich gerade unzählige französische Kniescheiben auf meinem langen Weg durch die Gänge des Zuges demoliert habe, hebt ihn mühelos hoch und legt ihn in die Gepäckablage.

Okay. Mir kommen die Tränen.

Das ist keine Halluzination. Ich bin nicht tot. Es passiert wirklich. Das weiß ich, weil ich gerade meine Reisetasche unter den Sitz vor mir geschoben habe, und weil sich meine Schulter, über der sie die ganze Zeit hing, völlig taub anfühlt. Wenn ich tot wäre, würde sie sich ja nicht taub anfühlen, oder?

Ich sinke auf den Platz und sitze dann einfach blinzelnd da. Ich kann mein Glück einfach nicht fassen. Es muss doch einen Haken geben.

»Wasser?«, fragt der Typ neben mir und hält mir eine Plastikflasche hin.

Ich kann ihn durch den Tränenschleier kaum erkennen. »Sie … Sie geben mir Ihr Wasser?«

»Äh«, erwidert er, »nein. Es gehört zum Platz. Wir sind hier in der Ersten Klasse, und jeder bekommt eine Flasche Wasser.«

»Oh«, sage ich und komme mir blöd vor (aber das ist ja nichts Neues). Bei meinem letzten Platz war mir die Wasserflasche gar nicht aufgefallen. Wahrscheinlich hat dieser französische Junge sie geklaut. Er sah schon so aus wie jemand, der anderen Leuten das Wasser stiehlt.

Ich nehme die Wasserflasche entgegen.

»Danke«, sage ich. »Es tut mir leid. Es ist nur … es war ein langer Tag.«

»Das sehe ich«, antwortet er. »Es sei denn, Sie weinen immer in Zügen.«

»Nein«, sage ich schniefend. »Wirklich nicht.«

»Nun, gut zu wissen«, sagt er. »Ich habe ja schon von Flugangst gehört, aber noch nie von Zugangst.«

»Heute war einfach ein ganz furchtbarer Tag«, erwidere ich und öffne die Wasserflasche. »Wirklich. Sie können es sich nicht vorstellen. Ich bin so froh, endlich wieder einen amerikanischen Akzent zu hören. Es ist unglaublich, wie sie uns hier hassen.«

»Oh«, sagt der Junge und zeigt wieder seine perfekten weißen Zähne, »so schlimm sind sie gar nicht. Wenn Sie sehen würden, wie sich der durchschnittliche amerikanische Tourist benimmt, würden Sie wahrscheinlich genauso über uns denken wie die Franzosen.«

Nachdem ich Wasser getrunken habe, geht es mir besser, und ich bin in der Lage, meinen Nachbarn genauer zu mustern. Er sieht nicht nur gut aus, sondern wirkt auch freundlich, intelligent und humorvoll.

»Na ja.« Ich tupfe mir die Augen mit dem Handgelenk ab. Hoffentlich ist meine Wimperntusche nicht verlaufen. Habe ich eigentlich die wasserfeste benutzt? Ich kann mich nicht mehr erinnern. »Das muss ich Ihnen wohl glauben.«

»Sind Sie zum ersten Mal in Frankreich?«, fragt er voller Mitgefühl. Sogar seine *Stimme* klingt nett. Tief und sehr verständnisvoll.

»Überhaupt zum ersten Mal in Europa«, sage ich. »Außer in London, da war ich heute Morgen.«

Und auf einmal breche ich erneut in Tränen aus, als sei ein Damm gebrochen.

Ich versuche, nicht zu laut dabei zu sein, also nicht zu schluchzen oder so. Ich kann noch nicht einmal an London denken, ohne dass es mich zerreißt!

Mein Sitznachbar stupst mich mit dem Ellbogen an, und als ich meine tränenüberströmten Augen öffne, sehe ich, dass er mir eine Plastiktüte vor die Nase hält.

»In Honig geröstete Erdnüsse?«, fragt er.

Ich habe solchen Hunger, dass ich mir eine Handvoll Nüsse nehme und sie mir in den Mund stopfe. Es ist mir egal, dass sie mit Honig geröstet und wahrscheinlich voller Kohlehydrate sind. Ich bin am Verhungern.

»Gehören die auch zu den Plätzen?«, frage ich zwischen zwei Schniefern.

»Nein«, sagt er, »das sind meine. Aber nehmen Sie sich ruhig, wenn Sie wollen.«

Und das tue ich auch. Sie sind das Leckerste, was ich je gegessen habe. Und das liegt nicht daran, dass ich so lange keinen Zucker zu mir genommen habe.

»Danke«, sage ich. »Ich … Entschuldigung.«

»Wofür?«, fragt mein Sitznachbar.

»Weil ich hier sitze und heule. Ich bin normalerweise gar nicht so. Ich schwöre es!«

»Reisen kann sehr stressig sein«, sagt er. »Vor allem heutzutage.«

»Das stimmt«, erwidere ich und nehme mir noch ein paar Nüsse. »Man weiß vorher nie. Ich meine, man lernt Leute kennen, und sie scheinen sehr nett zu sein. Und dann stellt sich auf einmal heraus, dass sie dich die ganze Zeit angelogen haben, damit du ihnen ihre Studiengebühren bezahlst, die sie beim Glücksspiel verloren haben.«

»Ich meinte eigentlich terroristische Bedrohungen«, sagt mein Sitznachbar trocken. »Aber, äh, was Sie da eben erwähnt haben, kann einem sicher auch Probleme bereiten.«

»Oh ja, ganz bestimmt«, versichere ich ihm unter Tränen. »Sie haben ja keine Ahnung. Er hat mich von vorneherein belogen – hat mir gesagt, dass er mich liebt und alles das –, und dabei hat er mich nur benutzt. Andy – das ist der Typ aus London – schien richtig nett zu sein. Er wollte Lehrer werden und hat mir erzählt, er wolle unbedingt kleinen Kindern Lesen beibringen. Haben Sie so etwas Nobles schon mal gehört?«

»Äh«, erwidert mein Sitznachbar. »Nein.«

»Nein. Wer macht heutzutage so etwas schon noch? Jedenfalls nicht Leute in unserem Alter. Wie alt sind Sie?«

»Ich bin fünfundzwanzig«, sagt mein Sitznachbar.

»Das habe ich mir gedacht«, sage ich. Ich öffne meine Handtasche und suche nach einem Taschentuch. »Na ja, ist Ihnen noch nie aufgefallen, dass Leute in unserem Alter ... sie denken doch nur ans Geldverdienen, oder? Okay, vielleicht nicht alle, aber viele. Keiner will mehr Lehrer werden, oder Arzt ... damit kann man nicht genug Geld verdienen. Alle wollen sie Investment Banker, Unternehmensberater oder Anwalt werden ... weil da Geld zu holen ist. Es ist ihnen egal, ob sie etwas zum Wohl der Menschheit leisten. Sie wollen bloß ein McMansion und einen BMW. Ehrlich!«

»Oder ihren Studienkredit zurückzahlen«, sagt mein Sitznachbar.

»Genau. Aber man braucht ja schließlich auch nicht auf das teuerste College der Welt zu gehen, um eine gute Ausbildung zu erhalten.« Ganz unten in meiner Tasche finde ich ein zusammengeknülltes Papiertaschentuch, mit dem ich mir die Tränen abwische. »Ausbildung ist schließlich immer noch das, was man selber daraus macht.«

»So habe ich es eigentlich noch nie gesehen«, erwidert mein Sitznachbar. »Aber da könnten Sie recht haben.«

»Das glaube ich auch«, sage ich. Die Gebäude, die an meinem Fenster vorbeigesaust sind, sind offenen Feldern gewichen. Der Himmel leuchtet rotgolden, weil die Sonne langsam am westlichen Horizont untergeht. »Ich meine, ich habe es schließlich am eigenen Leib erfahren. Wenn Sie etwas studieren wie – ach, ich weiß nicht, Modegeschichte zum Beispiel –, halten die Leute einen für durchgeknallt.

Niemand will mehr etwas Kreatives studieren, weil es viel zu riskant ist. Möglicherweise bekommt man ja das Geld nicht mehr heraus, das man in seine Ausbildung gesteckt hat. Also studieren alle Betriebswirtschaft oder Jura oder … oder sie halten nach blöden amerikanischen Mädchen Ausschau, um sie zu heiraten und sich von ihnen ernähren zu lassen.«

»Sie klingen so, als sprächen Sie aus eigener Erfahrung«, bemerkt mein Sitznachbar.

»Nun, was soll ich denn sonst denken?« Ich rede mich um Kopf und Kragen, ich weiß, aber ich kann einfach nicht aufhören zu reden. Genauso wenig, wie ich die Tränen zurückhalten kann, die mir über die Wangen laufen. »Ich meine, wer – der Lehrer werden möchte – arbeitet schon als Kellner und kassiert gleichzeitig Arbeitslosengeld?«

Mein Sitznachbar überlegt. »Jemand, der es finanziell nötig hat?«, schlägt er dann vor.

»Das sollte man meinen«, erwidere ich und schnäuze mich. »Aber wenn ich Ihnen nun erzählen würde, dass dieser Mann sein ganzes Geld bei Texas Hold'em verloren und seine Freundin gebeten hat, für ihn die Studiengebühren zu bezahlen, obwohl er seiner ganzen Familie erzählt hat, dass sie … dass sie … dass ich … ein Dickerchen bin?«

»Sie!« Mein Sitznachbar schaut mich erstaunt an. »Aber das sind Sie doch gar nicht. Dick, meine ich.«

»Jetzt nicht«, schluchze ich. »Aber als wir uns kennen lernten, war ich es. Ich habe allerdings elf Kilo abgenommen, seit wir uns das letzte Mal gesehen haben. Aber auch, wenn ich dick *war* – er sollte einfach nicht herumlaufen und es den Leuten erzählen! Nicht, wenn er mich wirklich liebte, oder? Wenn er mich wirklich lieben würde, hätte er gar nicht gemerkt, dass ich dick war. Oder er hätte es vielleicht gemerkt, es hätte aber keine Rolle gespielt. Und er hätte es nicht seiner Familie erzählt.«

»Das stimmt«, sagt mein Sitznachbar.

»Aber er hat ihnen erzählt, ich sei dick!« Schon wieder fließen die Tränen. »Und als ich dann dahin kam, und alle mir immer wieder versicherten, dass ich überhaupt nicht dick sei, habe ich daran gemerkt, dass er was gesagt hatte. Und dann geht er auch noch hin und verspielt das Geld, das ihm seine Eltern – seine schwer arbeitenden Eltern – für die Schule gegeben haben! Ich meine, seine Mutter – seine arme Mutter! Sie hätten sie sehen sollen. Sie ist Sozialarbeiterin, und sie hat mir ein Riesenfrühstück und alles zubereitet. Allerdings mag ich keine Tomaten und in jedem einzelnen Gericht waren Tomaten, übrigens ein weiteres Zeichen dafür, dass Andy mich nie geliebt hat – ich habe ihm extra gesagt, dass ich keine Tomaten mag, aber er hat gar nicht zugehört. Es war so, als ob er mich gar nicht gekannt hätte. Ich meine, er hat mir ein Foto von seinem nackten Hintern gemailt. Mal im Ernst, warum glaubt ein Junge, dass ein Mädchen ein Foto von seinem nackten Hintern sehen will? Warum hat er geglaubt, das sei in Ordnung?«

»Das weiß ich auch nicht«, sagt mein Sitznachbar.

Ich putze mir die Nase. »Sehen Sie, das ist typisch für Andy. Und am schlimmsten ist noch, dass er mir leidgetan hat. Ernsthaft. Ich wusste ja nichts vom Betrug am Sozialstaat, dass er herumgelaufen ist und mich als dick bezeichnet hat, oder dass er mich benutzen wollte, um seine Spielschulden zu bezahlen … Oh Gott, das kann doch nicht sein, dass ich das einzige Mädchen auf der Welt bin, dem jemals so etwas passiert ist, oder? Ich meine, haben Sie jemals geglaubt, jemanden zu lieben, und dann Dinge für diese Person getan, die sie dann bedauert haben? Ja?«

»Was für Dinge meinen Sie?«, will mein Sitznachbar wissen.

»Oh«, sage ich. Es ist erstaunlich, aber mir geht es schon wieder besser. Vielleicht liegt es an dem komfortablen Platz oder an dem goldenen Schimmer des Sonnenuntergangs, der den Waggon erfüllt. Vielleicht liegt es auch daran, dass ich Flüssigkeit zu mir genommen habe. Oder es ist der Zucker von den Erdnüssen.

Aber vielleicht stärkt es auch mein Selbstvertrauen, dass ich all das endlich mal laut ausspreche. Ich meine, jeder hätte von einem solchen Schuft wie Andrew – ich meine, Andy – hereingelegt werden können. JEDER. Na ja, vielleicht nicht mein Sitznachbar, schließlich ist er selber ein Junge. Aber jedes Mädchen, JEDES MÄDCHEN.

»Sie wissen schon, was ich meine«, sage ich und blicke mich um, um sicherzugehen, dass uns niemand zuhört. Aber alle anderen Fahrgäste scheinen zu dösen oder ihre Kopfhörer auf den Ohren zu haben. Außerdem sind sie wahrscheinlich sowieso viel zu französisch, um mich überhaupt zu verstehen. Trotzdem spreche ich lieber leise. *»Ich habe ihm einen geblasen«*, flüstere ich.

»Ach so«, sagt mein Sitznachbar und zieht seine dunklen Augenbrauen hoch. »*Das* meinen Sie.«

Wissen Sie, er ist Amerikaner. Und er ist in meinem Alter. Und er ist so nett. Ich fühle mich wohl bei ihm, weil ich weiß, dass er mich nie verurteilen würde.

Außerdem werde ich ihn wahrscheinlich nie mehr wiedersehen.

»Im Ernst«, sage ich, »Jungen haben ja keine Ahnung. Oh, warten Sie, Sie vielleicht schon. Sind Sie schwul?«

Er verschluckt sich beinahe an dem Schluck Wasser, den er gerade trinkt. »Nein! Sehe ich etwa schwul aus?«

»Nein«, erwidere ich. »Aber ich kann das auch nicht so gut erkennen. Vor Andy war ich mit einem Jungen zusammen, der mich für seinen Zimmergenossen sitzengelassen hat. Seinen MÄNNLICHEN Zimmergenossen.«

»Also, ich bin nicht schwul.«

»Oh. Na ja, wenn Sie es selber noch nicht gemacht haben, wissen Sie es auch nicht. Es hat schon eine gewisse Bedeutung.«

»Was?«

»*Jemandem einen zu blasen*«, flüstere ich wieder.

»Ach so«, sagt er. »Ja.«

»Ich meine, ich weiß ja, dass ihr Jungs alle ganz scharf darauf seid, aber es ist nicht einfach. Außerdem hat er nicht die geringsten Anstalten gemacht, mir etwas zurückzugeben. Nein! Keineswegs! Natürlich habe ich mich selber darum gekümmert, Sie wissen schon. Aber trotzdem! Es ist einfach unhöflich! Vor allem, da ich es für ihn nur aus Mitleid getan habe.«

»Sie haben ihm aus Mitleid einen geblasen?« Mein Sitznachbar schaut mich mit einem seltsamen Gesichtsausdruck an. So als ob er krampfhaft versucht, nicht zu lachen. Oder als ob er es nicht glauben kann, dass er sich über so etwas unterhält. Oder vielleicht auch eine Mischung aus beidem.

Na ja, gut. Dann hat er eben jetzt eine lustige Geschichte,

die er seiner Familie erzählen kann, wenn er nach Hause kommt. Das heißt, wenn er aus einer Familie kommt, in der man über so etwas sprechen kann. Bei uns ginge das nicht. Außer vielleicht mit Grandma.

»Genau«, erwidere ich. »Ich habe ihm aus Mitleid einen geblasen, weil er nicht kommen konnte. Aber mittlerweile ist mir klar geworden, dass er nur so getan hat als ob, damit ich ihm einen blase! Ich fühle mich so benutzt! Und ich sage Ihnen was – ich will den Blow Job zurück!«

»Den … den Blow Job?«, fragt er entgeistert.

»Ja, genau. Wenn es ginge, würde ich ihn am liebsten zurückhaben.«

»Na ja, das haben Sie in gewisser Weise doch«, erwidert mein Sitznachbar. »Sie sind doch gegangen.«

»Nein, das ist nicht das Gleiche«, erwidere ich.

*»Billets.«* Ein Mann in Uniform steht im Gang. *»Billets, s'il vous plaît.«*

»Haben Sie Ihre Fahrkarte?«, fragt mich mein Sitznachbar.

Ich nicke und hole sie aus meiner Handtasche. Mein Sitznachbar reicht sie dem Schaffner, der sie abknipst und weitergeht. Als mein Sitznachbar sie mir wiedergibt, sagt er: »Sie fahren also nach Souillac. Kennen Sie dort jemanden?«

»Meine beste Freundin Shari«, erwidere ich. »Sie soll mich dort am Bahnhof abholen. Hoffentlich hat sie überhaupt meine Nachricht bekommen. Bis jetzt ist sie noch nicht an ihr Handy gegangen, aber sie hat es vermutlich mal wieder in die Toilette fallen lassen. So etwas macht sie ständig.«

»Also weiß Shari vielleicht noch nicht einmal, dass Sie kommen?«

»Nein. Ich meine, sie hat mich eingeladen, aber ich habe abgelehnt, weil ich zu dem Zeitpunkt noch dachte, mit Andy käme alles ins Lot. Aber dann hat sich ja herausgestellt, dass das nicht so ist.«

»Na ja, aber daran haben Sie keine Schuld.«

Ich werfe ihm einen Blick zu. Der Sonnenuntergang hat sein Profil in ein goldenes Licht getaucht, und ich stelle fest, dass er echt lange Wimpern hat, fast wie ein Mädchen. Auch seine Lippen sind voll und schön geschwungen.

»Sie sind echt nett«, sage ich zu ihm. Meine Tränen sind mittlerweile völlig versiegt. Es ist wirklich erstaunlich, wie heilsam es sein kann, einem Fremden sein Herz auszuschütten. Kein Wunder, dass so viele meiner Altersgenossen in Therapie sind. »Danke, dass Sie mir zugehört haben, obwohl ich mich ja wahrscheinlich anhöre wie eine halbe Irre. Ich wette, Sie haben sich mehr als einmal gefragt, womit Sie es verdient haben, dass so eine beknackte Tussi neben Ihnen sitzt.«

»Ich glaube, Sie haben einfach nur Schlimmes durchgemacht«, sagt mein Sitznachbar lächelnd. »Deshalb haben Sie auch alles Recht der Welt, ein bisschen durchgeknallt zu klingen. Aber als beknackte Tussi habe ich Sie überhaupt nicht empfunden.«

»Wirklich?« Abgesehen von den Wimpern und den Lippen hat er auch noch schöne Hände. Stark und sauber – auch ein bisschen gebräunt – mit einem ganz leichten Anflug von dunklen Härchen auf dem Handrücken. »Sie dürfen nicht glauben, dass ich herumlaufe und allen Jungs, die mir leidtun, einen blase. Das war das erste Mal, dass ich es getan habe. Das erste Mal in meinem Leben.«

»Ach, Sie machen das also nicht? Wie schade. Ich wollte Ihnen gerade erzählen, dass ich in einem rumänischen Waisenhaus aufgewachsen bin.«

Ich starre ihn an. »Sie kommen aus Rumänien?«

»Das war ein Witz«, antwortet er. »Damit Sie Mitleid mit mir haben und mir …«

»Ah, ich habe verstanden«, falle ich ihm ins Wort. »Wie lustig.«

»Nein, eigentlich nicht«, erwidert er seufzend. »Ich kann nicht gut Witze erzählen. Das war schon immer so. Wie sieht es aus? Haben Sie Hunger? Sollen wir in den Speisewagen gehen? Bis nach Souillac ist es noch weit, und Sie haben alle meine Nüsse aufgegessen.«

Ich blicke auf die leere Plastiktüte in meinem Schoß.

»Ach du lieber Himmel!«, sage ich. »Ich hatte so schrecklichen Hunger. Ja, lassen Sie uns in den Speisewagen gehen, und dann lade ich Sie zum Essen ein, um Sie für die Nüsse zu entschädigen. Und für die Heulerei. Und für die Sache mit dem Blasen. Das tut mir echt leid.«

»Ich lade Sie zum Essen ein«, erwidert er galant, »um Sie dafür zu entschädigen, dass Sie von einem meiner Geschlechtsgenossen so schlecht behandelt worden sind. Wie finden Sie das?«

»Äh«, sage ich. »Okay. Aber … ich weiß ja noch nicht einmal Ihren Namen. Ich bin Lizzie Nichols.«

»Ich bin Jean-Luc de Villiers«, sagt er und streckt die rechte Hand aus. »Und ich sollte Ihnen wohl besser sagen, dass ich Investment Banker bin. Aber ich besitze weder ein McMansion noch einen BMW. Ich schwöre es!«

Automatisch ergreife ich seine Hand, schüttele sie jedoch nicht, sondern starre ihn nur verlegen an.

»Oh«, sage ich, »das tut mir leid. Ich wollte nicht … Ganz bestimmt sind nicht *alle* Investment Banker schlimm …«

»Ist schon gut«, entgegnet Jean-Luc und drückt mir die Hand. »Die meisten schon. Nur ich eben nicht. Und jetzt kommen Sie, lassen Sie uns essen gehen.«

Seine Finger sind warm und ein klein wenig rau. Ich blicke zu ihm auf und frage mich, ob der rosige Schimmer um sein Gesicht wirklich nur am Sonnenuntergang liegt, oder ob er vielleicht doch ein Engel ist, den der Himmel zu meiner Rettung auf die Erde geschickt hat.

Na, man weiß ja nie. Selbst ein Investment Banker könnte ein Engel sein. Gottes Wege sind unergründlich.

*Die »Empire-Taille« – die direkt unter dem Busen liegt – wurde durch Napoleon Bonapartes Frau Joséphine populär gemacht, die von 1804 an, während der Regentschaft ihres Mannes als Kaiser, den »klassischen« Stil griechischer Kunst bevorzugte und sich deshalb auch in die togaähnlichen Gewänder kleidete wie die Figuren auf den Tongefäßen aus dieser Epoche.*

*Um den Figuren auf den Gefäßen noch mehr zu gleichen, befeuchteten viele junge Frauen ihre Röcke, sodass sich unter dem nassen Stoff deutlich die Beine abzeichneten. Aus dieser Tradition ist angeblich der »Wet T-Shirt Wettbewerb« der heutigen Zeit entstanden.*

Geschichte der Mode
Examensarbeit von Elizabeth Nichols

# 10

Um das Interesse eines Mannes zu wecken und zu halten,
sollte man erst einmal über ihn sprechen,
um dann nach und nach das Gespräch auf sich selber
zu bringen – und es auch dort zu lassen.

*– Margaret Mitchell (1900–1949), amerikanische Schriftstellerin*

Er ist kein Engel, sondern in Houston geboren und aufgewachsen.

Außerdem haben Engel auch keinen Abschluss von der University of Pennsylvania, so wie Jean-Luc.

Und Engel haben auch keine Eltern, die sich gerade einen erbitterten Scheidungskrieg liefern, so wie Jean-Lucs Eltern. Wenn er seinen Vater besuchen will, so wie jetzt, muss er sich bei Lazard Frères, wo er als Investment Banker arbeitet, ein paar Wochen frei nehmen und nach Frankreich kommen, weil sein Vater Franzose ist.

Außerdem können Engel besser Witze erzählen. Das war nicht gelogen. Er kann es wirklich nicht gut.

Aber das ist schon okay. Also, ich bin lieber mit einem schlechten Witze-Erzähler zusammen, der sich daran erinnert, dass ich keine Tomaten mag, als mit einem spielenden Sozialstaat-Betrüger, der sich nicht daran erinnert.

Denn Jean-Luc hat behalten, dass ich keine Tomaten mag. Als ich von der Zugtoilette zurückkomme – wo ich den Schaden repariert habe, den meine Tränen angerichtet haben, glücklicherweise jedoch nichts, was nicht mit Eyeliner, Abdeckstift, Lippenstift und Puder und Bürste zu beheben war –, steht der Kellner bereits an unserem Tisch, um die Bestellung entgegenzunehmen. Jean-Luc redet mit ihm, weil er natürlich als halber Franzose fließend Französisch spricht. Und schnell. Ich verstehe nicht alles, was er sagt, aber ich höre ein paar Mal »pas de tomates«.

Und das bedeutet »keine Tomaten«.

Ich muss mich sehr zusammenreißen, um nicht schon wieder in Tränen auszubrechen, denn Jean-Luc hat mir den Glauben an die Männer wiedergegeben. Es gibt tatsächlich nette, lustige, richtig gut aussehende Jungs auf der Welt. Man muss sie nur zu finden wissen.

Allerdings habe ich diesen hier in einem Zug gefunden… und das heißt, dass ich ihn vermutlich nie wiedersehe, wenn ich erst einmal ausgestiegen bin.

Aber das ist schon okay. Ich meine, was habe ich erwartet? Dass ich von einer Beziehung gleich in die nächste wechsle? Das wäre nicht gesund und würde sich vor allem sicher nicht als dauerhaft erweisen.

Außerdem, Sie kennen das ja, zwei Schiffe, die sich in der Nacht begegnen und so.

Ach ja, und natürlich die Tatsache, dass ich ihm erzählt habe, wie ich Andy einen geblasen habe. (Warum eigentlich? WARUM HABE ICH DAS GETAN? WARUM MUSS ICH EIGENTLICH DAS GRÖSSTE GROSSMAUL IM GESAMTEN UNIVERSUM SEIN?)

Aber trotzdem. Er ist einfach so… so süß. Und nicht verheiratet – kein Ring. Vielleicht hat er eine Freundin – ich kann mir gar nicht vorstellen, dass ein so süßer Junge *keine* Freundin hat –, aber bisher hat er noch nicht von ihr geredet.

Und das ist auch gut so. Ich würde nämlich nicht gerne hier sitzen und diesem total süßen Jungen zuhören, wie er von seiner Freundin erzählt. Ich meine, doch natürlich würde ich zuhören, schließlich hat er ja auch mir geduldig zugehört, als ich ihm mein Leid mit Andy geklagt habe.

Aber ich bin froh, dass er nicht über sie spricht.

Er bestellt Wein zum Essen, und als der Kellner ihn bringt, erhebt Jean-Luc sein Glas, stößt mit mir an und sagt: »Auf den Blow Job.«

Ich ersticke fast an dem Stück Brot, das ich gerade herunterschlinge. Das Essen ist nämlich unglaublich gut. Zumindest das Brot. So unglaublich fantastisch, dass ich nicht widerstehen kann, nachdem ich erst mal das erste winzige Krümelchen von dem Brötchen im Korb auf dem Tisch probiert habe. Mit knuspriger Kruste und innen drin weich und noch warm. Wahrscheinlich werde ich es bereuen, wenn ich meine Jeans nicht mehr zubekomme.

Im Moment jedoch bin ich im Himmel. Für so einen schlechten Witze-Erzähler ist Jean-Luc nämlich ziemlich lustig.

Und Brot hat mir gefehlt, es hat mir echt gefehlt.

»Auf alle Blow Jobs, die wir zurückhaben wollen«, erwidere ich.

»Na, da kann ich ja nur hoffen«, sagt Jean-Luc, »dass von mir keine Frau jemals einen Blow Job zurückhaben möchte.«

»Oh«, erwidere ich, während ich zusehe, wie die Butter auf meinem Stück Brot schmilzt, »das kommt bestimmt auch nie vor. Sie wirken gar nicht wie jemand, der Frauen ausnutzt.«

»Ja, aber das war doch bei – wie hieß er noch mal – auch nicht der Fall«, sagt mein Sitznachbar.

»Er heißt Andy«, erwidere ich errötend. »Und außerdem hat bei ihm mein Instinkt versagt. Wegen seiner Kleidung. Und wegen seines Akzents. Wenn er Amerikaner gewesen wäre, wäre ich nie auf ihn oder seine Lügen hereingefallen.«

»Wegen seiner Kleidung?«, fragt Jean-Luc, als der Kellner meine gebratenen Schweine-Medaillons und seinen gedünsteten Lachs bringt.

»Ja, klar«, erwidere ich. »Die Kleidung sagt viel über einen Mann aus. Aber Andy war Engländer, das brachte alles ein bisschen durcheinander. Bis ich dahinterkam, dachte ich, dass alle in England Aerosmith-T-Shirts tragen würden, wie Andy an dem Abend, als wir uns kennen gelernt haben.«

Jean-Luc zog die dunklen Augenbrauen hoch. »Aerosmith?«

»Genau. Zuerst glaubte ich, es sei ironisch gemeint, oder dass vielleicht Waschtag wäre, aber jetzt in London habe ich gemerkt, dass er sich tatsächlich so anzieht. Er meinte das nicht ironisch. Wenn aus uns ein Paar geworden wäre, hätte ich ihn natürlich letztendlich in anständige Klamotten gesteckt, aber so …« Ich zucke mit den Schultern. Das scheint übrigens eine sehr französische Angewohnheit zu sein, denn alle Frauen im Speisewagen zucken ständig mit den Schultern und sagen *»ouais«*, französischer Slang für *oui*, jedenfalls laut dem Reiseführer, den ich bei Jamal gekauft und auf der Fahrt nach Paris durchgeblättert habe.

»Du behauptest also«, sagt Jean-Luc – wir sind mittlerweile zum Du übergegangen, schließlich ist er ja in meinem Alter, »dass du Leute nach ihrer Kleidung beurteilen kannst?«

»Ja, klar«, erwidere ich und esse einen Bissen Schweinefilet, was köstlich schmeckt, wie ich hinzufügen muss. »Die Kleidung sagt viel über den Menschen aus. Wie bei dir, zum Beispiel.«

Jean-Luc grinst. »Okay. Gib's mir.«

Ich kneife die Augen zusammen. »Bist du sicher?«

»Ich kann es aushalten«, versichert Jean-Luc mir.

»Na gut … also.« Ich mustere ihn. »Dass du dein Hemd in die Jeans – die übrigens von Levi's ist, eine andere Marke trägst du wahrscheinlich nicht – steckst, zeigt mir, dass du dich in deinem Körper wohl fühlst und dass es dir nicht egal ist, wie du aussiehst – aber du bist nicht eitel. Du denkst wahrscheinlich gar nicht groß darüber nach, wie du aussiehst, und schaust nur beim Rasieren in den Spiegel. Dein geflochtener Ledergürtel wirkt lässig, aber ich wette, er war ziemlich teuer, was bedeutet, dass du bereit bist, für Qualität auch zu bezahlen, aber man soll es nicht gleich sehen. Dein Hemd ist von Hugo – nicht Hugo Boss –, was bedeutet, dass du nicht aussehen möchtest wie alle anderen, und du trägst Cole Haan Schuhe ohne Socken, was bedeutet, dass du es dir gern bequem machst, beim Schlangestehen nicht ungeduldig wirst, dass es dir nichts ausmacht, wenn merkwürdige Mädchen im Zug neben dir sitzen und weinen, und dass du kein Problem mit Fußschweiß hast. Ach so, und du trägst eine Fossil-Uhr, bist also sportlich – ich wette, du joggst, um in Form zu bleiben – und kochst gerne.«

Ich lege meine Gabel hin und sehe ihn an. »Wie nahe dran war ich?«

Er starrt mich über den Brotkorb hinweg an.

»All das schließt du nur aus meiner Kleidung?«, fragt Jean-Luc ungläubig.

»Ja«, erwidere ich und trinke einen Schluck Wein, »all das und die Tatsache, dass du dir sexuell nicht unzulänglich vorkommst, denn du benutzt kein Eau de Toilette.«

»Weißt du was?«, erwidert er. »Mein Gürtel hat zweihundert Dollar gekostet, Hugo Boss sitzt bei mir nicht, in Socken bekomme ich zu warme Füße, ich laufe pro Tag fünf Kilometer, ich hasse Eau de Toilette, und ich mache die besten Käse-Zwiebeln-Omeletts, die du je gegessen hast.«

Grinsend beginne ich, den Feldsalat zu essen, den der Kellner uns gerade gebracht hat. Er enthält Schimmelkäse und kandierte Walnüsse.

Mmmh, kandierte Walnüsse.

»Aber ernsthaft«, sagt Jean-Luc, »wie hast du das gemacht?«

»Das ist eine Begabung«, erwidere ich bescheiden. »Ich konnte es schon immer. Anscheinend funktioniert es nur manchmal nicht, und zwar genau dann, wenn ich es am meisten brauche – wenn ein Junge sich zum Beispiel über seine sexuelle Orientierung noch nicht ganz sicher ist, dann erkenne ich das normalerweise an dem, was er anhat. Außer, wenn ich was mit ihm habe. Und wie ich schon sagte – Andy war Ausländer. Das hat mich abgelenkt. Nächstes Mal bin ich gewarnt.«

»Beim nächsten Engländer?« Jean-Luc zieht die Augenbrauen hoch.

»Oh, nein«, sage ich. »Es wird keine Engländer mehr geben, es sei denn, sie gehören zur königlichen Familie.«

»Kluge Strategie«, sagt Jean-Luc.

Er schenkt mir Wein nach und fragt mich, was ich nach meiner Rückkehr in die Vereinigten Staaten geplant habe. Ich erzähle ihm, dass ich eigentlich in Ann Arbor bleiben und warten wollte, bis Andy seinen Abschluss gemacht hat. Aber jetzt …

Ich weiß noch nicht, was ich machen soll.

Und dann erzähle ich ihm – diesem Fremden, der mich zum Abendessen eingeladen hat – von meinen Bedenken mit Shari nach New York zu gehen, weil sie ja bestimmt irgendwann mit ihrem Freund zusammenleben will, da Chaz sich an der NYU eingeschrieben hat, um seinen Doktor in Philosophie zu machen, und dass ich dann mit völlig fremden Leuten zusammenleben muss. Und er erfährt auch, dass ich eigentlich noch gar kein Examen habe, da ich erst noch eine Arbeit schreiben muss, deshalb werde ich sowieso in meinem Spezialgebiet keinen Job in New York finden – wenn es überhaupt Jobs in der Modebranche gibt –, und letztendlich werde ich wahrscheinlich bei Gap arbeiten müssen, meiner ganz persönlichen Vorstellung von der Hölle auf Erden. Diese austauschbare Mode – das brächte mich bestimmt um.

»Irgendwie kann ich mir auch gar nicht vorstellen«, sagt Jean-Luc, »dass du bei Gap arbeitest.«

Ich schaue an meinem Alex Colman Kleid herunter und sage: »Nein. Du hast recht. Hältst du mich für verrückt?«

»Nein, mir gefällt dein Kleid. Es ist irgendwie … retro.«

»Nein, ich meine, dass ich in Ann Arbor bleibe, bis Andy mit dem Studium fertig ist, und zu Hause wohnen wollte.

Shari hat immer gesagt, ich würde meine feministischen Prinzipien verraten, wenn ich das täte.«

»Ich glaube nicht, dass man seine feministischen Prinzipien verrät, wenn man bei jemandem bleiben will, den man wirklich liebt«, erwidert Jean-Luc.

»Okay«, sage ich. »Aber was soll ich jetzt tun? Ich meine, ist es verrückt, nach New York zu ziehen, ohne zuerst eine Arbeit oder eine Wohnung da zu haben?«

»Nein, nicht verrückt. Mutig. Aber du scheinst sowieso ein ziemlich mutiges Mädchen zu sein.«

Mutig? Ich verschlucke mich fast an meinem Wein. Noch nie hat mich jemand ziemlich mutig genannt.

Draußen geht immer noch die Sonne unter – im Sommer bleibt es in Frankreich so lange hell! –, und der Himmel über den grünen Hügeln und Wäldern ist leuchtend pinkfarben. Um uns herum bringen die Kellner Teller mit Käse und Schokoladentrüffeln und winzige Digestif-Gläser an die Tische, und drüben im Raucher-Abteil genießen die Gäste ihre Zigarette nach dem Essen, deren Rauch nicht annähernd so stinkt wie das, was aus der Nase meines Exfreundes kommt.

Und ich komme mir vor wie in einem Film. Ich bin nicht Lizzie Nichols, die jüngste Tochter von Professor Harry Nichols, erst kürzlich ohne richtiges Examen vom College gekommen, die ihr ganzes Leben in Ann Arbor, Michigan, verbracht hat und bisher erst mit drei Jungen (vier, wenn man Andy dazuzählt) zusammen war.

Nein, ich bin Elizabeth Nichols, die ziemlich mutige (!), kosmopolitische Weltreisende, die in einem Speisewagen mit einem perfekten (und ich meine perfekt!) Fremden diniert, einen Käsegang genießt (Käsegang!) und etwas trinkt, das Pernod heißt, während draußen die Sonne über der französischen Landschaft untergeht …

Und dann plötzlich, mitten in Jean-Lucs Beschreibung seiner Examensarbeit, die etwas mit Schiffsrouten zu tun hat (ich bemühe mich, nicht zu gähnen – aber die Geschichte der Mode wäre für ihn wahrscheinlich auch nicht besonders spannend), klingelt mein Handy.

Ich greife danach, weil ich denke, das kann nur Shari sein.

Aber auf dem Display steht Unbekannte Nummer, und das ist merkwürdig, weil niemand Unbekannter *meine* Handynummer hat.

»Entschuldigung«, sage ich zu Jean-Luc. Dann wende ich mich ein wenig ab und sage: »Hallo?«

»Liz?«

Die Leitung rauscht, die Verbindung ist furchtbar schlecht.

Aber es ist unmissverständlich der letzte Mensch auf der ganzen Welt, von dem ich jetzt hören möchte.

Ich weiß nicht, was ich tun soll. Warum ruft er mich an? Das ist schrecklich. Ich will nicht mit ihm reden! Ich habe ihm nichts zu sagen!

»Einen Augenblick«, sage ich zu Jean-Luc und stehe auf, um in den Zwischenraum zwischen den zwei Waggons zu gehen, wo ich die übrigen Fahrgäste nicht störe.

»Andy?«, sage ich in mein Handy.

»Da bist du ja!« Andy klingt erleichtert. »Mann, bin ich froh, deine Stimme zu hören. Hast du denn meine Anrufe nicht bekommen? Ich habe dich den ganzen Tag über auf dem Handy angerufen. Warum bist du nicht drangegangen?«

»Was, du hast angerufen? Mein Handy hat überhaupt nicht geklingelt.« Das stimmt, denn Handys funktionieren nicht im Kanaltunnel.

»Du hast ja keine Ahnung, was ich durchgemacht habe«, fährt Andy fort, »als ich aus diesem schrecklichen Büro kam und feststellen musste, dass du weg warst. Den ganzen Heimweg über habe ich gedacht: Und wenn sie jetzt nun nicht zu Hause ist? Wenn ihr nun was passiert ist? Ich sage dir, ich muss dich schon sehr lieben, wenn ich solche Angst um dich gehabt habe!«

Unwillkürlich muss ich ein bisschen lachen, auch wenn mir nicht danach zumute ist. »Ja«, erwidere ich, »das muss wohl so sein.«

»Liz, um Himmels willen«, sagt Andy. Er klingt jetzt irgendwie… angespannt. »Wo bist du eigentlich? Wann kommst du nach Hause?«

»Wie meinst du das?«, will ich wissen. »Hast du meine Nachricht nicht bekommen?« Ich habe für Mrs. Marshall und den Rest der Familie eine Nachricht hinterlassen, um ihnen für ihre Gastfreundschaft zu danken, und auf einem extra Zettel habe ich Andy erklärt, dass es mir sehr leidtäte, aber ich hätte plötzlich abreisen müssen und wir würden uns nicht wiedersehen.

»Natürlich habe ich deine Nachricht bekommen«, sagt Andy. »Ich verstehe sie nur nicht.«

»Oh«, sage ich überrascht. Ich habe normalerweise eine absolut leserliche Schrift, aber ich habe natürlich auch so heftig geweint, dass meine Hand beim Schreiben vielleicht gezittert hat. »Na ja, wie ich bereits geschrieben habe, Andy, es tut mir wirklich sehr leid, aber ich musste gehen. Ich bin wirklich…«

»Hör mal, Liz, ich weiß, dass du dich heute Morgen im Job Centre aufgeregt hast. Ich fand es ja auch schrecklich, dass ich dich bitten musste, für mich zu lügen. Aber das wäre gar nicht nötig gewesen, wenn du von vorneherein den Mund gehalten hättest.«

»Ja, das ist mir auch klar«, erwidere ich. »Ich weiß, dass es alles meine Schuld ist, Andy. Hoffentlich hat dir Mr. Williams keine Schwierigkeiten gemacht.«

»Nun, es war nahe dran«, sagt Andy. »Sehr nahe ... Aber, warte mal. Warum nennst du mich eigentlich Andy?«

»Weil du so heißt«, sage ich und trete zur Seite, um ein paar Leute vorbeizulassen.

»Aber du hast doch noch nie Andy zu mir gesagt. Du hast mich immer Andrew genannt.«

»Oh«, sage ich. »Ach, ich weiß nicht. Jetzt kommst du mir auf jeden Fall eher wie ein Andy vor.«

»Ich weiß nicht, ob mir das gefällt«, erwidert Andy. »Hör mal, Liz, ich weiß ja, dass ich Mist gebaut habe. Aber du brauchtest doch nicht gleich abzuhauen. Ich bringe alles wieder in Ordnung, Liz. Ehrlich. Wir hatten zwar nicht den besten Start, aber wir geben uns Mühe, vor allem ich, ja? Mit Texas Hold'em bin ich durch ... ich schwöre es. Und Alex hat sein Zimmer geräumt – er sagt, wir könnten gemeinsam darin schlafen. Oder wenn du willst, können wir auch irgendwohin fahren, wo wir alleine sind. Wo wolltest du noch mal hin? Zu Charlotte Brontës Haus?«

»Jane Austen«, korrigiere ich ihn.

»Genau, zu Jane Austens Haus. Wir können auf der Stelle dorthin fahren. Sag mir nur, wo du bist, und dann hole ich dich ab. Und ich mache alles wieder gut, ich schwöre es.«

»Oh, Andy«, sage ich schuldbewusst. Drüben an unserem Tisch bezahlt Jean-Luc gerade die Rechnung, um Platz zu machen für die beiden Personen, die ich vorbeigelassen habe. »Das ist … du kannst mich nicht einfach abholen kommen. Ich bin in Frankreich.«

»Du bist WAS?« Andy klingt äußerst überrascht. Er hat mich wahrscheinlich nicht für ziemlich mutig gehalten, so wie Jean-Luc. Jedenfalls für nicht mutig genug, um alleine nach Frankreich zu fahren. »Wie bist du denn dahin gekommen? Was machst du da? Wo bist du? Ich komme zu dir.«

»Andy«, sage ich. Das Ganze ist furchtbar. Ich *hasse* Konfrontationen. Es ist viel einfacher, einfach zu gehen, als jemandem erklären zu müssen, dass man ihn nicht mehr wiedersehen will. »Ich will … ich muss einfach eine Weile alleine sein. Ich brauche ein bisschen Zeit zum Nachdenken.«

»Aber um Himmels willen, Liz, du warst doch noch nie in Europa. Du hast ja keine Ahnung, was du tust. Ich mache mir echt Sorgen um dich. Sag mir einfach, wo du bist, und ich …«

»Nein, Andy«, erwidere ich leise. Jean-Luc kommt auf mich zu und schaut mich besorgt an. »Hör mal, ich kann jetzt nicht mehr reden. Es tut mir so leid, Andy, aber … wie du schon sagtest, ich habe einen Fehler gemacht.«

»Ich verzeihe dir!«, sagt Andy. »Lizzie! Ich verzeihe dir. Nur – was ist denn mit dem Geld?«

»Mit dem … was?« Ich bin so überrascht, dass ich fast das Handy fallen lasse.

»Das Geld«, drängt Andy. »Kannst du mir trotzdem das Geld überweisen?«

»Darüber kann ich jetzt gerade nicht reden«, sage ich. Jean-Luc steht neben mir. Er ist, wie ich feststelle, sehr groß – sogar noch größer als Andy. »Es tut mir so leid. Leb wohl.«

Ich beende das Gespräch, und einen Augenblick lang verschwimmt mir alles vor den Augen. Ich hätte nicht gedacht, dass ich überhaupt noch Tränen übrig hätte, aber anscheinend sind noch welche da.

»Alles in Ordnung?«, höre ich – sehen kann ich ja nichts – Jean-Luc leise fragen.

»Ja, ja, es geht schon«, versichere ich ihm.

»War er das?«, fragt er.

Ich nicke. Das Atmen fällt mir schwer, ich weiß aber nicht, ob es an den Tränen oder an Jean-Lucs Nähe liegt … jedes Mal, wenn der Zug ein wenig schwankt, streift sein Arm meinen.

»Hast du ihm gesagt, dass du hier mit deinem Anwalt bist, der gerade ein Schreiben aufsetzt, in dem du deinen Blow Job zurückverlangst?«, will Jean-Luc wissen.

Ich bin so schockiert, dass ich grinsen muss … und wie durch ein Wunder trocknen meine Tränen.

»Und hast du ihm auch mitgeteilt, dass du vor Gericht gehen wirst, wenn er dir den Blow Job nicht auf der Stelle zurückgibt?«

Jetzt kommen mir die Tränen vor Lachen.

»Du hast doch behauptet, du könntest keine Witze erzählen«, sage ich anklagend, als ich endlich wieder Luft bekomme.

»Das kann ich auch nicht.« Jean-Luc sieht mich ernst an. »Das war doch ein ganz furchtbarer Witz. Es wundert mich, dass du überhaupt gelacht hast.«

Ich kichere immer noch, als ich auf meinen Platz sinke, angenehm gesättigt und ein wenig schläfrig. Aber ich bemühe mich, wach zu bleiben und die vorbeisausende Landschaft zu betrachten. Die Sonne ist immer noch nicht ganz untergegangen, und die letzten Strahlen fallen auf ein Schloss, das in der Ferne auf einem Hügel steht. Aber das kann doch nicht sein. Nicht einmal hier in Frankreich stehen Schlösser einfach so in der Gegend herum. Ich zeige darauf und sage: »Ist das nicht merkwürdig? Das dahinten sieht aus wie ein Schloss.«

Jean-Luc blickt aus dem Fenster. »Das ist auch ein Schloss.«

»Nein, ist es nicht«, erwidere ich.

»Doch, natürlich.« Jean-Luc lacht. »Du bist hier in Frankreich, Lizzie. Was hast du erwartet?«

Jedenfalls keine Schlösser, die einfach in der Landschaft stehen, damit jeder sie aus dem Zug sehen kann. Nicht diesen atemberaubenden Sonnenuntergang, der den Waggon mit seinem rosigen Licht erfüllt. Nicht diesen perfekten, netten, hinreißenden Mann neben mir.

»Das nicht«, murmele ich. »Das nicht.«

Und dann schließe ich die Augen.

*Die so genannten Empire-Kleider, die Frauen zu Beginn des neunzehnten Jahrhunderts trugen, waren oft so durchsichtig wie heutzutage die Nachthemden. Damit sie nicht froren, trugen Frauen fleischfarbene Pantalons, die bis zu den Knöcheln oder bis kurz unters Knie reichten. Deshalb sieht es auf Gemälden aus dieser Zeit häufig so aus, als ob die Frauen überhaupt keine Unterwäsche trügen, obwohl dieser Gedanke in den nächsten zwei Jahrhunderten kaum jemandem kam.*

Geschichte der Mode
Examensarbeit von Elizabeth Nichols

# 11

Bei einem Irren, der redet, fühlen wir uns sicherer
als bei einem, der seinen Mund nicht aufmachen kann.

*– E.M. Cioran (1911–1995),*
*aus Rumänien stammender französischer Philosoph*

Ich wache auf, als jemand meinen Namen sagt und mich sanft schüttelt.

»Lizzie. Lizzie, wach auf. Wir sind an deinem Bahnhof.«

Erschrocken fahre ich hoch. Ich hatte gerade von New York geträumt – dass Shari und ich dort hinziehen und als Wohnung nur eine Pappkühlbox finden und ich Tausende von T-Shirts falten muss – bei Gap.

Verblüfft stelle ich fest, dass ich mich gar nicht in New York befinde, sondern in einem Zug in Frankreich, der gerade an meinem Bahnhof gehalten hat. Zumindest steht auf dem Schild draußen am Bahnsteig Souillac.

»Oh, nein.« Ich stehe hastig auf. »Oh, nein.«

»Ist schon gut«, sagt Jean-Luc beruhigend. »Ich habe dein Gepäck hier.«

Er hat meinen Rollkoffer aus der Gepäckablage geholt und drückt mir jetzt den Griff in die Hand. Dann reicht er mir meine Reisetasche und meine Handtasche.

»Es passiert schon nichts«, sagt er schmunzelnd, als er meine Panik sieht. »Sie fahren nicht weiter, solange du noch an Bord bist.«

»Oh«, sage ich. Ich habe einen grässlichen Geschmack im Mund, vom Wein. Dass ich aber auch eingeschlafen bin! Ob er meinen ekligen Mundgeruch gerochen hat? »Es tut mir leid. Es war so nett, dich kennen zu lernen. Danke für alles. Du bist so nett. Hoffentlich sehen wir uns eines Tages wieder. Noch mal danke …«

Und dann stolpere ich aus dem Zug, wobei ich mich nach allen Richtungen entschuldige, wenn ich jemanden anstoße.

Schließlich stehe ich auf dem Bahnsteig, der mitten im Nichts zu liegen scheint. Und das mitten in der Nacht.

Ich höre nur Grillenzirpen. Und in der Luft liegt ein leichter Duft nach Holzkohle.

Die Fahrgäste, die mit mir zusammen ausgestiegen sind, werden von aufgeregten Familienmitgliedern abgeholt und steigen in wartende Autos. In der Nähe steht ein Bus mit laufendem Motor, in den weitere Leute einsteigen. Auf dem Schild in der Windschutzscheibe steht Sarlat.

Ich habe keine Ahnung, was Sarlat ist. Souillac jedenfalls scheint kein nennenswerter Ort zu sein. Eigentlich besteht er wohl nur aus einem Bahnhof.

Und der ist geschlossen, wenn ich die dunklen Fenster und die verriegelte Tür richtig deute.

Das ist nicht gut. Denn trotz der zahlreichen Nachrichten, die ich Shari auf der Mailbox hinterlassen habe, ist sie nicht hier, um mich abzuholen. Ich bin auf einem verlassenen Bahnhof mitten in Frankreich gestrandet.

Ganz allein. Bis auf …

Neben mir räuspert sich jemand. Ich drehe mich um und stoße – buchstäblich – mit Jean-Luc zusammen. Er grinst mich an.

»Hallo«, sagt er.

»Was ...« Ich starre ihn an. Spielt meine Fantasie mir einen Streich?

Aber er steht wirklich vor mir. In der Hand hält er einen dicken grauen Stoffkleidersack. Und der Zug fährt ab.

»Was machst du hier?«, kreische ich. »Du steigst doch gar nicht hier aus!«

»Woher willst du das denn wissen? Du hast ja gar nicht gefragt, wo ich hinfahre.«

Zu spät wird mir klar, dass das stimmt.

»Aber ... aber«, stammele ich, »du hast doch meine Fahrkarte gesehen. Du wusstest doch, dass ich in Souillac aussteige. Dann hättest du ja was sagen können.«

»Habe ich aber nicht«, erwidert Jean-Luc.

»Aber ... *warum*?« Plötzlich durchzuckt mich ein schrecklicher Gedanke. Wenn nun der charmante, gut aussehende Jean-Luc ein Serienkiller ist? Er lockt unschuldige amerikanische Mädchen in ausländische Züge, flößt ihnen Vertrauen ein und bringt sie um, wenn sie ihr Reiseziel erreicht haben. Wenn er nun so eine Drahtschlinge in diesem Kleidersack hat? Das könnte tatsächlich der Fall sein. Er ist viel zu dick für einen Anzug oder so.

Als ich mich umblicke, sehe ich, wie das letzte Auto auf dem Parkplatz und der Bus gerade wegfahren. Jetzt sind wir alleine auf dem Bahnsteig. Mutterseelenallein.

»Ich wollte dir ja sagen, dass ich auch in Souillac aussteige«, sagt Jean-Luc. Ich versuche, mich auf ihn zu konzentrieren, damit ich nicht ganz hilflos bin, wenn er anfängt, mich umzubringen. »Aber ich hatte Angst, dass es dir peinlich sein könnte.«

»Wieso?«, frage ich.

»Na ja«, sagt Jean-Luc. Im hellen Schein der Straßenlaterne, um die Motten tanzen, sieht er ein bisschen schuldbewusst aus. Warum? Weil ihm klar wird, dass er mich jetzt umbringen muss und mir das wahrscheinlich nicht gefallen wird? »Ich war nicht ganz aufrichtig mit dir … ich meine, du hast gedacht, ich wäre nur so eine Zufallsbekanntschaft im Zug, der du all deine Probleme erzählen könntest …«

»Das tut mir wirklich leid«, sage ich. Mein Gott, wer bringt schon eine Frau um, weil sie ihm ihre Lebensgeschichte im Zug erzählt hat? Das ergibt überhaupt keinen Sinn. Er hätte doch nur ein Buch herausholen und so zu tun müssen, als lese er und wolle nicht gestört werden, dann hätte ich schon den Mund gehalten. Wahrscheinlich jedenfalls. »Ich war sehr durcheinander …«

»Aber es war so unterhaltsam«, fällt Jean-Luc mir achselzuckend ins Wort. »Ich habe noch nie erlebt, dass sich ein Mädchen neben mich gesetzt hat und mir von … na du weißt schon … was du getan hast. Noch nie.«

Das darf ja auch nicht wahr sein! Warum erzähle ich auch einem fremden Menschen meine intimsten Probleme?

»Ich glaube, du hast einen falschen Eindruck von mir«, sage ich und gehe langsam ein paar Schritte auf die Treppe zu. »Ich bin nicht so ein Mädchen. Wirklich nicht.«

»Lizzie«, sagt Jean-Luc. Er kommt einen Schritt auf mich zu. »Ich habe dir nicht gesagt, dass ich auch in Souillac aussteige, weil ich *keine* Zufallsbekanntschaft bin.«

Na toll. Will er mir jetzt so eine irre Geschichte darüber erzählen, dass wir uns aus einem vergangenen Leben kennen? Das ist ja wie bei T. J. in meinem ersten Studienjahr.

Warum ziehe ich eigentlich nur solche Idioten an? WARUM?

Und im Zug kam er mir so toll vor! Wirklich! ER hat doch gesagt, ich sei ziemlich mutig! Er hat mir den Glauben an Männer zurückgegeben. Warum muss er sich denn jetzt als mordlustiger Wahnsinniger herausstellen? WARUM?

»Tatsächlich«, sage ich. Das ist alles nur Sharis Schuld. Wenn sie irgendwann mal an ihr Handy gegangen wäre, wäre das alles nicht passiert. »Wie meinst du das?«

»Ich bin eigentlich dein Gastgeber. Jean-Luc de Villiers. Deine Freundin Shari wohnt im Schloss meines Vaters, Mirac.«

Ich bleibe stehen. Ich höre auf, an meinen bevorstehenden Tod zu denken.

Mirac. Er hat Mirac gesagt.

»Ich habe dir nie gesagt, dass das Schloss Mirac heißt«, erwidere ich. Ich habe zwar ohne Unterlass geplappert, aber ich bin mir ganz sicher, dass ich nicht ein Mal *Mirac* gesagt habe. Ich hatte es nämlich bis jetzt auch vergessen.

»Nein, das stimmt«, sagt Jean-Luc. »Aber dort wohnt deine Freundin Shari, richtig? Mit ihrem Freund Charles Pendergast.«

Charles Pendergast? Er kennt Chaz richtigen Namen! Das weiß er ganz bestimmt nicht von mir. Niemand benutzt Chaz richtigen Namen, weil er ihn kaum jemandem verrät.

Und nur jemand, der Chaz kennt, kann seinen richtigen Namen wissen.

»Warte«, sage ich und suche krampfhaft nach einer – irgendeiner – vernünftigen Erklärung. »Du bist… *Luke*?

Chaz Freund Luke? Aber… du hast doch gesagt, dein Name sei Jean-Luc.«

»Na ja«, erwidert Luke – oder Luc – oder Jean-Luc – oder wie auch immer er heißen mag und wirft mir einen schuldbewussten Blick zu, »das ist mein voller Name. Jean-Luc de Villiers. Aber Chaz hat mich immer nur Luke genannt.«

»Aber… solltest du nicht bei Shari und Chaz auf Mirac sein?«

Er nimmt den Kleidersack von der Schulter. »Ich musste für einen Tag nach Paris fahren, um das Hochzeitskleid meiner Kusine abzuholen. Sie wollte sich nicht auf den Kurierdienst des Ladens verlassen. Siehst du?«

Er zieht den Reißverschluss ein wenig auf, und weiße Spitze – eindeutig von einem Brautkleid – quillt heraus. Rasch schiebt er es wieder hinein und schließt den Sack.

»Ich habe im Leben nicht daran gedacht, als du dich neben mich gesetzt hast, dass du die Lizzie wärst, von der Shari und Chaz so viel erzählt haben. Aber als du Shari erwähnt hast, wusste ich es. Da hattest du aber auch schon von… na, du weißt schon… geredet.« Auf einmal wirkt er eher verlegen als schuldbewusst. »Und mir war klar, dass du geglaubt hast, du sähst mich nie wieder.«

»Oh«, sage ich. Mir wird ganz übel. »Mein Gott.«

»Ja«, erwidert Luke mit einem sehr französischen Achselzucken. Für einen Amerikaner. Aber das macht ja Sinn, schließlich ist er ein halber Franzose. »Es tut mir leid. Obwohl, du musst ja zugeben… es ist auch irgendwie komisch.«

»Nein«, sage ich, »ist es nicht.«

»Ja«, seufzt er. Jetzt lächelt er nicht mehr. »Ich habe mir

schon gedacht, dass du es nicht so sehen würdest. Deshalb habe ich ja im Zug auch nichts gesagt.«

»Du wusstest es also.« Meine Wangen brennen. »Du wusstest die ganze Zeit über, dass wir uns wiedersehen würden. Und du hast nicht versucht, mich aufzuhalten. Du hast mich einfach immer weiterreden lassen. Wie eine Idiotin.«

»Nein, nicht wie eine Idiotin«, erwidert er. Jetzt lächelt er kein bisschen mehr, im Gegenteil, er wirkt ein wenig besorgt. »Überhaupt nicht. Ich fand dich echt bezaubernd. Und lustig. Deshalb habe ich nicht versucht, dich aufzuhalten. Und zuerst wusste ich ja auch noch gar nicht, wer du warst. Du musstest eben Dampf ablassen, und ich habe dir zugehört, weil es mir Spaß gemacht hat. Ich fand dich süß.«

»Oh Gott!« Ich hätte mir am liebsten seinen Kleidersack über den Kopf gezogen und mich darunter versteckt. »*Süß*? Weil ich erzählt habe, wie ich meinem Freund einen geblasen habe?«

»Du hast sehr süß darüber geredet«, versichert Luke mir.

»Ich werde mich umbringen«, sage ich durch meine Finger, da ich mir die Hände vors Gesicht geschlagen habe.

»Hey.«

Schritte kommen auf mich zu, und dann schließen sich Finger um meine Handgelenke, und Luke zieht mir sanft die Hände herunter.

»Hey«, sagt er noch einmal, und seine Stimme ist sanft wie seine Berührung. »Im Ernst. Es tut mir leid. Ich habe nicht nachgedacht. Ich … ich wusste nicht, was ich tun sollte. Ich wollte es dir ja sagen, aber dann dachte ich … na ja, ich dachte, es wäre doch ein guter Witz. Aber wie ich schon sagte. Witze sind nicht mein Ding.«

Seine Augen sind ganz dunkel – so dunkel wie die Äste der Bäume hinter dem Bahnhof, die sich gegen den nachtblauen Himmel abzeichnen –, und seine Lippen sind zum Küssen wie geschaffen. Vor allem, weil sie so dicht vor mir sind.

»Wenn du irgendjemandem, vor allem Chaz, sagst«, höre ich mich mit seltsam heiserer Stimme sagen, »was ich dir im Zug erzählt habe, dann bringe ich dich um. Niemand darf wissen, dass ich meine Examensarbeit noch nicht fertig habe, und das andere. *Niemand!* Hast du mich verstanden? Ich bringe dich um, wenn du auch nur ein Wort sagst.«

»Ich verstehe vollkommen«, erwidert Luke und packt meine Handgelenke noch fester. Eigentlich hält er sie in seinen großen, warmen Händen. Es ist ein schönes Gefühl. Richtig schön. »Du hast mein Ehrenwort! Ich werde kein Wort sagen! Dein Blow Job ist bei mir total sicher.«

»Ah!«, schreie ich. »Erwähn dieses Wort nicht mehr!«

»Was für ein Wort?«, fragt er. Jetzt funkeln in seinen dunklen Augen Tausende von kleinen Sternchen. »Blow Job?«

»Hör auf«, sage ich und lasse mich an ihn sinken.

Sie wissen schon, nur für den Fall, dass er mich küssen will.

Mir wird nämlich langsam klar, dass es gar nicht so übel ist, dass Jean-Luc Luke ist. Jetzt brauche ich mir keine Gedanken mehr darüber zu machen, wie ich zu Shari kommen soll. Und auch nicht, wo ich heute Nacht schlafen soll.

Ganz zu schweigen von der Tatsache, dass er der netteste, heißeste Typ ist, dem ich seit langem begegnet bin. Und der, soweit ich weiß, nicht spielsüchtig ist.

Und der mich zu mögen scheint.

Und mit dem ich den Rest des Sommers verbringen werde.

Und der gerade meine Hände hält.

Plötzlich sieht alles schon viel besser aus.

»Und?«, sagt Luke. »Verzeihst du mir?«

»Ich verzeihe dir«, sage ich und lächele ihn an. Er ist so … süß.

Und nicht nur süß. Auch nett. Immerhin hat er mich zum Abendessen eingeladen.

Und er hat großes Mitgefühl gezeigt, als ich wie eine Blöde geheult habe.

Und er ist Investment Banker. Er arbeitet schwer, um … um das Geld reicher Leute zu beschützen. Oder so.

Und er hat mich zum Lachen gebracht, als Andy angerufen hatte.

Und ich werde mit ihm zusammen sein. Den ganzen Sommer über.

»Gut«, sagt Luke. »Ich fände es nämlich nicht schön, wenn du glaubtest, du hättest dich in mir geirrt. Bei der Beurteilung meines Charakters, meine ich, auf der Grundlage meiner Kleidung.«

»Ich glaube nicht«, sage ich und blicke ihm in den Hemdausschnitt, aus dem ein paar vielversprechende schwarze Härchen hervorlugen, »dass ich mich geirrt habe.«

»Gut«, sagt er noch einmal. »Ich glaube, in Mirac wird es dir gefallen.«

Ich *weiß*, dass es mir dort gefallen wird, denke ich, weil

*du* da bist, Luke. Aber ich halte mich einmal in meinem Leben zurück und spreche nicht laut aus, was ich denke.

»Danke«, sage ich und frage mich, ob er mich jetzt wohl küsst.

Und dann hören wir ein Auto kommen, und Luke sagt: »Oh, toll. Da kommt unser Chauffeur.« Abrupt lässt er meine Handgelenke los.

Ein uraltes, buttergelbes Mercedes Cabrio fährt auf den Parkplatz. Am Steuer sitzt ein honigblondes Mädchen, das mit französischem Akzent ruft: »Entschuldigung, dass ich mich verspätet habe, *chéri*!«

Und noch bevor er zu ihr eilt, um sie zu küssen, weiß ich, wer sie ist.

Seine Freundin.

Das hätte ich mir ja denken können.

*Im frühen neunzehnten Jahrhundert waren nicht nur Frauen daran interessiert, ihre Figur zu zeigen. In dieser Zeit kam der »Dandy« auf, Gefolgsleute der Modeikone George »Beau« Brummell, eines Gentlemans, dessen Hosen so eng wie eine zweite Haut saßen, und der kein Fältchen an seinem Jackett duldete. Der Kragen eines Dandys war so hoch, dass er den Kopf nicht drehen konnte.*

*Es ist nicht bekannt, wie viele Dandys den Tod fanden, weil sie von Kutschen überfahren wurden, die sie nicht gesehen hatten.*

Geschichte der Mode
Examensarbeit von Elizabeth Nichols

# 12

Klatsch ist Opium für die Unterdrückten.
*– Erica Jong (1942– ), amerikanische Lehrerin und Autorin*

Natürlich hat er eine Freundin. Er sieht viel zu gut aus, um keine zu haben.

Und sie scheint auch noch echt nett zu sein. Sie sieht toll aus, mit ihren Haaren, den schlanken, gebräunten Schultern und den langen, ebenfalls gebräunten Beinen. Sie trägt ein einfaches schwarzes Tanktop und einen langen weiten Rock (neu, nicht Second Hand, und er sieht ziemlich teuer aus), dazu Flip Flops mit Strasssteinchen. Was man im Urlaub eben so trägt.

Aber vielleicht funktioniert mein Moderadar ja auch wieder mal nicht, weil Dominique Desautels – das ist ihr Name – wie Andy Ausländerin ist. Sie ist Kanadierin. Aus dem französischen Teil Kanadas. Und sie arbeitet in Houston bei der gleichen Investment Bank wie Luke.

Und sie sind seit sechs Monaten zusammen.

Zumindest habe ich das durch meine vorsichtigen Fragen vom Rücksitz des Mercedes herausbekommen, bevor meine Stimme erstirbt.

Es ist nämlich schwierig, sich auf das Sammeln von Informationen über die beiden zu konzentrieren, wenn man durch so eine wunderschöne Landschaft fährt. Die Sonne ist mittlerweile untergegangen, aber der Mond steht am

Himmel, sodass ich die Äste der Eichen erkennen kann, die über der Straße eine Art Baldachin bilden. Die schmale Landstraße verläuft an einem breiten, plätschernden Fluss entlang, aber ich könnte nicht genau sagen, wo wir sind.

Auch nicht, in welcher Zeit wir uns befinden. Es gibt weder Telefonmasten noch Straßenlaternen, und es könnte jedes Jahrhundert sein, nicht nur das einundzwanzigste. Wir fahren sogar an einer altmodischen Mühle vorbei – an einer Mühle! An einer Seite hat sie ein riesiges Mühlrad – und ein strohgedecktes Dach und einen wunderschönen Garten!

Allerdings sieht man durch die Fenster elektrisches Licht, ein sicheres Zeichen dafür, dass wir uns nicht im neunzehnten Jahrhundert befinden.

Und drinnen sitzt eine Familie um einen Tisch und isst zu Abend.

In einer Mühle!

Die Szenerie, die an mir vorbeihuscht, ist so pittoresk, dass ich mir kaum noch vorstellen kann, wegen der Spielsucht meines Freundes so deprimiert gewesen zu sein.

Dann kommen wir aus dem Laubdach der Bäume heraus, und überall ragen Felsen auf, auf denen Schlösser stehen, und Luke erklärt mir, dass diese Gegend in Frankreich (die Dordogne heißt, wie der Fluss) berühmt für ihre Schlösser ist, von denen es über tausend gibt, und für ihre Höhlen, in denen man Zeichnungen bewundern kann, die fünfzehntausend Jahre vor Christus entstanden sind.

Dominique fügt hinzu, dass das Périgord, der Teil der Dordogne, in dem wir uns befinden, auch für seine schwarzen Trüffeln und seine Foie Gras bekannt ist. Ich höre allerdings kaum zu, weil mich der Anblick von hohen Festungsmauern so ablenkt – Luke sagt, sie gehören zum mittelalterlichen Städtchen Sarlat, und wenn ich will, können wir dort shoppen gehen.

Shoppen! Vielleicht gibt es ja dort eine karitative Kleidersammlung! Ich wage mir gar nicht auszumalen, welche Schätze ich dort finden könnte. Givenchy, Dior, Chanel … wer weiß?

Schließlich biegen wir ab in einen sehr steilen Kiesweg, der gerade breit genug für das Auto ist. Äste schlagen an die Seite des Wagen, und ich werde beinahe von einem getroffen. Rasch rutsche ich in die Mitte des Rücksitzes.

Dominique hat es bemerkt und sagt: »Du musst die Äste zurückschneiden lassen, bevor deine Mutter kommt, Jean-Luc. Du weißt doch, wie sie ist.«

»Ja, ich weiß, ich weiß«, erwidert Luke. »Alles in Ordnung bei dir da hinten?«, fragt er.

»Ja«, sage ich, »alles okay.« Ich muss mich an den Vordersitzen festhalten, weil der Weg sehr holperig ist.

Und dann, gerade als ich glaube, das Auto schafft die Steigung nicht mehr – und ich mich langsam frage, ob wir jemals heil oben auf dem Hügel ankommen werden, oder ob mir die Äste vorher den Kopf abschlagen –, gelangen wir auf ein weites, grasbewachsenes Plateau mit einer fantastischen Aussicht auf das darunterliegende Tal. Helle Fackeln säumen die Einfahrt bis zu einem Haus, das genauso aussieht – wenn meine Augen mich nicht täuschen – wie das von Mr. Darcy in *Stolz und Vorurteil.*

Dieses hier ist allerdings noch ein bisschen größer. Und eleganter. Und es hat mehr Außengebäude.

An den Hunderten von hell erleuchteten Fenstern erkenne ich, dass es auch elektrischen Strom hat. Neben der kreisförmigen Auffahrt erstreckt sich eine weite Rasenfläche mit riesigen Eichen hier und da, einem großen Swimming Pool – der im Dunkeln wie ein Saphir leuchtet – und weißen, schmiedeeisernen Gartenmöbeln.

In meinem ganzen Leben habe ich noch nie einen so perfekten Ort für eine Hochzeit gesehen. Die gesamte Rasenfläche ist von einer niedrigen Steinmauer umgeben, und dahinter sehe ich unzählige mondbeschienene Bäume, und in der Ferne noch einen Felsen wie unserer, auf dem ebenfalls ein Château steht, das mit seinen hell erleuchteten Fenstern die Schwester von unserem sein könnte.

Es ist atemberaubend, und ich merke, wie ich unwillkürlich die Luft anhalte.

Luke fährt an den Rand der Auffahrt und schaltet den Motor aus. Man hört nur noch Grillen zirpen.

»Und?«, sagt er und dreht sich zu mir um. »Wie findest du es?«

Zum ersten Mal in meinem Leben bin ich sprachlos. Das ist ein historischer Moment, aber das kann Luke natürlich nicht wissen.

Die Grillen zirpen sehr laut in der Stille, die auf Lukes Frage folgt. Ich kann immer noch nicht atmen.

»Ja«, sagt Dominique, steigt aus dem Wagen und eilt mit dem Kleidersack, der das Hochzeitskleid enthält, auf die massiven Eichentüren des Châteaus zu. »So wirkt es immer auf die Leute. Es ist hübsch, oder?«

Hübsch? *Hübsch?* Das ist so, als würde man den Grand Canyon groß nennen.

Ich finde meine Stimme erst wieder, als Dominique bereits im Haus verschwunden ist und Luke mir hilft, mein Gepäck aus dem Kofferraum zu laden. »Es ist das Schönste, was ich jemals gesehen habe.«

»Wirklich?« Luke blickt mich an. »Findest du wirklich?«

Er behauptet ja immer, er könne nicht gut Witze erzählen. Aber jetzt macht er sich bestimmt lustig über mich. Einen schöneren Ort gibt es auf dem gesamten Planeten nicht.

»Ja, absolut«, erwidere ich, und selbst das klingt untertrieben.

Und dann höre ich vertraute Stimmen von der Terrasse.

»Ist Monsieur de Villiers aus Paris zurückgekehrt?«, fragt Chaz und tritt aus dem Schatten der mächtigen Eichenbäume. »Oh ja, da ist er ja. Und wen hat er mitgebracht?«

Mitten auf der Auffahrt bleibt Chaz plötzlich stehen. Da er den Mond im Rücken hat – und seine Baseball-Kappe wie üblich tief in die Augen gezogen hat –, ist es nur schwer zu erkennen, aber ich glaube, er lächelt.

»Na, hallo«, sagt er erfreut. »Was hat die Katze denn da hereingeschleppt?«

»Was?« Shari taucht hinter ihm auf. »Oh, hi, Luke. Hast du das …«

Sie bricht ab. Und eine Sekunde später kreischt sie: »LIZZIE? BIST DU DAS?«

Sie rennt über die Auffahrt und springt mich an und schreit: »Du bist gekommen! Du bist gekommen! Ich glaube es nicht! Wie bist du hierhergekommen? Luke, wo hast du sie denn gefunden?«

»Im Zug«, sagt Luke lächelnd. Ich werfe ihm über Sharis

Schulter einen panischen Blick zu, aber er sagt nichts weiter, genau wie ich ihn gebeten hatte.

»Das ist ja irre!«, schreit Shari. »Ich meine, dass gerade ihr zwei euch begegnet …«

»Na ja, also so unwahrscheinlich ist es nun auch wieder nicht«, weist Chaz sie milde zurecht. »Sie waren vermutlich die einzigen beiden Amerikaner, die nach Souillac gefahren …«

»Oh, verschon mich mit deinen philosophischen Ausführungen über die Natur des Zufalls«, sagt Shari zu Chaz. »BITTE.« Zu mir gewandt schreit sie: »Warum hast du denn nicht angerufen? Wir hätten dich doch am Bahnhof abgeholt.«

»Ich *habe* angerufen«, erwidere ich. »Ungefähr hundert Mal. Aber ich bin dauernd nur bei deiner Mailbox gelandet.«

»Das kann nicht sein«, sagt Shari und holt ihr Handy aus der Tasche ihrer Shorts. »Ich habe mein … Oh.« Blinzelnd betrachtet sie das Display. »Ich habe heute Morgen vergessen, es einzuschalten.«

»Ich dachte schon, du hättest es ins Klo fallen lassen«, sage ich.

»Dieses Mal nicht.« Chaz legt mir den Arm um die Schultern und drückt mich kurz zur Begrüßung. Dabei flüstert er mir zu: »Gibt es jemanden in England, den ich zusammenschlagen muss? Gott ist mein Zeuge, ich fahre sofort dorthin und trete ihn in seinen mageren nackten Arsch. Du brauchst nur einen Ton zu sagen.«

»Nein«, versichere ich ihm lachend. »Ist schon okay. Wirklich. Ich bin genauso daran schuld wie er. Ich hätte auf dich hören sollen. Du hast recht. Du hast immer recht.«

»Nicht immer«, erwidert Chaz und lässt seinen Arm sinken. »Die Male, wo ich recht hatte, haben sich dir nur stärker eingeprägt als die, wo ich nicht recht hatte. Aber du darfst gerne weiter glauben, dass ich immer recht habe.«

»Vergiss es, Chaz«, wirft Shari ein. »Es ist doch auch egal, was in England war. Jetzt ist sie ja hier. Ist es okay, wenn sie hier wohnt, Luke?«

»Ich weiß nicht«, erwidert Luke im Scherz. »Kann sie schwere Lasten tragen? Noch mehr Schlappschwänze können wir hier nicht brauchen. Wir haben schon den hier.« Er schlägt Chaz auf die Schulter.

»Hey«, sagt Chaz, »ich bin doch eine große Hilfe. Ich teste alle alkoholischen Getränke auf Reinheit und Frische, bevor Lukes Mom kommt.«

Kopfschüttelnd sagt Shari: »Du bist unerträglich.« An Luke gewandt fügt sie hinzu: »Lizzie kann unheimlich gut mit Nadel und Faden umgehen. Wenn irgendwelche Schneiderarbeiten erledigt werden müssen …«

Es scheint Luke zu überraschen, dass ich tatsächlich nähen kann. Obwohl es eigentlich keine besondere Fähigkeit ist. Selbst heutzutage können es die meisten Leute.

»Ja, das kann sein«, erwidert er. »Ich frage mal Mom, wenn sie morgen kommt. Aber im Moment liegen dringendere Aufgaben vor uns – wir müssen Luke beim Alkoholtesten helfen.«

»Hier entlang, meine Damen«, sagt Chaz mit einer angedeuteten Verbeugung und weist zu der Bar, die er anscheinend im Garten aufgebaut hat, »und Herren.«

Shari und ich folgen den Männern über das kühle, leicht feuchte Gras. An der niedrigen Steinmauer bleibe ich stehen und blicke in das Tal unter uns, durch das sich der

Fluss im Mondlicht wie ein silbernes Band schlängelt. Es ist so schön, dass mir der Atem stockt. Ich komme mir vor wie in einem Traum.

»Was ist eigentlich passiert?«, flüstert Shari, die immer noch an meinem Arm hängt. »Ich war ja ziemlich betrunken, als ich das letzte Mal mit dir geredet habe, aber hast du nicht gesagt, du wolltest es noch mal mit Andy versuchen?«

»Ja«, flüstere ich zurück. »Das habe ich ja auch. Aber dann habe ich herausgefunden – ach, das ist eine lange Geschichte. Ich erzähle sie dir bei Gelegenheit, wenn die beiden da«, ich nicke zu Luke und Chaz hinüber, »nicht dabei sind.«

Obwohl natürlich Luke das meiste schon weiß.

Na ja. Alles.

Restlos alles.

»War es schlimm?« Shari legt ihre Stirn in besorgte Falten. »Bist du okay?«

»Ja, mir geht es gut«, versichere ich ihr. »Wirklich. Zuerst war es noch schlimm, aber …« Erneut blicke ich zu Luke hinüber. »Na ja, ich hatte einen sehr teilnahmsvollen Zuhörer, bei dem ich mich ausweinen konnte.«

Shari folgt meinem Blick und zieht die Augenbrauen bis unter ihre dunklen Ponyfransen hoch. Was mag sie wohl denken? Hoffentlich nicht: *Ach, die arme Lizzie, hat sich in einen Typen verliebt, der absolut nicht in ihrer Liga spielt.*

Denn ich bin nicht in ihn verliebt.

Aber sie sagt nur: »Na, das freut mich. Dann hat er dir also nicht das Herz gebrochen?«

»Weißt du«, erwidere ich nachdenklich. »Ich glaube nicht. Höchstens ein bisschen angeschlagen. Ist es wirklich in Ordnung, dass ich hier bin? Was hat Chaz damit gemeint, dass Lukes Mom morgen kommt?«

Shari verzieht das Gesicht. »Lukes Eltern lassen sich scheiden, aber sie – Mrs. de Villiers – hat anscheinend ihrer Nichte vor langer Zeit schon versprochen, dass sie auf Mirac heiraten könnte. Deshalb kommt sie – also Mrs. de Villiers – morgen mit ihrer Schwester, der Nichte und dem Bräutigam, der ganzen Familie eben, her. Das wird eine Höllenparty, vor allem, weil Lukes Eltern kaum noch miteinander reden und er in der Mitte dazwischen steht. Chaz hat gemeint, Lukes Mom wäre ein ziemlicher Drachen.«

Ich zucke zusammen und mir fällt ein, wie Dominique warnend zu Luke gesagt hat, er müsse den Weg frei schneiden, bevor seine Mutter kommt.

»Dann wollen sie also ganz bestimmt nicht, dass ich hierbleibe«, flüstere ich, damit Luke uns nicht hören kann. Ich sage zwar *sie,* meine aber natürlich Luke. »Ich möchte nicht…«

»Lizzie, es ist völlig okay«, sagt Shari. »Das Schloss ist riesig, und es gibt genügend Platz für alle. Selbst wenn alle Verwandten von Luke hier sind, gibt es noch genug leere Zimmer. Es ist sogar richtig gut, dass du da bist. Wir können Hilfe brauchen. Diese Nichte – Lukes Kusine, Vicky – gehört anscheinend zur texanischen Oberschicht. Es ist ihr schon gelungen, Luke dazu zu bringen, ihr Hochzeitskleid von der Schneiderin in Paris abzuholen, und dabei ist sie noch nicht einmal hier. Außerdem hat sie anscheinend halb Houston zu dieser Hochzeit eingeladen, einschließlich der Garagenband ihres Bruders, die gerade irgendeinen Plattenvertrag bekommen hat und angeblich die angesagte Band ist. Also, es wird nicht gerade eine intime Veranstaltung werden.«

»Oh«, sage ich. »Ja, gut. Mir ist nämlich wirklich nichts anderes eingefallen, als hierherzukommen. Ich konnte doch nicht nach Hause fahren …«

»Natürlich nicht.« Shari wirft mir einen entsetzten Blick zu. »Das wäre ja für deine Schwestern ein gefundenes Fressen gewesen!«

»Ja«, erwidere ich. »Deshalb habe ich mir gedacht … na ja, du hast ja gemeint, ich könnte hierherkommen …«

»Ich bin so froh darüber. Ich meine, guck dir die zwei doch mal an.« Sie nickt zu ihrem Freund und Luke hinüber, die an einem der schmiedeeisernen Tische stehen und irgendetwas in Champagnerflöten zusammenmischen. »Sie benehmen sich wie eineiige Zwillinge, die man bei der Geburt getrennt hat, und die sich gerade erst wiedergefunden haben. Ständig quatschen sie über alles mögliche – Nietzsche, Tiger Woods, Bier, die Wahrscheinlichkeit gleicher Geburtsdaten, die gute alte Zeit vor dem College. Ich komme mir vor wie das fünfte Rad am Wagen.« Sie legt den Arm um mich. »Aber jetzt ist ja meine Freundin zum Quatschen da.«

»Na ja«, erwidere ich grinsend, »du weißt ja, dass ich dafür immer zu haben bin. Aber was ist denn mit Lukes Freundin, Dominique? Kannst du dich mit ihr nicht unterhalten?«

Shari verzieht das Gesicht. »Doch, wenn du über Dominique reden willst.«

»Oh«, erwidere ich. »Das habe ich mir schon gedacht, als ich die Flip Flops gesehen habe.«

»Wirklich?« Shari sieht mich interessiert an. Sie fand

meine Mode-Analysen immer schon wertvoll. »Sind sie negativ bei dir angekommen?«

»Nein«, sage ich hastig. »Überhaupt nicht. Ich finde sie nur eine Spur zu aufgesetzt. Aber sie ist schließlich Kanadierin, und bei Ausländern scheint mein Radar nicht so gut zu funktionieren.«

»Du meinst wegen Andy?«, sagt Shari. »Na ja, ich habe mich sowieso immer gefragt, was du in ihm gesehen hast. Aber bei Dominique hast du nicht unrecht. Die Flip Flops sind von Manolo Blahnik.«

»Nein!« Ich weiß aus der *Vogue,* dass Manolo Blahnik Flip Flops über sechshundert Dollar kosten können. »Wahnsinn! Ich habe mich immer schon gefragt, wer so etwas wohl kauft …«

»Hey, ihr beiden!« Chaz schlendert über den Rasen auf uns zu. »Vergesst eure Pflichten nicht. Es gibt Alkohol zu inspizieren.«

»Bleibt da.« Luke kommt gleich hinter ihm. »Ich habe die ersten Testobjekte hier.« Er reicht jedem von uns eine Champagnerflöte mit einer perlenden Flüssigkeit. »Kir royal«, sagt er, »mit Champagner, der hier in Mirac hergestellt worden ist.«

Ich weiß zwar nicht, was ein Kir royal ist, bin aber gerne bereit, ihn zu probieren. Dominique kommt aus dem Haus und verlangt auch einen.

»Worauf sollen wir trinken?«, fragt sie und hebt ihr Glas.

»Auf zwei Fremde, die sich im Zug begegnen?«, schlägt Luke vor.

Ich lächele ihm zu. »Gute Idee«, erkläre ich und stoße mit allen an. Dann trinke ich einen Schluck.

Es ist, als ob ich flüssiges Gold trinken würde. Der Geschmack der Beeren, der Sonne und des Champagners vermischen sich und tanzen auf meiner Zunge. Kir royal stellt sich als Champagner mit Cassis heraus – eine Art Johannisbeerlikör, wie Shari mir erklärt.

Als sie mit ihrer Cassis-Erklärung fertig ist, sagt sie: »Und jetzt musst *du* mir was erklären.«

»Hmm?« Eigentlich bin ich überzeugt, dass das alles nur ein Traum ist, aus dem ich letztendlich aufwachen werde. Aber bis es so weit ist, werde ich mich amüsieren. »Und was?«

»Was hat Luke mit dem Trinkspruch gemeint? Fremde im Zug und so?«

»Ach.« Ich werfe Luke, der gerade mit Chaz über etwas lacht, einen Blick zu. »Ich weiß nicht. Nichts.«

Shari kneift die Augen zusammen. »Erzähl mir doch nichts, Lizzie. Los, spuck es schon aus. Was ist im Zug passiert?«

»Nichts!«, rufe ich lachend. »Na ja, ich war ein bisschen durcheinander – wegen Andy. Und ich habe ein bisschen geheult. Aber wie ich bereits sagte – er war sehr teilnahmsvoll.«

Shari schüttelt den Kopf. »Da steckt doch mehr dahinter. Du verschweigst mir was. Ich weiß es.«

»Nein, bestimmt nicht«, versichere ich ihr.

»Na ja«, sagt Shari, »ich finde es ja doch heraus. Du hast in deinem ganzen Leben noch nie etwas vor mir geheim halten können.«

Ich lächele sie an. Ein paar Geheimnisse kennt sie noch nicht. Und ich habe nicht vor, sie in der nächsten Zeit auszuplaudern.

Aber ich erwidere nur: »Wirklich, Shari, es ist nichts passiert.«

Und im Grunde genommen stimmt das ja auch.

Später schlendere ich an die niedrige Steinmauer und versuche, alles in mich aufzunehmen – das Tal, den Mond, der über dem Dach des Nachbarschlosses steht, den sternenübersäten Nachthimmel, die Grillen, den süßen Duft von Blumen.

Es ist zu viel. Es ist alles zu viel. Von diesem schrecklichen kleinen Büro im Job Centre hierhin, und das alles an einem einzigen Tag …

Auf einmal steht Luke neben mir, der sich anscheinend von Chaz und Dominique kurz fortgestohlen hat, und fragt leise: »Geht es dir jetzt besser?«

»So langsam, ja.« Ich lächele ihn an. »Ich kann dir gar nicht genug dafür danken, dass du mich hier wohnen lässt. Und danke für … du weißt schon. Dass du es ihnen nicht erzählt hast. Für alles.«

Aufrichtig überrascht blickt er mich an. »Keine Ursache«, sagt er. »Wozu sind denn Freunde sonst da?«

Freunde. Das sind wir also.

Und irgendwie kommt es mir so vor, als sei das mehr als genug.

*Die romantische Bewegung in den zwanziger Jahren des neunzehnten Jahrhunderts brachte eine Sehnsucht nach Heldinnen mit schlanker Taille mit sich, wie in den Romanen von Sir Walter Scott (der Dan Brown seiner Zeit – allerdings hätte Sir Walter es nie gewagt, seiner französischen Heldin einen weiten Pullover und schwarze Leggings anzuziehen, wie es Mr. Brown mit der armen Sophie Neveu im Da Vinci Code gemacht hat). Korsetts wurden immer beliebter und die Röcke immer weiter. Sir Walter wurde so eifrig gelesen, dass einige weniger vernünftige Damen sogar einem kurzen Karo-Wahnsinn verfielen, obwohl sie Gott sei Dank ihren Irrtum schnell bemerkten.*

Geschichte der Mode
Examensarbeit von Elizabeth Nichols

# 13

Ich würde nicht so viel über mich selber reden,
wenn es jemanden gäbe, den ich auch nur annähernd
so gut kennen würde.

*– Henry David Thoreau (1817–1862), amerikanischerPhilosoph, Schriftsteller und Naturalist*

Als ich am nächsten Morgen aufwache, blicke ich mich verwirrt in dem winzigen Zimmer mit den weiß getünchten Wänden und den dunklen Holzbalken an der niedrigen Decke um. Die Vorhänge – cremefarben mit großen rosa Rosen gemustert – sind zugezogen, sodass ich nicht hinaussehen kann. Eine Sekunde lang weiß ich nicht, wo ich bin – in wessen Zimmer, noch nicht einmal, in welchem Land.

Dann sehe ich die altmodische Tür mit einem Riegel – wie bei einem Gartentor – statt einem Schloss – und mir wird klar, dass ich mich auf Schloss Mirac befinde. Und zwar in einem der zwölf Zimmer auf dem Speicher – wo in den ruhmreichen Tagen des Châteaus die Dienstboten wohnten –, in denen Shari, Chaz und ich, ganz zu schweigen von Jean-Luc und seiner Freundin Dominique, schlafen.

Die offiziellen Schlafräume des Châteaus, im Stockwerk darunter, sind nämlich für die Hochzeitsgesellschaft reserviert, die heute Nachmittag eintreffen soll. Da das Haupthaus voll ist, wohnt Lukes Vater – den Shari Monsieur de Villiers nennt – in einem kleinen, strohgedeckten Cottage auf dem Gelände, wo er normalerweise die Eichenfässer lagert, in denen sein Wein reift, bevor er in Flaschen gefüllt wird. Als wir gestern Abend die Hunderte von Stufen zu unseren Zimmern emporstiegen, hat Shari mir nach vier – oder nach fünf – weiteren Kir royal erzählt, dass in dem Stroh immer Vögel nisten, die weggejagt werden müssen, weil ihr Kot das Dach zerstört.

Seitdem finde ich strohgedeckte Dächer nicht mehr ganz so pittoresk.

Verschlafen blinzelnd betrachte ich die Risse an der Decke, aber dann wird mir klar, was mich geweckt hat. Jemand hat an die Tür geklopft.

»Lizzie«, höre ich Shari sagen. »Bist du immer noch nicht wach? Es ist Mittag. Willst du den ganzen Tag verschlafen?«

Ich werfe die Decke zurück und öffne hastig die Tür. Shari steht im Bikini und einem Sarong vor mir, in der Hand hält sie zwei große dampfende Tassen. Ihre normalerweise gemäßigt lockigen dunklen Haare sind mächtig aufgebauscht, ein Zeichen dafür, dass es draußen heiß ist.

»Ist es wirklich schon zwölf?«, frage ich. Was mögen die Leute – und vor allem Luke – von mir denken, dass ich so lange schlafe?

»Fünf nach«, antwortet Shari. »ich hoffe, du hast Badesachen dabei. Wir müssen versuchen, so viel Sonne wie möglich abzubekommen, bevor Lukes Mom und ihre Gäste eintreffen, und wir uns um das Essen und die Weinproben kümmern müssen. Mehr als vier Stunden Zeit haben wir nicht mehr. Aber zuerst«, sie drückt mir eine dampfende Tasse in die Hand, »Cappuccino. Mit ganz viel Süßstoff, wie du es gerne magst.«

»Oh«, sage ich und schnuppere an dem duftenden Milchschaum. »Du rettest mir das Leben.«

»Ich weiß«, sagt Shari und lässt sich am Fußende meines Bettes nieder. »So, und jetzt will ich alles wissen, was mit Andy gewesen ist. Und mit Luke, im Zug. Also erzähl.«

Und das tue ich. Na ja, ich erzähle ihr natürlich nicht *alles.* Die Wahrheit über meine Examensarbeit habe ich ihr immer noch nicht gebeichtet, und von dem Blow Job habe ich sowieso noch nichts gesagt. Zwar habe ich das alles einem völlig Fremden im Zug erzählt, aber das war wesentlich einfacher, als es meiner besten Freundin zu sagen, die beides, vor allem Letzteres, missbilligen würde. Ich meine, schließlich ist es der Gipfel des Antifeminismus, wenn man jemandem einen bläst, ohne etwas dafür zurückzubekommen.

»Also ist das mit Andy und dir absolut vorbei«, stellt Shari fest, als ich fertig bin.

»Ja, definitiv«, erwidere ich und trinke den letzten Schluck von meinem köstlichen Cappuccino.

»Und das hast du ihm auch gesagt. Du hast ihm gesagt, es ist vorbei.«

»Ja, sicher«, erwidere ich. Das habe ich doch. Oder? Ich glaube schon.

»Lizzie.« Shari wirft mir einen strengen Blick zu. »Ich weiß doch, wie sehr du die direkte Konfrontation hasst. Hast du es ihm *wirklich* gesagt?«

»Ich habe ihm gesagt, ich müsse allein sein«, erwidere ich … wobei mir ein wenig zu spät aufgeht, dass das nicht dasselbe ist, wie jemandem zu sagen, es sei vorbei.

Aber Andy hat es doch begriffen. Ganz bestimmt hat er es begriffen.

Allerdings sollte ich wohl sicherheitshalber nicht mehr an mein Handy gehen, falls er noch mal anruft.

»Und dir geht es gut dabei?«, will Shari wissen.

»Ja, eigentlich schon«, erwidere ich. »Ich meine, ich hatte schon ein schlechtes Gewissen wegen des Geldes …«

»Welches Geld?«

»Das Geld, das er sich von mir leihen wollte«, erwidere ich. »Für seine Studiengebühren. Ich hätte es ihm wahrscheinlich geben sollen, denn jetzt kann er im Herbst nicht mehr zum College zurück …«

»Lizzie«, sagt Shari ungläubig, »er *hatte* das Geld … er hat es verspielt! Wenn du ihm noch mehr gegeben hättest, hätte er das auch nur verspielt. Du hättest ihm dadurch ermöglicht, sein destruktives Verhalten fortzuführen. Willst du das?«

»Nein«, erwidere ich klagend, »aber du weißt doch, dass ich ihn wirklich geliebt habe. Liebe kann man nicht ein- oder ausschalten, wie einen Lichtschalter.«

»Doch, das kann man schon, vor allem, wenn der Typ deine Großzügigkeit ausnutzt.«

»Ja, wahrscheinlich hast du recht.« Ich seufze. »Ich sollte gar kein schlechtes Gewissen haben, schließlich hat er Arbeitslosengeld bezogen, obwohl er gearbeitet hat.«

Shari zieht einen Mundwinkel hoch. »Es ist so süß, dass das für dich anscheinend das Schlimmste war. Was ist mit seiner Spielsucht? Oder damit, dass er dich dick genannt hat?«

»Den Staat zu betrügen ist doch viel schlimmer.«

»Okay. Wenn du meinst. Gott sei Dank bist du ihn los.

Ziehst du dann jetzt wenigstens mit Chaz und mir nach New York?«

»Shari«, erwidere ich, »wirklich, ich …« Wie soll ich ihr denn die Wahrheit sagen? Ich kann doch nicht ohne College-Abschluss nach New York gehen und mir da einen Job suchen, und ich weiß nicht, ob ich mit meiner Examensarbeit fertig werde, bis sie und Chaz umziehen.

»Na gut«, sagt Shari, die mein Zögern offenbar missversteht, »ich habe schon begriffen. Es ist ein großer Schritt, und du brauchst Zeit, um dich an die Vorstellung zu gewöhnen. Ich weiß. Und was ist das andere?«

»Welches andere?«

»Mit dir und Luke. Im Zug.«

»Shari, ich habe es dir doch schon erzählt. Es war gar nichts. Ich hatte gerade mit einem Typen Schluss gemacht, den ich kaum kannte. Glaubst du, da stürze ich mich gleich wieder in die nächste Beziehung? Das traust du mir doch nicht im Ernst zu, oder? Außerdem, schau dir doch mal seine Freundin an. Warum sollte ein Junge sie für ein Mädchen wie mich verlassen?«

»Da fallen mir auf Anhieb einige Gründe ein«, sagt Shari düster.

Aber bevor ich sie fragen kann, was sie damit meint, fährt sie fort: »Okay, hör zu. Du hast in den letzten Tagen viel durchgemacht, deshalb lasse ich dich wegen New York jetzt erst mal eine Zeitlang in Ruhe. In den nächsten Tagen kannst du deinen wohlverdienten Urlaub genießen, und alles andere besprechen wir später, wenn du dich erst einmal davon erholt hast, dass der Mann deiner Träume sich als Alptraum herausgestellt hat. Und jetzt« – sie versetzt mir einen Schlag aufs Bein – »wirf dich in deinen

Bikini und komm zu mir an den Pool. Wir müssen zusehen, dass wir ein bisschen Farbe bekommen.«

Ich widerspreche nicht. Rasch ergreife ich meine Kosmetiktasche, um mich waschen zu gehen.

»Und beeil dich«, sagt Shari. »Du vergeudest wertvolle Bräunungszeit!«

Gehorsam renne ich über den Flur in ein antikes Badezimmer mit einer Klauenfuß-Wanne, einer Toilette mit einem Holzsitz und einer Kette zum Abziehen. Ich wasche und schminke mich schnell, dann schlüpfe ich in meinen Bikini – zum ersten Mal in meinem Leben trage ich einen. In der Zeit vor meiner Gewichtsabnahme haben mich meine Schwestern immer gnadenlos aufgezogen, wenn ich in einem Zweiteiler baden gehen wollte.

Natürlich hatte das auch etwas damit zu tun, dass alle meine Badeanzüge Second Hand waren und teilweise kleine Röckchen hatten. Aber ich war eben nicht nur das pummeligste Kind im Schwimmbad, sondern auch das am originellsten gekleidete – oder wie Rose immer sagte, der größte »Mode-Freak«.

In meinem neuen Bikini sehe ich jedoch überhaupt nicht wie ein Freak aus, auch wenn es ebenfalls ein Secondhand-Zweiteiler ist – ein Lilly Pulitzer Modell aus den Sechzigerjahren. Sarah fand es immer eklig, die alten Badeanzüge von anderen Leuten zu tragen, aber wenn man ihn vorher ein paar Mal wäscht, ist es absolut hygienisch.

Prüfend blicke ich in den ein wenig trüben, aber ansonsten völlig zuverlässigen Spiegel hinten an der Badezimmertür. Ich finde, ich sehe ganz okay aus. Natürlich bin ich keine Dominique, aber wer kann das schon von sich behaupten?

Außer Dominique natürlich.

Ich laufe in mein Zimmer, schlüpfe in den zum Bikini passenden Sundress von Lilly Pulitzer und mache rasch mein Bett. Dann ziehe ich die Vorhänge zurück, um das kleine Fenster zu öffnen, damit ein bisschen frische Luft ins Zimmer kann …

Bei dem Anblick, der sich mir bietet, stockt mir der Atem.

Zum ersten Mal sehe ich das Tal bei Tageslicht. Samtige grüne Baumwipfel und sanfte Hügel, hellbraune Felsen und darüber der wolkenloseste, blaueste Himmel, den man sich vorstellen kann.

Es ist wunderschön. Endlos weit erstrecken sich die Bäume, und dazwischen glitzert silbrig der Fluss, an dem ab und zu wie hingetupft kleine Ortschaften liegen. Mit den Châteaus auf den Felsen sieht die Landschaft aus wie die Illustration zu einem Märchenbuch.

Wie kann Luke nur nach Houston gehen, nachdem er hier aufgewachsen ist? Wie kann man überhaupt von hier weggehen?

Aber ich habe jetzt keine Zeit, darüber nachzudenken. Ich muss zu Shari an den Pool, sonst wird sie böse.

Es ist nicht leicht, durch die zahllosen Flure und Treppenhäuser den Weg nach draußen zu finden, aber schließlich stehe ich in der Eingangshalle und trete in süß duftende Sommerluft. Irgendwo in der Ferne höre ich einen Motor brummen – wahrscheinlich ein Rasenmäher, da es nach frisch gemähtem Gras riecht – und das Bimmeln von … Kuhglocken? Das kann nicht sein.

Oder doch?

Ich halte mich nicht damit auf, es nachzuprüfen. Ich

setze meine Sonnenbrille mit den Strasssteinchen auf und laufe über den Rasen zum Pool, wo Shari, Dominique und ein weiteres Mädchen auf den Liegen mit den blauweiß gestreiften Polstern liegen – in Richtung Tal und Sonne. Dominique und das andere Mädchen sind schon braun – sie liegen anscheinend heute nicht zum ersten Mal in der Sonne. Und Shari scheint entschlossen zu sein, sie bis zum Ende des Sommers einzuholen.

»Guten Morgen«, sage ich zu Dominique und dem anderen Mädchen, das ein bisschen pummelig ist und aussieht wie ein Teenager. Sie trägt einen blauen Badeanzug von Speedo, während Dominique einen schwarzen Calvin Klein String-Bikini anhat.

»*Bonjour*«, sagt der Teenager fröhlich zu mir.

»Lizzie, das ist Agnès«, sagt Shari. Sie spricht den Namen französisch aus, wie *Ahn-yes*. »Sie ist als Au-pair-Mädchen für den Sommer hier. Ihre Familie wohnt in der Mühle unten an der Straße.«

»Oh!«, rufe ich. »Die Mühle habe ich gesehen. Sie ist wunderschön!«

Agnès lächelt mich freundlich an, und Dominique erklärt: »Gib dir keine Mühe. Sie versteht kein Wort Englisch. Sie hat es zwar behauptet, als sie sich um den Ferienjob hier beworben hat, aber außer hallo, auf Wiedersehen und danke kann sie nichts.«

»Oh!«, erwidere ich. Dann sage ich lächelnd zu Agnès: »*Bonjour! Je m'appelle Lizzie.*« Aber damit sind meine Französischkenntnisse auch schon erschöpft, wenn man mal von *Excusez-moi* und *Je n'aime pas les tomates* absieht.

Agnès überfällt mich mit einem Wortschwall, von dem ich keinen Ton verstehe, und Shari meint: »Du musst einfach nicken und lächeln, dann kommt ihr blendend miteinander aus.«

Das tue ich auch. Agnès strahlt mich an und reicht mir ein weißes Handtuch und eine Flasche kaltes Wasser, die sie in einer Kühlbox mitgebracht hat. Ich überlege, ob sich vielleicht auch eine Flasche Diet Coke darin befindet, aber ein rascher Blick, bevor sie den Deckel wieder zuklappt, zeigt mir, dass das nicht der Fall ist. Gibt es in Frankreich überhaupt Diet Coke? Doch, es muss welche geben. Das ist doch hier kein Entwicklungsland.

Ich danke Agnès für das Wasser und breite das Handtuch auf der Liege zwischen ihr und Dominique aus. Dann schlüpfe ich aus meinem Sundress und den Sandalen. Und schließlich liege ich auf dem weichen Kissen und blicke in den wolkenlosen blauen Himmel.

Daran könnte ich mich wirklich gewöhnen. Und zwar schnell. England mit seiner kühlen, feuchten Luft scheint Ewigkeiten her zu sein.

Und Andy ebenfalls.

»Das ist ein … ungewöhnlicher Badeanzug«, sagt Dominique.

»Danke«, erwidere ich, obwohl ich den leisen Verdacht hege, dass sie es gar nicht als Kompliment gemeint hat. Aber wahrscheinlich habe ich nur Vorurteile, wegen der Sechshundert-Dollar-Flip-Flops. »Wo sind eigentlich Luke und Chaz?«

»Sie schneiden die Äste an der Auffahrt«, sagt Shari.

»Autsch!«, sage ich. »Gibt es denn nicht – ich weiß nicht, Gärtner, die das machen können?«

Dominique wirft mir über den Rand ihrer Gucci-Sonnenbrille einen sarkastischen Blick zu.

»Ja, sicher – wenn jemand daran gedacht hätte, ihn rechtzeitig zu bestellen. Aber wie üblich hat Jean-Lucs Vater mal wieder bis zur letzten Minute gewartet, und jetzt hat er niemanden gefunden. Also muss Jean-Luc es machen, wenn er nicht will, dass Bibi einen Anfall bekommt, wenn sie ankommt.«

»Bibi?«

»Jean-Lucs Mutter«, erklärt Dominique.

»Mrs. de Villiers ist ein wenig … eigen, wie ich gehört habe«, wirft Shari leise ein.

Dominique schnaubt.

»So könnte man es auch formulieren«, sagt sie. »Aber man könnte natürlich auch sagen, dass die völlige Geistesabwesenheit ihres Gatten sie frustriert. Er denkt nur an seine blöden Trauben.«

»Trauben?«

Dominique wedelt mit der Hand in Richtung der Nebengebäude des Châteaus, hinter denen sich eine Art Obstgarten erstreckt.

»Das Weingut«, erwidert sie.

Dahinten stehen also Weinstöcke und keine Obstbäume. Ja, natürlich!

»Oh!«, sage ich. »Na ja, Monsieur de Villiers muss auch an seine Trauben denken, oder? Schließlich lebt er vom Wein. Das mit den Hochzeiten ist doch nur ein Nebenerwerb, oder?«

»Ja, natürlich«, erwidert Dominique, »aber Mirac hat seit Jahren keine anständige Ernte mehr gehabt. Zuerst gab es Überschwemmungen, dann der Schädlingsbefall … jeder andere würde das als Zeichen dafür werten, es sein zu lassen, aber nicht Jean-Lucs Vater. Er erklärt, die Familie de

Villiers sei seit dem siebzehnten Jahrhundert im Weinbau, und er habe nicht vor, das aufzugeben.«

»Na ja«, stelle ich bewundernd fest, »das ist doch … ehrenwert, oder nicht?«

Dominique gibt einen verächtlichen Laut von sich. »Ehrenwert? Das ist die absolute Verschwendung. Mirac hat so ein Wahnsinns-Potential, aber Jean-Luc und sein Vater müssten es erst einmal begreifen.«

»Potential?« Wovon redet sie da? Es ist doch prachtvoll, so wie es ist. Der perfekte Garten, das wunderschöne Haus, der leckere Cappuccino … was will sie denn ändern?

Es stellt sich heraus, dass Dominique einige Vorschläge zu machen hat.

»Na ja, das muss doch hier alles mal renoviert und modernisiert werden – vor allem die Badezimmer. Diese schäbigen Badewannen mit den Klauenfüßen müssen durch Jacuzzis ersetzt werden … und dann die Ketten zum Abziehen! Mein Gott! Die müssen auch verschwinden!«

»Mir gefallen die Klos«, sage ich. »Ich finde sie irgendwie … charmant.«

»Na ja, *du* musst das ja sagen.« Dominique blickt vielsagend auf meinen Zweiteiler. »Aber die meisten Leute sind nicht dieser Ansicht. Auch die Küche müsste renoviert werden. Sie haben immer noch – wie heißt es noch mal? Oh ja. Eine Speisekammer. Lächerlich. Kein Koch, der noch bei Verstand ist, ließe sich unter solchen Bedingungen einstellen.«

»Koch?«, frage ich. Im gleichen Moment knurrt mein Magen. Ich habe schrecklichen Hunger. Das Frühstück habe ich ja verschlafen, aber wann gibt es wohl Mittagessen? Haben sie wirklich einen Koch? Hat er den Cappuccino gemacht?

»Aber natürlich. Um aus Mirac ein echtes Weltklasse-Hotel zu machen, braucht man einen Fünf-Sterne-Koch.«

Ach so…

Ich setze mich auf und starre Dominique an. »Warte mal. Sie wollen aus dem Schloss ein *Hotel* machen?«

»Noch nicht«, erwidert Dominique und greift nach der Flasche Wasser, die neben ihrer Liege steht. »Aber ich sage Jean-Luc schon die ganze Zeit, dass sie es endlich tun sollten. Sie könnten ein Vermögen verdienen, wenn hier Tagungen und Konferenzen stattfänden. Und dann könnte man natürlich auch noch eine Wellness-Landschaft entwerfen – die Weinstöcke könnten sie ja einplanieren – mit Jogging-Pfaden oder Reitwegen. In den Nebengebäuden könnten Räume für Massage, Akupunktur und Hydrotherapie untergebracht werden. Gerade jetzt boomt doch die Nachsorge-Industrie für plastische Operationen…«

»Die was…?«, unterbreche ich sie. Vielleicht sage ich es ein wenig zu laut, aber der Gedanke, dass jemand diesen fantastischen Ort in ein Spa verwandeln könnte, schockiert mich.

»Die Nachsorge-Industrie für plastische Operationen«, wiederholt Dominique und wirft mir einen verärgerten Blick zu. »Leute, denen man Fett abgesaugt oder das Gesicht geliftet hat, brauchen einen Ort, an dem sie sich erholen können, und ich habe Mirac immer für besonders geeignet gehalten…«

Unwillkürlich blicke ich zu Shari hinüber, um zu sehen, was sie davon hält.

Aber sie hält sich ihr Buch vor die Nase und tut so, als

würde sie lesen, damit man ihren Gesichtsausdruck nicht erkennen kann.

Ich sehe jedoch, dass ihre Schultern zucken. Anscheinend lacht sie die ganze Zeit.

»Wirklich!« Dominique trinkt noch einen Schluck Wasser. »Die de Villiers haben das unternehmerische Potential dieses Anwesens bisher völlig außer Acht gelassen. Wenn sie ausgebildete, professionelle Dienstboten – statt dieses einheimischen Gesocks – einstellen würden, moderne Übertragungssysteme und vielleicht sogar ein eigenes Kino einbauen würden, dann könnten sie eine viel reichere Klientel anziehen und wesentlich mehr Profit machen, als Jean-Lucs Vater mit seinem jämmerlichen Weinhandel es je vermocht hat.«

Bevor ich auf diese erschreckenden Äußerungen antworten kann, meldet sich erneut mein Magen mit einem lauten Knurren. Dominique ignoriert es, aber Agnès setzt sich auf und plappert etwas, das wie eine Frage klingt. Ich höre das Wort *goûter*, das, soweit ich weiß »schmecken« heißt.

»Sie will wissen, ob sie dir etwas zu essen bringen soll«, übersetzt Dominique gelangweilt.

Ich sage: »Oh. Äh …«

Agnès plappert noch mehr, und Dominique fährt gelangweilt fort: »Es macht ihr gar keine Mühe, weil sie sich selber auch etwas zu essen holt.«

»Oh«, sage ich. »Danke. Ja, ich hätte schrecklich gerne etwas zu essen.« Ich strahle Agnès an. »*Oui, merci.*« Dann füge ich hinzu: »*Est-ce que vous … Est-ce que vous …*«

»Was willst du denn sagen?«, fragt Dominique. Ich finde, sie hört sich ein bisschen von oben herab an. Aber vielleicht kommt es mir ja auch nur so vor, weil es mir schwerfällt zu glauben, dass sie diesen wundervollen Ort hier tatsächlich in eins dieser Wellness-Hotels verwandeln will, in das die Teilnehmer von *The Swan* zur Erholung geschickt werden, wenn sie eine neue Nase bekommen haben.

»Ich wollte wissen, ob es hier Diet Coke gibt«, sage ich.

Dominique verzieht das Gesicht. »Natürlich nicht. Warum willst du dir denn diese schrecklichen Chemikalien antun?«

*Weil sie köstlich schmecken,* hätte ich am liebsten gesagt. Aber stattdessen erwidere ich: »Oh, okay. Dann ... nichts.«

Dominique sagt etwas in scharfem Tonfall zu Agnès, die nickt, von ihrem Handtuch aufspringt und in ein paar Gummi-Clogs schlüpft, die mir wie das geeignete Schuhwerk für Kies und Gras vorkommen. Wesentlich geeigneter jedenfalls als Wildleder Manolos, denke ich, während Agnès sich ihren Pareo schnappt und zum Haus läuft.

»Wow«, sage ich, »sie ist so nett.«

»Sie ist dazu da, das zu tun, was man ihr sagt. Schließlich ist sie die *Hilfskraft*«, sagt Dominique.

Ich werfe Shari einen Blick zu. »Hmm ... sind wir nicht auch Hilfskräfte?«

»Von euch erwartet man aber nicht, dass ihr die Leute bedient«, erklärt Dominique. »Und du brauchst nicht *vous* zu ihr zu sagen.«

»Warum nicht?«, frage ich.

»Es ist nicht angebracht. Sie ist jünger als du, und sie ist eine Dienstbotin. Du solltest *tu* zu ihr sagen – du, sonst kommt sie sich noch vor wie Gott weiß wer. Obwohl sie sich sowieso wahrscheinlich schon so vorkommt – ich weiß ja nicht, ob es richtig ist, dass sie auch die ganze Zeit hier am Pool liegen darf. Aber Jean-Luc findet es in Ordnung, deshalb kann man wohl nichts dagegen unternehmen.«

Ich schaue sie fassungslos an. Was redet sie da für einen Mist? Shari hat sich mittlerweile das Buch auf das Gesicht gelegt, weil niemand merken soll, dass sie immer noch nicht aufhören kann zu lachen.

Aber Dominique fällt das sowieso nicht auf. Gelangweilt sagt sie: »Es ist so heiß ...«

Das stimmt. Es ist brüllend heiß. Bevor Dominique mir erklärt hat, wie ich Agnès am besten anreden soll, hatte ich gerade überlegt, ob ich nicht mal in das klare blaue Wasser des Pools springen sollte ...

Aber dann setzt Dominique noch einen drauf. Sie löst ihr Bikini-Oberteil, hängt es über die Rückenlehne ihrer Liege, reckt sich und sagt: »Ah. So ist es besser.«

*Im Jahr 1848 (passenderweise als Revolutionsjahr bezeichnet) gab es zahlreiche Bauernaufstände in ganz Europa und den Sturz der Monarchie in Frankreich sowie die Hungersnot in Irland, und auch die Mode richtete sich nach den unruhigen Zuständen. Unerlässlich waren Hauben und Röcke, die durch den Schmutz schleiften.*

*Es war die Zeit, in der Jane Eyre, wie wir uns alle erinnern, sich weigerte, das großzügige Angebot Mr. Rochesters anzunehmen, ihr neue Kleider schneidern zu lassen. Sie trug lieber Schafswolle als den Seidenorganza, den er für sie bestellte. Hätte sie damals Melania Trump gekannt, so hätte diese ihr bestimmt ihre fehlgeleitete Einstellung zur Mode ausgeredet.*

Geschichte der Mode
Examensarbeit von Elizabeth Nichols

# 14

Niemals über uns selber zu sprechen
ist eine äußerst edle Heuchelei.

*– Friedrich Nietzsche (1844–1900), deutscher Philosoph, humanistischer Gelehrter und Kritiker*

Okay. Schließlich weiß ich, dass wir hier in Europa sind, und dass die Leute hier viel entspannter mit ihrem Körper und Nacktheit umgehen als wir (allerdings ist Dominique keine Europäerin. Sie ist Kanadierin, was auch ein bisschen wie Europäerin ist. Aber trotzdem.).

Also, mir fällt es einfach schwer, mich mit einem Mädchen zu unterhalten, dessen bloße Nippel irgendwie ... auf mich *zeigen*.

Und Shari ist überhaupt keine Hilfe. Sie hält den Blick resolut auf das Buch gerichtet, in dem sie liest. Allerdings habe ich bis jetzt noch nicht gesehen, dass sie die Seiten umblättert.

Ich kann nur versuchen, mich so normal wie möglich zu benehmen. Ich meine, es ist ja nicht so, als sei ich nicht an den Anblick barbusiger Frauen gewöhnt, schließlich haben wir in McCracken Hall auch gemeinsam geduscht.

Aber die Mädchen da *kannte* ich alle.

Außerdem ist Dominiques Bikinihöschen noch – wie soll ich sagen? – winziger als Brianna Dunleavys.

Und Brianna hat stundenweise in einer Oben-Ohne-Bar gearbeitet.

»Und?«, sage ich beiläufig. »Hast du deine Ideen zur, äh, Verbesserung von Mirac schon Luke gegenüber erwähnt?«

Ich frage mich nämlich, was er von Dominiques Plänen hält.

»Ja, natürlich«, erwidert Dominique und streicht sich ihre langen blonden Haare aus der Stirn. »Auch seinem Vater gegenüber. Aber sein alter Herr ist ja nur an Einem interessiert, an seinem Wein. Und ehe er nicht stirbt …« Sie zuckt vielsagend mit den Schultern.

»Luke will warten, bis sein Vater tot ist, um das Schloss in ein Hyatt Regency zu verwandeln?«, frage ich erstaunt. Ich kann mir einfach nicht vorstellen, dass der Luke, den ich gestern kennen gelernt habe, jemals so etwas tun würde.

»Ein Hyatt?« Dominique wirft mir einen entsetzten Blick zu. »Das wird ein Fünf-Sterne-Luxushotel, kein billiges amerikanisches Kettenhotel. Nein, Luke ist auch nicht so begeistert von meinen Plänen. Noch nicht. Vor allem müsste er dann ganz nach Frankreich ziehen, um sich um alles zu kümmern, und er möchte seinen Job bei Lazard Frères nicht aufgeben. Aber ich habe ihm schon gesagt, dass sie ja auch in Paris Büros haben. Und dann könnten wir …«

»Wir?«, frage ich. »Wollt ihr denn heiraten?«

»Na ja, sicher«, erwidert Dominique. »Irgendwann.«

Es ist lächerlich, dass mir diese Eröffnung einen Stich mitten ins Herz versetzt. Ich kenne ihn doch kaum. Ich habe ihn erst gestern kennen gelernt.

Aber ich bin ja schließlich auch nach England geflogen,

nur um mich mit einem Jungen zu treffen, mit dem ich drei Monate zuvor noch nicht einmal vierundzwanzig Stunden verbracht hatte.

Und man sieht ja, was daraus geworden ist.

»Ach«, wirft Shari ein, die endlich ihre Stimme wiedergefunden zu haben scheint, »du bist mit Luke verlobt? Komisch, Chaz hat mir gegenüber noch nie etwas davon erwähnt. Das hätte Luke ihm doch bestimmt erzählt.«

»Na ja, nicht formell verlobt«, erwidert Dominique zögernd. »Wer verlobt sich denn heutzutage schon noch? Das ist doch altmodisch. Die Paare heutzutage sind Partner und keine Eheleute. Es geht doch nur darum, die Einkommen zusammenzuwerfen und in eine gemeinsame Zukunft zu investieren. Und ich wusste vom ersten Moment an, als ich Mirac gesehen habe, dass das die Zukunft ist, in die ich investieren möchte.«

Ich reiße die Augen auf. Heutzutage sind Paare Partner und keine Eheleute? Sie werfen ihre Einkommen zusammen und investieren in eine gemeinsame Zukunft?

Und was soll heißen, *vom ersten Moment an, als ich Mirac gesehen habe?* Hat sie nicht eher gemeint *vom ersten Moment an, als ich Jean-Luc gesehen habe?*

»Ja, es ist aber auch schön hier«, sagt Shari und blättert eine Seite in dem Buch um, das sie nicht gelesen hat. »Warum will denn Luke deiner Meinung nach nicht nach Paris ziehen?«

»Weil Jean-Luc nicht weiß, was er will«, erwidert Dominique frustriert seufzend.

»Welcher Mann weiß das schon?«, fragt Shari milde. Und ich merke an ihrem Tonfall, dass dieses Gespräch sie sehr amüsiert.

»Vielleicht will er ja nicht so weit von dir entfernt sein«, werfe ich ein – äußerst großzügig von mir, wenn man bedenkt, dass ich mich in ihren Freund ein bisschen verguckt habe. Mehr nicht, ehrlich. Nur ein bisschen verguckt.

Dominique dreht den Kopf, um mich anzuschauen. »Ich habe ihm angeboten, mit ihm nach Paris zu ziehen«, sagt sie mit tonloser Stimme.

»Oh«, sage ich. »Na ja. Seine Mom lebt doch in Houston, oder? Vielleicht will er sie ja nicht allein lassen.«

»Nein, das ist es nicht«, sagt Dominique. »Wenn er den Antrag stellt, nach Paris versetzt zu werden, dann muss er dorthin. Und dann sitzt er da fest, und er hat keine Chance mehr, jemals das zu studieren, was er wirklich will.«

»Was will er denn wirklich?«, frage ich.

»Er will«, sagt Dominique, ergreift die Flasche Wasser, die neben ihrer Liege steht, und trinkt einen Schluck, »Arzt werden.«

»Arzt?« Ich bin begeistert. Warum hat Luke das denn im Zug nicht erwähnt, als ich all diese schlimmen Sachen über Investment Banker gesagt habe? »Wirklich? Das ist ja toll. Ich meine, Ärzte … sie machen die Leute gesund.«

Dominique wirft mir einen Blick zu, als habe ich gerade das Offensichtlichste auf der ganzen Welt gesagt. Habe ich ja auch. Aber sie weiß ja noch nicht, dass ich immer das sage, was mir gerade durch den Kopf geht. Ernsthaft. Das ist wie eine Krankheit.

»Eigentlich wollte ich sagen«, füge ich hastig hinzu, »dass Ärzte doch wichtig sind. Du weißt schon. Für die Gesellschaft. Weil ohne sie … wären wir alle … viel kränker.«

Als ich sie anblicke, sehe ich, dass sie sich auf ihre Ellbogen gestützt hat – obwohl sich dabei ihre Brüste mysteriöserweise überhaupt nicht bewegt haben – und über meinen Kopf hinweg zu Shari schaut.

»Deine Freundin redet sehr viel«, sagt sie zu Shari.

»Ja«, erwidert Shari. »Lizzie neigt dazu.«

»Entschuldigung«, werfe ich ein und spüre, wie mir die Röte ins Gesicht steigt. Aber ich werde jetzt trotzdem nicht den Mund halten. Dazu bin ich nämlich physisch nicht in der Lage. »Warum studiert denn Luke nicht einfach Medizin, wenn er das möchte? Daran, dass Ärzte zu wenig verdienen, kann es doch nicht liegen.« Der Luke, den ich kennen gelernt habe – der mir, einer völlig Fremden, seine Schulter geliehen hat, damit ich mich gestern im Zug bei ihm ausweinen konnte, und der seine Nüsse mit mir geteilt hat –, würde niemals einen Beruf nur wegen der Höhe des Einkommens wählen.

Oder?

Nein. Auf gar keinen Fall. Hugo statt Hugo Boss! Also wirklich! So entscheidet sich ein Mann, dem persönlicher Komfort über Stil geht …

»Liegt es an den Kosten für das Medizinstudium?«, frage ich. »Lukes Eltern würden ihn doch sicher unterstützen. Hast du schon einmal daran gedacht, mit seinen Eltern zu sprechen?«

Dominique schaut mich entsetzt an.

»Warum sollte ich?«, fragt sie entgeistert. »Ich möchte, dass Luke mit mir nach Paris zieht und bei Lazard Frères arbeitet, damit wir beide das Schloss in ein Fünf-Sterne-Hotel verwandeln können, beträchtlichen Profit daraus ziehen und die Wochenenden hier verbringen. Ich will nicht als Arztfrau in Texas leben. Ist das so schwer zu verstehen?«

Ich blinzele. »Äh, nein«, erwidere ich.

Aber im Innern denke ich: *Wow! Die weiß, was sie will. SIE hätte bestimmt nichts dagegen, ohne Abschluss, ohne Job und ohne Wohnung nach New York City zu ziehen.*

*Wahrscheinlich würde sie New York City aufrollen.*

Als meine Gedanken an diesem Punkt angelangt sind, kommt Agnès aus der Küche mit einem Teller zurück.

»*Voilà*«, sagt sie zu mir und hält mir mit äußerst zufriedenem Gesichtsausdruck den Teller hin.

Darauf liegt ein halbes französisches Baguette, in der Mitte durchgeschnitten und belegt mit …

»Hersheyschokolade!«, schreit Agnès aufgeregt das einzige englische Wort, das sie anscheinend kennt.

Sie hat mir ein Sandwich mit Hershey Schokolade gemacht.

Agnès hält den Teller auch Shari hin, die einen Blick darauf wirft und sagt: »Nein danke.«

Achselzuckend bietet Agnès den Teller Dominique an. Dass die Freundin ihres Chefs halb nackt ist, scheint sie nicht im Mindesten zu schockieren, was beweist, dass die Franzosen mit Nacktheit wesentlich entspannter umgehen als ich.

Dominique wirft einen Blick auf das Sandwich, schaudert und sagt: »*Mon Dieu. Non.*«

Agnès zuckt wieder mit den Schultern, nimmt sich ihr eigenes Schokoladensandwich vom Teller, legt sich auf ihre Liege und beißt in die Köstlichkeit hinein. Knusprige Stückchen Brotkruste rieseln über ihren Badeanzug, und sie lächelt mich schokoladenselig an.

»*C'est bon, ça*«, sagt sie und zeigt auf das Sandwich.

Das liegt auf der Hand. Und warum sollte ich ein so liebevoll zubereitetes Sandwich ablehnen? Schließlich möchte ich die Gefühle des Mädchens nicht verletzen.

Hier gibt es nur eins, was ich tun kann. Und so tue ich es.

Und es ist, ohne jeden Zweifel, das köstlichste Sandwich, das ich jemals gegessen habe.

Aber es ist natürlich die Art von Sandwich, das Dominique, wenn sie das Schloss in ihre geschäftstüchtigen Finger bekäme, sofort auf die Abschussliste setzen würde. Frauen, die sich vom Fettabsaugen erholen, wollen kein Baguette mit Hersheyschokolade angeboten bekommen! Ich sehe Dominique förmlich an, dass sie das denkt, während sie eine Flasche Sunblocker ergreift und sich resolut den Brustkorb einsprüht.

Wenn Dominique hier erst einmal etwas zu sagen hat, gehören Agnès und ihre Schokoladensandwiches der Vergangenheit an.

Es sei denn natürlich, jemand hält sie auf.

»Meine Damen.«

Ich verschlucke mich fast an meinem Bissen.

Luke und Chaz stehen am anderen Ende des Pools. Sie sind verschwitzt und schmutzig, weil sie den Vormittag damit verbracht haben, die Straße vom Gebüsch frei zu hacken.

»*Salut*«, sagt Dominique und hebt einen dunkelbraunen Arm, um ihnen zuzuwinken. Auch dabei bewegen sich ihre Brüste nicht, stelle ich fest. Ein Wunder der Schwerkraft.

»Hallo, Jungs«, sagt Shari.

Dieses Mal sage ich nichts, weil ich zu sehr damit beschäftigt bin, den Bissen herunterzuschlucken.

»Habt ihr Mädels es schön?«, will Chaz wissen. Er grinst, und ich weiß auch warum: wegen der halbnackten Dominique. Der amüsierte Blick, den er Shari zuwirft, ist nur schwer zu übersehen. Sie sagt nur milde: »Ja, es geht uns großartig. Und euch?«

»Großartig«, erwidert Chaz. »Wir haben gedacht, wir springen mal schnell ins Wasser, um uns ein bisschen abzukühlen.« Dabei zieht er sein T-Shirt über den Kopf.

Eins muss man Chaz ja lassen. Er mag ja seinen Magister in Philosophie gemacht haben, aber er hat den Körper eines Fitness-Trainers.

Luke allerdings – das kann ich nur zu deutlich feststellen, als auch er eine Sekunde später sein T-Shirt auszieht – ist sogar ein noch spektakuläreres Beispiel für athletische Männlichkeit als Chaz. Sein gebräunter, muskulöser Körper weist nicht ein Gramm an Körperfett auf, und seine dunklen Brusthaare formen einen deutlichen Pfeil, der direkt auf seinen …

Platsch! Beide Jungen springen in Shorts ins glitzernde Wasser, sodass ich der Freude beraubt werde zu sehen, wohin der Haarpfeil führt.

»Oh, Mann, das ist toll!«, sagt Chaz, als er auftaucht. »Shar, komm rein!«

»Dein Wunsch ist mir Befehl, mein Gebieter«, sagt Shari. Sie legt ihr Buch beiseite, steht auf und springt. Dabei spritzen ein paar Tropfen Wasser auf Dominique, die sie gelangweilt wegschnipst.

»Dominique«, ruft Luke, als auch er am anderen Ende des Beckens auftaucht. »Komm herein! Das Wasser ist toll!«

Dominique rattert etwas auf Französisch, das ich nicht

ganz verstehe, aber einige Male fällt das Wort *cheveux*. Ich versuche mich zu erinnern, ob *cheveux* Haare oder Pferde heißt, aber ich kann mir irgendwie nicht vorstellen, dass Dominique sagt, sie wolle ihre Pferde nicht nass machen.

Shari schwimmt an den Beckenrand, stützt sich mit den Unterarmen auf und sagt zu mir: »Lizzie, du musst unbedingt reinkommen. Das Wasser ist herrlich.«

»Ich will nur noch rasch mein Sandwich zu Ende essen«, sage ich, da ich immer noch an der sündhaft köstlichen Schöpfung arbeite, die Agnès mir gebracht hat.

»Nach dem Essen wartest du besser erst mal eine halbe Stunde«, neckt Luke mich. »Sonst bekommst du noch einen Krampf.«

Zum Glück ist mein Mund gerade zu voll, sonst würde ich fragen: *Und rettest du mich dann, Luke?* Flirten wäre wohl ziemlich unpassend, schließlich sitzt seine Freundin direkt neben mir. Oben ohne.

Und sie sieht um Klassen besser aus, als ich es je erhoffen kann.

»Ah, das neue Mädchen!«

Beinahe spucke ich Brot und Schokolade aus, so sehr erschreckt mich die Männerstimme mit dem schweren französischen Akzent hinter mir. Als ich mich umdrehe, sehe ich einen älteren Herrn mit weißem Hemd und Khakihose, die von elegant bestickten Hosenträgern festgehalten wird.

»Äh«, sage ich, nachdem ich meinen Bissen heruntergeschluckt habe, »hallo.«

»Ist das das neue Mädchen?«, fragt der alte Mann Dominique und zeigt auf mich.

Dominique antwortet freundlicher, als ich sie je zuvor gehört habe: »Ja, Monsieur. Das ist Sharis Freundin Lizzie.«

»*Enchanté*«, sagt der alte Mann, hebt meine Hand – die, die nicht die Überreste des Schokoladenbaguettes umklammert hält – und zieht sie in die Nähe seiner Lippen, ohne sie jedoch zu berühren. »Ich bin Guillaume de Villiers. Möchten Sie mein Weingut sehen?«

»Dad«, sagt Luke und klettert hastig aus dem Pool. »Lizzie will jetzt dein Weingut nicht sehen, okay? Sie entspannt sich gerade am Pool.«

Dieser charmante alte Mann ist also Lukes Vater! Ich kann nicht wirklich eine Ähnlichkeit entdecken – Monsieur de Villiers hat dünne, schneeweiße Haare und nicht lockige, dunkle wie Luke.

Aber er hat die gleichen funkelnden braunen Augen wie Luke.

»Oh, das ist schon in Ordnung«, sage ich und greife nach meinem Sundress. »Ich möchte gerne Ihr Weingut sehen, Monsieur de Villiers. Ich habe schon so viel davon gehört. Und gestern Abend habe ich von Ihrem köstlichen Champagner ...«

»Ah«, unterbricht Monsieur de Villiers mich erfreut. »Es ist eigentlich nicht korrekt, ihn als Champagner zu bezeichnen, wenn er nicht in der Champagne hergestellt worden ist. Was ich produziere, darf nur Schaumwein genannt werden.«

»Na ja«, erwidere ich, »ganz egal, was es war, es hat auf jeden Fall köstlich geschmeckt.«

»*Merci, merci!*«, ruft Monsieur de Villiers aus. An Luke gewandt, der mittlerweile an meine Liege getreten ist und

Dominique die Beine nass tropft – was ihm einen verärgerten Blick von ihr einträgt –, sagt er: »Ich mag dieses Mädchen!«

»Du musst nicht mit ihm gehen«, sagt Luke zu mir. »Wirklich nicht. Lass dich nicht von ihm bedrängen. Er ist berüchtigt dafür.«

»Ich *will* aber«, versichere ich Luke lachend. »Ich war noch nie zuvor auf einem Weingut. Wenn Monsieur de Villiers Zeit hat, es mir zu zeigen, würde ich es schrecklich gerne sehen.«

»Ich habe alle Zeit der Welt!«, ruft Lukes Vater aus.

»Eigentlich nicht«, wirft Dominique ein und blickt auf ihre schmale, goldene Armbanduhr. »In zwei Stunden wird Bibi hier sein. Müssen Sie nicht ...«

»Nein, nein, nein«, erwidert Monsieur de Villiers. Er ergreift mich am Ellbogen, damit ich das Gleichgewicht halten kann, während ich in meine Sandalen schlüpfe. Vielleicht will er mich auch nur davon abhalten wegzulaufen. Das hätte ich nämlich am liebsten getan, als mir klar wird, dass Lukes Dad sich mit Lukes Freundin unterhält, die völlig OBEN OHNE daliegt!

Ich versuche mir vorzustellen, ich hätte irgendwann mal oben ohne vor einem der Väter meiner Ex-Freunde gestanden, aber es gelingt mir nicht.

»Wir machen es kurz«, versichert Monsieur de Villiers Dominique.

»Ich gehe mit, um mich zu vergewissern, dass du dich auch daran hältst, Dad«, sagt Luke und nimmt das Handtuch, das Agnès ihm reicht. »Wir wollen schließlich nicht, dass sich Lizzie schon an ihrem ersten Tag hier zu Tode langweilt.«

Aber jetzt, wo ich weiß, dass Luke mitkommt, weiß ich auch, dass ich mich definitiv nicht langweilen werde.

Vor allem, als ich merke, dass Luke sein T-Shirt am Pool hat liegen lassen.

Also, oben ohne hat ja was für sich.

*Die industrielle Revolution brachte nicht nur die Entwicklung der Dampfmaschine und des Kunstdüngers mit sich. Nein! Um 1850 wurde etwas viel Wichtigeres und Nützlicheres für die Menschheit erfunden: die Krinoline oder der Reifen-Petticoat. Indem sie sich einfach in einem Drahtkäfig bewegten, statt sich tonnenweise Petticoats anzuziehen, damit ihre Röcke die erforderliche Weite hatten, die von der Mode dieser Zeit verlangt wurde, gewannen Frauen die Freiheit, ihre Beine bewegen zu können.*

*Was jedoch wie ein brillanter Geniestreich erschien, stellte sich bald schon als fatales Verhängnis für zahlreiche unschuldige Mädchen heraus, weil die Krinoline nicht nur unpassende Verehrer anzog, sondern auch Panik bei jungen, picknickenden Damen hervorrief, die Angst hatten, vom Blitz getroffen zu werden.*

Geschichte der Mode
Examensarbeit von Elizabeth Nichols

# 15

Der Mann, wahrlich das Tier, das spricht, ist der Einzige,
der Gespräche braucht, um seine Art fortzupflanzen …
In der Liebe spielen Gespräche
sogar noch eine viel größere Rolle.
Liebe ist das geschwätzigste aller Gefühle
und besteht hauptsächlich aus Redseligkeit.
*– Robert Musil (1880–1942), österreichischer Schriftsteller und Theaterkritiker*

Okay, es ist erst Nachmittag, und ich bin betrunken.

Aber es ist nicht meine Schuld! Schließlich habe ich heute nur einen Cappuccino, ein Schokoladensandwich und ein paar verstaubte, nicht allzu reife Trauben, die Monsieur de Villiers für mich in seinem Weinberg abgepflückt hat, zu mir genommen.

Und dann, im Weinkeller, hat Lukes Dad mich ständig Wein aus allen möglichen Eichenfässern probieren lassen. Nach einer Weile versuchte ich abzulehnen, aber er schaute mich so verletzt an!

Und er war doch so nett zu mir! Er hat mich überall herumgeführt – nicht nur durch das Weingut, auch über den Hof, wo er geduldig gewartet hat, bis ich die samtige Nase des riesigen Pferdes getätschelt habe, das seinen Kopf über die niedrige Steinmauer streckte, um uns zu begrüßen, und bis ich genug vor Entzücken gekreischt habe, als ich die Quelle für das Kuhglocken-Gebimmel entdeckte (tatsächlich Kühe, drei davon, die die Milch fürs Château liefern).

Und dann kamen die Hunde, die ihr Herrchen begrüßen wollten, ein Basset namens Patapouf und ein Dackel namens Minouche. Ich musste ihnen doch Stöckchen werfen – obwohl der Bassett über seine eigenen Ohren stolperte, als er ihm nachjagte.

Und dann mussten wir noch den Bauern begrüßen, und ich musste ihm die schwielige Hand schütteln und sein unverständliches Französisch über mich ergehen lassen – und als Monsieur de Villiers mich hinterher fragte, wie viel ich verstanden hätte, sagte ich, absolut nichts, woraufhin er in dröhnendes Gelächter ausbrach.

Und dann mussten wir mit dem Traktor herumfahren, damit ich das ganze Gelände kennen lerne – es ist ja kein Wunder, dass ich beschwipst bin: all das und dann noch zehn verschiedene Sorten Wein, die alle gleich köstlich geschmeckt haben.

Langsam wird es mir jedenfalls ein bisschen schwindelig.

Vielleicht liegt das ja auch nur an Lukes Nähe. Allerdings ist er traurigerweise ins Haus gelaufen und hat sich ein frisches Hemd und eine saubere Jeans angezogen, bevor er sich wieder zu uns gesellt hat.

Aber seine Haare waren immer noch nass und klebten an seinem gebräunten Nacken, dass ich ihm am liebsten die Arme um den Hals geschlungen hätte. Selbst jetzt, im kühlen Weinkeller, werfe ich immer wieder verstohlene Blicke auf seine braunen Unterarme und frage mich, wie sie sich wohl unter meinen Fingerspitzen anfühlen würden …

Oh, mein Gott, was ist nur los mit mir? Ich muss wirklich betrunken sein. Ich meine, er ist VERGEBEN. Außerdem ist seine Freundin viel hübscher und klüger als ich.

Und das mit Andy ist ja schließlich auch gerade erst vorbei.

Aber trotzdem. Ich finde eigentlich, dass Dominique nicht die Richtige für Luke ist. Und damit meine ich nicht nur ihre Schuhe. Es gibt viele richtig nette Leute, die völlig überteuerte Schuhe tragen.

Und ich meine damit auch nicht ihren Plan, Mirac in ein Hotel zu verwandeln. Oder ihre Verachtung für Lukes heimlichen Wunsch, Arzt zu werden.

Nein, es liegt einfach daran, dass Luke so nett mit seinem Vater umgeht und endlose Geduld für die Besessenheit des alten Mannes mit seinem Weingut und dessen Geschichte aufbringt. Wie er aufgepasst hat, dass der alte Mann nicht von seiner Maschine gefallen ist, auf die er geklettert ist, um mir zu zeigen, wie sie funktioniert. Wie er Patapouf und Minouche befohlen hat, sich hinzusetzen, als er das Gefühl hatte, dass sie seinen Vater jetzt lange genug bedrängt hatten. Wie er sanft den Hemdsärmel seines Vaters aus dem Maul dieses riesigen Pferdes gezogen hat.

Man erlebt es einfach nicht jeden Tag, dass ein Sohn so liebevoll mit seinem Vater umgeht. Chaz *redet* nicht mal mit seinem Vater, na ja, okay, Charles Pendergast Sr. ist auch ein Arschloch.

Aber trotzdem.

Ein solcher Junge – so geduldig, tolerant und lieb – verdient etwas Besseres als ein Mädchen, das seine geheimen Träume nicht unterstützt …

»Sie sind sehr altmodisch«, reißt Monsieur de Villiers mich aus meinen unfreundlichen Gedanken über Lukes Freundin. Wir drei lehnen gerade in einvernehmlichem Schweigen an einem Fass und trinken einen Cabernet Sauvignon, der, wie Lukes Vater mir gesagt hat, noch sehr jung ist… zu jung, um in Flaschen gefüllt zu werden. Als ob ich da irgendeinen Unterschied merken würde.

»Entschuldigung?« Ich weiß, ich bin betrunken, aber was redet er da? Ich bin nicht altmodisch. Schließlich habe ich meinem letzten Freund einen geblasen.

»Dieses Kleid.« Monsieur de Villiers zeigt auf meinen Sundress. »Es ist sehr alt, non? Für eine junge Amerikanerin sind Sie sehr altmodisch.«

»Ach«, sage ich, weil mir klar wird, was er meint. »Sie meinen, weil ich Secondhandkleider liebe. Ja, dieses Kleid ist tatsächlich alt. Älter als ich wahrscheinlich.«

»Ich habe so ein Kleid schon mal gesehen«, sagt Monsieur de Villiers. An der Handbewegung, mit der er die Fliegen vor seinem Gesicht verscheucht – seine Hand ist auch nicht mehr ganz ruhig –, merkt man, dass er ebenfalls ein paar Schlucke zu viel von seinem Wein getrunken hat. Na ja, es ist ein heißer Tag, und das Herumrennen und -fahren macht durstig. Und der Weinkeller ist nicht klimatisiert.

Trotzdem ist es angenehm kühl hier unten. Das muss es auch sein, hat Monsieur de Villiers mir erklärt, damit der Wein richtig gären kann.

»Oben«, fährt er fort, »auf dem…« Er wirft Luke einen fragenden Blick zu. »*Grenier?*«

»Auf dem Dachboden«, sagt Luke und nickt. »Genau. Da oben sind ein paar alte Kleider.«

»Auf dem Dachboden?« Ich vergesse auf der Stelle, wie betrunken ich mich fühle und wie heiß Luke aussieht. Ich richte mich auf und kneife die Augen zusammen. »*Auf Ihrem Speicher befinden sich Lilly Pulitzer Kleider?*«

Monsieur de Villiers blickt mich verwirrt an.

»Den Namen kenne ich nicht«, sagt er, »aber ich habe da oben solche Kleider schon gesehen. Ich glaube, sie haben meiner Mutter gehört. Ich wollte sie an die Armen verschenken …«

»Kann ich sie sehen?«, frage ich. Hoffentlich klinge ich nicht zu übereifrig.

Aber das tue ich wahrscheinlich doch, denn Lukes Dad erwidert schmunzelnd: »Ah! Sie lieben die alten Kleider genauso wie ich meinen Wein liebe!«

Ich werde rot – wie peinlich! Ich wollte mich nicht so gierig anhören.

Aber Monsieur de Villiers legt mir besänftigend die Hand auf die Schulter und sagt: »Nein, nein, ich wollte mich nicht über Sie lustig machen. Es freut mich einfach. Ich mag Menschen, die sich leidenschaftlich für etwas begeistern können. Ich habe selber meine Leidenschaft, wissen Sie.« Er hält sein Glas Wein hoch, um seine Leidenschaft zu demonstrieren – für den Fall, dass ich sie nicht erraten hätte.

»Aber es ist besonders nett, so etwas bei einem jungen Menschen zu erleben«, fährt er fort. »Die meisten jungen Leute heutzutage denken nur ans Geldverdienen.«

Ich werfe Luke einen nervösen Blick zu, denn wenn es stimmt, was Dominique von ihm behauptet hat, dass er lieber Investment Banker als Mediziner geworden ist, dann gehört er zu den »jungen Leuten«, die sein Dad meint.

Aber Luke scheint sich keiner Schuld bewusst zu sein, soweit ich sehen kann.

»Ich gehe gerne mit dir auf den Dachboden, wenn du sie dir anschauen willst«, bietet Luke mir an. »Aber mach dir keine allzu großen Hoffnungen, dass sie in einem brauchbaren Zustand sind. Es hat letztes Jahr durchs Dach durchgeregnet, und viele Sachen, die dort oben gelagert sind, sind nass geworden und ruiniert.«

»Nicht *ruiniert*«, sagt Monsieur de Villiers. »Nur ein bisschen verschimmelt, vielleicht.«

Ich würde ein verschimmeltes Lilly Pulitzer Kleid jederzeit keinem Lilly Pulitzer Kleid vorziehen.

Luke muss meinen Eifer wohl spüren, denn er sagt lachend: »Okay, dann wollen wir mal gehen.« An seinen Vater gewandt fügt er hinzu: »Willst du nicht lieber hineingehen und einen Kaffee trinken? Du solltest besser ein bisschen nüchterner werden, bevor Mom kommt.«

»Deine Mutter.« Monsieur de Villiers verdreht die Augen. »Ja, du hast wahrscheinlich recht.«

Und ein paar Minuten später, nachdem ich mich vor der riesigen – aber wie Dominique bereits erwähnt hat, nicht gerade hochtechnisierten – Küche überschwänglich bei Monsieur de Villiers für die wundervolle Führung bedankt habe, befinde ich mich mit dem jüngeren Monsieur de Villiers auf dem Dachboden, wühle mich durch Truhen mit alter Kleidung und versuche erfolglos meine Erregung zu verbergen.

»Oh, mein Gott!«, rufe ich aus, als ich die erste Truhe öffne und unter einem Porzellanservice einen Rock von Emilio Pucci finde. »Wem haben die Sachen gehört, hat dein Dad gesagt? Seiner Mutter?«

»Keine Ahnung, echt«, sagt Luke. Er inspiziert gerade die Dachbalken und sucht offensichtlich nach weiteren undichten Stellen. »Ein paar dieser Kisten stehen schon ewig hier, lange vor meiner Geburt. Die de Villiers haben ständig aufeinandergehockt. Nimm dir einfach, was dir gefällt.«

»Könnte ich denn …« Ich halte mir den Rock an die Hüften, um zu sehen, ob er mir passt. »Ich meine, doch nicht diesen Rock hier? Den könntest du bei eBay leicht für zweihundert Riesen verkaufen.« Dann keuche ich auf und greife erneut in die Truhe hinein.

Und es ist wahr. Ich habe das Allerseltenste überhaupt gefunden – eins der wenigen Hauskleider von Lilly Pulitzer mit Tigerdruck … *mit passendem Kopftuch.*

»Na ja, ich mache mir bestimmt nicht die Mühe, das Zeug zu verkaufen«, sagt Luke gerade. »Und dann kann es sich genauso auch jemand nehmen, dem es gefällt. Und das scheinst ja du zu sein.«

»Ja, ernsthaft«, sage ich und bücke mich, um einen zerdrückten, aber anscheinend originalen blauen Samthut von John Frederics herauszuziehen, »ihr habt hier tolle Sachen, Luke. Man muss sie nur wieder in Schuss bringen.«

»Ja, diese Äußerung passt wohl auch auf Mirac im Allgemeinen.« Luke zieht sich einen alten Holzstuhl heran und setzt sich darauf, die Ellbogen auf die Rückenlehne gestützt.

»Nein«, erwidere ich, »das Schloss ist prachtvoll. Es ist euch wunderbar gelungen, es all die Jahre zu erhalten.«

»Na ja, einfach war es nicht«, sagt Luke. »Als der Börsenkrach kam – 1929 – hat mein Großvater fast alles verloren – sogar die Ernte ist in jenem Jahr durch Schädlingsbefall kaputtgegangen. Wir mussten damals viel Land verkaufen, um überhaupt die Grundsteuern bezahlen zu können.«

»Wirklich?« Die ungeöffneten Truhen interessieren mich plötzlich nicht mehr. Ich finde das, was Luke erzählt, viel interessanter. »Das ist Wahnsinn.«

»Dann kam die Besetzung durch die Nazis – es gelang meinem Großvater, SS-Offiziere aus dem Haus zu halten, indem er behauptete, dass mein Vater an ansteckendem Gelbfieber litt… das stimmte natürlich nicht, aber die Deutschen haben einen großen Bogen um das Schloss gemacht. Trotzdem waren die Jahre nicht gerade die besten für die Weinlese.«

Ich lasse mich auf die Truhe neben der, die ich gerade durchwühlt habe, sinken. Unter mir ist etwas Klumpiges, aber ich bemerke es kaum.

»Es muss merkwürdig sein«, sage ich, »wenn einem etwas gehört, das eine so wechselvolle *Geschichte* hat. Vor allem wenn…«

»Wenn?«

»Na ja«, sage ich zögernd, »wenn es nicht gerade dein Traumjob ist, ein Château zu besitzen. Dominique hat erzählt, dass du eigentlich, äh, Arzt werden wolltest.«

»*Was?*« Luke richtet sich auf und schaut mich aus seinen unergründlich dunklen Augen an. »Wann hat sie das denn gesagt?«

»Heute«, erwidere ich unschuldig. Und ich bin ja auch unschuldig. Dominique hat ja nicht gesagt, dass es ein Geheimnis wäre. »Am Pool. Warum? Stimmt es denn nicht?«

»Nein, es stimmt nicht«, sagt Luke. »Na ja, das heißt,

früher einmal – du liebe Güte, was hat sie denn sonst noch so gesagt?«

*Dass du ein aufmerksamer und umsichtiger Liebhaber bist,* hätte ich am liebsten geantwortet. *Dass ein Mädchen sich bei dir nicht selber um seine Bedürfnisse kümmern muss, weil du schon dafür sorgst.*

»Nichts«, erwidere ich stattdessen, denn natürlich hat ja Dominique nichts dergleichen gesagt. Das bilde ich mir ja in meiner schmutzigen Fantasie nur ein. »Ach, nur irgendwas darüber, dass sie aus Mirac gerne ein Hotel oder ein Spa machen möchte, in dem sich Leute von ihren Schönheitsoperationen erholen können.«

Luke schaut mich verblüfft an. »*Schönheitsoperationen?*«

»Ach, nichts«, sage ich und werde knallrot. Du lieber Himmel! Ich habe es schon wieder gemacht! Ich wende mich wieder den Truhen zu. »Wirklich, Luke, die Sachen sind *wundervoll*!«

»Warte. Was genau hat Dominique gesagt?«

Ich werfe ihm einen schuldbewussten Blick zu.

»Nichts«, sage ich. »Wirklich. Ich hätte nicht … ich meine, es geht ja nur euch beide etwas an. Ich … ich hätte gar nichts sagen sollen …«

Aber dann kommt doch alles heraus.

»… aber ich finde nicht, dass ihr ein Hotel aus dem Château machen solltet«, sprudele ich hervor. »Mirac ist doch etwas Besonderes, und es würde völlig verdorben, wenn man es kommerziell nutzen würde.«

»*Schönheitsoperationen?*«, wiederholt Luke ungläubig.

»Na ja«, entgegne ich, »ich kann ja verstehen, wie ihr darauf kommt, weil du ja schließlich Arzt werden wolltest und so, aber …«

»Das stimmt gar nicht …« Luke springt auf und läuft hin und her. Dabei fährt er sich mit der Hand durch seine dicken, lockigen Haare. »Ich habe ihr erzählt, dass ich als *Kind* Arzt werden wollte. Aber als ich älter wurde, wurde mir klar, dass ich dann nach dem College noch mal *vier* Jahre lang zur Universität gehen müsste … und dann noch mal drei Jahre Ausbildung am Krankenhaus. Und so gerne bin ich nicht zur Schule gegangen.«

»Oh«, sage ich und sinke wieder auf die Truhe zurück. »Dann liegt es also nicht daran, dass Ärzte heutzutage nicht so viel Geld verdienen wie Banker?«

»Hat sie …« Er fährt herum und blickt mich entgeistert an. »Hat sie dir erzählt, dass ich das gesagt hätte?«

Offensichtlich befinde ich mich hier auf steinigem Gelände. Unruhig springe ich auf. »Was ist das eigentlich für ein Klumpen, auf dem ich hier sitze?«, frage ich, um vom Thema abzulenken.

»Das stimmt nämlich nicht«, fährt Luke fort und kommt auf mich zu, während ich mich bücke, um das lange, weiße Ding in die Hand zu nehmen. »Mit Geld hatte es überhaupt nichts zu tun. Natürlich kommt während des Studiums kein Geld herein, und darüber würde ich mir schon Gedanken machen, da will ich gar nicht lügen. Ich habe ganz gerne mein eigenes Geld, damit ich nicht von meinen Eltern abhängig sein muss. Schließlich will ein Mann seine Rechnungen gerne selber bezahlen, verstehst du?«

»Oh, völlig«, erwidere ich und wickele weißen Satin von dem langen, harten Gegenstand.

»Ja, und ich habe mir die Vorbereitungskurse von einigen medizinischen Fakultäten angeschaut – weißt du, ich war nämlich auf dem College nicht gerade der Beste, und selbst wenn ich jetzt noch Medizin studieren wollte, müsste ich noch Vorbereitungskurse machen.«

»Ja, klar«, sage ich. Der Stoff ist anscheinend ein großes Tischtuch.

»Und, na ja, ich habe mich auch bei einigen beworben, und bei der Columbia und der New York University haben sie mich angenommen. Aber selbst wenn ich es voll durchziehe, brauche ich dazu mindestens noch ein Jahr, das mir auf ein Medizinstudium noch nicht mal angerechnet wird. Und will ich das wirklich? Noch *fünf* Jahre zur Schule gehen? Wenn ich doch gar nicht muss?«

»Oh, mein Gott«, sage ich. Ich habe das lange, harte Ding endlich ausgewickelt. Und eine Ahnung steigt in mir auf, in was es eingewickelt war.

»Das«, sagt Luke alarmiert, »ist das Jagdgewehr meines Dads. Nicht – Lizzie, halt es nicht so. Um Himmels willen!« Hastig nimmt er mir das lange Ding aus den Händen, öffnete es und blickt in den Lauf.

»Es ist noch geladen«, sagt er mit kleiner Stimme.

Jetzt, wo Luke mir das Gewehr abgenommen hat, habe ich beide Hände frei und kann den Stoff, in den es gewickelt war, ausschütteln.

»Lizzie.« Luke klingt irgendwie gestresst. »Wenn du in Zukunft ein Jagdgewehr in der Hand hältst – auch ein ungeladenes –, dann schwenk es bitte nicht so herum. Und achte darauf, dass es nicht auf deinen Kopf zielt. Ich habe fast einen Herzinfarkt bekommen!«

Seine Stimme scheint weit weg zu sein. All meine Konzentration ist auf das Kleid gerichtet, das ich in der Hand halte. Obwohl es zerknittert und voller Rostflecke ist, kann ich sehen, dass es ein cremefarbenes Satin-Abendkleid ist mit schmalen Spaghettiträgern (die sogar an der Unterseite kleine Häkchen für die BH-Träger aufweisen), Plisseefalten an der doppelt gearbeiteten Büste und einer Reihe von Knöpfen hinten, die nur echte Perlen sein können.

»Luke, wem gehört dieses Kleid?«, frage ich und suche innen nach einem Label.

»Hast du mir überhaupt zugehört?«, sagt Luke. »Dieses Ding hier ist geladen. Du hättest dir den Kopf wegpusten können.«

Und dann finde ich es. Mir bleibt fast das Herz stehen, obwohl es nur ein ganz kleines, diskretes Schildchen ist: *Givenchy Couture.*

Ich habe ein Gefühl, als ob mir jemand in den Magen geboxt hätte.

»Givenchy …« Mir zittern die Knie, und ich taumele rückwärts wieder auf die Truhe. »Givenchy Couture!«

»Um Gottes willen!«, sagt Luke. Er hat das Gewehr entladen, legt es auf den Stuhl, von dem er aufgestanden war, und eilt auf mich zu, um sich besorgt über mich zu beugen. »Ist alles in Ordnung?«

»Nein, nichts ist in Ordnung«, erwidere ich, packe ihn am Hemd und ziehe ihn herunter, bis er neben mir kniet, das Gesicht nur Millimeter von meinem entfernt.

Er versteht es nicht. Er versteht es einfach nicht. Ich muss es ihm irgendwie begreiflich machen.

»Das ist ein Abendkleid von Hubert de Givenchy. Ein unbezahlbar wertvolles, einzigartiges Couture Abendkleid von einem der innovativsten klassischen Modeschöpfer der Welt. Und jemand hat darin ein altes Gewehr eingewickelt, das … das …«

Luke blickt mich besorgt an. »Ja.«

»Das ROSTFLECKEN verursacht hat.«

Lukes Mundwinkel zucken. Er lächelt. Wie kann er in so einer Situation lächeln? Er hat es immer noch nicht begriffen.

»ROST, Luke«, sage ich verzweifelt. »ROST. Hast du überhaupt eine Ahnung, wie schwer es ist, Rost aus feinen Stoffen wie Seide herauszubekommen? Und sieh mal, sieh mal hier … einer der Träger ist zerrissen. Und der Saum … hier ist ein Riss. Und hier auch. Luke, wie konnte jemand dem Kleid das antun? Wie konnte jemand ein so wunderschönes Kleid … ERMORDEN?«

»Ich weiß nicht«, sagt Luke. Er lächelt immer noch, also hat er es immer noch nicht begriffen.

Aber er hat auch seine Hand über meine Hand, mit der ich immer noch sein Hemd gepackt halte, gelegt. Seine Finger sind warm und beruhigend.

»Aber ich habe das Gefühl, wenn irgendjemand das Mordopfer wieder zum Leben erwecken kann«, fährt er mit seiner tiefen, ruhigen Stimme fort, die in der Stille des Speichers noch tiefer und ruhiger klingt, »dann bist du das.«

Seine Augen sind sehr dunkel und sehr freundlich … und seine Lippen sehen, wie immer, aus, als seien sie zum Küssen geschaffen.

WARUM HAT ER BLOSS EINE FREUNDIN? Es ist nicht fair. Es ist einfach nicht fair.

Ich tue das Einzige, was ich unter diesen Umständen tun kann, lasse langsam sein Hemd los und wende den Blick von ihm.

»Vermutlich …«, sage ich und blicke auf den fleckigen Stoff, wobei ich hoffe, dass Luke nicht merkt, wie rot ich werde, oder wie heftig auf einmal mein Herz schlägt, »vermutlich sollte ich es mal versuchen. Ich meine … wenn du nichts dagegen hast, *möchte* ich es gerne versuchen.«

»Lizzie«, sagt Luke, »dieses Kleid liegt seit Gott weiß wie lange hier oben in diesem Speicher, und wie du bereits sagtest, ist es nicht besonders nett behandelt worden. Ich glaube, es hat jetzt verdient, jemandem zu gehören, der es mit Sorgfalt und Vorsicht behandelt.«

*Genau wie du, Luke!*, möchte ich am liebsten schreien. *Du verdienst es auch, zu jemandem zu gehören, der DICH mit Sorgfalt und Vorsicht behandelt … jemand, der deinen Traum unterstützt, Arzt zu werden, und nicht an dir herumnörgelt, damit du nach Paris ziehst, jemand, der bei dir bleibt, auch wenn noch fünf Jahre Universität vor dir liegen, und der dir verspricht, das Heim deiner Vorfahren nicht in ein Spa zu verwandeln, wo sich die Leute von ihren Schönheitsoperationen erholen können, auch wenn das mehr einbringt als Hochzeiten.*

Aber das kann ich natürlich nicht sagen.

Stattdessen sage ich: »Du weißt ja, dass Chaz im Herbst an die New York University geht. Wenn du dich doch für diese Vorbereitungskurse entscheidest, könntet ihr zwei euch doch zusammen eine Wohnung suchen.«

*Das heißt*, füge ich im Stillen hinzu, *wenn Dominique nicht mitkommen will …*

»Ja«, sagt Luke lächelnd. »Das wäre wie in alten Zeiten.«

»Ich glaube nämlich«, fahre ich fort, wobei ich strikt darauf achte, ihm mit meinen Händen nicht zu nahe zu kommen, »dass man auch tun sollte, was man wirklich will – wie zum Beispiel Arzt werden. Das ist die einzige

Methode, um herauszufinden, ob es das Richtige ist. Sonst bedauert man es vielleicht sein Leben lang.«

Luke kniet immer noch neben meiner Truhe, und sein Gesicht ist meinem viel zu nahe. Ich versuche, nicht darüber nachzudenken, dass mein Ratschlag – dass man alles erst mal ausprobieren müsse – eigentlich auch dafür gilt, ihn zu küssen. Ich bekomme ja vielleicht nie mehr eine Chance dazu.

Aber einen Jungen zu küssen, der eine Freundin hat, ist einfach falsch. Auch wenn seine Freundin nicht das Beste für ihn will, so wie ich. Brianna Dunleavy, in McCracken Hall, hätte so etwas gemacht.

Und niemand konnte Brianna leiden.

»Ich weiß nicht«, sagt Luke. Bilde ich es mir ein oder guckt er wirklich auf meinen Mund? Ist mit meinem Lipgloss irgendwas nicht in Ordnung? Oder – oh Gott – sind meine Zähne vielleicht von dem ganzen Rotwein verfärbt? »Es ist wirklich ein großer Schritt, lebensverändernd und riskant.«

»Manchmal«, sage ich und schaue auf seine Lippen – seine Zähne sind überhaupt nicht verfärbt, stelle ich fest, »müssen wir Risiken eingehen, um herauszufinden, wer wir sind und was unsere Aufgabe auf diesem Planeten ist. So wie ich einfach in den Zug gestiegen und nach Frankreich gekommen bin, statt in England zu bleiben.«

Okay, er beugt sich definitiv vor. *Er lehnt sich an mich.* Was bedeutet das? Will er mich etwa küssen? Wie kann er mich küssen wollen, wenn die attraktivste Freundin der Welt draußen halbnackt am Pool liegt?

Ich darf nicht zulassen, dass er mich küsst, selbst wenn er das will. Es wäre nicht richtig, denn er ist vergeben.

Und außerdem stinkt mein Atem immer noch nach Wein.

»Und hat sich das Risiko gelohnt?«, will er wissen.

Ich kann meinen Blick nicht von seinen Lippen wenden, die immer näher kommen.

»Absolut«, sage ich und schließe die Augen.

Er will mich küssen. Er will mich küssen! Oh nein!

Oh. Ja!

*Eine Amerikanerin namens Amelia Bloomer hat als Erste von den Gefahren der Krinoline gesprochen (und davon, wie unhygienisch es sei, Röcke zu tragen, die über den Boden schleifen). Sie ermutigte Frauen, die sogenannten »Bloomer« anzuziehen, Pumphosen, die man unter einem knielangen Rock trug, der heute in keiner Hinsicht als unzüchtig angesehen werden würde. Die Viktorianer jedoch hatten etwas dagegen, dass Frauen diese Hosen trugen, und die »Bloomers« gerieten in Vergessenheit.*

Geschichte der Mode
Examensarbeit von Elizabeth Nichols

# 16

Ein Liebhaber ohne Indiskretion ist überhaupt kein Liebhaber. Bedacht und Anbetung sind ein Widerspruch in sich.

*– Thomas Hardy (1840–1928), englischer Schriftsteller und Dichter*

Jean-Luc?

Warte. Wer ruft da?

»Jean-Luc?«

Ich öffne die Augen. Luke ist bereits aufgesprungen und rennt zur Dachbodentür.

»Ich bin hier oben«, ruft er die schmale Treppe zum dritten Stock hinunter. »Auf dem Speicher.«

Okay. Was war gerade passiert? In der einen Minute wollte er mich küssen – da bin ich mir fast sicher – und in der nächsten …

»Nun, du solltest besser herunterkommen.« Dominiques Stimme klingt spitz. »Deine Mutter ist gerade angekommen.«

»Scheiße«, sagt Luke. Aber nicht zu Dominique. Zu Dominique ruft er herunter: »Ich komme sofort.«

Er dreht sich um und blickt mich an. Ich sitze da, das Givenchy-Abendkleid immer noch auf dem Schoß, und habe das Gefühl, jemand hätte mir gerade etwas herausgerissen. Mein Herz vielleicht?

Aber das ist lächerlich. Ich wollte ihn doch gar nicht küssen. *Ganz bestimmt nicht.*

»Wir gehen besser hinunter«, sagt Luke. »Das heißt, wenn du nicht lieber hier oben bleiben möchtest. Du darfst natürlich alles hier mitnehmen, was dir gefällt ...«

Nur das eine nicht, was mir am meisten gefällt ...

»Oh«, sage ich und stehe auf. Leicht überrascht stelle ich fest, dass meine Beine mich noch tragen. »Nein, das geht doch nicht.«

Das Abendkleid habe ich allerdings noch nicht losgelassen, was auch Luke nicht entgeht. Ein leises Lächeln umspielt seine Mundwinkel.

»Vielleicht könnte ich das hier ja mitnehmen«, sage ich und blicke schuldbewusst auf die Seide, »und versuchen, es zu restaurieren ...«

»Auf jeden Fall ...«, erwidert Luke immer noch lächelnd.

Und dann lacht er, aber es macht mir nichts aus, weil wir jetzt noch ein Geheimnis miteinander teilen. Bald habe ich mehr Geheimnisse mit Luke de Villiers als mit irgendjemand anderem.

Ich folge Luke die Treppe herunter. Unten steht Dominique. Sie hat sich umgezogen und trägt jetzt ein cremefarbenes, sehr modernes ärmelloses Leinenkleid, in dem ihre Taille winzig aussieht. An den Füßen trägt sie spitze Slipper.

»Na«, sagt sie, als sie mich hinter Luke erblickt, »da hast du ja die volle Schlossführung bekommen, was, Lizzie?«

»Ja, Luke und sein Vater waren sehr gründlich«, erwidere ich und versuche, nicht zu schuldbewusst zu wirken. Warum sollte ich auch. Es ist ja nichts passiert. Und es *wird* auch nichts passieren.

Wahrscheinlich nicht.

»Ja, das glaube ich gerne«, sagt Dominique mit gelangweilter Stimme. Dann mustert sie Luke kritisch. »Du bist ja ganz staubig. So kannst du deine Mutter nicht begrüßen. Geh dich umziehen.«

Falls es Luke nicht gefällt, so herumgeschubst zu werden, so lässt er sich nichts anmerken. Er läuft den Flur entlang und ruft über seine Schulter: »Sag Mom, dass ich gleich da bin.«

Ich wende mich zum Gehen, um das Abendkleid in meinem Zimmer zu deponieren, bis ich ein paar Zitronen oder besser noch Weinstein finde, um es darin einzuweichen. Damit ist es mir schon mal gelungen, Rostflecken aus Seide herauszubekommen.

Aber Dominique hält mich zurück, bevor ich gehen kann.

»Was hast du da?«, fragt sie.

»Oh«, sage ich und falte das Kleid auf, damit sie es sehen kann. »Es ist nur ein altes Kleid, das ich dort oben gefunden habe. Leider ist es voller Rostflecke, und ich versuche mal, sie herauszubekommen.«

Dominique betrachtet das Kleid, lässt sich jedoch nicht anmerken, ob sie erkennt, dass es sich um Haute Couture handelt.

»Ich glaube, es ist schon sehr alt«, sagt sie.

»So alt nicht«, erwidere ich. »Sechzigerjahre. Vielleicht auch Anfang der Siebziger.«

Sie rümpft die Nase. »Es stinkt.«

»Na ja«, sage ich. »Es hat auf dem feuchten Dachboden gelegen. Ich weiche es jetzt einmal eine Zeitlang ein, um zu sehen, ob die Flecken herausgehen. Dann ist der Geruch auch weg.«

Dominique fährt mit dem Finger über die glatte Seide. Eine Sekunde später hat sie das Label gesehen.

Sie kreischt jedoch nicht auf, wie ich es getan habe. Sie hat sich wesentlich besser in der Gewalt als ich.

»Kannst du gut nähen?«, fragt sie ganz ruhig. »Ich meine, Shari hätte so etwas gesagt …«

»Oh, ja, es geht so«, erwidere ich bescheiden.

»Wenn du den Rock hier abschneiden würdest«, sagt Dominique und zeigt auf eine Stelle, wo ihr der Saum bis kurz übers Knie reichen würde, »dann wäre es ein süßes Cocktailkleid. Natürlich müsste ich es schwarz färben. Sonst sieht es viel zu sehr nach einem Abendkleid aus.«

Hey. Mal langsam.

»Es *ist* ein Abendkleid«, sage ich. »Und es gehört ganz bestimmt auch jemandem. Ich will nur versuchen, es zu restaurieren, und die Besitzerin will es sicher zurückhaben.«

»Aber das könnte ja Gott weiß wer sein«, wendet Dominique ein. »Und wenn das Kleid wirklich jemandem am Herzen gelegen hätte, dann hätte er es nicht hier vergammeln lassen. Wenn es eine Kostenfrage ist, bezahle ich dich gerne dafür …«

Ich reiße ihr das Kleid aus den Fingern. Auf einmal kommt sie mir so vor wie Cruella De Vil, und das Abendkleid ist ein Dalmatinerwelpe. Wie kann jemand nur auf die Idee kommen, ein Givenchy-Modell abzuschneiden und auch noch zu färben?

»Ich versuche jetzt erst einmal die Flecken herauszubekommen«, sage ich so ruhig, wie ich kann, was mir schwerfällt, da ich praktisch hyperventiliere.

Dominique zuckt mit den Schultern.

»Gut«, erwidert sie. »Wir sollten sowieso Jean-Luc entscheiden lassen, was mit dem Kleid geschieht, da es ja sein Haus ist …«

Sie fügt nicht hinzu: … *und ich bin seine Freundin, und deshalb gehören alle Couture-Kleider, die hier vergammeln, rechtmäßig mir.*

»Ich bringe es rasch weg«, sage ich, »und dann komme ich herunter, um Mrs. de Villiers zu begrüßen.«

Der Name scheint Dominique daran zu erinnern, dass sie ja anderweitig gebraucht wird.

»Ja, natürlich«, erwidert sie und eilt zur Treppe.

Erleichtert renne ich in mein Zimmer und schließe die Tür hinter mir. Ein Givenchy abschneiden! Ein Givenchy färben! Was für ein krankes, böses …

Aber ich habe jetzt keine Zeit, mir darüber Gedanken zu machen. Ich möchte gerne wissen, wie Lukes Mutter so ist. Vorsichtig hänge ich das Abendkleid an einen Haken an der Wand (in meinem Zimmer gibt es keinen Schrank). Dann ziehe ich mir rasch Bikini und Sundress aus, werfe meinen Bademantel über und gehe ins Badezimmer, um mich zu waschen, mein Make-up aufzufrischen und mir die Haare zu kämmen. Anschließend laufe ich wieder zurück in mein Zimmer, um mein Suzy Perette Partykleid anzuziehen (aus dem ich endlich die Farbspritzer herausbekommen habe).

Schließlich laufe ich die Treppe hinunter und den Geräuschen der Konversation nach, um Bibi de Villiers kennen zu lernen.

Sie ist überhaupt nicht so, wie ich es mir vorgestellt hatte. Nachdem ich Lukes Vater kennen gelernt habe, hatte ich mir ein Bild von der Frau gemacht, die er einmal geheiratet hatte – klein, dunkelhaarig und mit leiser, sanfter Stimme, passend zu seiner verträumten Geistesabwesenheit.

Aber auf keine der Frauen, die ich von der Treppe aus sehen kann, passt diese Beschreibung. Abgesehen von Shari, Dominique und Agnès stehen drei Frauen im Foyer und keine von ihnen ist dunkelhaarig oder klein.

Und keine einzige hat eine leise Stimme.

»Aber wo sollen denn Lauren und Nicole wohnen?«, nörgelt ein Mädchen, das ungefähr in meinem Alter, allerdings beträchtlich blonder ist als ich.

»Vicky, mein Schatz, ich habe es dir doch gesagt.« Eine andere Blondine, offensichtlich die Mutter des Mädchens, da die Ähnlichkeit zwischen den beiden nicht zu übersehen ist (nur, dass Mom etliche Kilos mehr auf den Hüften hat), antwortet ihr mit unverkennbar texanischem Akzent. »Sie müssen eben in Sarlat wohnen. Tante Bibi hat dir doch gesagt, dass sie hier in Mirac nur eine bestimmte Anzahl von Personen unterbringen kann …«

»Aber warum dürfen Blaines Freunde hier übernachten«, jammert Vicky, »und meine Freundinnen müssen ins Hotel gehen? Und was ist überhaupt mit Craig? Wo sollen *seine* Freunde denn wohnen?«

Ein mürrisch dreinblickender junger Mann, der in der Ecke an einer Marmorsäule lehnt, sagt: »Ich wusste gar nicht, dass Craig überhaupt Freunde hat.«

»Schnauze, du Idiot«, zischt Vicky.

»Also«, erklärt die andere blonde Frau in mittlerem Alter, »ich könnte jetzt auf jeden Fall etwas zu trinken gebrauchen. Möchte sonst noch jemand was?«

»Hier, Bibi.« Monsieur de Villiers hat bereits für einen

Notfall wie diesen ein Tablett, auf dem Champagnerflöten stehen, vorbereitet.

»Oh, dem Himmel sei Dank«, sagt Lukes Mutter und nimmt sich rasch ein Glas. Sie ist fast einen Kopf größer als ihr französischer Beinahe-Ex-Mann (obwohl das vielleicht nur so aussieht, weil sie die Haare so aufgetürmt hat), eine attraktive Frau in einem bunt gemusterten Wickelkleid von Diane von Fürstenberg, das ihre tadellose Figur vorteilhaft betont.

»Hier, Ginny«, sagt sie und reicht ihrer Schwester ebenfalls ein Glas. »Du brauchst es wahrscheinlich noch dringender als ich.«

Vickys Mutter wartet noch nicht einmal, bis jeder ein Glas in der Hand hält, sondern stürzt den Champagner in einem einzigen Zug herunter. Sie sieht aus wie eine Frau am Rande eines … na ja, jedenfalls nicht besonders gut.

Dominique ist auch bereits unten. Sie steht neben Mrs. de Villiers Ellbogen und überwacht das Austeilen des Champagners. Als Monsieur de Villiers zu Agnès kommt, sagt Dominique etwas ziemlich Scharfes auf Französisch, und Lukes Dad blickt sie erschreckt an.

»Oh, nur ein Schluck«, sagt er. »Das ist mein neuer halbtrockener …«

Dominique wirft ihm einen missbilligenden Blick zu.

Luke jedoch lässt sich davon anscheinend nicht beeindrucken, denn er tritt vor, nimmt ein Glas vom Tablett, das sein Vater hält, und reicht es Agnès, die es begeistert in Empfang nimmt.

»Es ist ein besonderer Anlass«, sagt Luke, scheinbar zu allen im Raum, aber mir kommt es doch so vor, als ob die

Bemerkung direkt an Dominiques Adresse gerichtet ist. »Meine Kusine ist hier, um zu heiraten, und alle sollen mitfeiern.«

Ich sehe, wie Shari – die sich umgezogen hat und jetzt eine frische weiße Bluse und olivfarbene Capri-Hosen trägt – einen Blick mit Chaz wechselt, der sich ebenfalls umgezogen hat – in Khakihose und sauberes Polohemd. Ihr Blick scheint zu besagen: *Siehst du? Ich habe es dir doch gesagt.*

Was hat sie ihm gesagt? Was geht hier vor?

»Und jetzt lasst uns trinken«, sagt Mrs. de Villiers und hebt ihr Glas. »Auf die Braut und den Bräutigam, der allerdings noch nicht da ist. Der Glückspilz!« Lachend wirft sie den Kopf zurück. »Das war nur ein Scherz.«

Da sie mich gesehen hat, als sie den Kopf in den Nacken gelegt hat, fügt sie hinzu: »Huch, Guillaume, da ist ja noch eine.« Mr. de Villiers dreht sich um, sieht mich und grinst übers ganze Gesicht.

»Ah, da ist sie ja«, sagt er und hält mir das letzte Glas Champagner entgegen. »Besser spät als nie. Und das Warten hat sich definitiv gelohnt.«

Errötend nehme ich das Glas entgegen und sage, so wie Luke eben, zu niemand im Besonderen: »Hallo. Ich bin Lizzie Nichols, und ich danke Ihnen sehr, dass ich hier sein darf.« Das klingt so, als wenn ich ein geladener Gast wäre.

Und dann stehe ich da und würde vor Scham am liebsten im Boden versinken.

»Lizzie, wie geht es Ihnen?« Mrs. de Villiers schüttelt mir die Hand. »Sie sind bestimmt Chaz Freundin, von der ich schon so viel gehört habe. Chaz war in der Schule immer so reizend zu unserem Luke. Er hat ihm immer dabei geholfen, in Schwierigkeiten zu geraten.«

Ich blicke zu Chaz hinüber, der vergnügt grinst. »Das glaube ich Ihnen aufs Wort, ich kenne Chaz«, erwidere ich.

»Das stimmt gar nicht«, protestiert Chaz. »Gar nicht wahr. Luke ist immer von ganz alleine in Schwierigkeiten geraten, dazu brauchte er mich nicht.«

»Das ist meine Schwester, Ginny Thibodaux, und ihre Tochter Vicky«, stellt Bibi de Villiers mir ihre Familie vor. Mrs. Thibodaux' Hand liegt, im Gegensatz zu dem festen Händedruck ihrer Schwester, wie ein nasser Schwamm in meiner, und bei Vicky ist es nur ein bisschen besser. »Und das ist Blaine, Vickys nicht mehr so kleiner Bruder…« Blaines Händedruck ist ein bisschen fester als der seiner Schwester, aber er wirkt mürrisch und hat auf jedem Finger einen Buchstaben eintätowiert – welches Wort das ergibt, kann ich jedoch nicht erkennen.

»Nun«, sagt Bibi, als sie mich allen vorgestellt hat, »dann lasst uns auf das reizende Brautpaar trinken.«

Mit einem einzigen Schluck kippt sie ihren Champagner herunter. Zum Glück steht ihr Noch-Ehemann mit einer neuen Flasche bereit, um allen nachzuschenken.

»Der Halbtrockene schmeckt gut, non?«, fragt er eifrig. »Heutzutage wird gar kein Halbtrockener mehr produziert. Alle wollen immer nur die Bruts. Aber ich habe mir gedacht, warum nicht?«

»Man muss auch mal außerhalb der eingefahrenen Gleise denken, Guillaume«, sagt Chaz liebenswürdig. Ich schlendere zu ihm und Shari und frage leise: »Wisst ihr denn, was Halbtrockener ist?«

»Ach, du lieber Himmel, nein«, sagt Chaz im gleichen liebenswürdigen Tonfall und leert sein Glas. »Hey, ich nehme noch einen«, sagt er und läuft Lukes Vater nach.

Shari mustert mich – sie ist nie über die Tatsache hinweggekommen, dass sie nur eins sechzig ist, wohingegen ich immer darunter gelitten habe, dass mein Hintern zweimal so dick ist wie ihrer (nein, war, in der letzten Zeit ja nicht mehr) – und sagt: »Wo warst du denn den ganzen Nachmittag über? Und warum hast du dich so aufgebrezelt?«

»Luke und sein Dad haben mich überall herumgeführt«, erwidere ich. »Und ich bin gar nicht aufgebrezelt. Dieses Kleid gehört zu den Alltagssachen, seit Maggie Farbe draufgeschmiert hat. Erinnerst du dich?«

»Da ist gar keine Farbe drauf«, sagt Shari.

»Sie war ja auch wasserlöslich. Niemand gibt einer Vierjährigen Farbe, die nicht wasserlöslich ist. Noch nicht einmal meine Schwester.«

»Na, ist ja auch egal«, sagt Shari. Sie hat meine komplizierten Garderobe-Regeln noch nie verstanden, obwohl ich ihr schon unzählige Male angeboten habe, sie ihr zu erklären. »Wir sind heute Abend zum Abendessen eingeladen, weil bis jetzt nur die Familie der Braut da ist. Die Familie des Bräutigams und die übrigen Gäste kommen morgen. Hilfst du mit in der Küche?«

»Ja, klar«, erwidere ich und stelle mir vor, wie ich mit einer süßen Küchenschürze Spaghetti Due für alle koche.

»Gut«, sagt Shari. »Agnès' Mutter kocht. Sie soll eine fantastische Köchin sein. Wir haben Spüldienst. Komm, wir trinken noch ein bisschen, dann geht es schneller.«

»Das leuchtet mir ein«, sage ich und folge ihr zu Luke,

der es seinem Vater abgenommen hat, Champagner nachzuschenken.

»Ah«, sagt Luke, als er mich erblickt. »Da ist sie ja. Hübsches Kleid.«

»Danke«, sage ich. »Aber du siehst auch nicht so schlecht aus. Weißt du, ob ihr Weinstein in der Küche habt?«

Shari verschluckt sich an ihrem Champagner. Luke erwidert jedoch ganz ruhig: »Ich habe keine Ahnung. Wenn du mir sagst, was Weinstein auf Französisch heißt, dann frage ich.«

»Ich weiß nicht«, sage ich. »Du bist doch der Franzose.«

»Halb«, erwidert Luke und wirft seiner Mutter, die gerade über etwas lacht, das Chaz gesagt hat, einen Blick zu.

»*Crème de tartre?*«, schlägt Shari vor.

»Ich frage mal«, meint Luke und geht zu seiner Tante, um ihr Glas nachzufüllen.

»Worum geht es denn hier eigentlich?«, will Shari wissen, als er außer Hörweite ist.

»Ach, nichts«, sage ich unschuldig. Irgendwie macht es Spaß, Geheimnisse vor ihr zu haben. Das ist in meinem ganzen Leben noch nicht der Fall gewesen.

Aber da gibt es natürlich noch mehr Dinge, die ich erst kürzlich zum ersten Mal ausprobiert habe. Manche mit Erfolg, aber andere … na ja, die Zeit wird es zeigen.

»Lizzie.« Shari kneift die Augen zusammen. »Läuft zwischen dir und Luke was?«

»Nein! Um Himmels willen, nein!«

Aber ich werde trotzdem unwillkürlich rot, als ich an den Beinahe-Kuss auf dem Dachboden denke. Und was war letzte Nacht am Bahnhof? Wollte Luke mich da schon küssen? Irgendwie war es mir so vorgekommen … wenn nicht genau in dem Augenblick Dominique aufgetaucht wäre. Beide Male.

»Er hat eine Freundin«, rufe ich Shari ins Gedächtnis, wobei ich hoffe, dass es auch mir hilft, daran zu denken, wenn ich es nur laut genug ausspreche. »Ich würde mich nie an einen Jungen heranmachen, der eine Freundin hat. Was denkst du denn von mir? Hältst du mich für so eine wie Brianna Dunleavy?«

»Du brauchst gar nicht so eingeschnappt zu sein«, erwidert Shari. »Ich habe ja nur gefragt.«

»Ich bin nicht eingeschnappt«, sage ich. »Habe ich so gewirkt? Das wollte ich nicht.«

»Wie du meinst, du Irre.« Shari wirft mir einen amüsierten Blick zu. »Ich hole mir noch ein Glas. Kommst du mit?«

Ich blicke in die Richtung, in die sie nickt. Luke öffnet gerade eine neue Flasche vom Champagner seines Dads. Gerade hebt er seinen Kopf und sieht, dass wir ihn beobachten. Er lächelt.

»Hmm«, sage ich. »Na gut. Vielleicht noch ein Glas.«

*Um die Mitte der 1870er herum gab es eine Art Moderevolution, dank der Erfindung der Nähmaschine und der Einführung synthetischer Farben. Während einerseits die Massenherstellung bedeutete, dass jeder sich modische Kleidung leisten konnte, konnte es einem andererseits jedoch auch zum ersten Mal in der Geschichte passieren, dass man auf der Straße einer Frau begegnete, die exakt das gleiche Kleid anhatte. Der Reifrock verschwand und stattdessen kam die »Tournüre« – das letzte Mal bis zur Geburt JLos, dass es als schick galt, so auszusehen, als hätte man einen dicken Hintern.*

Geschichte der Mode
Examensarbeit von Elizabeth Nichols

# 17

Reden ist reine Kunst. Die einzige Grenze ist die Geduld der Zuhörer, die, wenn sie müde werden, immer noch ihren Kaffee zahlen und gehen können.

*– John Dos Passos (1896–1970), amerikanischer Schriftsteller, Dramatiker und Maler*

Das Abendessen ist eher ein Kriegsrat als eine Mahlzeit.

Das liegt daran, dass Vicky und ihre Mutter sichergehen wollen, dass alles bereit ist, wenn die Gäste – und Vickys zukünftiger Ehemann und ihre Schwiegereltern – am nächsten Tag eintreffen.

Ich verstehe ihre Sorgen schon. Schließlich heiratet man nur einmal (hoffentlich jedenfalls), und da will man doch alles richtig machen.

Aber es wäre trotzdem schön, wenn wir uns mehr auf das Essen konzentrieren könnten, das Agnès' Mutter, Madame Laurent, für uns zubereitet hat, statt zuzuhören, wie sich Mrs. Thibodaux über die holperige Auffahrt beklagt.

Das ist nämlich wahrscheinlich eines der köstlichsten Essen, die ich jemals hatte, vom cremigen Fisch *Cassoulet* (was Eintopf bedeutet) mit Apfelstücken drin als Vorspeise zu einer knusprig gebratenen Ente mit einer köstlichen süßen Sauce, Kopfsalatherzen mit Knoblauch-Dressing und einer riesigen Käseplatte, und dazu wundervolles Brot –

knusprig und golden außen und weich und warm innen. Zu jedem Gang schenkt Monsieur de Villiers einen extra Wein aus, und er versucht, uns zu jedem Glas etwas zu erzählen, wird aber von Lukes Tante Ginny unterbrochen, die Dinge sagt wie: »Ach, da wir gerade von Bouquet sprechen, hat jemand mit dieser Floristin in Sarlat gesprochen? Sie weiß doch, dass wir jetzt weiße Rosen statt weißer Lilien nehmen, oder? Wie ist noch mal das französische Wort für Rose?«

Darauf erwidert Luke trocken: »*Rose*«, und mir kommt der Schluck Wasser, den ich gerade getrunken habe, wieder aus der Nase, weil ich so heftig lachen muss.

Zum Glück bemerkt er es nicht – Luke, meine ich –, weil er ganz am anderen Ende des riesigen Esstischs sitzt – an dem, wie Dominique mich informiert hat, sechsundzwanzig Personen Platz finden –, eingerahmt von seiner Mutter und Dominique. Ich sitze am anderen Ende, bei Lukes Vater, mit dem mürrischen Blaine neben mir.

Nicht, dass es mir etwas ausmacht. So sehr mag ich Luke ja nun auch nicht. Zumindest rede ich mir das ein, seit Shari sich so auf mich gestürzt hat.

Und wenigstens habe ich jetzt die Gelegenheit zu lesen, was sich Blaine auf die Finger tätowiert hat. Dort steht: F-U-C-K Y-O-U-!

Ich finde, das Ausrufezeichen ist eine nette Idee. Seine Mutter ist bestimmt sehr stolz auf ihn.

Wenn sie sich überhaupt etwas aus ihm macht, was mir unwahrscheinlich vorkommt, da sie die ganze Zeit so auf ihre Tochter einredet, die nicht besonders glücklich wirkt, um es mal vorsichtig zu formulieren. Bis jetzt ist anscheinend überhaupt noch nichts richtig gewesen, und Vicky scheint nicht darauf zu vertrauen, dass sich da etwas ändert, trotz des heftigen Protests ihrer Mutter, Lukes und sogar von Monsieur de Villiers.

»Liebling, ich habe schon im Hotel angerufen. Und sie haben mir versichert, dass für deine Freundinnen reichlich Platz ist. Beziehungsweise Platz sein wird, weil morgen einige deutsche Touristen abreisen. Wenigstens meine ich, dass sie das gesagt haben…« Mrs. Thibodaux wirft ihrer Schwester hilfesuchende Blicke zu. »Dieser Akzent hier ist schwer zu verstehen…«

»Aber warum können denn Blaines Freunde nicht im Hotel wohnen?«, will Vicky wissen. »Warum denn meine? Ich bin doch die Braut!«

»Blaines Freunde gehören zum Festpersonal«, ruft ihre Mutter ihr ins Gedächtnis. »Du wolltest schließlich, dass sie auf dem Empfang spielen.«

»Hach«, grunzt Blaine neben mir und sticht mit seinem Buttermesser auf ein Stück Camembert ein. »Ja, aber erst *nachdem* wir den Plattenvertrag bekommen haben.«

»Ihr Typen seid noch lange nicht berühmt«, giftet Vicky ihn an. »Du hast überhaupt keinen Grund, dich wie ein Promi aufzuführen. Deine blöden Freunde würden den Unterschied nicht merken, wenn sie im VAN schlafen müssten.«

»Meine blöden Freunde«, schimpft Blaine zurück, »sind das Einzige auf deiner Hochzeit, was auch nur im Entferntesten cool ist, und das weißt du ganz genau.«

»Oh, Entschuldigung«, zischt Vicky. »In einem französischen *Château* zu heiraten dürfte cool genug sein.«

»Oh ja.« Blaine verdreht die Augen. »Als wenn du nicht vor jedem Reporter in der Stadt damit angegeben hättest, dass die heißeste Band in der Houstoner Musikszene auf deiner Hochzeit spielt.«

»Würdet ihr beiden bitte *aufhören, zum Teufel noch mal?*«, wirft ihre Tante Bibi ein. Sie spricht ein wenig undeutlicher als sonst, wahrscheinlich, weil sie so viel Champagner getrunken hat. Ihren Mann, der sich ständig in ihrer Nähe aufhält und versucht, sie in ein Gespräch zu verwickeln, ignoriert sie eisern. Irgendwie ist es traurig, zuzuschauen, wie aufgeregt Monsieur de Villiers darüber ist, seine Frau wieder dazuhaben – auch wenn es nur zeitweise und nur wegen der Hochzeit ihrer Nichte ist – und wie wenig es ihr anscheinend bedeutet, wieder hier zu sein.

»Wirklich, ihr beiden«, sagt Mrs. Thibodaux, die aussieht, als wolle sie jeden Moment in Tränen ausbrechen, »jetzt ist nicht der richtige Zeitpunkt, um sich zu zanken. Ihr müsst jetzt zusammenhalten, damit wir die Krise gemeinsam meistern können.«

»Krise?« Monsieur de Villiers macht einen verwirrten Eindruck. »Was für eine Krise? Victoria heiratet! Warum ist das eine Krise? Es ist ein freudiges Ereignis, non?«

Sowohl Bibi als auch ihre Schwester blicken ihn an und sagen unisono: »Nein.«

Vicky schaut von ihrer Tante zu ihrer Mutter, schiebt ihren Stuhl zurück, springt auf und rennt aus dem Zimmer, die Hand dramatisch vors Gesicht geschlagen.

In diesem Moment erhebt sich auch Shari und sagt: »Bei dieser Gelegenheit … herzlichen Dank. Es war ein wundervoller Abend. Und ich bin sicher, wir wissen alle, wie viel Arbeit uns morgen bevorsteht, wenn die anderen Gäste eintreffen. Lizzie und ich werden uns jetzt erst einmal um den Abwasch kümmern.«

»Ich helfe euch.« Chaz springt ebenfalls auf, offensichtlich froh darüber, den Streitereien und Diskussionen über Blumenschmuck entgehen zu können.

»Ich auch«, sagt Luke.

Er will sich gerade erheben, da legt seine Mutter ihm die Hand aufs Handgelenk und sagt gebieterisch und überhaupt nicht undeutlich: »Bleib sitzen.«

Langsam sinkt Luke wieder auf seinen Stuhl zurück, einen gequälten Ausdruck im Gesicht.

Ich beginne, die Teller an meinem Ende des Tisches abzuräumen. Auf einmal habe ich es sehr eilig, aus dem angespannten Schweigen herauszukommen.

In der – altmodischen – Küche mit der hohen Decke blicken Agnès und ihre Mutter vom Essen auf, das sie am Küchentisch einnehmen.

Ich lächle ihnen zu. »*Ne pas se lever*«, sage ich zu ihnen, bin mir allerdings nicht sicher, ob das tatsächlich »Bitte, bleiben Sie sitzen« heißt. Aber es muss wohl richtig sein, denn es hat den gewünschten Effekt – sie widmen sich wieder ihrem Essen.

»Oh, mein Gott«, sagt Shari, die den beiden Laurents ebenfalls zugelächelt hat, »oh, mein Gott. Oh, mein Gott. Was war das denn da draußen?«

Chaz wirkt sichtlich erschüttert. »Ich komme mir vergewaltigt vor«, sagt er.

»Ach, Quatsch«, sage ich, hole den Abfalleimer und kratze die Reste von den Tellern ab. »Meine Familie ist viel peinlicher.«

»Na ja«, sagt Shari. »Daran hatte ich eigentlich noch nicht gedacht. Aber so kann man es natürlich auch sehen.«

»Hochzeiten sind einfach stressig, Kinder«, sage ich, ergreife die Teller, die Chaz hereingebracht hat und entferne auch von ihnen die Reste. »Ich meine, die Erwartungen sind so hoch, und wenn dann alles nicht perfekt läuft, verlieren die Leute die Nerven.«

»Ja, klar«, sagt Shari. »Sie verlieren die Nerven. Aber sie haben doch nicht solche Ausbrüche wie Vicky. Wisst ihr, was ihr Problem ist? Sie heiratet unter ihrem Stand.«

»Ach, red doch keinen Blödsinn«, sage ich lachend.

»Doch, im Ernst«, fährt Shari fort. »Dominique hat uns heute am Pool alles erzählt, als du auf deiner Besichtigungstour warst, Lizzie. Vicky heiratet irgend so einen Computer-Programmierer, dessen Familie aus Minnesota oder so kommt, statt den reichen Ölbaron aus Texas, den ihre Mom für sie ausgesucht hatte. Mrs. Thibodaux würde es am liebsten verhindern, aber sie kann nichts dagegen unternehmen. Es ist die große Liebe.«

»Wo ist eigentlich Mr. Thibodaux?«, will Chaz wissen. »Vickys Dad?«

»Oh, er hat irgendeine wichtige Sitzung in New York. Wenn er klug ist, wird er rechtzeitig hier sein, um sie den Gang entlangzuführen, und keine Minute eher.« Shari reicht Chaz ein Geschirrtuch. »Hier. Ich spüle. Du trocknest ab.«

»Oh, ich liebe es, wenn du über schmutziges Geschirr mit mir redest«, sagt Chaz.

Ich beobachte die beiden, wie sie an der Spüle miteinander kichern, und denke, wie glücklich sie sich schätzen können, dass sie sich gefunden haben. Natürlich hatten sie nicht immer nur rosarote Zeiten, so wie damals, als Shari Mr. Jingles, ihre Laborratte, töten und sezieren musste, um den Hauptseminarschein in Verhaltensforschung zu bestehen, und Chaz sie drängte, Mr. Jingles zu verschonen, indem sie ihn heimlich gegen eine ähnlich aussehende Ratte, die er in der Tierhandlung im Einkaufscenter besorgt hatte, austauschte. Aber Shari weigerte sich, weil sie der Ansicht war, dass sie als Wissenschaftlerin lernen müsse, sich von ihren Forschungsobjekten zu distanzieren. Daraufhin redete Chaz zwei Wochen lang kein Wort mit ihr.

Trotzdem, im Großen und Ganzen sind sie das süßeste Paar, das ich kenne, außer meiner Mom und meinem Dad.

Und ich würde alles dafür geben, auch so eine Beziehung zu haben.

Aber ich würde natürlich nie eine bestehende Beziehung zerstören, selbst wenn ich es könnte. Ich kann es aber sowieso nicht.

Deshalb weiß ich auch gar nicht, warum ich gerade jetzt wieder an eine gewisse Person denken muss, die ich gerade erst gestern im Zug kennen gelernt habe.

Agnès und ihre Mutter, die zu Ende gegessen haben, wollen uns unbedingt beim Abwasch helfen, und so ist alles viel schneller wieder sauber, als ich gedacht hatte, vor allem, wenn man bedenkt, wie viel Gänge es waren und mit wie vielen Geräten wir gegessen haben.

Aber noch besser als die Tatsache, dass wir mit unseren Pflichten so früh fertig sind, ist, dass Madame Laurent mich wahrhaftig versteht, als ich sie nach *Crème de tartre* frage. Und noch besser – sie drückt mir sogar eine Schachtel in die Hand. Es verwirrt sie anscheinend ein wenig, dass ich über ein so simples Haushaltsmittel in solche Begeisterungsstürme ausbreche, aber es scheint sie zu freuen, dass sie mir behilflich sein konnte. Sie und ihre Tochter wünschen uns *bonne nuit* – was wir freudig erwidern – und kehren dann für die Nacht in ihre Mühle zurück.

Chaz verkündet, er wolle mal sehen, ob er Luke den Klauen seiner Mutter und seiner Tante entreißen könne, damit sie noch ein Glas trinken können. Er und Shari laden mich auch dazu ein, aber ich sage, ich sei müde und wolle ins Bett.

Leider muss ich gestehen, dass das eine Lüge ist – ich habe nämlich andere Pläne, wozu auch gehört, ein Becken zu finden, das groß genug ist, um das Givenchy-Kleid über Nacht in dem Weinstein einzuweichen.

Gerade wühle ich auf allen vieren im Schrank unter der Spüle in der Küche herum, weil ich meine, dort einen großen Plastikeimer gesehen zu haben, als ich höre, wie die Tür aufgeht. Da ich befürchte, es könnte Luke sein, will ich aufstehen, verschätze mich jedoch bei dem Abstand zwischen der Spüle und meinem Schädel, und mein Kopf knallt mit voller Wucht gegen den Schrank.

»Aua«, sagt eine männliche Stimme hinter mir. »Das hat bestimmt weh getan.«

Als ich mich umdrehe, sehe ich Blaine in seiner ausgebeulten schwarzen Jeans, den gefärbten schwarzen Haaren und dem Marilyn Manson T-Shirt, das wohl ironisch gemeint sein soll.

»Alles okay?«, fragt er und zieht die Augenbrauen hoch.

»Ja«, erwidere ich. Ich greife nach dem Eimer und stehe auf.

»Was machst du da unten überhaupt?«, will Blaine wissen.

»Ich hole nur was«, sage ich und versuche, den Eimer

hinter meinem weiten Rock zu verstecken. Fragen Sie mich nicht, warum, aber ich habe einfach keine Lust, etwas zu erklären.

»Oh«, sagt Blaine. In diesem Moment fällt mir die unangezündete, offensichtlich selbstgedrehte Zigarette zwischen seinen Lippen auf. »Okay. Hör mal, du hast nicht zufällig Feuer?«

»Nein, tut mir leid«, erwidere ich.

Er sackt enttäuscht am Türrahmen zusammen. »Scheiße.«

Natürlich billige ich Rauchen nicht, aber wenn man bedenkt, was der arme Junge den ganzen Abend lang durchgemacht hat, kann ich es ihm nicht verübeln, wenn er ein kleines Stimulans braucht.

»Du könntest ja eine Gasflamme nehmen«, schlage ich vor und zeige auf den massiven – und uralten – Herd in der Ecke.

»Oh«, sagt Blaine. »Toll.«

Er schlurft zum Herd, schaltet eine Platte ein, zündet sich die Zigarette an und inhaliert tief.

»Ahhh«, sagt er, als er den Rauch wieder ausgestoßen hat, »das habe ich gebraucht.«

Mir steigt ein süßlicher Duft in die Nase, der mich sofort an McCracken Hall erinnert. Offensichtlich enthält die Zigarette nicht hauptsächlich Tabak.

»Wie hast du das Zeug denn in den Flieger geschmuggelt?«, frage ich erstaunt.

»Sie heißen auch Enges Höschen, Baby«, erwidert Blaine, lässt sich auf den Küchenstuhl sinken, auf dem Madame Laurent vorhin noch gesessen hat, und legt seine Füße in den Springerstiefeln auf den Küchentisch.

»Du hast Marihuana in der *Unterwäsche* geschmuggelt?« Ich bin fasziniert.

Er grinst mich an. »Marihuana«, echot er. »Du bist süß, weißt du das?«

»Sie haben doch diese Suchhunde am Flughafen«, rufe ich ihm ins Gedächtnis.

»Ja, klar«, sagt er. »Die riechen doch nur Bomben, kein Ganja. Hier.« Er nimmt einen tiefen Zug und hält mir dann den Joint hin. »Willst du mal?«

»Oh nein, danke«, erwidere ich und drücke mir den Eimer an die Brust.

Er mustert mich ungläubig. »Was? Rauchst du kein Gras?«

»Oh nein«, sage ich. »Ich kann es mir nicht leisten, noch mehr Gehirnzellen zu verlieren. Ich hatte von vorneherein nicht so viele.«

Er grinst noch ein bisschen breiter. »Guter Witz«, sagt er. »Was macht eigentlich so ein nettes Mädchen wie du hier in diesem Schuppen?«

Das soll wohl ein Witz sein, denn Château Mirac ist wohl kaum ein Schuppen.

»Ach«, erwidere ich, »ich bin hier mit meinen Freunden nur zu Besuch.«

»Mit diesem großen Typen«, sagt Blaine, »und der Lesbe?«

Das ärgert mich. »Shari ist keine Lesbe. Es ist zwar nichts dabei, lesbisch zu sein, aber Shari ist keine Lesbe.«

Er blickt mich überrascht an. »Nein? Hmm, hätte ich aber gedacht. Tut mir leid.«

»Sie und Chaz sind seit zwei Jahren zusammen!« Ich bin immer noch schockiert.

»Okay, okay, reg dich bloß nicht auf! Ich habe doch gesagt, dass es mir leid tut. Sie hat auf mich irgendwie wie eine Lesbe gewirkt.«

»Du hast doch kaum zwei Wörter mit ihr gewechselt.«

»Ja, eben.«

»Ach, und jede Frau, die nicht gleich über dich herfällt, ist lesbisch?«

»Bleib locker, ja?«, sagt Blaine. »Meine Güte, du bist ja schlimmer als meine Schwester.«

»Na ja, ich kann verstehen, warum deine Schwester sich über dich aufregt«, sage ich, »wenn du herumläufst und ihre Freundinnen beschuldigst, Lesben zu sein, obwohl sie es nicht sind. Obwohl natürlich auch dagegen nichts einzuwenden ist.«

»Gott«, sagt Blaine, »reg dich ab. Was bist du, eine Lesbe oder was?«

»Nein«, erwidere ich und spüre, wie mir die Röte in die Wangen steigt. »Ich bin keine Lesbe. Obwohl ...«

»Natürlich, dagegen nichts einzuwenden ist. Ich weiß, ich weiß. Entschuldigung. Es ist nur, weil du alleine hier bist und dich so aufgeregt hast, als ich das mit deiner Freundin gesagt habe ...«

»Zu deiner Information«, sage ich, »ich bin alleine hier, weil ich gerade eine sehr schlimme Beziehung mit einem Engländer beendet habe. Und zwar gestern. Das ist überhaupt der Grund, warum ich hier bin.«

»Ja? Was hat er gemacht? Hat er dich betrogen?«

»Schlimmer. Er hat den britischen Staat betrogen. Sozialhilfe-Betrug.«

»Oh.« Blaine wirkt beeindruckt. »Hey, das ist wirklich übel. Meine letzte Freundin hat sich auch als Enttäuschung herausgestellt. Sie hat allerdings mit *mir* Schluss gemacht.«

»Ach, tatsächlich? Warum? Hast du sie auch beschuldigt, lesbisch zu sein?«

Er lächelt. »Witzig. Nein, *sie* hat *mich* beschuldigt, meine Prinzipien zu verraten, als meine Band einen Vertrag mit Atlantic Records gemacht hat. Anscheinend ist es ein großer Unterschied, ob man mit einem Musiker zusammen ist, der mal ein Vermögen erbt, oder mit einem, der tatsächlich einen Plattenvertrag in der Tasche hat.«

»Oh«, sage ich. Einen Moment lang sieht er so traurig aus, dass er mir richtig leidtut. »Na ja, du lernst sicher bald eine andere kennen. Es muss doch haufenweise Mädchen geben, die gerne mit jemandem zusammen sein möchten, der ein Vermögen erbt *und* einen Plattenvertrag in der Tasche hat.«

»Ich weiß nicht«, erwidert Blaine deprimiert. »Ich habe noch keine kennen gelernt.«

»Na ja«, sage ich, »lass dir Zeit. Du willst dich doch sicher nicht sofort in eine neue Beziehung stürzen. Du musst erst einmal emotional heilen.« Der Rat klingt gut. Ich sollte ihn mir selber auch zu Herzen nehmen.

»Ja«, sagt Blaine und zieht an seinem Joint. »Das habe ich meiner Schwester bei Craig auch gesagt. Aber hat sie auf mich gehört? Nein.«

»Ist Craig der Verlobte deiner Schwester? Ist er denn ein Notnagel?«

»Ja, klar. Ich meine, eigentlich ist er besser als der letzte Typ, den sie beinahe geheiratet hätte – zumindest gehört er nicht zur Houstoner ›Gesellschaft‹ –, aber er ist sterbenslangweilig. Neben dem Typen sieht Bill Gates aus wie Jam Master Jay, wenn du meine Anspielung verstehst.«

»Ah ja«, sage ich.

»Aber trotzdem.« Blaine zuckt mit den Schultern. »Er macht sie glücklich. So glücklich, wie es eben geht. Mom allerdings wäre es lieber, wenn sie jemanden wie Jean-Luc heiraten würde.«

Es ärgert mich, dass mir sogar die Erwähnung von Lukes Namen einen Stich ins Herz gibt.

»Tatsächlich?«, frage ich so lässig wie möglich.

»Ja, klar«, erwidert Blaine. »Wenn Mom Vicks dazu kriegen würde, sich mit einem Typen einzulassen, der auf einer dieser vornehmen Privatschulen war, wie Luke, und ein Schloss in Frankreich besäße, würde sie sich nicht mehr einkriegen, aber stattdessen muss sie mit Craig vorliebnehmen.« Er streckt eine Hand aus und betrachtet die Finger, auf denen F-U-C-K steht. »Und mit mir.«

»Ach ja«, sage ich. »Deine Tattoos sind mir schon beim Essen aufgefallen. Das hat bestimmt … wehgetan.«

»Ehrlich gesagt weiß ich es nicht mehr«, gibt Blaine zu. »Ich war so zugedröhnt. Sobald ich wieder zu Hause bin, lasse ich es weglasern. Eine Zeitlang war es ja ganz lustig, aber jetzt führe ich ernsthafte Geschäftsverhandlungen und so einen Scheiß. Es ist peinlich, mit ›Fuck You!‹ auf den Fingern in so eine Sitzung zu kommen, weißt du? Wir haben gerade einen unserer Songs an Lexus verkauft, für eine Werbesendung. Sechsstellig, Mann. Es ist unglaublich.«

»Wow!«, sage ich. »Ich werde mal aufpassen, ob ich sie irgendwo sehe. Wie heißt eure Band überhaupt?«

Blauer Marihuana-Rauch steigt an die Decke.

»Satan's Shadow«, erwidert er andächtig.

Ich huste. Und nicht wegen des Rauches.

»Hmm«, sage ich, »das ist ja ein … ungewöhnlicher Name.«

»Vicky findet ihn blöd«, sagt Blaine. »Aber anscheinend will sie immer noch, dass wir hier spielen.«

»Na ja«, erwidere ich, »Hochzeiten sind eben für Mädchen was Besonderes. Meinst du nicht, du solltest dich lieber bei deiner Schwester entschuldigen? Ich meine, sie steht echt unter Stress, und sie wollte es ganz bestimmt nicht an dir auslassen.«

»Ja«, sagt Blaine und erhebt sich mühsam von seinem Stuhl, »du hast wahrscheinlich recht. Hey, du wärst nicht vielleicht interessiert, oder?«

Ich blinzele verwirrt. »Interessiert? Woran?«

»Du weißt schon«, sagt Blaine. »An mir. Ich würde den Staat nie betrügen. Dafür habe ich einen Steuerberater.«

»Oh.« Ich lächele geschmeichelt. »Danke für das Angebot. Normalerweise hätte ich mir die Chance natürlich nicht entgehen lassen. Aber wie schon gesagt, ich habe gerade eine Beziehung hinter mir und sollte mich wohl besser nicht gleich wieder in die nächste stürzen.«

»Ja«, sagt Blaine seufzend, »es ist immer eine Frage des richtigen Zeitpunkts. Na ja, gute Nacht.«

»Nacht«, sage ich. »Und, äh, viel Glück. Mit Satan's Shadow und so.«

Er winkt und schlurft aus der Küche. Und auch ich eile mit meinem Eimer nach oben.

*Um 1800 waren »Puffärmel«, nach denen sich Anne Shirley in dem Kinderbuchklassiker Anne of Green Gables so sehnt, bei Frauenkleidern in Mode. Die Kleider waren länger als jemals zuvor, und man musste die Röcke anheben, wenn man die Straße überquerte, was spitzengesäumte Petticoats enthüllte, die dank der Massenfertigung nicht nur für die Reichen erschwinglich waren.*

*Amelia Bloomers Hosen hingegen hatten endlich eifrige Verfechter bei jungen Frauen gefunden, die begeistert auf dem gerade erst erfundenen Fahrrad fuhren, und keine noch so strenge Ermahnung von Eltern, Priestern oder der Presse konnte sie dazu bringen, ihre »Bloomers« oder ihr Fahrrad aufzugeben.*

Geschichte der Mode
Examensarbeit von Elizabeth Nichols

# 18

Seine Rede war wie eine Quelle,
die rasch über Felsen zu den Rosen sprudelt.
*– Winthrop Mackworth Praed (1802–1839), englischer Dichter*

Ich bekam die Rostflecken heraus.

Ich kann es selber kaum glauben. Früh am nächsten Morgen stehe ich in der Küche von Château Mirac. Ich hatte das Kleid über Nacht in meinem Zimmer eingeweicht und war dann im Morgengrauen – ein Blick auf mein Handy sagt mir, dass es erst acht ist – heruntergelaufen, um es im Waschbecken in der Küche, das viel größer ist als das im Badezimmer gegenüber von meinem Zimmer, auszuwaschen.

Ich schwöre, das ist der einzige Grund. Es hat nichts damit zu tun, dass ich Angst habe, Dominique könnte hereinkommen, mich sehen und von mir verlangen, dass ich ihr das Kleid aushändige.

Wirklich. Damit hat es überhaupt nichts zu tun.

Das Kleid ist zwar gerettet, aber noch lange nicht perfekt. Ich muss den zerrissenen Träger flicken und die Risse am Saum nähen, und außerdem muss ich es supergut bügeln, wenn es trocken ist.

Aber ich habe es geschafft. Ich habe die Rostflecken herausbekommen.

Es ist ein französisches Wunder.

Hingerissen und selbstzufrieden betrachte ich das Kleid, als jemand hinter mir sagt: »Du hast es geschafft!«

Ich bekomme fast einen Herzinfarkt, so sehr erschrecke ich mich.

»GOTT!«, schreie ich auf und fahre herum. Luke steht in der Tür und lächelt mich an. »Willst du mich umbringen?«

»Entschuldigung«, sagt Luke, »ich wollte dich nicht erschrecken. Aber … du hast es wirklich geschafft. Die Flecken sind weg!«

Mein Herz rast – aber ich muss zugeben, das liegt nicht nur daran, dass er mich erschreckt hat, sondern auch, weil er im Morgenlicht großartig aussieht. Sein frisch rasiertes Gesicht schimmert noch ein wenig rosig von dem, was er als Aftershave benutzt (vermutlich reinen Alkohol, da er nur sauber und nach nichts im Besonderen riecht), und seine dunklen Haare kringeln sich feucht am Kragen seines blauen Polohemdes. Er hat wieder die Jeans an, die er auch im Zug getragen hat, die Levi's, die perfekt, nicht zu eng und nicht zu locker, an seinem Hintern sitzt. Er sieht aus wie jemand, der aus dem Helikopter gesprungen ist – Sie wissen schon, der tolle Mann, der die hilfsbedürftige Frau auf der einsamen Insel rettet.

Die Frau bin ich, und die einsame Insel ist mein Leben.

Aber er gehört natürlich nicht zu mir.

Und wahrscheinlich ist er darüber ungeheuer erleichtert, als sein Blick von dem Kleid zu den Sachen wandert, die ich anhabe – leider meine Sears Jeans und ein Run Katie Run T-Shirt.

Na ja, Mrs. Thibodaux hat ja deutlich genug erklärt, was wir den ganzen Tag machen sollten – Tische und Stühle für die Hochzeit am nächsten Tag aufstellen. Und ich möchte nicht, dass meine hübschen Kleider schmutzig werden.

Außerdem hatte ich heute früh auch keine Zeit, um mir die Haare zu machen, deshalb habe ich sie nur zu einem Pferdeschwanz zusammengebunden. Wenigstens habe ich mich geschminkt. Ein bisschen jedenfalls, sodass meine Augen nicht wie bei einem Schweinchen aussehen.

»Weinstein funktioniert, was?«, sagt Luke. Das erleichtert mich nun wiederum. Ich werde immer ganz zitterig, wenn er mich aus seinen braunen Augen anschaut.

»Ja, hundert Pro«, erwidere ich zufrieden. »Natürlich geht es nicht immer so schnell. Manchmal muss man es mehrmals einweichen, aber wahrscheinlich war das Gewehr noch nicht allzu lange darin eingewickelt, sodass Fett und Rost noch nicht so tief im Stoff gesessen haben. Jetzt muss ich es nur noch ausbessern und bügeln, und dann ist es so gut wie neu. Wem es gehört, der kann sich freuen!«

Luke grinst. »Es könnte schwierig werden, herauszufinden, wem das Kleid tatsächlich gehört. In den vergangenen Jahrhunderten waren hier viele Leute zu Gast.«

»Na ja, diese Frau muss in den vergangenen Jahrzehnten hier gewesen sein«, sage ich. »Ich nehme an, Ende der Sechziger, Anfang der Siebzigerjahre. Obwohl man das bei Givenchy schwer sagen kann. Seine Linien sind so klassisch … er lässt sich nicht wirklich von den Launen populärer Trends beeinflussen.«

Lukes Grinsen wird breiter. »Die Launen populärer Trends?«

Ich erröte. »Ich fand, das klingt gut.«

»Ja, das ist wahr. Du hast mich überzeugt. Und, willst du jetzt mit mir kommen und die Croissants holen?«

Ich starre ihn an. »Croissants?«

»Ja, zum Frühstück. Ich fahre jetzt in die Stadt und hole sie in der Bäckerei, damit sie da sind, bevor alle aufwachen und frühstücken wollen. Du warst ja noch nicht in Sarlat. Es wird dir bestimmt gefallen. Willst du mitkommen?«

Selbst wenn er mich gefragt hätte, ob ich mit zum Familientag zu Gap kommen wollte, wo es für Freunde und Verwandte der Angestellten fünfunddreißig Prozent Rabatt auf alle Gap-Produkte gibt – meine ganz persönliche Vorstellung von der Hölle auf Erden –, wäre ich mitgekommen.

Es gab nur noch ein winziges Detail zu klären.

»Äh«, sage ich, »wo ist Dominique?«

Das ist doch eine nette, neutrale Art, um vorsichtig zu fragen, ob seine Freundin ebenfalls mitkommt, oder? Daraus kann man jedenfalls nicht schließen, ob ich sie mag oder nicht.

Also, wenn sie mitkommt, dann habe ich vielleicht doch etwas anderes zu tun, denn dazusitzen und die beiden zusammen zu sehen, steht nicht gerade ganz oben auf meiner Liste von Vergnügungen im Urlaub.

»Sie schläft noch«, sagt Luke. »Sie hat gestern Abend mit Mom ein bisschen zu viel Champagner getrunken.«

»Oh«, sage ich so neutral wie möglich. »Ja, warte, ich hänge das nur schnell zum Trocknen auf. Ich bin gleich wieder da.«

»Ich warte im Auto auf dich«, sagt Luke und zeigt zur Hintertür in der Küche. Draußen steht das buttergelbe Cabrio.

Ich renne los wie der Wind. Ich hänge das Kleid auf den Haken an meiner Wand (haben die Dienstboten dort früher ihre Kleider aufgehängt?) und stelle den Eimer darunter, damit es nicht auf den Fußboden tropft.

Dann ergreife ich meine Handtasche und renne wieder nach unten.

Luke sitzt bereits am Steuer. Sonst ist niemand im Auto. Die Luft riecht wie frisch gefaltete Wäsche, und die Sonne prickelt warm auf meiner Haut. Es ist ganz still. Nur die Vögel zwitschern, und Patapouf, der Bassett, der in der Hoffnung auf etwas zu fressen an die Küchentür gekommen war, bellt.

»Fertig?«, fragt Luke lächelnd.

Und trotz all meiner Anstrengungen springt mir das Herz aus der Brust und fliegt mit kleinen Cherub-Flügelchen um meinen Kopf herum. Wie in einem Cartoon.

»Ja«, erwidere ich und setze mich eilig auf den Beifahrersitz.

Ich bin hin und weg.

Und wenn schon! Ich bin im Urlaub! Es ist doch okay, sich zu verlieben. Und eigentlich ist es doch sogar besser, dass ich mich in Luke verliebt habe, der vergeben ist, als in, sagen wir mal, Blaine. Wenn ich was mit Blaine anfinge, der ja zu haben ist, dann wäre das nicht gut für meinen emotional fragilen Zustand.

Nein, nein, es ist in Ordnung, dass ich mich in Luke verliebt habe. Da kann wenigstens nichts passieren. Weil nämlich nichts daraus wird. Gar nichts.

Die Fahrt über die Auffahrt, für die wir in der vorletzten Nacht so lange gebraucht haben, ist ziemlich holperig. Ich muss mich festhalten, um nicht auf dem Sitz hin und her zu kullern. Aber Luke und Chaz haben den Weg wirklich gründlich frei geschnitten – kein einziger Ast peitscht uns ins Gesicht.

Und dann kommen wir plötzlich aus den Bäumen heraus auf die Straße am Fluss entlang, die ich ja bisher nur im Dunkeln erlebt habe. Als ich jetzt den Fluss zum ersten Mal bei Tageslicht sehe, stoße ich unwillkürlich einen kleinen Schrei aus.

»Das ist wunderschön!«, rufe ich. Und das ist es auch. Ein sonnenbeschienener, sanft dahinfließender Fluss mit breiten, grasbewachsenen Ufern, auf denen hohe Eichen willkommenen Schatten spenden.

»Die Dordogne«, erklärt Luke. »Als Kind bin ich hier gepaddelt. Wir haben uns auf Gummireifen treiben lassen, das macht Spaß.«

Beeindruckt von so viel Naturschönheit schüttele ich den Kopf. »Luke, ich begreife einfach nicht, wie du nach Houston zurückgehen kannst, wenn du das hier alles hast.«

Lachend erwidert Luke: »Na ja, ich liebe meinen Vater zwar, aber mit ihm zusammenleben möchte ich eigentlich nicht.«

»Nein«, sage ich düster. »Deine Mom wohl auch nicht.«

»Er macht sie verrückt«, erklärt Luke. »Sie findet, er hat nur seinen Wein im Kopf. Wenn er hier ist, kümmert er sich ständig um seine Weinstöcke, und wenn er bei ihr in Texas ist, denkt er auch an nichts anderes.«

»Aber er liebt sie so sehr«, erwidere ich. »Ich meine, merkt sie das denn nicht? Er kann ja kaum den Blick von ihr wenden.«

»Damit ist sie wahrscheinlich nicht zufrieden«, sagt

Luke. »Sie braucht irgendeinen Beweis, dass er auch an sie denkt, wenn sie nicht in der Nähe ist. Und nicht nur ständig an seine Weinstöcke.«

Ich grübele darüber noch nach, als wir um eine Kurve kommen und ich die Mühle der Laurents erblicke. Madame steht draußen und gießt die Blumen in ihrem Garten.

»Oh!«, schreie ich. »Das ist die Mom von Agnès!« Ich winke. *»Bonjour! Bonjour, Madame!«*

Lächelnd winkt Madame Laurent zurück, als wir vorbeifahren.

»Na«, sagt Luke und grinst mich an, »du hast aber gute Laune heute früh.«

»Oh«, erwidere ich und sinke verlegen in meinen Sitz zurück. »Es ist so schön hier. Und ich bin einfach so glücklich darüber, dass ich hier bin.«

*Mit dir,* hätte ich fast hinzugefügt. Aber zum Glück schaffe ich es gerade noch, den Mund zu halten.

»Ich glaube eher, dass du jemand bist«, sagt Luke, während er auf die Stadt auf dem Felsen zufährt, die ich in der Nacht meiner Ankunft gesehen habe, »der immer gute Laune hat, ganz gleich, wo du dich aufhältst. Außer natürlich, wenn du gerade erst entdeckt hast, dass dein Freund den Staat um Sozialhilfe betrügt«, fügt er augenzwinkernd hinzu.

Ich lächele ihn verlegen an. Warum musste ich eigentlich gerade ihm meine Probleme aus meinem Liebesleben anvertrauen?

Aber als wir eine Sekunde später in Sarlat sind, vergesse ich meinen Kummer beim Anblick der roten Geranien, die aus den Blumenkästen quellen. Die schmalen gepflasterten Straßen, die Leute, die mit ihren Körben voller Gemüse und Baguettes vom Markt kommen – ich komme mir vor wie in einem Film über eine französische Stadt im Mittelalter. Aber es ist kein Film, es ist tatsächlich eine mittelalterliche Stadt!

Und ich bin mittendrin!

Luke hält vor einem malerischen alten Geschäft, auf dessen Schaufenster in goldenen Buchstaben *Boulangerie* steht. Der Duft von frisch gebackenem Brot weht heraus, und mein Magen beginnt hungrig zu knurren.

»Macht es dir etwas aus, im Wagen zu warten?«, fragt Luke. »Dann brauche ich mir nämlich keinen Parkplatz zu suchen. Es dauert auch nicht lange, ich habe telefonisch bestellt. Ich muss die Sachen nur noch abholen.«

»*Pas un problème*«, sage ich. Ich glaube, das heißt »Kein Problem«. Wahrscheinlich habe ich recht, denn Luke lächelt und läuft hinein.

Kurz darauf jedoch wird mein Französisch einem Härtetest unterzogen, denn eine sorgfältig gekleidete alte Frau tritt ans Auto und beginnt wie ein Schnellfeuergewehr auf mich einzureden. Der Name »Jean-Luc« ist das einzige Wort, das ich erkenne.

»*Je suis désolée, Madame*«, setze ich an. »*Mais je ne parle pas francais …*«

Bevor noch alle Wörter aus meinem Mund gekommen sind, sagt die alte Frau mit starkem Akzent auf Englisch: »Aber ich dachte, Jeans-Lucs *petite amie* wäre Französin!« Sie blickt mich schockiert an.

Zumindest weiß ich, was *petite amie* heißt.

»Oh, ich bin nicht Jean-Lucs Freundin«, erkläre ich hastig. »Ich bin nur eine Freundin und für kurze Zeit auf Mirac zu Gast. Er ist drinnen und kauft Croissants …«

Die alte Frau wirkt unendlich erleichtert. »Oh!«, sagt sie lachend. »Ich habe das Auto erkannt, wissen Sie, und da nahm ich an ... Sie müssen mir verzeihen. Das war ja ein Schock. Wenn Jean-Luc keine Französin heiraten würde ... das wäre ja ein Skandal!«

Ich registriere den sorgfältig geschlungenen Schal der Frau – offensichtlich Hermès – und das leichte Wollkostüm (sie muss ja kochen bei der Hitze) und sage: »Sie sind also eine Freundin von Monsieur de Villiers?«

»Oh, ich kenne Guillaume seit Jahren. Es war ein großer Schock für uns alle, als er damals diese Frau aus Texas geheiratet hat. Sagen Sie«, sie kneift ihre perfekt geschminkten Augen zusammen, »ist sie eigentlich jetzt da? Madame de Villiers, meine ich. Ist sie auf Château Mirac? Ich habe das Gerücht gehört, dass sie ...«

»Äh«, sage ich, »ja. Ihre Nichte heiratet morgen dort und ...«

»Madame Castille«, sagt Luke, der mit zwei Papiertüten im Arm aus der Bäckerei kommt. »Was für eine Freude.« Sein Lächeln reicht jedoch nicht bis zu seinen Augen.

»Oh, Jean-Luc«, ruft die alte Frau aus und strahlt bei seinem Anblick (na ja, wer würde das nicht?).

Und dann bricht ein französischer Wortschwall aus ihr heraus, dem Jean-Luc offensichtlich hilflos gegenübersteht. Deshalb werfe ich ein, als Madame Castille Luft holt: »Ah, Luke? Sollten wir nicht besser mal zurückfahren? Es sind bestimmt schon alle aufgestanden und warten auf ihr Frühstück.«

»Ja, genau«, sagt Luke rasch. »Wir müssen los, Madame. Es war reizend, Sie zu sehen. Keine Sorge, ich richte meinem Vater Ihre herzlichsten Grüße aus.«

Als wir losgefahren sind, atmet Luke tief aus und sagt: »Danke. Ich dachte schon, sie hört überhaupt nicht mehr auf.«

»Sie ist ein großer Fan von dir«, sage ich nonchalant. »Sie hat mich für deine Freundin gehalten und hat beinahe einen Herzinfarkt bekommen, als sie merkte, dass ich keine Französin bin. Sie meinte, es wäre ein großer Skandal, wenn du keine Französin heiraten würdest. Es scheint ja auch ein großer Skandal gewesen zu sein, als dein Dad deine Mom geheiratet hat.«

Luke legt den Gang mit wesentlich mehr Wucht ein, als nötig wäre. »Die einzige Person, die es als Skandal empfunden hat, war sie. Sie ist seit ihrer Kindheit hinter meinem Vater her, und jetzt, wo die Ehe meiner Eltern auf der Kippe steht, kann sie es gar nicht abwarten, bis sie ihn zu fassen bekommt.«

»Aber das wird nicht funktionieren«, sage ich, »weil dein Dad deine Mom noch liebt. Richtig?«

»Richtig«, erwidert Luke. »Obwohl ich es meinem alten Herrn durchaus zutrauen würde, die Hexe zu heiraten, nur damit sie ihn endlich in Ruhe lässt. Oh, hier. Ich habe dir etwas mitgebracht.« Er zeigt auf die Tüte mit den himmlisch duftenden Croissants, die zwischen uns steht.

»Ein Croissant?«, frage ich und öffne die Tüte. Duftender Dampf steigt auf. Die Croissants sind noch ofenwarm. »Danke!« Ich beschließe, nichts von meiner kohlehydratfreien Diät zu erwähnen. Außerdem bin ich ja sowieso schon im Zug bei den Brötchen schwach geworden.

»Nicht diese Tüte«, sagt Luke. »Die andere.«

Hinter der Tüte mit den Croissants steht eine kleinere. Ich öffne sie, und mir fallen fast die Augen aus dem Kopf.

»Wa…«, stammele ich, zum zweiten Mal in meinem Leben sprachlos. »Wo … woher wusstest du das?«

»Chaz hat irgendwas in der Richtung erwähnt«, erwidert Luke.

Ich ziehe das Sixpack – glitzernd vor Feuchtigkeit – aus der Tüte und starre es an.

»Sie sind … sie sind ja noch kalt«, sage ich verwundert.

»Na ja«, erwidert Luke trocken, »ich weiß ja, dass Sarlat alt aussieht, aber es gibt schon Kühlschränke dort.«

Ich weiß, es ist albern. Aber mir treten die Tränen in die Augen. Ich bemühe mich, sie zurückzudrängen. Luke soll nicht sehen, dass ich vor Freude weine, weil er mir ein Sixpack Diet Coke mitgebracht hat. Das ist es auch nicht. Es ist die Geste, die mich so rührt.

»D-danke«, sage ich. Ich muss mich auf kurze Wörter beschränken, sonst hört er das Beben in meiner Stimme. »M-möchtest du auch eine?«

»Gern geschehen«, erwidert Luke. »Und, nein danke. Ich hole mir mein Koffein lieber auf die altmodische Art und Weise, aus Bohnenkaffee. Und, wie hast du dich entschieden?«

Ich habe eine der Dosen aus dem Plastiknetz genommen und bin gerade dabei, sie zu öffnen. »Entschieden?«

»Ja, was du tun willst«, sagt Luke. »Wenn du wieder in Amerika bist. Willst du in Ann Arbor bleiben? Oder lieber nach New York ziehen?«

»Oh.« Ich öffne die Dose. Das scharfe Zischen der Kohlensäure klingt in meinen Ohren ebenso wie Musik wie das Plätschern des Flusses. »Ich weiß nicht. Eigentlich möchte ich ja mit Shari nach New York ziehen. Aber was soll ich dort machen?«

»In New York?«

»Ja, sicher. Wenn ich ehrlich bin, kann ich mit meinem individuellen Hauptfach Modegeschichte nicht allzu viel anfangen. Ich weiß gar nicht, was ich mir dabei gedacht habe.«

»Oh«, erwidert Luke mit einem geheimnisvollen Lächeln. »Ich bin mir ziemlich sicher, dass dir schon was einfällt.«

»Ja, klar«, sage ich sarkastisch – für mich jedenfalls. »Und dann gibt es ja auch noch das winzige Detail, dass ich eigentlich noch gar kein Examen habe. Wie soll ich einen Job finden, wenn ich noch nicht einmal einen Abschluss habe?«

»Na ja«, erwidert Luke, »das hängt wohl vom Job ab.«

»Ach, ich weiß nicht«, sage ich und trinke einen Schluck von meiner Diet Coke. Die Kohlensäure prickelt auf meiner Zunge. Mein Gott, wie ich das vermisst habe. »Möglicherweise ist es ja einfacher, für das letzte Semester in Ann Arbor zu bleiben.«

»Ja klar«, erwidert Luke, »damit du die Sache mit – wie war noch mal sein Name? – wieder ins Lot bringen kannst.«

Ich bin so geschockt, dass ich beinahe die Diet Coke, die ich gerade geschluckt habe, wieder ausspucke. Ja! Fast ein Sechzehntel einer meiner sechs kostbaren Dosen!

»WAS?«, schreie ich, als ich wieder sprechen kann. »Was wieder ins Lot bringen – was soll das heißen?«

»Ich meine ja nur«, sagt Luke. »Sagen wir mal, du bleibst in Ann Arbor… und er ist doch auch in Ann Arbor, oder?«

»Ja«, erwidere ich, »aber das hat doch mit mir nichts zu

tun. In Ann Arbor habe ich immerhin meinen Job im Laden. Ich könnte zu Hause wohnen und mein Geld sparen, und dann im Januar mit Shari zusammenziehen.« Wenn sie bis dahin nicht längst jemand anderen gefunden hat.

Luke biegt in die Auffahrt nach Mirac ein. »Das klingt aber gar nicht nach dem Mädchen, das ich vor ein paar Tagen im Zug kennen gelernt habe, das Mädchen, das einfach nach Frankreich gefahren ist, ohne zu wissen, ob es dort überhaupt einen Platz zum Schlafen hat.«

»Ich wusste doch, wo ich hinwollte«, sage ich. »Ich meine, schließlich wusste ich ja, dass Shari hier *irgendwo* sein musste und ich nicht allein sein würde.«

»In New York würdest du auch nicht allein sein«, sagt Luke.

Ich lache. »Ach, du hast es nötig«, erwidere ich. »Warum ziehst du denn nicht nach New York? Du hast mir doch erzählt, dass die NYU dich genommen hat.«

»Ja«, sagt Luke, während wir den holperigen, steilen Weg entlangfahren. »Aber ich weiß nicht, ob ich es auch wirklich möchte. Soll ich wirklich mein sechsstelliges Gehalt für weitere fünf Jahre auf der Universität aufgeben?«

»Ach, du erklärst also lieber reichen Leuten, wie sie noch reicher werden können, als Leben zu retten?«

»Autsch!«, erwidert Luke grinsend.

Ich zucke mit den Schultern, was nicht so ganz einfach ist, da ich so herumgeschleudert werde und auf mein kostbares Elixier in der Dose, die ich in der Hand halte, aufpassen muss. »Ich meine ja nur. Es ist sicher wichtig, Börsen-Portfolios zu verwalten, aber wenn sich nun herausstellt, dass du gut Leute heilen kannst, dann wäre es doch eine Verschwendung, das nicht zu tun, oder?«

»Ja, aber das ist es ja«, erwidert Luke. »Ich weiß doch gar nicht, ob ich gut darin wäre, Leute gesund zu machen.«

»So wie ich nicht weiß, ob sie das, was ich gut kann, in New York überhaupt bezahlen.«

»Aber«, erwidert er, »mir erzählt eine gewisse Person ständig, dass ich es nie erfahre, wenn ich es noch nicht einmal versuche.«

Wieder kommen wir aus den Bäumen auf die kreisförmige Auffahrt zum Haus. Bei Tageslicht sieht sie sogar noch eindrucksvoller aus.

Luke scheint es allerdings gar nicht zu bemerken, vermutlich, weil er es schon so oft gesehen hat.

»Das ist etwas anderes«, sage ich. »Du weißt ja schon, dass du etwas kannst, und jemand bezahlt dir ein sechsstelliges Gehalt dafür. Weißt du, wie viel ich verdiene? Bei Vintage to Vavoom kriege ich acht Dollar die Stunde. Weißt du, wie weit man in New York mit acht Dollar kommt? Na, ich auch nicht, aber ich nehme mal an, nicht besonders weit.«

Als ich Luke einen nervösen Blick zuwerfe, um zu sehen, was er von meinem Geständnis hält, sehe ich, dass er noch breiter grinst als vorher.

»Bist du bei jedem so?«, will er wissen. »Oder habe ich nur Glück, weil du mir in einem schwachen Augenblick all deine tiefsten Geheimnisse offenbarst?«

»Du hast mir versprochen, niemandem etwas davon zu erzählen«, erinnere ich ihn. »Vor allem Shari nicht von der Examensarbeit …«

»Hey«, sagt Luke und hält vor dem Château. Er blickt mich fest an, und jetzt lächelt er nicht mehr. »Ich habe dir doch gesagt, ich würde nichts erzählen. Und das werde ich auch nicht. Du kannst mir vertrauen.«

Und eine Sekunde lang – während wir dasitzen und uns über der Tüte mit den Croissants anschauen – *passiert* etwas … zwischen uns … ich schwöre es.

Ich weiß nicht, was. Aber es ist anders als bei den Malen, wo er mich küssen wollte. Es ist nichts Sexuelles, sondern eher so eine Art gegenseitiges Verstehen. Die Anerkennung, dass wir verwandte Seelen sind. Eine Art magnetisches Ziehen …

Oder vielleicht ist es auch nur der Duft der Croissants. Es ist lange her, seit ich das letzte Mal Gebäck gegessen habe.

Was auch immer sich dort zwischen Luke und mir abspielt, ist in der Sekunde vorüber, als die Haustür aufgerissen wird und Vicky in einem hellblauen Kimono auf der Schwelle steht und sagt: »Gott, was braucht ihr denn so lang? Wir sind alle am *Verhungern*. Ihr wisst doch, dass mein Blutzucker in den Keller geht, wenn ich morgens nicht sofort etwas esse.«

Und in dem Moment ist es weg.

»Hier habe ich deine Medizin«, sagt Luke fröhlich und ergreift die Tüte mit den Croissants.

Als Vicky ins Haus zurückstampft, dreht sich Luke augenzwinkernd zu mir um.

»Na, siehst du«, sagt er. »Ich heile die Leute ja bereits.«

*Der Beginn des zwanzigsten Jahrhunderts wird oft als »la Belle Époque« oder »die gute alte Zeit« bezeichnet. Und die Mode dieser Epoche war wunderschön, mit aufwändigen Frisuren, tiefen Dekolletés und Unmengen von Spitze (siehe: Winslet, Kate, Titanic, und Kidman, Nicole, Moulin Rouge). Der letzte Schrei war es, auszusehen wie ein Gibson Girl (nach einem beliebten Illustrator), und sogar Präsident Roosevelts lebhafte Tochter »Prinzessin« Alice, trug ihre Haare wie ein Gibson Girl im Pompadour Stil – und dabei war Alices Lieblingshobby Autofahren.*

Geschichte der Mode
Examensarbeit von Elizabeth Nichols

# 19

Schweige die meiste Zeit und sprich nur, wenn du musst,
aber auch dann nur kurz.

*– Epictetus (55–135 v. Chr.), griechischer Stoiker*

Der Rest des Vormittags vergeht wie im Fluge. Mit dem ersten LKW kommen die Tanzfläche, die Bühne und die Instrumente der Hochzeitskapelle – in diesem Fall nicht das Streichquartett, das, wie Luke mir erzählt, bei den meisten Hochzeiten auf Mirac spielt, sondern Blaines Band, Satan's Shadow. Als die Bühnenarbeiter ihre Arbeit beginnen, rumpelt ein weiterer Lastwagen, beladen mit Klapptischen und Stühlen für Probedinner und Hochzeitsempfang (beides soll auf dem Rasen stattfinden), die Auffahrt hinauf und macht alles nieder, was Luke und Chaz nicht abschneiden konnten. Daraufhin müssen die beiden die Auffahrt noch einmal frei räumen.

Gerade als Shari, Chaz, Blaine und ich den letzten Klappstuhl vom Lastwagen abgeladen haben, taucht erneut einer auf, der das Essen bringt, das der Koch und das Personal eines Restaurants in der Nähe zubereiten werden. Die Sachen müssen abgeladen und in die Küche gebracht werden, wo Madame Laurent alles überwacht, und dann beginnt der Restaurantkoch mit dem Vorbereiten der Canapés für den Cocktailempfang am späten Nachmittag …

Um diese Zeit erscheinen auch die ortsfremden Gäste,

entweder in selber gemieteten Fahrzeugen oder von Dominique am Bahnhof abgeholt. Ihr ist es gelungen, sich um die schwere Arbeit zu drücken, indem sie sich als Chauffeur angeboten hat. Zuerst trifft der Bräutigam ein, mit seinen benommen dreinblickenden Eltern. Ich bin sehr neugierig auf diesen Computerprogrammierer, den Vicky statt des reichen, texanischen Ölbarons heiratet, den ihre Mutter ihr ausgesucht hatte, und als ich Craig schließlich sehe, muss ich sagen, dass ich sie verstehen kann. Nicht dass er besonders gut aussähe – das ist nämlich nicht der Fall.

Aber als Vicky auf ihn zugerannt kommt und dabei hervorsprudelt, dass alles schiefgeht, dass ihre Freundinnen keine Hotelzimmer hätten und dass Blaine gesagt hätte, sie sähe in ihrem Probedinner-Kleid fett aus, reagiert Craig genauso phlegmatisch wie seine Eltern auf Mirac.

»Vic. Ist schon okay«, sagt er.

Und Vicky hört tatsächlich auf zu weinen.

Wenigstens so lange, bis ungefähr ein halbes Dutzend ihrer Freundinnen – genauso hübsch und blond wie sie – auf ihren hohen Absätzen über den Kies gestolpert kommen, um sie zu umarmen. Da plärrt sie schon wieder los, aber Craig, den das nicht im Mindesten zu stören scheint, führt freundlich seine Eltern zum Weingut, wo Monsieur de Villiers ihnen glücklich den riesigen Weinkeller zeigt.

Bald schon scheint das gesamte Château fest in der Hand der oberen Zehntausend der Houstoner Gesellschaft zu sein. Überall laufen elegant gekleidete Matronen mit Ehemännern in marineblauen Blazern im Schlepptau herum, und eine lachende Dominique mitten unter ihnen.

Diese Houstoner ziehen allerdings befremdet die Augenbrauen hoch, als die übrigen Mitglieder von Satan's Shadow in einem äußerst schäbigen Van eintreffen und von Blaine mit dem typischen Schrei der Satanisten begrüßt werden (so ähnlich wie Indianergeheul, woraufhin Vicky »Mo-o-om« schreiend ins Haus läuft.) Shari, die mir gerade dabei hilft, weiße Tischdecken über die mindestens fünfundzwanzig Tische auf dem Rasen zu legen, schüttelt den Kopf und meint: »Gott, bin ich froh, dass ich ein Einzelkind bin!«

Ich bin froh, als das Restaurantpersonal übernimmt und beginnt, die Tische einzudecken. So können wir rasch hineingehen und uns umziehen, bevor die Cocktails serviert werden. Das ist auch notwendig, weil wir nämlich hinter der Bar die Wein- und Champagnerflaschen öffnen sollen, die Monsieur de Villiers zur Verfügung stellt, und ich persönlich möchte niemanden mit meinen Schweißflecken konfrontieren. Außerdem bin ich nicht gerade geübt im Öffnen von Weinflaschen, sodass der Abend im Ganzen äußerst interessant zu werden verspricht.

Ich komme gerade frisch gewaschen und halbwegs präsentabel in einem schwarzen, ärmellosen Leinenkleid von Anne Fogarty die Treppe herunter, als ich beinahe mit einer Gruppe von Leuten zusammenstoße, die die Treppe *herauf*kommen, angeführt von Luke, der zwei echt schwer aussehende Koffer schleppt.

»Ich sage dir, mein Sohn«, sagt ein stattlicher Herr mit Halbglatze in Khakihose und schwarzem Polohemd gerade zu Luke, »das ist eine Gelegenheit, die du nicht ausschlagen kannst. Ich habe sofort an dich gedacht, als ich davon gehört habe.«

Hinter dem Mann mit Halbglatze flattert Ginny Thibodaux her.

»Gerald«, sagt sie, »hast du mir überhaupt zugehört? Ich glaube, Blaine raucht wieder. Ich könnte schwören, dass seine Kleider eben nach Zigaretten gerochen haben, nach dieser komischen ausländischen Sorte, die er und seine Freunde so gern rauchen …«

Hinter Mrs. Thibodaux sagt Vicky: »Mom, du musst mit ihm reden. Auf einmal sagt er, dass seine blöde Band keine Cover-Songs spielen will. Mom, und dabei hat er es mir versprochen. Aber jetzt sagt er ständig, dass sie nur ihre eigenen Stücke spielen wollen. Wie soll ich denn mit Dad nach der Musik tanzen?«

»Ich weiß nicht, Liebes«, sagt Mrs. Thibodaux. »Dein Bruder ist wie ausgewechselt, seit Nancy ihn verlassen hat. Ich wünschte, er würde ein nettes Mädchen kennen lernen. Will nicht eine deiner Freundinnen …«

»Ach du liebe Güte, Mom. Kannst du dich zur Abwechslung vielleicht mal mit etwas Wichtigem beschäftigen? Was sollen wir dagegen unternehmen, dass er keine Covers spielen will? Craig und ich werden unseren ersten Tanz als Ehepaar nicht zu so einer unmöglichen Musik tanzen …«

»Hallo«, sagt Luke grinsend, als ich ihm und den Thibodaux' Platz mache, damit sie vorbeikommen. »Du siehst aber hübsch aus.«

»Danke«, erwidere ich und werfe dem glatzköpfigen Mann einen verstohlenen Blick zu. Das ist höchstwahrscheinlich Vickys sehnsüchtig erwarteter Dad.

»Denk darüber nach, Junge«, sagt Mr. Thibodaux zu Luke. »Es ist eine fantastische Gelegenheit.«

»Danke, Onkel Gerald«, erwidert Luke und zwinkert mir zu. Sie gehen weiter die Treppe hinauf und reden alle durcheinander, ohne dass einer dem anderen zuhört. Als ich weiter die Treppe hinunterlaufe, sehe ich, dass in einer Ecke der Eingangshalle Mrs. de Villiers und Dominique im Gespräch versunken sind …

Allerdings reden sie nicht so leise, dass ich nicht verstehen kann, was sie sagen.

»… eröffnen eine Filiale in Paris«, erklärt Dominique aufgeregt. »Gerald sagt, er hätte sofort an Jean-Luc gedacht. Es ist ein unglaubliches Angebot. Wesentlich mehr Verantwortung – und Geld –, als Jean-Luc bei Lazard Frères hat. Thibodaux, Davies and Stern ist eine der exklusivsten Privatbanken der Welt!«

»Ich bin mit dem Unternehmen meines Schwagers durchaus vertraut«, erwidert Mrs. de Villiers mit einem Anflug von Ironie. »Allerdings bin ich mir nicht so sicher, ob Luke überhaupt nach Paris ziehen möchte.«

»Aber selbstverständlich«, antwortet Dominique. »Das ist schon immer unser Traum gewesen!«

Ich bleibe wie angewurzelt stehen. *Unser Traum.*

Eilig läuft Dominique Luke nach, wobei sie mich kaum wahrnimmt.

Also hat Lukes Onkel ihm eine Stelle angeboten. In Paris. Als Investment Banker. Für wesentlich mehr Geld, als er jetzt verdient.

Es ist albern, dass mich die Nachricht physisch so angreift. Ich meine, schließlich habe ich Luke erst vor zwei Tagen kennen gelernt. Und ich habe mich ein bisschen in ihn verknallt. Mehr nicht. Was heute früh im Auto war … was ich zwischen uns gespürt habe … das war wahrscheinlich nur meine unendliche Dankbarkeit, weil er mir einen Sixpack Diet Coke gekauft hat. Mehr nicht.

Aber ich kann nicht leugnen, dass ich einen Kloß im Hals habe. Paris! Er kann nicht nach Paris ziehen! Es ist schon schlimm genug, dass er in Houston lebt! Aber wenn ein ganzer *Ozean* zwischen uns wäre – undenkbar.

Was bilde ich mir eigentlich ein? Was ist los mit mir? Es geht mich nichts an. Überhaupt nichts.

Und das sage ich mir auch fest, als ich die letzten Stufen heruntergehe …

Und dann sehe ich, dass Mrs. de Villiers auf eins der roten Samtsofas im Foyer gesunken ist und betrübt aussieht. Sie lächelt mir kurz zu, aber ihr Gesicht wird gleich wieder ernst und gedankenverloren.

Ich gehe an ihr vorbei. Draußen warten sie sicher schon auf mich. Bestimmt müssen Champagnerflaschen geöffnet werden. Ich höre schon das Murmeln der Gäste, die sich auf dem Rasen versammeln. Und ich habe ja schließlich versprochen zu helfen.

Aber vielleicht muss ich zuerst jemand anderem helfen. Vielleicht geht es mich doch etwas an? Schließlich haben Luke und ich ja nicht ohne Grund im Zug nebeneinander gesessen. Natürlich waren keine anderen Plätze mehr frei gewesen, aber man muss sich doch fragen, warum denn?

Vielleicht *sollte* ich ja neben ihm sitzen, damit ich jetzt handeln kann.

Damit ich ihn retten kann.

Und bevor ich meine Meinung noch einmal ändere, drehe ich mich um und gehe zu Mrs. de Villiers.

Lukes Mutter blickt auf, als sie mich da stehen sieht.

»Ja, meine Liebe?«, sagt sie mit einem zögernden Lächeln. »Es tut mir leid, ich habe Ihren Namen vergessen …«

»Lizzie«, erwidere ich. Das Herz schlägt mir bis zum Hals. Einerseits fasse ich es nicht, was ich hier tue, aber andererseits empfinde ich es als meine Pflicht. »Lizzie Nichols. Ich habe zufällig gehört, was Dominique Ihnen gerade erzählt hat« – Ich nicke in Richtung der Treppe – »und ich möchte Ihnen streng vertraulich sagen, dass ich nicht sicher bin, ob es *ganz* wahr ist.«

Mrs. de Villiers blinzelt verwirrt. Sie ist wirklich eine sehr attraktive Frau. Ich kann verstehen, warum sich Monsieur de Villiers so in sie verliebt hat, und warum es ihn so traurig macht, dass sie nicht mehr das Gleiche für ihn empfindet.

»Was ist nicht ganz wahr, meine Liebe?«, fragt sie mich.

»Das mit Luke, dass er nach Paris ziehen will«, sprudele ich hervor, damit ich alles gesagt bekomme, bevor uns jemand stört, oder ich wieder zu Verstand komme. »Ich weiß, dass Dominique dorthin ziehen möchte, aber bei Luke bin ich mir nicht so sicher. Eigentlich spielt er mit dem Gedanken, Medizin zu studieren. Er hat sich schon für die Vorbereitungskurse an der NYU beworben, und sie haben ihn auch genommen. Er hat es nur noch niemandem erzählt – außer mir –, weil er sich noch nicht ganz sicher ist, was er eigentlich will. Aber ich persönlich glaube, dass er es sein Leben lang bereuen wird, wenn er es jetzt nicht macht. Er hat mir erzählt, dass er früher immer davon geträumt hat, Arzt zu werden, sich aber nicht vorstellen konnte, noch vier Jahre zu studieren – na ja, fünf, wenn man die Vorbereitungskurse mitrechnet, die er belegen muss, um überhaupt anfangen zu können …«

Meine Stimme erstirbt, als ich an Mrs. de Villiers verblüfftem Gesichtsausdruck sehe, wie dumm sich das, was ich sage, in ihren Ohren anhören muss.

»Medizinstudium?« Lukes Mutter verwendet hellblauen Lidschatten, der das Grün in ihren braunen Augen gut zur Geltung bringt. Noch deutlicher wird das Grün, wenn sie die Augen aufreißt, so wie jetzt.

»Luke wollte schon als kleiner Junge immer Arzt werden«, sagt sie atemlos. »Ständig hat er irgendwelche kranken, verletzten Tiere mit nach Hause gebracht und versucht, sie gesund zu machen, hier ebenso wie in Houston ...«

»Ich glaube, er hätte wirklich gerne Medizin studiert«, sage ich und nicke eifrig. »Allerdings glaube ich nicht, dass es ein geeigneter Ersatz wäre, Mirac in ein Hotel zu verwandeln, in dem sich plastisch operierte Leute von ihrer Liposuktion erholen ...«

»*Was*?« Ein entsetzter Ausdruck huscht über das Gesicht von Lukes Mutter.

Oh. Nein. Bitte, ich habe es doch nicht schon wieder gemacht!

Aber das habe ich wohl doch, jedenfalls Mrs. de Villiers' Gesichtsausdruck nach zu urteilen. Sie blickt mich so schockiert an, als ob ich ihr gerade erzählt hätte, dass Jimmy Choo die Schuhe, die seinen Namen tragen, nicht mehr entwirft. Das tut er im Übrigen auch nicht.

Okay. Also hat Dominique die ganze Lipo-Geschichte bisher Lukes Eltern noch nicht erzählt.

»Äh«, sage ich. Das hatte ich Lukes Mom ganz bestimmt nicht erzählen wollen. Ich wollte doch Dominique nicht anschwärzen, sondern lediglich Mrs. de Villiers wissen lassen, dass ihr Sohn einen geheimen Traum hatte ... einen

Traum, den er vielleicht sogar geheim halten wollte, wenn ich so darüber nachdenke. Aber das habe ich ja jetzt verhindert.

»Ich dachte nur … ich meine … wenn das Weingut nicht mehr floriert«, stottere ich, »ich dachte, dann wäre es vielleicht eine bessere Alternative, Mirac an Leute … an reiche Leute – zu vermieten, die Urlaub in einem schönen Château machen wollen, oder …«

»*Plastische Chirurgie?*«, wiederholt Mrs. de Villiers. Ihre Stimme klingt so erstaunt wie die von Luke geklungen hat, als ich Dominiques Idee ihm gegenüber erwähnt habe. Meine Versuche, das Thema zu wechseln, fruchten anscheinend nichts. »Wer um alles in der Welt hat …«

»Niemand«, versichere ich ihr hastig. »Es war nur so eine Idee, die ich aufgeschnappt habe …«

»Von *wem*?«, will Mrs. de Villiers wissen. Sie wirkt immer noch völlig entsetzt.

Ich würde am liebsten auf der Stelle im Boden versinken. »Ich glaube, ich höre meine Freundin Shari nach mir rufen. Ich muss jetzt gehen …« Und so schnell ich kann, laufe ich aus dem Haus.

Ich bin tot. Ich bin mausetot. Ich fasse es nicht, was ich eben schon wieder gemacht habe. Warum? Warum konnte ich mal wieder mein großes Maul nicht halten? Es geht mich doch überhaupt nichts an. Überhaupt nichts. Gott, ich bin so *blöd*!

Mit brennenden Wangen laufe ich über den Rasen auf Chaz zu, der bereits hinter der Bar (einem Klapptisch mit einem weißen Tischtuch) steht. Davor wartet eine lange Schlange durstiger Houstoner auf den ersten Cocktail des Tages.

»Da bist du ja«, sagt Chaz, als er mich sieht. Weder meine hochroten Wangen noch meine nervöse Paranoia scheinen ihm aufzufallen. »Gott sei Dank. Mach mal ein paar Champagnerflaschen auf. Wo ist Shari?«

»Ich dachte, sie wäre hier draußen bei dir«, erwidere ich und greife mit zitternden Fingern nach einer Flasche.

»Nein. Ist sie immer noch drinnen und zieht sich um?« Chaz schüttelt den Kopf. Zu dem Jungen, der vor ihm steht, sagt er: »Was kann ich dir geben?«

»Stoli on the rocks«, sagt der Typ.

»Tut mir leid«, antwortet Chaz. »Es gibt nur Bier oder Wein, Mann.«

»Was ist das denn für eine Scheiße?«, schreit der Typ.

Chaz weist ihn mit einem einzigen Blick zurecht. »Du bist hier auf einem Weingut, Kumpel. Was hast du erwartet?«

»Na gut«, erwidert der Junge mürrisch. »Dann ein Bier.«

Chaz wirft ihm die Flasche zu, dann blickt er mich an. Ich habe das kleine Metallgitter von der Champagnerflasche abgemacht, aber der Korken sitzt noch fest. Ich möchte nicht, dass er knallt und jemanden verletzt.

Warum habe ich Mrs. de Villiers erzählt, dass Luke Arzt werden will? Warum ist mir das mit der Lipo herausgerutscht? Wieso kann ich eigentlich meinen Mund nicht halten?

»Nimm eine Serviette«, sagt Chaz und reicht mir eine.

Ich werfe ihm einen verständnislosen Blick zu. Ich habe keine Ahnung, wovon er redet. Läuft mir jetzt auch noch Speichel aus dem Mund?

»Um den Korken herauszuziehen«, fügt Chaz ungeduldig hinzu.

Oh! Ich wickle die Serviette um den Korken, ziehe – und er kommt mit einem leisen Plopp heraus, ohne irgendwelchen Schaden anzurichten.

Toll. Okay. Also, eine Sache kann ich jetzt schon mal.

Ich komme richtig in Fahrt, und Chaz und ich entwickeln einen guten Rhythmus miteinander … das heißt, bis Shari auf einmal auftaucht.

»Wo warst du?«, fragt Chaz.

Shari ignoriert ihn, und mir fällt auf, dass ihre Augen Blitze schleudern. Und zwar direkt in meine Richtung.

»Und wann«, will Shari wissen, »wolltest du mir sagen, Lizzie, dass du eigentlich noch gar kein Examen hast?«

*Vor dem Ersten Weltkrieg erlebte die weibliche Mode eine Veränderung, die fast so heiß war wie das politische Klima. Man trug keine Korsetts mehr, die Taille rutschte nach unten und die Rocksäume nach oben. Zum ersten Mal in der Geschichte wurde es modern, keinen Busen zu haben. Die moderne Frau hatte kleine Brüste, während ihre üppiger ausgestatteten Schwestern gezwungen waren, sich die Brust flach zu wickeln, um der Mode zu entsprechen.*

Geschichte der Mode
Examensarbeit von Elizabeth Nichols

# 20

Wenn du nichts Gutes über jemanden sagen kannst,
setz dich neben mich.

*– Alice Roosevelt Longworth (1884–1980),*
*amerikanische Sozialpolitikerin*

Er hat es ihr erzählt. Ich habe ihm vertraut, und er hat mich verraten.

»Ich … ich wollte es dir ja erzählen«, sage ich zu Shari.

»Kir royal, bitte«, sagt eine Frau, die so aussieht, als würde sie ihre Entscheidung, bei diesem warmen Wetter etwas Langärmliges zu tragen, bereuen.

»Wann?«, will Shari wissen.

»Na, bald«, erwidere ich, schenke der Dame ein Glas Champagner ein und gebe einen Spritzer Cassis hinzu. »Ich habe es doch selber gerade erst erfahren! Woher sollte ich denn wissen, dass ich eine Examensarbeit schreiben muss?«

»Wenn du dich ein bisschen mehr um dein Studium und ein bisschen weniger um deine Klamotten und einen gewissen Engländer gekümmert hättest«, erwidert Shari, »hättest du es schon gemerkt.«

»Das ist nicht fair«, sage ich und reiche der Dame den Kir royal, wobei ich nur ein bisschen auf ihre Hand verschütte. »Mein Studiengebiet sind doch Kleider.«

»Du bist unmöglich«, zischt Shari. »Wie willst du denn

mit Chaz und mir nach New York ziehen, wenn du noch nicht einmal einen Abschluss hast?«

»Ich habe doch nie behauptet, dass ich mit Chaz und dir nach New York ziehe.«

»Na ja, und jetzt tust du es bestimmt nicht«, sagt Shari.

»Hey, ihr zwei«, wirft Chaz verärgert ein, »würdet ihr euch mal abregen? Hier steht ein Haufen Texaner, die alle was trinken wollen, und ihr haltet den Betrieb auf.«

Shari tritt vor mich und sagt zu der dicken Frau, die ich gerade bediene: »Was kann ich für Sie tun?«

»Hey«, sage ich verletzt. »Da habe ich gestanden.«

»Warum tust du nicht zur Abwechslung mal was Nützliches«, erwidert Shari, »und schreibst deine Examensarbeit fertig?«

»Shari, das ist nicht fair. Ich schreibe sie ja fertig. Ich habe die ganze Zeit daran …«

In diesem Moment durchbricht ein Schrei die Stille des Abends. Er scheint aus dem zweiten Stock des Schlosses zu kommen und wird gefolgt von den Worten »Nein, nein, nein«, in einer Lautstärke, die nur eine Person hervorzubringen in der Lage ist:

Vicky Thibodaux.

Craig, der gerade vor uns an der Bar steht, blickt zum Haus. Hinter ihm sagt Blaine: »Tu es nicht, Mann. Geh nicht. Was auch immer da los ist, du willst es lieber nicht wissen.«

»Ich bin gleich zurück«, erwidert Craig und wendet sich zum Haus.

»Du wirst es bedauern«, ruft Blaine ihm nach. Zu mir sagt er: »Jede Minute wird ein Trottel geboren.«

»Meinst du nicht auch, es könnte ernsthaft etwas passiert sein?«, fragt Shari ihn. Sie ist absolut nicht zu Scherzen aufgelegt, und sie scheint sich wirklich Sorgen zu machen. Die anderen Leute auf dem Rasen hingegen sind wohl an Vickys Ausbrüche gewöhnt und ignorieren das Geschrei einfach.

»Bei meiner Schwester?« Blaine nickt. »Mit ihr ist seit ihrer Geburt ernsthaft etwas nicht in Ordnung. Man nennt es auch, ein verwöhntes Blag zu sein.«

Genau in diesem Augenblick kommt Agnès auf mich zugerannt und keucht völlig außer Atem: »Mademoiselle, Mademoiselle. Sie sollen kommen. Sie müssen sofort kommen.«

»Wer will, dass ich komme?«, frage ich verwundert.

»Madame Thibodaux«, erwidert Agnès. »Und ihre Tochter. Sie sagen, es ist ein Notfall …«

»Gut.« Ich lege meine Serviette weg. »Ich komme. Aber …« Dann blicke ich Agnès erstaunt an. »Agnès, du hast ja Englisch gesprochen!«

Agnès wird blass, und ihr wird klar, dass sie ertappt ist.

»Sagen Sie es nicht Mademoiselle Desautels«, bittet sie.

Chaz grinst sie an. »Warum hast du denn so getan, als ob du kein Englisch könntest?«

Agnès wird rot.

»Weil ich sie nicht leiden kann«, erwidert sie achselzuckend. »Und es ärgert sie sehr, dass ich kein Englisch verstehe. Mir macht es Spaß, sie zu ärgern.«

»Äh«, sage ich. »Okay.« Zu Chaz und Shari füge ich hinzu: »Ich bin gleich wieder da. Ist das in Ordnung?«

Shari presst ihre Lippen zu einem dünnen Strich zusammen und schweigt, aber Chaz, der gerade Gläser füllt, schaut mich an und sagt: »Geh nur. Agnès kann für dich übernehmen. Oder, Agnès?«

»Ja, klar«, erwidert Agnès und beginnt, geübt wie jemand, der damit groß geworden ist, Champagnerflaschen zu öffnen.

Ich zögere keinen Augenblick länger mehr, sondern laufe zum Haus, erleichtert darüber, Sharis finsteren Blicken entkommen zu sein … aber ich bin auch wütend, dass Luke es ihr erzählt hat. Warum? Warum hat er es ihr gesagt, wo er doch erst heute Morgen versprochen hat, es nicht zu tun?

Na ja, okay, ich habe *sein* Geheimnis auch nicht gewahrt … Aber deswegen werden auch nicht alle wütend auf ihn, wie bei meinem Geheimnis.

Ich hätte es wissen müssen. Männern kann man einfach keine Geheimnisse anvertrauen. Na ja, mir ja auch nicht. Aber ich habe gedacht, Luke sei anders als die anderen Jungen. Ich dachte, ihm könnte ich alles erzählen …

Oh, mein Gott! Was hat er Shari *sonst noch* erzählt? Hat er ihr auch von dem Sie wissen schon erzählt? Nein, ganz bestimmt nicht. Sie hätte bestimmt etwas gesagt.

Das glaube ich zumindest …

Das sind meine Gedanken, während ich die Treppe hinauflaufe. Im zweiten Stock steht Craig an der Tür vor Vickys Zimmer, klopft und sagt: »Vic. Lass mich sofort herein!«

»NEIN!«, kreischt Vicky von drinnen. »Du darfst mich so nicht sehen! Geh weg!«

Ich trete außer Atem näher.

»Was ist los?«, frage ich Craig.

»Ich weiß nicht«, erwidert der angehende Bräutigam achselzuckend. »Es hat irgendwas mit ihrem Kleid zu tun. Ich darf es vor der Trauung nicht sehen, das bringt Unglück. Sie will mich nicht hereinlassen.«

Etwas mit ihrem Kleid?

»Vicky?«, sage ich. »Ich bin es, Lizzie. Kann ich hereinkommen?«

»Nein!«, schreit Vicky, aber im nächsten Moment geht die Tür auf.

Vickys Mutter packt mich am Arm und zieht mich ins Zimmer. Ihren zukünftigen Schwiegersohn fährt sie an: »Geh weg, Craig«, und dann schlägt sie ihm die Tür vor der Nase zu.

In dem riesigen Eckzimmer mit der rosa Tapete an den Wänden und dem wuchtigen Himmelbett sitzt Vicky schluchzend auf einem rosa bezogenen Stuhl. Mrs. de Villiers streichelt ihrer Nichte über die Haare, um sie zu beruhigen. Dominique, die äußerst missmutig wirkt, wirft mir finstere Blicke zu.

»Dominique sagt, du kannst nähen«, erklärt Mrs. Thibodaux, die meinen Arm immer noch nicht losgelassen hat. »Stimmt das?«

»Äh«, sage ich völlig verwirrt, »ja. Ich meine, ich *kann* nähen …«

»Kannst du irgendetwas an dem Kleid machen?«, will Mrs. Thibodaux wissen und dreht mich herum, sodass ich ihre Tochter anschaue, die aufgestanden ist …

… und das grauenhafteste Hochzeitskleid trägt, das ich je in meinem ganzen Leben gesehen habe.

Es sieht so aus, als habe ein Spitzenhersteller sich erbrochen. Überall ist Spitze … an den Puffärmeln … am Ausschnitt … am Mieder und am Rock und um den Saum herum. Es ist die Art von Hochzeitskleid, von dem manche Mädchen träumen …

Wenn sie neun sind.

»Wie ist das denn passiert?«, frage ich.

Vicky weint nur noch heftiger.

»Siehst du?«, heult sie. »Ich wusste es.«

Mrs. Thibodaux kaut auf ihrer Unterlippe. »Ich habe ihr gesagt, so schlimm sei es nicht. Sie ist völlig durcheinander …«

Ich gehe um die verzweifelte Braut herum, um mir den Rücken anzuschauen.

Genau, wie ich vermutet habe. Auf dem Hintern sitzt eine riesige Schleife.

Eine Schleife!

Schlimmer könnte es kaum sein.

Ich wechsle einen Blick mit Lukes Mutter. Sie blickt ganz kurz zur Decke.

Ich habe keine andere Wahl. Ich muss die Wahrheit zugeben.

»Das ist übel«, sage ich.

Vicky schluchzt auf. »Wie konntest du das nur zulassen, Mutter?«

»Was?« Mrs. Thibodaux sieht sie empört an. »Ich habe dich doch gewarnt! Ich habe dir doch die ganze Zeit gesagt, du sollst es nicht übertreiben! Sie hat es selber entworfen«, erklärt Mrs. Thibodaux mir, »und eine Pariser Schneiderin hat es dann nach Vickys Skizze genäht.«

Oh, na ja, das erklärt alles. Amateure sollten niemals ihre eigenen Kleider entwerfen. Und vor allem nicht ihr *Hochzeitskleid*.

»Aber ich wollte doch gar nicht, dass es so aussieht!«, heult Vicky. »Bei der letzten Anprobe hat es doch auch nicht so ausgesehen!«

»Ich habe es dir gesagt«, erwidert Mrs. Thibodaux. »Ich habe dir gesagt, du sollst dein Kleid nicht erst zwölf Stunden vor der Hochzeit anprobieren. Und ich habe dir gesagt, du sollst nicht so viel Spitze daran machen! Aber du wolltest ja nicht auf mich hören. Du hast ja ständig nur gemeint, es sei alles wunderbar, und du wolltest sogar noch mehr!«

»Ich wollte ein *Original*!«, weint Vicky.

»Na, das hast du ja jetzt«, wirft Mrs. de Villiers trocken ein.

»Die Frage ist doch, ob du den Schaden beheben kannst.« Zum ersten Mal, seit ich den Raum betreten habe, ergreift Dominique das Wort.

»Ich?« Voller Panik betrachte ich das Kleid. »Den Schaden beheben? Wie denn?«

»Indem du das alles wegmachst«, erwidert Vicky schniefend und hebt eine Spitzenbahn hoch, die auf unerklärliche Weise vom Mieder herunterhängt.

Ich mustere das Kleid. Es ist handgenäht. Und zwar hervorragend.

Und es ist fast unmöglich, die Spitze abzutrennen, ohne den Stoff darunter zu beschädigen.

»Ich weiß nicht«, sage ich. »Es ist wirklich sehr gut genäht, und wenn ich die Spitze abtrenne, gibt es Löcher. Dann sieht es am Ende wirklich merkwürdig aus.«

»Noch merkwürdiger als das hier?«, will Vicky wissen und hebt die Arme, an denen Spitzenflügel hängen.

»Ach, du liebe Güte!«, ruft Lukes Mutter, als sie die Flügel sieht. Und auch für Mrs. Thibodaux ist die Angelegenheit jetzt entschieden.

»Kannst du die Löcher nicht zunähen?«, fragt sie mich.

»Sodass sie es morgen Nachmittag anziehen kann?«, wirft Lukes Mutter trocken ein. »Ginny, sei doch vernünftig. Selbst eine professionelle Schneiderin – wenn wir so spät am Tag noch eine fänden – könnte das nicht.«

»Oh, Lizzie ist sehr gut«, wirft Dominique ein. »Jean-Luc schwärmt ständig von ihren zahlreichen Talenten.«

Jean-Luc schwärmt von mir? Von meinen zahlreichen Talenten? Welchen Talenten? Wovon redet Dominique da?

»Tatsächlich?« Mrs. de Villiers sieht mich neugierig an.

»Jean-Luc sagt, sie näht alle ihre Kleider selber«, sagt Dominique. »Sie hat sogar das Kleid selber genäht, das sie jetzt anhat.«

»Was?« Erschreckt zucke ich zusammen. »Nein, das stimmt gar nicht. Das ist von Anne Fogarty aus den Sechzigerjahren. Das habe ich nicht genäht.«

»Oh, sei doch nicht so bescheiden, Lizzie«, sagt Dominique lachend. »Jean-Luc hat mir alles erzählt.«

Wie meint sie das? Was soll das? Was hat Luke ihr von mir erzählt? Und was hat Luke *Shari* erzählt? Wieso läuft Luke herum und redet mit allen über mich?

»Lizzie macht das im Handumdrehen«, fährt Dominique fort. »Und Victoria hat endlich ein vernünftiges Kleid.«

»Oh!« Mrs. Thibodaux klatscht in die Häde. Ihr treten tatsächlich Tränen in die Augen. »Ist das wahr, Lizzie? Kannst du das wirklich?«

Ich blicke von Mrs. Thibodaux zu Mrs. de Villiers und zu

Dominique und wieder zurück. Irgendetwas geht hier vor sich, und ich habe den leisen Verdacht, dass es mehr mit Dominique als mit sonst etwas zu tun hat.

»Glaubst du, du kannst es retten, Lizzie?« Mrs. de Villiers blickt mich besorgt an.

Hat Luke wirklich erzählt, ich besäße so viele Talente? Ich könne so viel?

Ich darf ihn nicht enttäuschen. Obwohl er mich bei Shari verpetzt hat.

»Ich versuche es mal«, sage ich zögernd. »Ich meine, ich kann nichts versprechen …«

»Mir ist es egal«, sagt Vicky. »Ich will auf meiner Hochzeit nur nicht wie Stevie Nicks aussehen.«

Ich verstehe sie ja. Aber trotzdem …

»Zieh dein Kleid aus und gib es Lizzie«, sagt Mrs. Thibodaux zu ihrer Tochter. »Und zieh das Kleid für das Probedinner an. Die Gäste warten draußen schon auf dich. Was mögen sie denken, was hier oben passiert ist?«

Ich sage ihr nicht, dass die meisten Leute sich gar nicht für Vickys Geschrei interessiert haben, zumal das ja häufiger vorzukommen scheint.

Eine Minute später stehe ich mit einem Berg von Satin und Spitze in den Armen da.

»Tu, was du kannst«, sagt Mrs. Thibodaux zu mir. Vicky, die sich ein züchtiges, pinkfarbenes Sommerkleid angezogen und ihr tränenverschmiertes Make-up restauriert hat, geht hinaus zu Craig, der die ganze Zeit über geduldig vor der Tür gewartet hat.

»Schlimmer kannst du es auch nicht mehr machen«, sagt Lukes Mutter im Vorbeigehen zu mir.

Und Dominique fügt hinzu, als sie den Schwestern folgt:

»Viel Glück!« Dabei funkeln ihre Augen so bösartig, dass mir – zu spät – klar wird, dass ich mir gerade selber eine Grube gegraben habe, aus der ich nicht mehr alleine herauskommen werde.

Und Dominique ist diejenige, die mir die Schaufel gereicht hat.

# *Teil drei*

*Der Erste Weltkrieg war für Millionen von Toten verantwortlich, aber ebenso bemerkenswert war sicher, dass auch die Vorkriegskonventionen das Zeitliche gesegnet haben. Einer ganzen Generation von Frauen, die in der Abwesenheit der Männer »Kriegsarbeit« geleistet hatten, wurde klar, dass sie, da die Welt sowieso unterging, auch anfangen konnten zu rauchen, zu trinken und alles andere zu tun, was ihnen so viele Jahre lang verboten gewesen war.*

*Mädchen, die das taten, wurden bald mit einem besonderen Namen belegt – man nannte sie »Flappers«, weil sie wie kleine Vögelchen zum ersten Mal alleine mit den Flügeln schlugen. Gegen den Willen ihrer Eltern und manchmal auch gegen das Gesetz schnitten sie sich die Haare ab, kürzten ihre Röcke auf Knielänge und begannen, den heutigen Vorbildern der Jugend den Weg zu ebnen (siehe: Stefani, Gwen, L.A.M.B. Designs und Spears, Britney.)*

Geschichte der Mode
Examensarbeit von Elizabeth Nichols

# 21

Es ist vergeblich, ein Geheimnis vor jemandem
wahren zu wollen, der ein Recht darauf hat, es zu erfahren.
Es offenbart sich von ganz alleine.

*– Ralph Waldo Emerson (1803–1882), amerikanischer Poet, Essayist und Philosoph*

Okay, ist schon in Ordnung. Ich kann das. Ich schaffe es schon.

Ich trenne einfach die Nähte auf. Ich habe ja mein Nähzeug mit allen Utensilien dabei. Das wird ein Kinderspiel. Ich mache einfach die Spitze ab und sehe dann zu, was ich mit dem Rest noch anfangen kann. Es wird schon gut gehen. Das muss es auch, denn wenn es nicht der Fall ist, habe ich einer Braut ihren großen Tag verdorben. Und nicht nur das, sondern ich habe auch alle die Leute, die so nett zu mir sind, enttäuscht.

Okay, ich muss also meine Sache gut machen. Ich muss einfach.

Oh, oh, das sieht wirklich schlimm aus. Vielleicht fange ich am besten mit der Schleife hinten an. Ja, das sieht doch schon besser aus. Gut. Ritsch ratsch.

Eine Person allerdings möchte, dass ich scheitere. Es liegt auf der Hand, warum Dominique das über mich gesagt hat. Wahrscheinlich hat ihr Luke gar nicht erzählt, dass ich so viele Talente habe und so gut nähen kann. Warum bin ich bloß darauf hereingefallen? Sie hat das doch nur gesagt, weil sie gewusst hat, dass es mir dann umso schwerer fallen würde, abzulehnen.

Und sie wollte unbedingt, dass ich ja sage, damit ich scheitere.

Aber warum will sie das denn eigentlich? Was habe ich ihr denn getan? Ich meine, ich war doch immer nur nett zu ihr.

Na ja, okay, ich habe Lukes Mom erzählt, dass er gerne Arzt werden möchte. Vielleicht ist sie deshalb ein bisschen sauer auf mich, weil sie ja so gerne nach Paris ziehen wollte.

Und dann ist mir ja der Plan herausgerutscht, aus Mirac ein Hotel für Schönheitsoperierte zu machen.

Aber ich habe Mrs. de Villiers nicht gesagt, dass sich Dominique das ausgedacht hat.

Warum benimmt sie sich also so gemein mir gegenüber? Sie weiß doch so gut wie ich, dass das Kleid nicht mehr zu retten ist. Noch nicht mal *Vera Wang* könnte es hinkriegen. Das kann niemand. Was hat Vicky sich bloß dabei gedacht? Wie ist sie bloß auf die Idee gekommen …

»Lizzie?«

Chaz. Chaz steht vor meiner Tür.

»Komm herein«, rufe ich.

Er öffnet die Tür und steckt den Kopf herein.

»Hey, was machst du hier? Wir brauchen dich draußen …«

Er bricht ab, als er das Chaos in meinem Zimmer sieht. Überall liegt weiße Spitze …

»Heilige Muttergottes!«, sagt Chaz. »Ist die Zuckerfee hier drin explodiert?«

»Hochzeitskleid-Notfall«, sage ich und halte Vickys Kleid hoch.

»Wer heiratet denn?«, fragt Chaz. »Björk?«

»Sehr lustig«, erwidere ich. »Ihr braucht auf jeden Fall gar nicht auf mich zu warten. Ich habe hier oben alle Hände voll zu tun.«

»Ja, das sehe ich. Aber doch nicht für umsonst, Lizzie … obwohl, verstehst du denn überhaupt etwas von Hochzeitskleidern?«

Ich dränge angestrengt die Tränen zurück.

»Na, ich denke, das werden wir herausfinden«, erwidere ich fröhlich.

»Ja, vermutlich. Na ja, mach dir keine Gedanken, du verpasst nichts da unten. Nur ein paar Windbeutel, die über ihre Yachten quatschen. Ach, hör mal, was ist übrigens mit dir und Shar los?«

Ich schniefe und reibe meine Nase an der Schulter, als ob sie nur jucken und nicht laufen würde.

»Sie hat herausgefunden, dass ich eigentlich noch kein Examen habe«, erwidere ich.

Chaz blickt mich erleichtert an. »Ist das alles? Du liebe Güte, so wie sie sich aufführt, habe ich schon angenommen, du hättest etwas über Mr. Jingles gesagt. Du weißt ja, dass sie deswegen immer noch ein schlechtes Gewissen hat …«

»Nein«, erwidere ich. »Ich habe lediglich vergessen, sie zu informieren, dass ich meine Examensarbeit noch nicht geschrieben habe. Und sie hat es irgendwie herausgefunden.«

Na ja, es geschieht mir schon recht, dass Luke Shari von meinem Examen erzählt hat, schließlich habe ich seiner Mutter auch das mit dem Medizinstudium anvertraut.

Aber bei mir ist es so, dass ich körperlich einfach nicht in der Lage bin, ein Geheimnis für mich zu behalten. Und was hat er für eine Entschuldigung?

»Du hast deine Examensarbeit noch nicht geschrieben? Ach, das ist doch ein Klacks«, sagt Chaz wegwerfend. »Das holst du doch in null Komma nichts nach. Ich sage Shar, sie soll sich abregen.«

»Genau«, erwidere ich schniefend. Als er mir einen fragenden Blick zuwirft, sage ich: »Allergie. Echt. Und danke, Chaz.«

»Okay. Na, dann viel Glück.« Chaz blickt sich im Zimmer um. »Sieht so aus, als ob du es brauchen könntest.«

Dann geht er.

Ich schluchze ein wenig auf, reiße mich aber sofort wieder zusammen. Ich schaffe das. Ich schaffe das. Ich habe das Hunderte von Malen bei Vintage to Vavoom gemacht, mit Kleidern, die niemand kaufen wollte, weil sie zu hässlich waren. Ein paar Schnitte mit der Schere hier und da, eine Samtrose und … *voilà! Parfait!*

Und dann konnten wir sie im Allgemeinen mit fünfzig Prozent Preisaufschlag verkaufen.

Ich habe gerade die Flügel von den Ärmeln abgetrennt, als es schon wieder an der Tür klopft. Ich habe keine Ahnung, wie lange ich schon gearbeitet habe oder wie spät es ist, aber durch das kleine Dachfenster kann ich erkennen, dass die Sonne bereits untergeht und der Himmel rosig erstrahlt. Vom Rasen dringt Lachen und das Klirren von Besteck zu mir herauf. Die Gäste essen gerade.

Und da ich geholfen habe, das Essen aus dem Lieferwagen auszuladen, bin ich mir ziemlich sicher, dass das, was sie essen, köstlich ist. Und ich habe ganz genau gesehen, dass auch Trüffeln und Foie Gras dazugehören.

»Herein«, sage ich, in der Annahme, es sei vielleicht noch einmal Chaz.

Als ich feststelle, dass es Luke und nicht Chaz ist, bin ich völlig geschockt.

»Hey«, sagt er, tritt in das winzige Zimmer und blickt sich besorgt um.

Warum auch nicht? Bei mir sieht es aus wie in einer Konfetti-Fabrik.

»Chaz hat mir erzählt, was los ist«, sagt er. »Ich hatte ja keine Ahnung, dass sie dich dazu gedrängt haben. Das ist doch kompletter Wahnsinn.«

»Ja«, erwidere ich steif. Ich bin entschlossen, nicht zu weinen. Zumindest nicht vor ihm. »Das ist Wahnsinn.«

Reiß dich zusammen, Lizzie. Du schaffst es.

»Wie haben sie dich denn dazu gekriegt?«, will er wissen. »Ich meine, Lizzie, niemand kann in einer Nacht ein Hochzeitskleid nähen. Warum hast du nicht nein gesagt?«

»Warum ich nicht nein gesagt habe?« Oh nein. Jetzt fließen die Tränen. »Ach, Luke, ich weiß nicht. Vielleicht, weil deine Freundin dagestanden und allen erzählt, dass du immer behaupten würdest, ich sei so begabt.«

Luke verzieht erschreckt das Gesicht. »Was? Ich habe nicht …«

»Das weiß ich auch«, unterbreche ich ihn. »*Jetzt.* Aber vorhin habe ich wohl irgendwie gehofft, dass es stimmen würde, also dass du wirklich etwas Nettes über mich gesagt hättest. Ich hätte mir natürlich denken können, dass das alles nur ein Trick war.«

»Wie meinst du das?«, fragt Luke. »Lizzie – weinst du?«

»Nein«, erwidere ich und wische mir mit dem Handrücken über die Augen. »Ich weine nicht. Ich bin einfach nur müde. Es war ein langer Tag. Und ich finde wirklich nicht gut, was du getan hast.«

»Was *ich* getan habe?« Jetzt wirkt Luke völlig verwirrt.

Und er sieht auch im Schein der kleinen Lampe an meinem Bett unglaublich gut aus. Er trägt Partykleidung, ein weißes Leinenhemd und schwarze Hosen mit scharfen Bügelfalten. Das weiße Hemd betont seine braune Haut.

Aber dieses Mal lasse ich mich nicht von männlicher Attraktivität überwältigen.

»Ach, hör doch auf«, erwidere ich. »Als ob du es nicht wüsstest.«

»Ich weiß es wirklich nicht«, sagt Luke. »Ich weiß nicht, was Dominique behauptet hat, Lizzie, aber ich schwöre …«

»Ich rede nicht von dem, was du Dominique erzählt hast«, unterbreche ich ihn. »Ich weiß schon, dass das gelogen war. Aber warum …« Mir versagt die Stimme. Und dabei wollte ich doch nicht vor ihm weinen. Aber, was soll's? Schließlich hat er meine Tränen ja schon öfter gesehen. »… warum hast du Shari von meiner Examensarbeit erzählt?«

»Was?« Sein Gesichtsausdruck ist eine Mischung aus Ungläubigkeit und Verwirrung. »Lizzie, ich schwöre. Ich habe kein Wort gesagt.«

Wow, dass er es einfach so abstreitet, hätte ich jetzt wirklich nicht erwartet. Ich hatte erwartet, dass er es zugibt und mich um Entschuldigung bittet.

Die ich ihm natürlich gewährt hätte, zumal ich ja ein schlechtes Gewissen hatte, weil ich seiner Mom sein Geheimnis offenbart habe. Aber vielleicht hätten wir ja trotzdem wieder ein bisschen gegenseitiges Vertrauen aufbauen können.

Und jetzt leugnete er es einfach?

»Luke«, sage ich enttäuscht, »das kannst nur du gewesen sein. Es weiß doch sonst niemand.«

»Aber ich war es nicht«, sagt Luke, und ein Blick auf sein Gesicht zeigt mir, dass er nicht mehr ungläubig und auch nicht verwirrt ist. Jetzt ist er wütend. Es sieht jedenfalls so aus. »Ich weiß nicht, wie Shari das mit deinem Examen herausgefunden hat, aber ich habe es ihr nicht gesagt. Im Gegensatz zu anderen Leuten hier in diesem Zimmer kann *ich* ein Geheimnis für mich behalten. Oder hast du etwa meiner Mutter nicht erzählt, dass ich Medizin studieren möchte?«

Ups. In der Stille, die eintritt, höre ich das Besteck unten klappern, ich höre die Grillen zirpen und dann schreit Vicky laut und deutlich: »Lauren, Nicole, ihr habt es geschafft!«

Ich schlucke.

Ich bin tot.

»Na ja«, sage ich, »ja. Das stimmt. Aber ich kann es erklären …«

»Findest du es wirklich in Ordnung«, unterbricht Luke mich, »andere Leute zu beschuldigen, dass sie Geheimnisse nicht für sich behalten können, wenn du es offensichtlich nicht einmal selber kannst?«

»Aber …«, sage ich und werde blass. Er hat ja recht. Natürlich. Ich bin der größte Heuchler auf der Welt.

»Aber«, sage ich noch einmal, »du verstehst nicht. Deine Freundin – dein Onkel – alle sagten, du würdest den Job annehmen, und ich dachte nur …«

»Du dachtest, du kümmerst dich um etwas, was dich nichts angeht?«, will Luke wissen.

Ich bin so blöd.

»Ich wollte doch nur helfen«, erwidere ich mit kleiner Stimme.

»Ich habe dich nie um deine Hilfe gebeten, Lizzie«, sagt Luke. »Hilfe wollte ich von dir nicht … Ich wollte von dir … ich dachte, wir könnten …«

Was wollte Luke von mir? Was dachte er, könnten wir – *was*?

Plötzlich schlägt mir das Herz bis zum Hals. Oh, mein Gott. Oh, mein Gott.

»Weißt du was?«, sagt Luke plötzlich. »Vergiss es.«

Damit dreht er sich um, marschiert aus dem Zimmer und schlägt nachdrücklich die Tür hinter sich zu.

*Manche behaupten, die Machtergreifung Hitlers – und der Faschismus – wären schuld daran, dass die längeren Röcke und die schmale Taille der Dreißigerjahre die Frauen wieder in Korsetts zwangen. Die Weltwirtschaftskrise machte es für gewöhnliche Frauen nahezu unmöglich, sich die teuren Pariser Modelle zu leisten, die die Filmstars in den Filmen trugen – aber begabte Schneiderinnen, die die Schnitte mit weniger kostspieligen Stoffen nacharbeiten konnten, hatten viel zu tun, und endlich gab es billige Imitationen … lange mögen sie leben (siehe: Vuitton, Louis).*

Geschichte der Mode
Examensarbeit von Elizabeth Nichols

# 22

Klatsch ist charmant! Die ganze Geschichte ist nichts anderes als Klatsch. Aber Skandal ist moralinsaurer Klatsch.

*– Oscar Wilde (1854–1900), irischer, Schriftsteller*

Ich kann Ihnen versichern, dass es echt schwer ist, gerade zu schneiden, wenn man vor lauter Tränen kaum sehen kann.

Na ja. Aber was macht das schon? Ich brauche ihn doch sowieso nicht. Ja, sicher, er scheint wirklich nett zu sein. Und er sieht definitiv gut aus. Außerdem ist er klug und witzig.

Aber er ist ein Lügner. Ich meine, er hat doch offenbar Shari von meiner Examensarbeit erzählt, woher sollte sie es sonst wissen? Ich weiß nicht, warum er es nicht einfach zugegeben hat. Ich habe ja auch bestätigt, dass ich seiner Mom von seinem geheimen Traum, Arzt zu sein, erzählt habe.

Und ich habe es wenigstens für einen guten Zweck getan. Bibi de Villiers ist nämlich vermutlich die Art von Frau, die alles daransetzen wird, ihrem Kind seinen Traum zu erfüllen. Sollte man einer solchen Mutter wirklich die tiefsten Sehnsüchte ihres Sohnes verschweigen?

Eigentlich habe ich Luke einen *Gefallen* getan, indem ich es seiner Mutter erzählt habe.

Ja, okay, ich kann meinen Mund nicht halten und mische

mich überall ein. Und deswegen habe ich ihn verloren … obwohl ich ihn ja eigentlich noch gar nicht richtig hatte. Ja, klar, da war dieser Moment heute Morgen, als er mir die Diet Coke gekauft hat …

Aber nein. Ich habe mir das alles nur eingebildet. Daran gibt es jetzt keinen Zweifel mehr. Ich bin dazu bestimmt, alleine zu leben und zu sterben. Liebe und Lizzie Nichols passen anscheinend nicht zusammen.

Und das ist ja auch völlig in Ordnung so. Ich meine, schließlich gibt es viele Menschen, die ein vollkommen glückliches, erfülltes Leben führen, ohne dass sie einen Partner haben. Mir fällt jetzt im Moment bloß niemand ein, aber es muss doch so sein. Und genauso wird es mir eben auch gehen. Ich bin eben einfach Lizzie – alleine.

Ich versuche gerade, mit der Schere eine besonders feine Naht aufzutrennen, als es schon wieder an der Tür klopft.

Ernsthaft, langsam weiß ich nicht mehr, wie lange ich das noch ertrage.

Die Tür geht auf, bevor ich überhaupt die Chance habe, »Herein« zu sagen.

Und zu meiner Überraschung steht Dominique im Rahmen, groß und kühl in hochhackigen Manolos und einem tief ausgeschnittenen, hautengen grünen Kleid.

Ich schüttele den Kopf.

»Hör mal«, sage ich, »ich weiß, es sieht schlimm aus, aber vor dem Sturm ist es immer am schlimmsten. Ich würde mit dem Kleid fertig werden, wenn die Leute mich endlich mal in Ruhe arbeiten ließen.«

Dominique tritt ins Zimmer, wobei sie sich vorsichtig umschaut, als lägen Stolperdrähte auf dem Fußboden und nicht Berge von Spitze.

»Ich bin nicht wegen des Kleides hier«, sagt sie. Sie bleibt an meinem offenen Koffer stehen und blickt auf das Gewirr von Secondhandkleidern und Sears Jeans, das darin liegt. Spöttisch verzieht sie das Gesicht.

»Hör mal«, sage ich. Mehr halte ich wirklich nicht mehr aus. »Wenn du willst, dass das hier bis morgen früh fertig ist, dann lässt du mich jetzt besser allein, ja? Sag Vicky, ich tue mein Bestes.«

»Ich habe dir doch gesagt, dass ich nicht wegen Victoria oder ihrem Kleid da bin«, erklärt Dominique. »Ich bin wegen Luke hier.«

Luke? Ich lasse die Schere sinken. Was will sie mir denn wegen *Luke* sagen?

»Ich weiß, dass du in ihn verliebt bist«, sagt Dominique, nimmt meine Familienpackung Calcium-Tabletten von der Kommode und studiert sie.

Ich starre sie mit offenem Mund an. »W-was?«

»Das sieht doch ein Blinder«, erklärt Dominique und legt die Schachtel wieder zurück. »Zuerst war ich ja nicht alarmiert, weil… na ja, du brauchst dich ja nur mal anzusehen.«

Blöd wie ich bin, blicke ich tatsächlich an mir herunter. Mindestens fünfundachtzigtausend weiße Spitzenfetzchen kleben an meinem schwarzen Kleid, meine Haare sind zu einem Pferdeschwanz zusammengebunden und meine Schuhe habe ich irgendwo unter den Stoffmengen auf dem Fußboden verloren.

»Aber ich weiß, er… *mag* dich ganz gern«, fährt Dominique fort und hebt ihr spitzes Kinn.

Ja. Na ja. Früher vielleicht mal. Jetzt vermutlich nicht mehr so sehr.

»Er empfindet für dich so ähnlich wie ein großer Bruder für eine ulkige kleine Schwester«, erklärt Dominique.

Na toll. So wie Blaine Vicky sieht. Einfach toll.

Obwohl es wahrscheinlich besser ist, als wenn er mich hassen würde.

»Ich glaube, er erzählt dir eine ganze Menge.« Sie hat eine meiner zahlreichen Leselampen gefunden und nimmt sie in die Hand, um sie sich anzuschauen. »Ich habe mich gefragt, ob er dir etwas von dem Angebot seines Onkels erzählt hat.«

Ich tue so, als wüsste ich von nichts. Was soll ich sonst machen? Schließlich kann ich ja nicht zugeben, dass ich gelauscht habe. Obwohl ich das ja auch nicht getan habe.

»Angebot?«

»Davon hast du doch bestimmt gehört? Eine Stelle in Paris in Monsieur Thibodaux' äußerst exklusiver Bank? Er würde wesentlich mehr Geld verdienen als jetzt. Hat er das nicht erwähnt?«

»Nein«, erwidere ich. Und das ist noch nicht mal gelogen.

»Merkwürdig«, sagt Dominique. »Er benimmt sich so seltsam.«

»Na ja«, erwidere ich beiläufig, »das kann passieren, wenn man auf einmal viel Geld angeboten bekommt. Dann drehen die Leute durch. Sieh dir bloß Blaine an.«

»Blaine?« Dominique schaut mich verständnislos an.

»Genau. Blaine Thibodaux«, erkläre ich. »Seine Band ist von einer Plattengesellschaft unter Vertrag genommen worden, und Blaines Freundin hat ihn verlassen, weil sie ihn jetzt zu reich findet. Wenn es um große Summen geht, dann … drehen die Leute einfach durch.«

Dominique blickt mich verblüfft an. Meine Leselampe baumelt vergessen in ihrer Hand.

»Zahlen Plattenfirmen denn so viel?«

»Na ja, klar«, erwidere ich. »Außerdem hat Blaine gerade die Rechte an einem seiner Songs an Lexus verkauft. Für eine Werbung.«

Dominique kneift die Augen zusammen. »Ach, tatsächlich.« Sie legt das Leselämpchen weg. »Wie interessant.« Ihr Tonfall klingt allerdings eher nach dem Gegenteil. »Dann weißt du also nicht, warum Luke sich so seltsam benimmt?«

»Ich habe keine Ahnung«, erwidere ich. Und das stimmt ja auch. Zumindest weiß ich nicht, warum er sich Dominique gegenüber so seltsam benimmt. Es sei denn, sie hätte ihn, ebenso wie ich, einen Lügner genannt. Dann würde ich es natürlich verstehen.

»Na gut«, sagt sie und wendet sich zum Gehen. »Danke. Und viel Glück mit dem Kleid.« Sie verzieht die Mundwinkel zu so etwas wie einem Lächeln. »Sieht so aus, als ob du es brauchen könntest.«

Und dann ist sie weg, noch bevor ich »danke« sagen kann.

Na ja. Wenn das der Typ Frau ist, den Luke bevorzugt – groß, dünn, künstlich aufgebläht im Brustbereich (darauf würde ich Grandmas Leben verwetten) und besessen vom Geld, dann kann ich es auch nicht ändern.

Obwohl ich irgendwie schon verstehen kann, warum er eine solche Frau einer vorzieht, die ihn als Lügner bezeichnet. Auch wenn er einer ist.

Dominique jedenfalls hat ihn bestimmt nicht der Lüge bezichtigt. Dazu ist sie viel zu gerissen.

Das merkt man ja alleine schon daran, dass sie mich hier in ein Projekt hineingeritten hat, das ich niemals pünktlich fertig bekommen kann. Jedenfalls nicht so, dass alle zufrieden sind. Als unten die Toasts beginnen – ich höre die Kristallgläser klingen, dann Gemurmel und schließlich zustimmendes Gelächter –, habe ich alle Spitze von Vickys Kleid entfernt.

Und ich muss feststellen, dass das, was die Spitze bedeckt hat, noch schlimmer aussieht als die Spitze selbst.

Ich stehe noch da und überlege mir, ob ich einfach die ganze Spitze wieder draufnähen und meine Niederlage eingestehen soll, oder vielleicht meine Sachen packen und einfach abhauen soll, als meine Zimmertür erneut aufgeht und Shari, ohne anzuklopfen, eintritt. In der Hand hält sie einen Teller mit Essen.

»Bevor du den Mund öffnest und die Dinge noch schlimmer machst, als sie ohnehin schon sind«, sagt sie ärgerlich, während sie den Teller auf meine Kommode neben die Leselampen stellt, »will ich dir nur sagen, dass ich heute meine Periode bekommen habe und blöderweise keine Tampons dabeihatte. Also habe ich hier nach welchen gesucht, weil ich ja weiß, dass du immer so ausgerüstet bist, als wolltest du den Mount Everest besteigen und wochenlang nicht mehr in die Zivilisation zurückkehrst, selbst wenn du nur für zwei Tage verreist. Und dabei habe ich das Notebook mit der Examensarbeit gefunden. Du hast es ja offen auf deinem Bett stehen gehabt, ich konnte ja gar nicht daran vorbeischauen. Ich dachte, es wäre dein Tagebuch. Und ich hatte PMS. Ich *musste* es einfach lesen.«

Ich starre sie mit offenem Mund an.

»Natürlich war es falsch«, fährt sie fort. »Aber ich habe

es eben gelesen. Und dadurch habe ich mitbekommen, dass du noch gar kein Examen hast. Luke hat mir nichts erzählt. Allerdings möchte ich hier anmerken, dass ich es nicht fasse – du hast es Luke erzählt, einem Mann, den du erst vor ein paar Tagen kennen gelernt hast, und nicht mir, obwohl ich seit dem Kindergarten deine beste Freundin bin.«

»Luke hat es dir gar nicht erzählt?«, frage ich mit schwacher Stimme.

»Nein«, sagt Shari. Sie lässt sich auf mein Bett fallen, ohne sich darum zu kümmern, dass es von Spitzehaufen bedeckt ist. »Es war wirklich gekonnt, dass du ihn beschuldigt hast. Ich glaube, er ist stinksauer.«

»Oh, Gott.« In mir krampft sich alles zusammen, und ich sinke neben Shari aufs Bett. »Was habe ich nur getan?«

»Mist gebaut«, erwidert Shari. »Und zwar gründlich. Vor allem, wenn man bedenkt, dass du in ihn verliebt bist.«

Ich werfe ihr einen kläglichen Blick zu. »Merkt man das so deutlich?«

»Wenn man dich seit achtzehn Jahren kennt, auf jeden Fall. Aber er wahrscheinlich nicht.«

Ich starre mit tränenerfüllten Augen zur Balkendecke.

»Ich bin so ein Idiot«, sage ich.

»Ja«, erwidert Shari. »Warum hast du mir das mit der Examensarbeit nicht einfach erzählt?«

»Weil ich wusste, dass du böse auf mich sein würdest«, erwidere ich.

»Jetzt bin ich auch böse auf dich.«

»Siehst du? Ich wusste es doch.«

»Na ja, weißt du, Lizzie«, sagt Shari. »Dass dein Studium nichts gekostet hat, bedeutete ja nicht, dass du rumtrödeln konntest. *Geschichte der Mode*! Als Hauptfach!«

»Na ja, zumindest brauchte ich keine Ratten zu töten.«

Ich habe die Worte noch nicht ganz ausgesprochen, da bedauere ich sie schon. Shari treten die Tränen in die Augen.

»Ich habe dir doch gesagt, dass ich Mr. Jingles töten musste«, sagt sie. »Ein Wissenschaftler muss Distanz wahren können.«

»Ich weiß doch«, erwidere ich und lege meine Arme um sie. »Es tut mir leid, dass ich das gesagt habe. Ich weiß nicht, was mit mir los ist. Ich bin … im Moment bin ich ein einziges Chaos.«

Shari erwidert meine Umarmung nicht. Sie blickt sich in meinem Zimmer um und sagt: »Das stimmt, und in dieses Chaos hast du dich selber gebracht. Lizzie. Was hast du mit dem Kleid von diesem Mädchen vor?«

»Ich weiß nicht«, erwidere ich jämmerlich und blicke mich um. »Es sieht jetzt eigentlich schlimmer aus als vorher.«

»Na ja, ich habe es ja vorher nicht gesehen«, sagt Shari. »Aber ich kann mir nicht vorstellen, dass es schlimmer aussehen könnte als jetzt.«

Ich hole tief Luft.

»Ich bringe das schon in Ordnung«, sage ich. Und damit meine ich nicht nur Vickys Kleid. »Ich weiß zwar noch nicht, wie, aber ich bringe es in Ordnung, und wenn ich die ganze Nacht aufbleiben muss.«

»Na gut«, sagt Shari. Sie steht auf und holt den Teller von der Kommode. »Hier. Ein Friedensangebot.«

Sie stellt mir den Teller auf den Schoß, auf dem sich eine

Auswahl der Gerichte befindet, die es zum Probedinner gegeben hat – Poulardenbrust, ein Gemüsegratin, etwas Salat, ein paar Ecken Käse, und …

»Das ist Foie Gras«, sagt Shari und zeigt auf einen braunen Klecks am Rand des Tellers. »Ich habe mir gedacht, dass du es gerne mal probieren möchtest. Brot habe ich dir nicht mitgebracht, wegen deiner kohlehydratfreien Diät – von Croissants und Schokoladensandwiches jetzt mal abgesehen. Hier ist eine Gabel. Ach, und hier …«

Sie geht zur Tür, öffnet sie, bückt sich und hebt etwas hoch, was draußen im Flur gestanden hat.

Es ist ein Eiskübel.

»Mein Diet Coke«, sage ich und kämpfe erneut gegen die Tränen an.

»Ja«, sagt Shari. »Ich habe sie ganz hinten im Kühlschrank hinter dem Nutella gefunden, und ich habe mir gedacht, dass du bestimmt was zum Wachbleiben brauchst, wenn du die ganze Nacht nähen musst.« Sie wirft einen Blick auf die Überreste von Vickys Hochzeitskleid. »Und das musst du ja wohl.«

»Danke, Shar«, sage ich schniefend. »Und … es tut mir leid. Ich weiß gar nicht, warum ich mich nicht mehr um die Schule gekümmert habe. Vermutlich war ich gegen Ende einfach zu sehr mit Andy beschäftigt, um richtig aufzupassen.«

»Das ist nicht der Grund«, erwidert Shari. »Ich meine, ein Teil davon schon, aber seien wir doch ehrlich, Lizzie. Schule war noch nie dein Ding.« Sie weist mit dem Kinn auf mein Nähkörbchen. »*Das* ist es. Das kannst du wirklich gut. Und wenn jemand dieses hässliche Kleid retten kann, dann bist du es.«

Wieder treten mir die Tränen in die Augen. »Danke. Nur … was soll ich denn mit Luke machen? Meinst du … meinst du, er hasst mich wirklich?«

»Hassen ist vielleicht zu viel gesagt«, erwidert Shari. »Ich denke, er ist eher … verbittert.«

»Verbittert?« Ich wische mir mit dem Handrücken über die Augen. »Verbittert ist besser. Damit kann ich umgehen. Obwohl es natürlich keine Rolle spielt«, füge ich hastig hinzu, als Shari mir einen neugierigen Blick zuwirft. »Schließlich hat er ja schon eine Freundin, und außerdem wohnt er in Houston, und ich habe gerade eine aussichtslose Beziehung hinter mir und kein Interesse an etwas Neuem.«

»Genau«, erwidert Shari und zieht eine Augenbraue hoch. »Na gut. Dann mach dich wieder an die Arbeit, Coco. Wir sind alle sehr gespannt auf deine Kreation morgen früh.«

Ich versuche zu lachen, aber es kommt nur ein schluchzender Schluckauf zustande.

»Ach, und Lizzie?« Shari, die bereits auf dem Weg zur Tür war, bleibt stehen.

»Ja?«

»Gibt es sonst noch etwas, das ich wissen muss?«, fragt sie. »Irgendwelche anderen Geheimnisse, die du vor mir verbirgst?«

Ich schlucke. »Nein, absolut nicht«, erwidere ich.

»Gut«, sagt Shari. »Dann wollen wir es dabei belassen.«

Und mit diesen Worten geht sie aus dem Zimmer.

Und wissen Sie was? Ich komme mir noch nicht einmal schlecht vor, weil ich ihr nichts von dem Blow Job erzählt habe. Manche Dinge braucht noch nicht einmal die beste Freundin zu wissen.

*Als die Deutschen 1940 in Paris einmarschierten, kam die Mode, wie die Welt sie kannte, zum Erliegen. Der Krieg machte dem Export von Couture ein Ende, und es war unmöglich, an Stoffe wie zum Beispiel Seide zu kommen, die im Krieg zu Fallschirmen verarbeitet wurde. Modebewusste Frauen wollten jedoch ihre Seidenstrümpfe nicht aufgeben, färbten sich die Beine und malten die Naht auf, um ihre Lieblingsbeinkleider zu imitieren. Frauen, die künstlerisch nicht so begabt waren, trugen Hosen, was mittlerweile von der Gesellschaft akzeptiert wurde, zumal man sich ja auch an Luftangriffe und Bebop gewöhnt hatte.*

Geschichte der Mode
Examensarbeit von Elizabeth Nichols

# 23

Klatsch sind Nachrichten, die im roten Satinkleid
vor sich selber herlaufen.

*– Liz Smith (1923– ), amerikanische Journalistin und Autorin*

Ein Streifen Spitze liegt über meinem Gesicht, als ich aufwache. Und jemand klopft laut an die Tür.

Ich blicke mich verschlafen um. Graues Licht dringt durch mein Fenster, und ich stelle fest, dass ich gestern Abend vergessen habe, die Vorhänge zuzuziehen. Ich habe eine ganze Menge gestern Abend vergessen. Ich habe meinen Schlafanzug nicht angezogen. Mich nicht abgeschminkt. Und die Zähne habe ich mir auch nicht geputzt.

Es klopft immer noch an meine Tür.

»Ich komme«, sage ich und wälze mich aus dem Bett – ich schwanke ein bisschen, weil ich Kreislaufprobleme habe. Das kommt davon, wenn man sich die ganze Nacht über mit Diet Coke wachhält.

Vorsichtig öffne ich die Tür ein paar Zentimeter.

Im Flur steht Vicky Thibodaux, in einem himmelblauen Morgenmantel.

»Und?«, fragt sie nervös. »Bist du fertig? Hat es geklappt? Konntest du es retten?«

»Wie spät ist es?«, frage ich und reibe mir die Augen.

»Acht«, erwidert sie. »Ich heirate in vier Stunden. IN VIER STUNDEN! Bist du fertig geworden?«

»Vicky«, antworte ich und beginne, die Worte zu formulieren, die ich mir seit zwei Uhr heute früh immer wieder zurecht gelegt habe. »Es ist …«

»Ach, Scheiße«, sagt Vicky, wirft sich mit ihrem gesamten Körpergewicht gegen die Tür und schiebt mich einfach beiseite.

Sie macht drei Schritte ins Zimmer hinein und bleibt dann wie erstarrt stehen, als sie sieht, was an dem Haken an der Wand hängt.

»D-das …« stammelt sie mit aufgerissenen Augen. »D-das …«

»Vicky«, sage ich, »hör mir zu. Das Kleid, auf das deine Schneiderin die ganze Spitze genäht hat, hatte nicht genug Eigensubstanz, um ohne …«

»Das ist wundervoll«, haucht Vicky.

»… ohne all die Spitze bestehen zu können. Im Wesentlichen *war* die Spitze das Brautkleid. Deshalb habe ich … warte mal. Was hast du gesagt?«

»Es ist wundervoll«, wiederholt Vicky. Aufgeregt ergreift sie meine Hand und drückt sie. Das Kleid lässt sie dabei nicht aus den Augen. »Es ist das schönste Kleid, das ich je gesehen habe.«

»Äh«, sage ich erleichtert. »Danke. Der Meinung bin ich auch. Ich habe es vorgestern auf dem Speicher gefunden. Es war voller Flecken, aber ich habe sie herausbekommen, ein paar Risse am Saum geflickt und einen Träger wieder festgenäht. Und gestern Nacht habe ich es auf deine Länge angepasst. Also wenn du seit gestern nicht geschrumpft – oder gewachsen – bist, müsste es eigentlich passen. Ich habe ungefähr eine Stunde gebraucht, um es zu bügeln … Gott sei Dank habe ich ein Bügeleisen in der Küche gefunden …«

Vicky hört mir kaum zu. Ihr Blick klebt immer noch an dem Givenchy-Kleid.

»Äh«, sage ich, »willst du es anprobieren?«

Vicky nickt nur und schlüpft stumm aus ihrem Morgenmantel.

Vorsichtig nehme ich das Kleid vom Bügel. Vickys ursprüngliches Kleid – die Spitzen-Katastrophe – hängt an einem Haken daneben. Ich habe die Kleider extra nebeneinandergehängt, damit Vicky sich frei entscheiden konnte. So *schlimm* sieht ihr ursprüngliches Kleid auch gar nicht mehr aus – wenn ich mich selber loben darf. Ich habe die Spitze reduziert, wenn ich sie auch nicht ganz entfernen konnte, und es ist trotzdem noch ein Kleid übrig geblieben. Stevie Nicks käme jetzt nicht mehr auf die Idee, es zu tragen, aber man könnte es immer noch für die Revue *Barbie on Ice* verwenden.

Und neben einem Givenchy-Modell hat es natürlich überhaupt keine Chance. Genau das, was ich gehofft hatte.

Ich halte selber die Luft an, als ich Vicky helfe, die cremeweiße Seide über den Kopf zu ziehen. Als sie mit den Armen durch die Träger geschlüpft ist, trete ich hinter sie und beginne, die Perlenknöpfe zu schließen. Einer nach dem anderen lässt sich leicht zuknöpfen. Und ich weiß, dass Vicky nicht die Luft anhält, weil ich ihr aufgeregtes Keuchen höre.

»Es passt«, schreit sie aufgeregt, als ich die obersten Knöpfe schließe. »Es passt *perfekt*.«

»Na ja«, sage ich, »das sollte es auch. Ich habe die Abnäher …«

Vicky wirbelt durchs Zimmer. »Ich will mich anschauen«, schreit sie. »Wo ist ein Spiegel?«

»Äh«, sage ich, »drüben, im Badezimmer …«

Sie rennt aus meinem Zimmer, schlägt geräuschvoll die Tür hinter sich zu, ich höre die Badezimmertür, und dann ertönt ein: »Oh, mein Gott! Es ist *perfekt*!«

Erleichtert sacke ich an der Wand meines Zimmers zusammen. Es gefällt ihr.

Endlich habe ich wenigstens etwas richtig gemacht.

Vicky stürmt wieder in mein Zimmer.

»Ich liebe es«, sagte sie. Zum ersten Mal, seit ich sie kennen gelernt habe, strahlt sie übers ganze Gesicht.

Und das Lächeln verwandelt sie in ein völlig anderes Mädchen. Sie ist nicht mehr die verwöhnte Society-Tussi, die ihren Bruder und alle anderen Menschen auf der Welt hasst.

Ich sehe ein süßes, aufgeregtes Mädchen, das sich für einen phlegmatischen Computerprogrammierer aus Minnesota entschieden hat, statt den reichen texanischen Ölerben zu heiraten, den ihre Mom für sie ausgesucht hat.

Es stimmt wahrscheinlich, wenn man sagt, dass Bräute an ihrem Hochzeitstag alle schön sind. Selbst um diese Uhrzeit, ohne jedes Make-up, sieht Vicky großartig aus.

»Ich liebe es, und ich liebe dich«, gurrt sie. »Ich gehe es jetzt meiner Mom zeigen.« Sie drückt mir einen Kuss auf die Wange und zieht mich in eine überraschend feste Umarmung. »Danke. Vielen, vielen Dank. Das vergesse ich dir nie. Du bist ein Genie. Ein absolutes Genie.«

Und in einem Wirbel weißer Seide ist sie verschwunden.

Völlig erschöpft sinke ich zurück aufs Bett, um wenigstens noch ein paar Minuten Schlaf zu bekommen.

Es gelingt mir, eine, vielleicht auch zwei Stunden lang

zu schlafen, bevor ich erneut grob geweckt werde. Eine Stimme, die sehr nach Shari klingt, sagt: »Oh, mein Gott, oh, mein Gott, Lizzie, wach auf! Du glaubst es nicht – WACH AUF!«

Ich schiebe mir das Kissen über den Kopf und halte die Augen fest geschlossen.

»Was auch immer es ist«, sage ich, »ich will es nicht wissen. Ernsthaft. Ich bin völlig erledigt. Geh weg!«

»Das hier willst du aber doch wissen«, versichert Shari mir und zieht mir das Kissen weg.

Als sie mir erfolgreich den Schutz vor dem hellen Sonnenlicht, das in mein Zimmer flutet, entwunden hat, blinzele ich durch meine verschwollenen Augenlider und murmele gereizt: »Es sollte schon wichtig sein, Shar. Ich habe bis fünf Uhr heute Morgen an diesem blöden Kleid gearbeitet.«

»Oh, es ist wichtig«, sagt Shari. »Luke hat mit ihr Schluss gemacht.«

Ich starre sie an. »Mit wem?«

»Was soll das heißen, mit wem?«

Shari schlägt mir mit dem Kissen, das sie mir gerade entrissen hat, auf den Kopf. »Mit Dominique, du Idiot. Er hat es heute früh Chaz erzählt, und der hat es mir gesagt. Und ich bin sofort hier heraufgerannt, um es dir zu sagen.«

»Warte mal.« Ich stütze mich auf die Ellbogen. »Luke hat sich von Dominique getrennt?«

»Anscheinend gestern Abend, als wir alle zu Bett gegangen sind. Ich meinte, sie streiten zu hören, aber die Wände hier sind so dick…«

»Warte mal.« Das ist ein bisschen zu viel für mich mit

meinem Diet-Coke-Kater. »Sie haben sich gestern Abend getrennt?«

»Sie haben sich nicht getrennt«, erwidert Shari schadenfroh. »Er hat Schluss gemacht. Zu Chaz hat er gesagt, ihm sei endlich klargeworden, dass ihnen ganz unterschiedliche Dinge im Leben wichtig seien. Und auch, dass ihre Brüste nicht echt sind.«

»*Was?*«

»Na ja, das gehört nicht zu den Gründen, warum er mit ihr Schluss gemacht hat. Das hat er nur so nebenbei erwähnt.«

»Ach, du lieber Himmel.« Ich liege da und versuche, meine Gedanken zu ordnen. Gut geht es mir nicht, aber das liegt vielleicht daran, dass ich insgesamt nur drei Stunden Schlaf hatte.

»Es ist meine Schuld«, sage ich schließlich.

Shari sieht mich an, als ob ich verrückt sei. »Deine Schuld? Wieso soll es deine Schuld sein?«

»Ich habe Lukes Mom erzählt, was Dominique uns erzählt hat… dass Luke Arzt werden wollte. Und mir ist auch herausgerutscht, dass sie Mirac gerne in ein Lipo-Erholungshotel verwandeln wollte. Ich wette mit dir, dass sie mit Luke darüber gesprochen hat. Seine Mom, meine ich.«

Shari wirft mir einen sarkastischen Blick zu.

»Lizzie«, sagt sie, »Jungs machen nicht mit ihrer Freundin Schluss, weil ihre Mom sie nicht leiden kann.«

»Trotzdem«, erwidere ich. Ich fühle mich schrecklich. »Wenn ich den Mund gehalten hätte…«

»Lizzie«, sagt Shari, »Luke und seine Freundin hatten schon lange vor deiner Ankunft Probleme.«

»Aber …«

»Ich weiß das, weil Chaz es mir erzählt hat. Ich meine, die Frau hat Flip Flops für sechshundert Dollar. Also, komm. Werd wieder normal. Es hat überhaupt nichts mit dir oder dem, was du zu Lukes Mom gesagt hast, zu tun.«

Ja, Shari hat wahrscheinlich recht. Es wäre vermessen zu glauben, dass irgendetwas, was zwischen Luke und seiner Freundin passiert ist, etwas mit mir zu tun hat.

»Ich wusste, dass sie nicht echt waren«, sage ich schließlich.

»Ja, ich auch«, erwidert Shari. »Sie haben sich nie bewegt, also zum Beispiel, wenn sie gewinkt hat.«

»Genau!«, stimme ich zu. »Wessen Brüste wackeln denn nicht, wenn man sich bewegt? Vor allem so große Brüste.«

»Also, du weißt Bescheid«, sagt Shari. »Du hast jetzt doch deine Chance mit ihm.«

»Shari«, erwidere ich erschreckt. Ich will mir keine vergeblichen Hoffnungen machen. »Er hasst mich!«

Shari runzelt die Stirn. »Er hasst dich nicht.«

»Du hast doch selber gesagt, er sei verbittert.«

»Na ja. Gestern Abend hat er deinetwegen ein bisschen verbittert geklungen.«

»Siehst du«, sage ich.

»Aber das war, bevor er mit seiner Freundin Schluss gemacht hat!«

Ich lasse mich wieder in die Kissen sinken. »Zwischen ihm und mir hat sich seit gestern Nacht aber nichts geändert«, sage ich und blicke an die Decke. »Ich habe ihn trotzdem beschuldigt, dir von meiner Examensarbeit erzählt zu haben. Und dabei hat er es gar nicht getan.«

»Also, ich habe eine brillante Idee. Warum versuchst du nicht, dich bei ihm zu entschuldigen?«

»Das würde nichts ändern«, sage ich, immer noch zur Zimmerdecke. »Jedenfalls nicht, solange er noch verbittert ist. Und das ist er wahrscheinlich. Ich an seiner Stelle wäre es.«

»Nein, du nicht. Aber darum geht es hier nicht. Du musst dir eben ein bisschen Mühe geben«, sagt Shari. »Meinst du nicht, er ist es wert?«

»Doch, natürlich«, erwidere ich. Ich denke daran, wie lieb, geduldig und lustig er im Zug war. Wie lang seine Augenwimpern im Gegenlicht gewirkt haben. Wie süß er auf dem Dachboden zu mir war. Die Diet Coke, die er mir gekauft hat.

Wie er darauf bestanden hatte, dass ich tapfer sei, trotz aller gegenteiliger Beweise.

Mein Herz krampft sich vor Sehnsucht zusammen.

»Aber, Shari«, sage ich, »es hat doch keinen Zweck. Ich meine …«

Die Tür zu meinem Zimmer geht auf und Chaz steckt den Kopf hinein. Er sieht verärgert aus.

»Entschuldigung, meine Damen«, sagt er. »Ich weiß ja, dass es Spaß macht, hier herumzusitzen und über meinen Freund Luke zu quatschen. Aber hat eine von euch mal daran gedacht, dass HEUTE DIE HOCHZEIT STATTFINDET, BEI DER WIR HELFEN SOLLEN?«

Und so trage ich eine Stunde später ein Tablett voller Mimosas herum und biete den durstigen Gästen, die sich auf dem Rasen zur Hochzeit von Victoria Rose Thibodaux und Craig Peter Parkinson versammeln, einen Willkommensschluck an. Es ist wesentlich heißer, als alle gedacht haben, und die Männer schwitzen in ihren Anzügen und Krawatten, während sich die Frauen mit dem Hochzeitsprogramm Luft zufächeln. Die Trauungszeremonie soll um zwölf Uhr beginnen, und das wird sie aller Voraussicht nach auch. Der Pfarrer – aus der heimatlichen Kirche der Braut in Houston eingeflogen – ist eingetroffen, ebenso wie die Floristin, die Hochzeitstorte und sogar das Streichquartett, das den Hochzeitsmarsch spielen wird (da sich Satan's Shadow immer noch weigert, Cover-Songs zu spielen, noch nicht einmal aus *Lohengrin*).

Sogar die Braut ist zu jedermanns Überraschung bereit, und es heißt, sie warte gelassen und kühl im Haus darauf, dass es zwölf schlägt.

Ich wünschte, ich könnte auch gelassen und kühl sein, aber ich bin ziemlich durcheinander. Das liegt daran, dass ich Luke noch nicht gesehen habe. Na ja, das heißt, natürlich habe ich ihn schon *gesehen* – er läuft hier herum, begrüßt Gäste, löst Probleme und sieht fantastisch aus in seinem dunklen Anzug, in dem es ihm im Gegensatz zu den anderen Männern überhaupt nicht zu heiß zu sein scheint.

Aber er ist nicht einmal in meine Nähe gekommen, geschweige denn, dass er auch nur in meine Richtung geschaut hätte.

Ich kann völlig verstehen, warum er wütend – ich meine verbittert – auf mich ist.

Aber er könnte mir ja wenigstens eine Chance geben, alles zu erklären.

»Ist da Alkohol drin?«, fragt Baz, der Drummer von Satan's Shadow und zeigt auf die Gläser auf meinem Tablett.

»Ja«, sage ich. »Champagner.«

»Gott sei Dank«, sagt Baz, nimmt sich zwei Gläser, schüttet den Inhalt herunter und stellt sie leer wieder auf mein Tablett. »Es ist grausam heiß hier, was?«

»Na ja«, bemerke ich höflich, »du bist ja zumindest passend angezogen.« Die Band von Vickys Bruder hat sich dem Dress-Code entzogen und trägt Shorts, Flip Flops und im Fall von Kurt, dem Keyboarder, noch nicht einmal ein T-Shirt.

»Mann«, sagt Baz, »hast du Blaine gesehen?«

»Nein«, erwidere ich unaufmerksam. Das liegt daran, dass in der Nähe Luke gerade einer alten Frau auf einen der Klappstühle hilft, die ich gestern noch mit Chaz auf dem Rasen aufgestellt habe. In der Mitte ist ein Gang frei geblieben, in dem jetzt ein weißer Teppich aufgerollt wird.

Baz folgt meinem Blick und hebt den Arm, als er Luke sieht. »He, Luke!«, ruft er. »Komm mal her!«

Nein! Oh Gott, nein! Natürlich möchte ich gerne mit Luke reden, aber doch unter vier Augen! Unsere erste Begegnung nach dem unerfreulichen Vorfall gestern Abend soll nicht vor anderen Leuten stattfinden – und schon gar nicht vor einem Drummer, der Baz heißt.

»Ja?«, fragt Luke höflich und kommt zu uns.

Wie üblich schlägt mir bei seinem Anblick das Herz bis zum Hals. Er sieht so großartig aus, mit seinen breiten Schultern und seinem frisch rasierten Gesicht, und oh Gott, er trägt Wingtips. Glänzende, frisch geputzte Wingtips!

Ich lasse beinahe mein Tablett fallen.

Warum habe ich mich nur so blöd benommen und ihn beschuldigt, Shari von meiner Examensarbeit erzählt zu haben? Nur weil *ich* kein Geheimnis für mich behalten kann, brauche ich doch noch lange nicht herumzulaufen und anderen Leute dasselbe vorzuwerfen!

»Kumpel, hast du deinen Vetter Blaine gesehen?«, fragt Baz Luke. »Niemand kann ihn finden.«

»Nein, ich habe ihn nicht gesehen«, antwortet Luke. Dabei blickt er mich an. Ich kann allerdings nicht erkennen, was in diesen dunklen Augen vor sich geht. Hasst er mich? Mag er mich? Denkt er überhaupt noch an mich? »Habt ihr schon mal in seinem Zimmer nachgeschaut? Blaine schläft gerne lange, wenn ich mich richtig erinnere.«

»Ah ja«, sagt Baz. »Gute Idee.«

Und er schlurft davon. Luke und ich blicken uns verlegen an – und ich ergreife die Gelegenheit, bevor Luke die Chance hat abzuhauen.

»Luke«, sage ich. Meine Stimme klingt sehr leise, verglichen mit dem Hämmern meines Pulsschlags in meinen Ohren. »Ich wollte nur … wegen gestern Abend … Shari hat mir gesagt …«

»Vergiss es, okay?«, erwidert Luke gepresst.

Tränen treten mir in die Augen.

Shari hat gesagt, er sei verbittert. Und er hat ja auch jedes Recht dazu.

Aber darf ich mich noch nicht einmal *entschuldigen*?

Aber bevor ich noch etwas sagen kann, kommt Monsieur de Villiers, der in einem cremefarbenen Anzug mit Krawatte frisch aussieht, mit einer Flasche Champagner auf mich zu.

»Lizzie, Lizzie«, schimpft er mich fröhlich aus, »ich sehe leere Gläser auf diesem Tablett. Ich glaube, du solltest zu Madame Laurent gehen, um Nachschub zu holen.«

»Ich gehe schon.« Luke versucht, mir das Tablett zu entreißen.

»Nein, *ich* gehe«, sage ich und halte das Tablett fest. Allein die Tatsache, dass sowieso nur noch drei Gläser darauf stehen, einschließlich der beiden leeren von Baz, verhindert eine Katastrophe.

Luke greift erneut nach dem Tablett. »Ich habe doch gesagt, dass *ich* gehe.«

»Und ich habe gesagt, *ich* …«

»Lizzie!«

Luke, sein Vater und ich drehen uns um, als wir Bibi de Villiers aufgeregte Stimme hören. Sie sieht toll aus in Buttergelb, mit einem breitkrempigen Hut. »Lizzie!«, ruft sie aus. »Wo hast du das Kleid gefunden?«

Ich blicke an mir herunter. Ich trage das chinesische Kleid, das ich zuletzt in Heathrow anhatte, in der Hoffnung, Andy zu beeindrucken… vor einer Million Jahren. Es ist das einzige Kleidungsstück, das auch nur im Entferntesten für eine Hochzeit geeignet ist. Na ja, abgesehen von der Tatsache, dass ich keine Unterwäsche darunter tragen kann. Aber das braucht ja niemand zu wissen.

»Äh«, antworte ich, »das ist aus diesem Laden zu Hause in Michigan, wo ich arbeite …«

»Doch nicht *das* Kleid«, sagt Lukes Mutter. Ihr Gesichtsausdruck ist eine seltsame Mischung aus Erregung und Sorge. Lukes Dad jedoch scheint das nicht zu stören. Er schaut sie an wie eine himmlische Erscheinung.

»Ich meine das Kleid, das Vicky trägt«, sagt Mrs. de Villiers. »Das, das du heute Nacht geändert hast.«

Ich spüre, wie Luke erstarrt. Sein Vater hingegen starrt immer noch hingerissen seine Frau an.

Etwas in Lukes Haltung warnt mich, und ich antworte vorsichtig: »Ich habe es hier in Mirac auf dem Dachboden gefunden.«

»Auf dem Dachboden?« Mrs. de Villiers wirkt erstaunt. »*Wo* denn da?«

Ich habe keine Ahnung, was hier eigentlich los ist, aber mir ist klar, dass das Givenchy-Kleid Mrs. de Villiers etwas bedeutet. Hat es ihr gehört? Die Größe könnte stimmen… es passt Vicky, und Vicky ist Bibis Nichte, deshalb…

Aber ich will kein Risiko eingehen, und ich werde ihr ganz bestimmt nicht sagen, in was für einem schrecklichen Zustand das Kleid war. Dieses Geheimnis werde ich mit ins Grab nehmen.

»Ich habe es in einer besonderen Schachtel gefunden«, erfinde ich schnell. »Es war in Seidenpapier eingepackt. Ich würde beinahe sagen, liebevoll eingepackt…«

Dass ich das Richtige gesagt habe, merke ich, als Mrs. de Villiers ihren Mann ansieht und aufschreit: »Du hast es aufbewahrt! Nach all diesen Jahren!«

Und plötzlich schlingt sie Lukes Vater, der vor Freude strahlt, die Arme um den Hals.

»Ja, natürlich«, sagt er, »natürlich habe ich es aufbewahrt. Was denkst du denn, Bibi?«

Mir ist allerdings klar, dass er keine blasse Ahnung hat, wovon seine Frau spricht. Er freut sich einfach nur, dass er sie wieder in den Armen halten kann.

Neben mir höre ich Luke leise fluchen.

Aber als ich ihn erschreckt anblicke, weil ich Angst habe, schon wieder etwas falsch gemacht zu haben, sehe ich, dass er lächelt.

»Worum geht es hier eigentlich?«, frage ich ihn leise.

»Ich wusste doch, dass mir das Kleid bekannt vorkam«, sagt Luke so leise, dass seine Eltern – die sich küssen – ihn nicht hören können. »Aber ich habe immer nur Schwarz-Weiß-Fotos gesehen, deshalb wäre ich nie … Das Kleid, das du gefunden hast, und aus dem du die Rostflecken entfernt hast – das war ihr Hochzeitskleid.«

Ich keuche unwillkürlich auf. »Aber …«

»Ja, ich weiß«, sagt Luke, packt mich am Arm und dirigiert mich von seinen Eltern weg.

»Aber … ein Gewehr! Es war um ein Gewehr …«

»Ich weiß«, sagt Luke noch einmal und führt mich über den Rasen zu dem Tisch, auf den Madame Laurent den Krug mit dem Orangensaft gestellt hat. »Dieses Kleid ist jahrelang ein Zankapfel zwischen den beiden gewesen. Sie hat geglaubt, er habe es mit allen anderen Sachen weggeworfen, als es damals hereingeregnet hat …«

»Aber das hat er nicht getan. Er …«

»Ich weiß«, wiederholt Luke. Er bleibt stehen und lässt – sehr zu meiner Enttäuschung – meinen Ellbogen los. »Weißt du, er liebt sie wirklich. Aber er ist nicht so der sentimentale Typ. Mom bedeutet ihm viel, aber sein Jagdgewehr auch. Ich glaube, er hat noch nicht einmal gemerkt, worin er das Gewehr eingewickelt hat. Er hat nur gesehen, dass die Länge perfekt um das Gewehr passte und … na ja, so war das eben.«

»Ach du lieber Himmel!«, sage ich erschreckt. »Und ich habe es für Vicky kürzer gemacht!«

»Irgendwie«, sagt Luke und schaut zu seinen Eltern, die in aller Öffentlichkeit knutschen, »glaube ich nicht, dass das meiner Mom etwas ausmacht.«

Wir stehen da und beobachten ungefähr eine halbe Minute lang seine Eltern, bis mir auf einmal einfällt, dass ich mich ja noch bei ihm entschuldigen will, obwohl ja mein letzter Versuch nicht gerade die besten Resultate erbracht hat.

Ich öffne den Mund, wobei ich noch überlege, wie ich es am besten machen soll – ob ein einfaches »Tut mir leid« ausreicht? Shari hat gesagt, ich solle mir Mühe geben. Ob ich wohl vor ihm auf die Knie fallen muss?

Aber bevor ich etwas sagen kann, fragt er: »Wie bist du eigentlich darauf gekommen, nicht zu erwähnen, wo du das Kleid *wirklich* gefunden hast?«

»Oh«, erwidere ich und kann ihm plötzlich nicht mehr in die Augen schauen. Also schaue ich auf meine Schuhe, deren Absätze immer tiefer in den Rasen einsinken, je länger ich auf einer Stelle stehen bleibe. »Na ja, weißt du, ich habe gemerkt, dass dieses Kleid deiner Mom etwas bedeutet, und deshalb habe ich versucht, mir vorzustellen, wie ich reagieren würde, wenn es mein Kleid wäre ...«

In diesem Augenblick nimmt Luke mir das Tablett aus den Händen, stellt es auf den Tisch und ergreift meine Finger.

»Lizzie«, sagt er mit tiefer Stimme.

Ich muss wieder von meinen Füßen aufblicken. Ich muss einfach.

Jetzt, jetzt wird er mir verzeihen, denke ich.

Oder nicht.

»Luke«, sage ich, »ich bin so ...«

Aber bevor ich noch ein weiteres Wort sagen kann, beginnt das Streichquartett, das im Schatten einer nahen Eiche sitzt, mit den vier bekannten Tönen:

*Dam dam da dam.*

*Das Ende des Zweiten Weltkrieges brachte für die Mode einen Neubeginn. Die Eieruhr-Silhouette war wieder da, und plötzlich produzierten selbst Top-Designer Mode von der Stange – vor allem für Teenager, die im ökonomischen Aufschwung nach dem Krieg endlich genug Taschengeld hatten, um sich ihre eigenen Kleider zu kaufen. Wie sonst soll man die Beliebtheit des »Pudelrocks« erklären? Wie die tiefhängenden Jeans heutzutage schien der Reiz nur den Trägern selber bekannt zu sein.*

Geschichte der Mode
Examensarbeit von Elizabeth Nichols

# 24

Liebe ist nur Geschwätz, einzig Freunde zählen.

– *Gelett Burgess (1866–1951), amerikanischer Künstler, Kritiker und Poet*

Vickys Hochzeit mit Craig ist wunderschön.

Und das sage ich nicht, weil ich dazu beigetragen habe, indem ich dafür sorgte, dass die Braut ein umwerfend schönes Hochzeitskleid trug. Nein, sie wäre auch wunderschön gewesen, wenn Vicky ihr ursprüngliches Kleid getragen hätte.

Nur eben ein bisschen spitzenmäßiger.

Shari, Chaz, Madame Laurent, Agnès und ich sitzen während der Trauung hinten. Madame Laurent und ich betupfen uns die Augen, und Chaz verzieht spöttisch das Gesicht (was ist das nur mit Jungs und Hochzeiten?).

Und die ganze Zeit über schaue ich verstohlen zu Luke, der ziemlich weit vorne auf der Seite der Braut sitzt (eigentlich sind beide Seiten für die Braut, da auf der Seite des Bräutigams nur seine Eltern, seine Schwester und drei alte Kumpel vom College ziemlich allein gesessen haben, bis sich dann auch dort Gäste der Braut niedergelassen haben). Luke sieht ziemlich oft in Richtung seiner Eltern, die immer noch miteinander kichern und turteln wie zwei Teenager.

Dominique ist nirgendwo zu sehen. Entweder weigert

sie sich, ihr Zimmer zu verlassen, oder sie ist schon abgereist.

Und dann plötzlich sagt der Pfarrer: »Craig, Sie dürfen die Braut jetzt küssen.« Mrs. Thibodaux schluchzt glücklich auf, und dann ist alles vorbei.

»Na los«, sagt Shari und packt mich am Arm. »Wir stehen wieder hinter der Bar.«

Ich blicke sehnsüchtig zu Luke. Werde ich ihm jemals sagen können, dass es mir leidtut? Und selbst wenn ich ihn allein erwische – wird er mir überhaupt zuhören?

Wir beeilen uns, um dem Ansturm der verschwitzten, durstigen Hochzeitsgäste zu begegnen, und beginnen sofort mit dem Öffnen von Champagnerflaschen. Jetzt, wo die Zeremonie vorbei ist, scheinen alle wesentlich bessere Laune zu haben. Die Männer lockern ihre Krawatten und ziehen sich die Jacketts aus, und die Frauen, die Angst vor Grasflecken auf ihren teuren Lederschuhen haben, gehen barfuß. Patapouf und Minouche, die beiden Hofhunde, stehen den Kellnern im Weg und lauern auf die Canapés. Alles scheint so zu laufen wie geplant …

… bis Luke vorbeikommt und uns leise fragt: »Hat einer von euch Blaine gesehen?«

Ich schaue über den Rasen zu der Bühne, die gestern für die Band aufgebaut worden ist. Baz und Kurt haben bereits ihre Plätze hinter dem Schlagzeug und dem Keyboard eingenommen, und der Bassgitarrist (ich habe seinen Namen vergessen) stimmt gerade sein Instrument. Ein paar von Vickys Freundinnen stehen schon auf der Tanzfläche und warten darauf, dass das Konzert endlich beginnt.

Aber vor dem Mikrofon mitten auf der Bühne steht niemand.

»Anscheinend hat Satan's Shadow seinen Leadsänger verloren«, bemerkt Shari.

In diesem Moment kommt Agnès angelaufen, die in ihrem besten Partykleid aus rosa Organza – süß! – aussieht wie ein Engelchen.

Atemlos rattert sie in schnellem Französisch auf Luke ein, der die Augenbrauen hochzieht.

»Oh nein!«, sagt er dann und eilt zu seiner Tante und seinem Onkel.

»Agnès«, sage ich, während ich die Gläser fülle, die man mir hinhält, »was ist los? Was hast du Luke gerade erzählt?«

»Oh«, erwidert Agnès und streicht sich die Haare aus der Stirn, »nur, dass das Zimmer von Blaine leer ist. Sein Koffer, alles ist weg. Und bei Dominique genauso. Und der Van von Satan's Shadow ist auch nicht mehr da.«

Ich spüre etwas Nasses auf meiner Hand und merke, dass ich mir Champagner über den Arm geschüttet habe.

»Ach, du liebe Scheiße!«, sagt Chaz, der alles mitangehört hat. Er kann überhaupt nicht mehr aufhören zu lachen. »Oh, Scheiße!«

»Was?« Shari wirft ihm einen verärgerten Blick zu. Sie kellnert nicht gerne. »Was ist denn so lustig?«

»Blaine und Dominique«, erwidere ich. Meine Lippen sind auf einmal ganz taub, weil mir einfällt, wie ich Blaine in der Küche versichert habe, dass auch auf ihn irgendwo ein Mädchen wartet, dem sein neu erworbener Reichtum nichts ausmacht.

Und dann mein Gespräch mit Dominique gestern Abend über Blaine und seinen Plattenvertrag ... ganz zu schweigen von der Lexus-Werbung.

Es sieht so aus, als hätte Blaine eine neue Freundin gefunden, und Dominique endlich einen Mann, der ihr zuhört, wenn sie Pläne schmiedet, um noch reicher zu werden.

»Ja«, sagt Shari ungeduldig. »Was ist mit Blaine und Dominique?«

»Es sieht so aus, als wären sie zusammen abgehauen«, erwidere ich.

Und es ist alles meine Schuld.

Schon wieder.

Jetzt ist Shari diejenige, die Champagner verschüttet. Sie ist so perplex, dass sie mit der Flasche genau auf Chaz Schuhe zielt.

»He, pass doch auf!«, schreit er.

»Blaine und Dominique?«, echot Shari. »Bist du sicher?«

»Er ist nicht da und sie auch nicht«, erwidere ich. Ich blicke zur Bühne. »Das sieht nicht gut aus für Satan's Shadow.«

Vicky, die in Brautkleid und Schleier strahlend schön aussieht, ist zu ihren Freundinnen getreten und scheint jetzt erst zu bemerken, dass ihr Bruder nicht auf ihrer Hochzeit erschienen ist.

»Ob wir wohl das Streichquartett zurückholen können?«, fragt Shari.

»Du kannst Braut und Brautvater nicht zu Tschaikowsky tanzen lassen«, erwidere ich.

Ich fasse es nicht! Dass Blaine das seiner eigenen Schwester antun konnte!

Na ja, andererseits kann ich es schon nachvollziehen, schließlich ist Dominique beteiligt.

Aber deshalb ist es nicht weniger meine Schuld. Warum

habe ich ihr denn überhaupt von Blaine erzählt? Er war in emotionaler Hinsicht angegriffen und konnte sich ja gar nicht gegen sie wehren!

Und nachdem Luke mit ihr Schluss gemacht hatte, hat sie sich natürlich einen Typen gesucht, der sich ein Mädchen wie Dominique leisten kann.

Und ganz gleich, was Shari denkt, es ist doch meine Schuld, dass sich Luke und Dominique getrennt haben. Nicht, weil er mich heimlich liebt oder so, sondern weil ich Luke ermutigt habe, seinen Traum vom Medizinstudium zu erfüllen, statt Dominiques Traum vom Leben in Paris …

Es ist wirklich alles meine Schuld.

Ich kann nur eins machen, wenn ich alles wieder in Ordnung bringen will.

Ob ich wohl den Mut habe, es zu tun?

Ich werde es müssen.

»Ich komme gleich wieder«, sage ich, lege meine Serviette weg und laufe auf die Bühne zu.

»Hey«, ruft Shari mir nach, »wohin gehst du?«

Eigentlich will ich es ja nicht, aber ich habe keine andere Wahl. Vicky weint mittlerweile, und Craig und ihre Eltern versuchen, sie zu trösten. Die Hochzeitsgäste stehen herum, wobei ihnen anscheinend die Tatsache, dass Vicky sich so aufregt, mehr Sorgen bereitet als die Tatsache, dass es keine Musik gibt.

»Warum hat er mir das angetan?«, heult Vicky. »*Warum?*«

»Liebling«, sagt Mrs. Thibodaux tröstend, »es ist doch nicht so schlimm. Die Jungs spielen schon irgendwas. Oder, Kinder?«

Baz, Kurt und der Bassgitarrist schauen sich an. Baz ist der Einzige, der sich traut zu antworten: »Äh, keiner von uns kann singen.«

»Aber *spielen* könnt ihr doch noch, oder?«, herrscht Mrs. Thibodaux ihn an. »Ihr habt euch schließlich nicht die Finger gebrochen, oder?«

Baz blickt tatsächlich auf seine Finger. »Nein. Aber ... was sollen wir denn spielen? Blaine hat die Liste der Stücke mitgenommen.«

»Spielt einfach irgendwas Geeignetes für den ersten Tanz des Brautpaares«, zischt Mrs. Thibodaux.

Baz und Kurt sehen sich an. »Cheetah Whip?«, fragt Baz.

»Ich weiß nicht, Mann.« Kurt verzieht erschreckt das Gesicht, jedenfalls so erschreckt, wie ein zugedröhnter Zwanzigjähriger es vermag. »Da kommt häufig ›fuck‹ vor.«

»Ja«, erwidert Baz, »aber wenn doch keiner singt ...«

Ich werfe Luke einen Blick zu. Er mustert besorgt seine schluchzende Kusine.

Ich weiß jetzt, was ich zu tun habe.

Bevor ich es mir anders überlegen kann, klettere ich auf die Bühne. Baz und Kurt sehen mich an. Der Bassgitarrist – wie war noch mal sein Name? – sagt »hey« und mustert meine nackten Beine.

»Ist das an?«, frage ich und nehme das Mikrofon aus der Halterung.

*Istdasanistdasanistdasan?* Meine Stimme scheint durch das gesamte Tal zu hallen.

»Oh«, sage ich, »das ist es wohl.«

Alle auf dem Rasen drehen sich um und starren mich an ... auch Vicky.

Und Luke.

Er sieht aus, als sei er gerade getreten worden.

Na, toll.

»Hi«, sage ich ins Mikrofon. Was tue ich hier? Und warum mache ich es schon wieder?

Ach so, ja. Weil alles meine Schuld ist.

Ob man mir wohl ansieht, dass mir die Knie zittern?

»Ich bin Lizzie Nichols. Hier oben sollte jetzt eigentlich Blaine Thibodaux stehen – nicht ich –, aber er hatte eine, äh, dringende Verpflichtung …« Ich blicke mich hilfesuchend um. Baz nickt energisch. »Genau. Eine dringende Verpflichtung und musste leider weg. Aber wir haben immer noch den Rest von Satan's Shadow hier«, erkläre ich und mache eine Geste, um sie vorzustellen. »Jungs?«

Die Bandmitglieder treten von einem Fuß auf den anderen, und die verwirrten Gäste applaudieren höflich.

Ich kann mir kaum vorstellen, dass diese Typen gerade einen Multimillionen-Dollar-Plattenvertrag abgeschlossen haben.

»Und, äh«, fahre ich fort, während ich sehe, wie sich Shari, der der Schock im Gesicht steht, durch die Menge drängt, »ich möchte vor allem Vicky und Craig gratulieren. Ihr zwei seid ein wunderschönes Paar.«

Der Applaus wird stärker. Vicky hat zwar noch nicht aufgehört zu weinen, aber sie schluchzt nicht mehr so heftig. Im Moment wirkt sie eher erstaunt.

Wie ihr Vetter Luke.

»Und, äh«, sage ich ins Mikrofon. *Und äh und äh und äh und äh und äh.* »Da uns ein Sänger abhanden gekommen ist, dachte ich, dass zu Ehren des besonderen Anlasses …«

Ich sehe, wie Shari, die auf der Tanzfläche stehen geblieben ist, den Kopf schüttelt. *Nein*, formt sie mit dem Mund. *Nein, nicht.*

»… meine Freundin Miss Shari Dennis und ich den Song singen, der in Michigan, wo wir herkommen, traditionell zum ersten Tanz des Brautpaares gespielt wird.«

Shari schüttelt jetzt so heftig den Kopf, dass ihre Haare ihr ums Gesicht fliegen. »Nein«, sagt sie. »Lizzie. *Nein!*«

»Sie kennen diesen Song sicher alle, und wenn Sie wollen, können Sie gerne mitsingen. Jungs.« Ich drehe mich zu Satan's Shadow um. »Ich weiß, dass ihr ihn auch kennt, also tut nicht so, als hättet ihr keine Ahnung.«

Baz und Kurt sehen sich fragend an. Die Blicke des Bassgitarristen kleben immer noch an meinen Beinen.

»Vicky und Craig«, sage ich, »dieses Lied ist für euch.«

*Euch euch euch euch euch.*

Ich räuspere mich.

»›Now, I‹«, lege ich los, wie ich es hunderte Male vorher bei Familienfesten, Talentwettbewerben in der Grundschule, Schlafsaalkonkurrenzen, Karaoke-Abenden und immer, wenn ich zu viel Bier getrunken hatte, gemacht habe.

Nur dieses Mal ist meine Stimme so verstärkt, dass sie über den Rasen … über das Weingut … die Felsen hinunter bis ins Tal dringt. Die deutschen Touristen, die auf Schlauchbooten die Dordogne entlangfahren, können mich hören. Die Touristen, die im Bus an den Höhlenmalereien von Lascaux ankommen, können mich hören. Selbst Dominique und Blaine, wo immer sie auch jetzt sein mögen, können mich wahrscheinlich hören.

Aber niemand singt mit.

Na ja, vielleicht brauchen sie einfach noch ein bisschen Ermunterung.

»›… had …‹«

Hmm. Immer noch singt keiner mit. Noch nicht einmal die Bandmitglieder. Ich drehe mich zu ihnen um, aber sie starren mich nur verständnislos an. Was ist los mit ihnen?

»›… the time of my life …‹«

Es kann doch nicht sein, dass sie den Song nicht kennen. Okay, ja, es sind Jungen, aber haben sie denn keine Schwestern?

»›And I never …‹«

Was ist denn hier los? Ich kann doch unmöglich die Einzige sein, die diesen Song kennt? Zumindest Shari kennt ihn doch auch.

Aber sie steht immer noch auf der Tanzfläche und formt *Nein, nein, nein* mit dem Mund.

»Na los, Jungs«, ermuntere ich die Band. »Lasst mich nicht hängen, … ›felt this way before‹.«

Wenigstens Vicky wiegt sich leicht in den Hüften. *Sie* kennt dieses Lied. Nur Craig wirkt etwas verwirrt.

Oh, mein Gott. Was tue ich hier? *Was tue ich hier bloß?* Ich stehe vor all diesen Leuten, singe meinen absoluten Lieblingssong – den perfekten Hochzeitssong –, und sie starren mich alle nur an.

Selbst Luke starrt mich an, als sei ich vom Raumschiff *Enterprise* heruntergebeamt worden.

Und jetzt ist auch noch Shari verschwunden. Wo ist sie hingegangen? Gerade war sie doch noch da. Wie kann sie mich so im Stich lassen? Wir haben das Lied doch seit dem Kindergarten zusammen gesungen. Sie hat immer die Mädchenrolle übernommen. *Immer*.

Wie kann sie mich nur so hängen lassen? Ich weiß, dass das mit der Examensarbeit nicht in Ordnung war, aber wie lange kann man denn jemandem böse sein, mit dem man schon sein ganzes Leben befreundet ist? Außerdem habe ich mich doch entschuldigt.

Und dann setzt das Schlagzeug ein.

Baz. Baz macht mit.

Ich *wusste* es, dass er das Lied kennt. Das kennen doch alle.

»›Oh, I…‹«, singe ich und lächele ihn dankbar an. Jetzt spielt auch Kurt einen zögernden Akkord. Ja, Kurt. Das ist es, Kurt.

Und neben mir ertönt eine Stimme. »›… It's the truth…‹« Shari klettert auf die Bühne und stellt sich neben mich.

Und der Bassgitarrist, wie auch immer er heißen mag, beginnt, die vertraute Melodie zu zupfen, während Craig Vicky in die Arme nimmt und herumwirbelt.

Und alle applaudieren und singen mit.

»›And‹«, singen Shari und ich, »›I owe it all to you…‹«

Oh, mein Gott! Es funktioniert! Es funktioniert! Die Leute amüsieren sich prächtig! Sie vergessen die Hitze und die Tatsache, dass der Bruder der Braut mit der Freundin des Sohnes ihres Gastgebers durchgebrannt ist. Sie beginnen zu tanzen. Sie singen mit!

»›You're the one thing‹«, singen Shari und ich – zusammen mit Satan's Shadow, den Thibodaux und dem Rest der Hochzeitsgesellschaft, »›that I can't get enough of, baby…‹« Auch Lukes Eltern tanzen miteinander.

»›So I'll tell you something…‹«, singe ich. »›This must be love!‹«

Die Leute freuen sich, sie klatschen in die Hände und

tanzen. Satan's Shadow gibt dem Song eine lateinamerikanische Anmutung, die er eigentlich nicht hat, aber was soll's. Jetzt klingt er ein bisschen wie *Vamos a la playa*.

Seltsamerweise scheint es jedoch niemanden zu stören.

Und gerade als wir zu unserem großen Crescendo ansetzen, stößt Shari mich hart mit dem Ellbogen in die Seite – was eigentlich nicht Bestandteil unserer Choreographie ist. Ich schaue sie an und sehe, dass ihr Gesicht so weiß wie Vickys Kleid geworden ist. Sie zeigt auf etwas.

Und ich sehe Andy Marshall auf die Bühne zukommen.

*Die Swinging Sixties brachten mehr als nur eine sexuelle Revolution mit sich. Auch die Mode durchlief eine Revolution. Plötzlich hatte man das Gefühl, alles tragen zu können – von Miniröcken bis zu Batikstoffen. Ein Rückkehr zu Naturstoffen – aus den gleichen Materialien wie die Lendenschurze unserer Vorfahren hergestellt – führte in den Siebzigerjahren dazu, dass die Hippies für Hanf andere Verwendungszwecke entdeckten als noch die Beatniks eine Dekade zuvor. Allerdings ist die populärste Verwendung auch heute noch auf jedem College Campus in Mode.*

Geschichte der Mode
Examensarbeit von Elizabeth Nichols

# 25

Während Klatsch unter Frauen im Allgemeinen
als niedrig und trivial belächelt wird, nennt man Klatsch
unter Männern, vor allem, wenn es um Frauen geht,
Theorie, Idee oder Tatsache.

*– Andrea Dworkin (1946–2005), amerikanische Feministin*

Glücklicherweise haben wir gerade unser letztes »And I owe it all to you« geschmettert. Wenn er früher aufgetaucht wäre, hätte ich mich an meinem eigenen Speichel verschluckt.

Die Menge bricht in enthusiastischen Applaus aus, und Shari und ich verbeugen uns. Während unsere Köpfe sich den Knien nähern (und ich kann sehen, dass sich der Bassgitarrist den Hals verrenkt, um einen Blick auf unsere Unterwäsche zu erhaschen – die ich ja nun nicht trage), sagt Shari: »Um Himmels willen, Lizzie. Was macht der denn hier?«

»Ich weiß nicht«, erwidere ich. Am liebsten würde ich in Tränen ausbrechen. »Was soll ich nur tun?«

»Du musst natürlich mit ihm reden.«

»Ich will aber nicht mit ihm reden. Ich habe schon alles gesagt, was ich ihm zu sagen habe.«

»Na ja, anscheinend nicht nachdrücklich genug«, sagt Shari. »Also musst du es noch mal wiederholen.«

Als wir uns wieder aufrichten, stürmt eine von Vickys

Freundinnen unter anfeuernden Jubelrufen, »Los, Lauren!« und »Du schaffst das, Schätzchen!«, auf die Bühne und ergreift das Mikrofon.

»Hi«, sagt sie zu uns, »ihr wart toll. Dann dreht sie sich zur Band um und schreit: »Kennt ihr ›Lady Marmalade‹?«

Baz sieht Kurt an. Kurt zuckt mit den Schultern.

»Wir können es ja mal versuchen«, sagt der Bassgitarrist.

Und Kurt beginnt zu spielen.

»Lizzie«, sagt Andy, der unten vor der Bühne steht. Er hat seine Lederjacke über dem Arm hängen.

Was *macht* er hier? Wie hat er mich überhaupt gefunden? Warum ist er hierhergekommen? Er liebt mich doch gar nicht. Ich weiß doch, dass er mich nicht liebt.

Warum macht er sich dann solche Mühe?

Oh, mein Gott. Das liegt bestimmt daran, dass ich ihm einen geblasen habe.

Ich hatte ja keine Ahnung, dass ein Blow Job so eine Wirkung hat. Wenn ich es gewusst hätte, dann hätte ich es doch nie gemacht, das schwöre ich.

Shari flüstert mir zu, als wir von der Bühne steigen: »Sag ihm, er soll abhauen. Sag ihm, du willst nichts mit ihm zu tun haben. Sag ihm, du besorgst dir eine einstweilige Verfügung, das gibt es doch bestimmt auch hier in Frankreich, oder?«

Andy wartet unten an den Stufen auf mich. Er ist blass und nervös.

»Liz«, sagt er, »da bist du ja. Ich habe dich hier überall gesucht...«

»Andy«, erwidere ich, »was machst du denn hier?«

»Es tut mir leid, Lizzie«, sagt er und greift nach meiner

Hand. »Aber du bist einfach abgehauen. Das konnte ich doch nicht so…«

»Entschuldigung«, unterbricht uns eine Frau mit einem schweren texanischen Akzent, »aber sind Sie nicht das Mädchen, das das Brautkleid entworfen hat?«

»Äh«, sage ich, »ich habe es nicht entworfen. Es ist Second Hand. Ich habe es nur aufgearbeitet.«

»Na ja, ich wollte Ihnen nur sagen, dass Sie das fantastisch gemacht haben«, erwidert die Frau. »Das Kleid ist wunderschön. Wunderschön. Kein Mensch käme auf die Idee, dass es Second Hand ist. Nicht in einer Million Jahren!«

»Danke«, sage ich.

Die Frau geht weiter.

Und ich wende mich wieder an Andy.

»Andy«, sage ich. Mir ist noch nie ein Junge quer durch Europa nachgefahren. Und auch noch über einen Kanal. »Wir haben Schluss gemacht.«

»Nein, haben wir nicht«, erwidert Andy. »Ich meine, du hast vielleicht mit mir Schluss gemacht, aber du hast mir noch nicht einmal die Chance gegeben, dir zu erklären…«

»Entschuldigung, Miss.« Wieder steht eine Frau neben uns. »Aber haben Sie wirklich das Hochzeitskleid gemacht, das die kleine Vicky anhat?«

»Nein, ich habe es nicht gemacht«, sage ich. »Ich habe es nur aufgearbeitet. Es ist ein altes Kleid. Ich habe es nur gereinigt und passend für sie gemacht.«

»Nun, es ist wunderschön«, sagt die Frau. »Einfach wunderschön. Und ihr kleines Lied da oben hat mir auch gefallen.«

»Oh«, sage ich errötend, »danke.« Als sie weggeht, fahre ich an Andy gewandt fort: »Hör mal, zwischen uns hat es nicht funktioniert. Es tut mir wirklich leid, aber du bist nicht so, wie ich geglaubt habe. Und weißt du was? Auch ich bin anders, als ich gedacht habe.«

Dass ich das sage, überrascht mich selber. Aber es stimmt tatsächlich. Ich bin nicht mehr das Mädchen, das in Heathrow aus dem Flugzeug gestiegen ist, auch wenn ich zufällig dasselbe Kleid trage. Ich bin jetzt ganz anders. Ich weiß zwar noch nicht genau, wie, aber …

Anders eben.

»Wirklich«, sage ich zu Andy und drücke ihm die Hand. »Ich trage dir nichts nach. Es war einfach nur ein Fehler mit uns beiden.«

»Ich glaube nicht, dass es ein Fehler war.« Andy klammert sich an meine Hand, als wolle er mich nie wieder loslassen. »Ich meine, *ich* habe einen Fehler gemacht – viele Fehler. Aber Lizzie, du hast mir auch nie die Chance gegeben, mich dafür zu entschuldigen. Und deshalb bin ich hier. Ich will mich richtig entschuldigen und vielleicht nett mit dir essen gehen, und dann mit dir nach Hause fahren …«

»Andy«, sage ich sanft. Unser Gespräch, das an sich schon bizarr genug ist, wird immer seltsamer dank der musikalischen Untermalung. Hinter mir auf der Bühne kreischt Lauren: »›Gitchy gitchy ya ya da da!‹«, und vollführt dazu Verrenkungen, die dem Bassgitarristen ein glückliches Lächeln aufs Gesicht zaubern.

»Woher … woher wusstest du überhaupt, wo ich bin?«, frage ich erstaunt.

»Du hast mir in deinen E-Mails hunderttausend Mal geschrieben, dass Shari einen Monat lang auf einem Schloss in der Dordogne ist, das Mirac heißt. So schwer war es gar nicht, das zu finden. Und jetzt sag endlich, dass du mit mir nach Hause kommst, Liz. Wir können noch mal ganz von vorne anfangen. Ich verspreche dir, dass es dieses Mal anders sein wird … und vor allem *ich* werde anders sein.«

»Ich gehe nicht mit dir zurück nach England, Andy«, erkläre ich so freundlich, wie ich kann. »Ich empfinde einfach nichts mehr für dich. Es war nett, dich kennen gelernt zu haben, aber jetzt sollten wir uns wirklich voneinander verabschieden.«

Andy bleibt der Mund offen stehen.

»Entschuldigung«, sagt eine Frau. Ich drehe mich um. Eine Frau mittleren Alters lächelt mich entschuldigend an. »Entschuldigung, ich will Sie nicht unterbrechen, aber ich habe gehört, dass Sie das Kleid der Braut aufgearbeitet haben. Heißt das, dass Sie ein altes Kleid restauriert haben?«

»Ja«, erwidere ich. Was ist hier los? »Das habe ich gemacht.«

»Nun – ich möchte wirklich nicht stören –, aber meine Tochter möchte auf ihrer Hochzeit nächstes Jahr im Juni das Hochzeitskleid meiner Großmutter tragen. Bis jetzt haben wir jedoch noch niemanden gefunden, der bereit ist, es, äh, aufzuarbeiten. Alle sagen, der Stoff sei zu alt und zu brüchig, und sie wollten es nicht ruinieren.«

»Na ja«, erwidere ich, »das ist so eine Sache mit alten Stoffen, obwohl sie eine viel bessere Qualität haben als die Stoffe, die heute für Brautkleider verwendet werden. Ich habe allerdings die Erfahrung gemacht, dass man gute Ergebnisse erzielt, wenn man nur natürliche Reinigungsmittel verwendet und keine Chemikalien.«

»Nur natürliche Reinigungsmittel«, wiederholt die Frau. »Ja, ich verstehe. Meine Liebe, haben Sie eine Visitenkarte? Ich würde mich gerne noch einmal mit Ihnen darüber unterhalten, aber ich sehe ja, dass Sie jetzt beschäftigt sind.« Sie wirft einen Blick auf Andys Gesicht.

»Äh.« Ich klopfe mich ab, aber dann fällt mir ein, dass mein chinesisches Kleid ja keine Taschen hat. Und selbst, wenn es welche hätte, besitze ich natürlich keine Visitenkarten. »Nein. Aber ich gebe Ihnen die notwendigen Informationen später, ja? Sie sind ja sicher noch ein Weilchen hier. Ist das in Ordnung?«

»Ja, das wäre wunderbar«, erwidert die Frau und wirft einen weiteren nervösen Blick auf Andy. »Ich … bis später, dann.«

Sie geht weg, und Andy platzt heraus, als könne er es nicht eine Sekunde länger aushalten: »Lizzie, das kannst du doch nicht ernst meinen. Ich verstehe ja, dass du vielleicht das Gefühl hast, ein bisschen zu dir kommen zu müssen. Wenn erst ein wenig Zeit vergangen ist, wirst du sicher merken, dass das, was zwischen uns beiden war, etwas ganz Besonderes war. Ich werde es dir beweisen. Ich werde dich so behandeln, wie du behandelt werden möchtest. Ich werde alles wiedergutmachen, Lizzie. Wenn du im Herbst wieder in Ann Arbor bist, rufe ich dich an …«

In mir steigt ein seltsames Gefühl auf, als er das sagt. Ich kann es nicht wirklich erklären, aber es ist so, als ob ich auf einmal einen Blick in die Zukunft geworfen hätte …

In eine Zukunft, die ich klar und deutlich vor mir sehe.

»Ich gehe im Herbst nicht nach Ann Arbor zurück, Andy«, sage ich. »Also, ich meine, ich hole nur meine Sachen da. Ich ziehe nach New York City.«

Hinter mir zischt Shari: »Jaaa.«

Aber als ich mich umdrehe, um sie anzusehen, tut sie so, als interessiere sie sich für Lauren, die unglaubliche Verrenkungen macht und die die Hochzeitsgäste auf Französisch anfleht, mit ihr heute Nacht zu schlafen.

»New York City?« Andy blickt mich verwirrt an. *»Du?«*

Ich recke mein Kinn. »Ja, ich«, erwidere ich mit einer Stimme, die selbst in meinen Ohren fremd klingt. »Warum nicht? Glaubst du, ich kann das nicht?«

Andy schüttelt den Kopf. »Lizzie, ich liebe dich. Ich glaube, dass du alles kannst, alles, was du dir in den Kopf setzt. Ich finde dich großartig.«

In diesem Augenblick verzeihe ich ihm. Ich vergebe ihm alles.

»Danke, Andy«, sage ich lächelnd. Vielleicht habe ich mich ja in ihm geirrt. Oh, nicht in der Hinsicht natürlich, dass wir zwei nicht zusammenpassen. Aber in seiner Person. Vielleicht ist er ja gar nicht so übel, und vielleicht können wir ja Freunde bleiben …

»Entschuldigung«, sagt jemand.

Dieses Mal ist es allerdings keine Houstoner Gesellschaftsmatrone, die mich fragen will, wie man Flecken aus fünfundfünfzigjähriger Seide bekommt.

Es ist Luke.

Und er wirkt nicht besonders glücklich.

»Luke«, sage ich. »Hi. Ich …«

»Ist das wirklich wahr?«, sagt Luke. »Ist er das?«

Er zeigt mit dem Daumen in Andys Richtung.

Ich weiß gar nicht, was in ihn gefahren ist – Luke ist doch sonst immer so höflich zu allen Leuten.

Zu allen außer mir. Aber ich habe es wahrscheinlich nicht besser verdient.

»Äh«, sage ich und winde mich unbehaglich. »Ja, Luke, das ist Andy Marshall. Andy, das ist …«

Aber ich komme nicht dazu, meinen Satz zu Ende zu sagen. Denn noch bevor ich fertig bin, holt Luke mit seinem Arm aus, und seine Faust kracht in Andys Gesicht.

*Anarchie! Das war der Kampfschrei der Punker in den Achtzigerjahren. Aber an ihrem postapokalyptischen Stil war überhaupt nichts Anarchisches. Punk, in Verbindung mit einer Fitness-Phase, die in den Achtzigern begann und seitdem nicht wieder aufgehört hat, beeinflusste viele Jahre lang sowohl die Haute Couture als auch die Straßenmode und schenkte uns Errungenschaften wie Motorradstiefel und Yoga-Hosen.*

Geschichte der Mode
Examensarbeit von Elizabeth Nichols

# 26

Schweigen ist die unerträglichste aller Antworten.

*– Mason Cooley (1927–2002), amerikanischer Aphoristiker*

Er hat versucht, mich umzubringen, sagt Andy immer wieder, obwohl seine Worte nur undeutlich hinter dem mit Eis gefüllten Küchenhandtuch hervordringen, das Madame Laurent ihm auf die Lippe presst.

»Er hat nicht versucht, dich umzubringen«, sagt Chaz müde. »Hör auf, dich wie ein Kleinkind aufzuführen.«

»Hey«, sagt Andy, der auf dem Küchentisch sitzt, »fick dich ins Knie! Ich würde gerne sehen, wie du reagieren würdest, wenn dir jemand auf die Fresse haut!«

»Chaz«, unterbreche ich das Geplänkel der beiden besorgt, »wo ist Luke?«

»Ich weiß nicht«, erwidert Chaz. Er hat die beiden Streithähne getrennt. Na ja, eigentlich war es ja nur ein Streithahn. Luke hatte mit der Faust mitten auf Andys Mund geboxt und dabei anscheinend die Zähne getroffen.

Und jetzt beschwert sich Andy, dass sie locker seien.

Chaz, der eigentlich nur Shari zu ihrem peinlichen Auftritt auf der Bühne gratulieren wollte, konnte Andy davon abhalten, den Schlag zu erwidern. Dazu brauchte er ihm bloß die Hand auf die Schulter zu legen. Es hat sich nämlich herausgestellt, dass Andy mehr Liebhaber als Kämpfer ist.

Obwohl er es anscheinend selber noch nicht weiß.

»Es war ein völlig unberechtigter Angriff!«, erklärt Andy. »Ich habe Liz nichts getan! Ich habe nur mit ihr geredet!«

»Lizzie«, korrigiert Shari ihn gelangweilt. Sie lehnt am Spülbecken und versucht, den Kellnern, die mit dem ersten Gang – Lachs – aus der Küche strömen und uns ärgerliche Blicke zuwerfen, nicht allzu sehr im Weg zu stehen. »Ihr Name ist Lizzie. Nicht Liz.«

»Ist doch egal«, murmelt Andy in sein Geschirrhandtuch. »Wenn ich den Bastard finde, dann zeige ich es ihm aber.«

»Du wirst überhaupt niemandem etwas zeigen«, sagt Chaz mit fester Stimme zu Andy. »Du verschwindest hier nämlich. Um drei fährt ein Zug nach Paris, und ich werde dafür sorgen, dass du darin sitzt. Du, mein Freundchen, hast für heute genug Ärger gemacht.«

»Ich habe doch gar nichts gemacht!«, schreit Andy. »Das war der französische Idiot!«

»Er ist kein Franzose«, sagt Shari immer noch gelangweilt und inspiziert ihre Fingernägel.

»Lizzie«, sagt Andy hinter seinem Geschirrtuch, »hör mal. Es tut mir ja leid, dass ich das Thema jetzt anschneiden muss. Es ist vielleicht nicht gerade der richtige Zeitpunkt, aber ich habe mich gefragt, was mit dem Geld ist.«

Ich blinzele verwirrt.

»Geld?«

»Ja, genau. Du hast doch gesagt, du wolltest mir das Geld für die Studiengebühren geben. Ich brauche es nämlich wirklich, Liz.«

»Oh nein!« Shari platzt der Kragen. »Oh nein, er hat nicht nur …«

»Shari«, sage ich scharf, »ich kann das schon selber regeln.«

Das kann ich wirklich.

Und, okay, ich hatte ja gar nicht angenommen, dass er die weite Reise gemacht hatte, weil er mich liebt, aber ehrlich, es wäre mir nicht im Traum in den Sinn gekommen, dass es um das Geld ging.

»Andy«, sage ich, »du bist extra hierhergekommen, um zu fragen, ob ich dir immer noch fünfhundert Dollar leihe?«

»Eigentlich«, murmelt Andy in sein Geschirrtuch, »hast du gesagt, du würdest es mir schenken. Aber geliehen ist auch in Ordnung. Es fällt mir ja schwer, dich darum zu bitten, aber in gewisser Weise schuldest du mir das Geld. Ich meine, ich habe dich zu mir nach Hause eingeladen, und dann war da auch noch das Benzingeld, das Dad ausgegeben hat, um dich vom Flughafen abzuholen, und ...«

»Darf ich ihn jetzt schlagen?«, will Chaz wissen. »*Bitte*, Lizzie.«

»Nein«, erwidere ich.

Vermutlich sieht jeder mir an meinem erstaunten Gesichtsausdruck an, dass ich das Geld nicht berappen werde. Aber Andy hält die Augen fest geschlossen.

Shari stöhnt. »Um Himmels willen«, sagt sie. »Andy, weinst du etwa?«

Und dann sehen wir es auch.

»Soll das heißen«, erwidert er schluchzend, »dass ich den ganzen Weg hierhin vergebens getrampt bin, und du mir das Geld gar nicht gibst?«

Ich bin geschockt. Er weint? Er weint tatsächlich?

Luke muss fester zugeschlagen haben, als wir angenommen haben.

»Du hast am Telefon nur gesagt, du könntest nicht darüber reden«, schluchzt Andy. »Aber du hast nie …«

»Andy.« Ich schüttele den Kopf. Was ist hier bloß los? »Andy, wir haben Schluss gemacht. Was hast du denn geglaubt?«

»Du verstehst nicht«, heult Andy. »Wenn ich den Typen das Geld nicht zahle, das ich ihnen schulde, dann … dann brechen sie mir die Beine.«

Ich wechsle verwirrte Blicke mit Shari und Chaz. »Die Zahlstelle am College bricht dir die Beine, wenn du deine Studiengebühren nicht bezahlst?«

»Nein.« Andy holt zitternd Luft. »Ich … ich war nicht ganz ehrlich. Eigentlich schulde ich das Geld den Typen von der Pokerrunde. Sie sind … na ja, sie bestehen darauf, es zurückzubekommen. Zu Mum und Dad kann ich nicht gehen – sie werfen mich raus. Und meine Kumpel sind auch alle pleite. Wirklich, Lizzie … du warst meine letzte Hoffnung.«

Ich starre ihn an. Dann werfe ich Chaz und Shari einen Blick zu, den beide erwidern, Chaz mit einem leichten Grinsen auf dem Gesicht und Shari mit einem entschlossenen Ausdruck, der bedeutet: *Werd jetzt bloß nicht weich! Dieses Mal nicht, Nichols!*

Ich wende mich wieder zu Andy und sage: »Oh, Andy, das tut mir so leid!« Mitfühlend tätschele ich ihm die Schulter. Ich kann mir gar nicht mehr vorstellen, dass ich diese Schulter einmal geliebt habe.

Glaubt er wirklich, ich wäre so blöd, ihm auch nur einen Cent zu geben? Was denkt er sich?

»Iss wenigstens noch ein Stück Hochzeitstorte, bevor du gehst«, schlage ich vor. »Lebwohl.«

Damit verlasse ich die Küche durch die Hintertür, an der Patapouf und Minouche eifrig auf Leckerbissen lauern. Im Gehen höre ich Chaz sagen: »Andy, ich bin für alles offen, Mann. Und ich habe zufällig Geld. Also lass uns übers Geschäft reden. Was kannst du mir denn als Sicherheit bieten? Ist diese Lederjacke vielleicht was wert?«

Draußen lehnt Agnès am buttergelben Mercedes. Gespannt blickt sie mir entgegen. Wahrscheinlich ist Lukes Kampf mit Andy das Aufregendste, was seit langem hier auf Mirac passiert ist. Sie wird ihren Freundinnen einiges zu erzählen haben, wenn im Herbst die Schule wieder anfängt.

»Muss der Engländer ins Krankenhaus?«, fragt sie mich fröhlich. »Ich kann meinen Vater anrufen, damit er Ihren Freund hinfährt.«

»Er ist nicht mein Freund«, erwidere ich. »Und ins Krankenhaus muss er auch nicht. Chaz bringt ihn zum Bahnhof, und dann sehen wir ihn nie wieder.«

Agnès schaut mich enttäuscht an. »Oh«, sagt sie. »Ich habe gehofft, sie kämpfen noch ein bisschen.«

»Für heute haben sie genug gekämpft«, erwidere ich. »Apropos, hast du Luke gesehen?«

Agnès Gesicht hellt sich wieder auf. »Oh ja! Er ist zum Weingut gegangen. Ich glaube, er ist im Weinkeller.«

»Danke, Agnès«, erwidere ich und laufe über den Rasen.

Der Hochzeitsempfang ist in vollem Gange, und da Satan's Shadow jetzt auch Cover-Songs spielen, läuft alles bestens. Eine von Vickys Freundinnen steht auf der Bühne und kreischt Zeilen aus Alanis Morissettes »You Oughta Know«. Nicht unbedingt Hochzeitsmusik, aber mittlerweile sind alle so betrunken, dass es keinem mehr auffällt. Und die meisten haben dank zahlreicher Mimosas auch gar nicht gemerkt, dass ein Kampf stattgefunden hat. Als es passierte, standen nur ein paar Leute in der Nähe, und Chaz' schnelles Eingreifen hat jede Hoffnung der Zuschauer zunichtegemacht, dass sich die dramatische Szene ausweiten könne, und deshalb haben sich alle wieder dem Geschehen auf der Bühne zugewandt.

Von dem Kampf scheint also kaum jemand etwas mitbekommen zu haben, aber alle scheinen zu wissen, wer ich bin. Na ja, das ist ja schließlich auch kein Wunder, wenn man bedenkt, dass ich mich auf die Bühne gestellt und zum Gespött der Leute gemacht habe.

Aber vielleicht hat sich auch mein Erfolg mit Weinstein herumgesprochen, denn jede Frau scheint irgendeine Frage über ein altes Hochzeitskleid zu haben – wie man Flecken herausbekommt oder einen Keil einsetzt; wie man es moderner machen kann, ohne den feinen Stoff zu beschädigen; sogar wo sie selber ein Secondhand-Hochzeitskleid finden können.

Ich beantworte alle Fragen, so gut ich kann, und schließlich habe ich den Rasen überquert und komme am Weinkeller an – einem jahrhundertealten Gewölbe mit einer schweren Tür aus Eiche und Eisen.

Drinnen ist es still wie in einem Mausoleum – wenn auch im Gegensatz zu einem Mausoleum hier goldenes Licht durch die Milchglasscheiben der Fenster hoch oben an den Wänden dringt. Weder die Band noch das Geschnatter der Hochzeitsgäste sind zu hören. An den Wänden lagern hohe Eichenfässer, deren Inhalt ich vor zwei Tagen auf meiner Führung noch probieren musste. Die Gläser, die wir – und alle Hochzeitsgäste, die Monsieur de Villiers nach uns noch hierhergeschleppt hat – benutzt haben, stapeln sich am Spülbecken am anderen Ende des Raums.

Und dort steht auch Luke und lässt sich Wasser über die Hand laufen.

Er hat mich nicht hereinkommen hören. Oder falls doch, so hat er zumindest nicht reagiert. Er steht mit dem Rücken zu mir da. Er steht mit gesenktem Kopf da und lässt Wasser über seine Hand laufen. Anscheinend hat er sich an Andys Zähnen wirklich wehgetan.

In diesem Moment vergesse ich, dass mir das Herz bis zum Hals schlägt, und eile zu ihm.

»Lass mal sehen«, sage ich.

Er zuckt zusammen.

»He«, sagt er erschreckt, »was schleichst du dich so an?«

Ich hole seine Hand aus dem Wasserstrahl, der aus dem altmodischen Hahn kommt. Die Knöchel sind rot und geschwollen, aber die Haut ist nicht aufgeplatzt.

»Du hast Glück«, sage ich und schaue auf seine Hand. »Er behauptet, seine Zähne wären locker. Du hättest dich schneiden können.«

»Ich weiß«, erwidert Luke und dreht mit der linken Hand den Wasserhahn zu. »Ich hätte besser nicht auf seinen Mund gezielt, sondern auf seine Nase.«

»Du hättest auf gar nichts zielen sollen«, sage ich und lasse seine Hand los. »Ich hatte die Situation völlig unter Kontrolle.«

Luke versucht noch nicht mal, mir zu widersprechen. Er trocknet sich die Hand an einem Geschirrtuch ab.

»Ich weiß«, sagt er zerknirscht. »Ich weiß auch nicht, was über mich gekommen ist. Ich konnte es einfach nicht fassen, dass er hier aufgekreuzt ist. Aber …«

Ich sehe ihn an und muss unwillkürlich denken, wie dick und dunkel seine Haare in den Sonnenstrahlen wirken, die durch die Fenster dringen.

»Aber?«

»Aber es hätte ja auch sein können, dass du ihn gebeten hast, hierherzukommen«, sagt Luke, ohne mich dabei anzusehen.

»*Was?*« Ich muss lachen. »Meinst du das ernst? Glaubst du wirklich …«

»Na ja«, sagt Luke. Er legt das Geschirrtuch beiseite. »Ich wusste ja nicht.«

»Ich habe mich im Zug doch ziemlich deutlich ausgedrückt, oder?«, erwidere ich. »Andy und ich hatten Schluss gemacht. Er ist nur hierhergekommen, weil er geglaubt hat, ich könne ihm aus einer finanziellen Notlage helfen, in die er sich selber hineinmanövriert hat.«

»Und … hast du?«, fragt Luke. Jetzt blickt er mich aus seinen dunklen Augen an.

»Nein«, erwidere ich. »Ich glaube, Chaz kümmert sich gerade darum.«

»Ja, das sähe ihm ähnlich«, sagt Luke grinsend.

Ich muss den Blick abwenden. Es bringt mich ganz durcheinander, wie attraktiv er ist, wenn er lächelt.

Und wo ich schon mal dabei bin, sage ich auch gleich: »Luke, es tut mir leid, was ich gestern Abend gesagt habe. Ich hätte wissen müssen, dass du Shari nichts von meiner

Examensarbeit erzählt hast. Ich weiß nicht, was ich mir gedacht habe.«

Luke schweigt, und ich blicke auf, um zu sehen, ob er mich überhaupt gehört hat.

Er betrachtet mich mit unergründlichem Gesichtsausdruck – irgendwas zwischen einem Lächeln und einem Stirnrunzeln. Ob er mich wohl hasst? Oder ist es möglich, dass er mich trotz meines blöden Mundwerks mag?

Mein Herz schlägt so heftig, dass er es wahrscheinlich durch das Kleid sieht, deshalb senke ich wieder den Kopf und fahre fort: »Und es tut mir auch leid, dass ich deiner Mom von deinen Plänen mit der NYU erzählt habe. Und was Dominique mit dem Château vorhat. Ich meine, ich wollte doch nur Alternativen vorschlagen. Vielleicht könnte man es ja einen Monat lang an reiche Familien vermieten oder vielleicht für Familienfeste. Ehrlich, ich wollte doch nur helfen …«

»Ich bin die letzten fünfundzwanzig Jahre ganz gut ohne deine Hilfe ausgekommen«, sagt Luke.

Verletzt schaue ich auf. »Und deshalb bist du auch so glücklich mit deinem Beruf und deinem Leben und deiner Freundin? Und deshalb sieht Vicky auch so toll aus in ihrem Kleid, und deine Eltern haben sich anscheinend wieder versöhnt, und alle da draußen haben … so viel … Spaß …«

Meine Stimme erstirbt, als ich merke, dass er mich anlächelt.

»Das war ein Witz«, sagt er. »Nur ein Witz. Ich habe dir doch gesagt, dass ich das nicht gut kann.«

Und dann zieht er mich an sich und beginnt, mich zu küssen.

Ich stehe völlig unter Schock. Was passiert hier? Es ergibt alles keinen Sinn.

Luke de Villiers küsst mich. Luke de Villiers hat die Arme um mich geschlungen und drückt mich so fest an sich, dass ich spüre, wie sein Herz schlägt. Und Luke de Villiers' Lippen lassen tausend winzige Federküsse auf meine Lippen regnen.

Und jetzt öffnen sich meine Lippen, und er küsst mich, leidenschaftlich und lang und süß. Und mir werden die Knie weich, und ich bleibe nur aufrecht stehen, weil er mich festhält. Und seine Zunge ist in meinem Mund, und durch den Stoff seiner Hose drückt sich etwas Hartes gegen mich. Und seine Hand, die Hand, mit der er Andy geschlagen hat, umfasst meine Brust durch die Seide meines China-Kleides, und ich möchte, dass er mehr umfasst, und ich gebe einen leisen Laut von mir…

»Himmel, Lizzie«, sagt er mit einer Stimme, die gar nicht klingt wie sonst.

Und dann hebt er mich hoch und setzt mich auf das nächste Weinfass, und irgendwie fallen meine Beine auseinander, und er steht dazwischen. Auch mein Kleid ist vorne offen, und ich weiß gar nicht, wie er das geschafft hat, denn die Verschlüsse sind eigentlich versteckt. Und seine Finger – und die warmen Sonnenstrahlen, die durch die Fenster hoch oben an der Wand dringen – streicheln meine bloßen Brüste.

Ich kann nicht aufhören, ihn zu küssen, oder mit den Fingern durch seine dunklen Haare zu fahren. Sein Mund wandert über meinen Hals bis hinunter zwischen meine Brüste, und er berührt mich überall, wo mich auch die Sonnenstrahlen berühren.

Plötzlich murmelt er: »Ach, du lieber Himmel, Lizzie, du hast ja gar keine Unterwäsche an.«

»Ich weiß«, erwidere ich, »ich wollte nicht, dass man das Höschen sieht.« Und dann küsst er mich auch da.

Und ich sitze oben auf dem Fass und blicke durch halb gesenkte Lider herunter und denke, wie bizarr es doch ist, dass Luke de Villiers' Kopf zwischen meinen Beinen ist – aber auf eine sehr gute Art bizarr –, und dann denke ich eine ganze Weile lang nichts mehr, und auf einmal scheint sich die Sonne in Monsieur de Villiers' Weinkeller in eine Supernova verwandelt zu haben.

Und dann richtet sich Luke auf, schlingt mir einen Arm um die Taille, zieht mich an sich, und ich lege meine Beine um seine Hüften und spüre seinen nackten Oberkörper unter meinen Händen. Und dann ist er in mir, dick und hart, und es fühlt sich sogar noch besser an als sein Mund, und wir bewegen uns im gleichen Rhythmus, und er küsst mich auf Hals und Schultern, und ich versuche, mich noch näher an ihn zu drängen. Und plötzlich ist überall auf mir Sonne, ich bin gebadet in goldenen Strahlen, und ich schreie leise auf und Luke auch.

Und als er danach dasteht und in meine Haare keucht, wird mir klar, dass wir gerade Sex auf einem Weinfass hatten.

Und dass es fantastisch war. Ich brauchte mich nicht einmal darum zu kümmern, dass ich auch etwas davon hatte, weil Luke dafür gesorgt hat! Sogar zwei Mal!

»Habe ich schon erwähnt«, will Luke wissen, als er wieder zu Atem gekommen ist, »dass ich glaube, dass ich dich liebe?«

Ich muss einfach lachen.

»Habe ich schon erwähnt«, frage ich, »dass das Gefühl gegenseitig ist?«

»Na, da bin ich aber erleichtert«, erwidert er. Er bewegt sich nicht und ich auch nicht. Es ist gut, einfach so dazustehen. Oder, in meinem Fall, zu sitzen.

»Ich sollte dir wohl auch sagen«, fährt Luke fort, »dass ich beschlossen habe, die Vorbereitungskurse an der NYU zu belegen.«

Ob er wohl sehen kann, wie mein Herz hüpft? Allerdings bemühe ich mich sehr, dass er mir nichts anmerkt.

»Wirklich?«, erwidere ich. »Das ist ja ulkig. Ich ziehe auch nach New York.«

»Na, so ein Zufall«, sagt Luke und lehnt lächelnd seine Stirn an meine.

»Ja, nicht wahr?«, erwidere ich ebenfalls lächelnd.

Später kommen wir Hand in Hand aus dem Weinkeller und erleben gerade noch mit, wie Braut und Bräutigam die mehrstöckige Hochzeitstorte anschneiden. Agnès, die uns als Erste erblickt, kommt mit einem Tablett voller Champagnergläser auf uns zu, und wir nehmen jeder eins und stehen nebeneinander, während Vicky und Craig einander mit dem ersten Stück Hochzeitstorte füttern.

»Ich hoffe, sie schmieren es sich nicht gegenseitig ins Gesicht«, sage ich. »Ich hasse das.«

»Außerdem müsstest du dann bestimmt noch Schokoladenflecken aus dem Kleid entfernen«, erwidert Luke.

»Sag doch so was nicht.« Schaudernd fasse ich nach seinem Arm.

Kurz darauf taucht Shari mit Chaz im Schlepptau auf. »Hallo, wo wart ihr beiden denn auf einmal hinverschwunden?«

»Nirgendwo«, erwidere ich und werde rot.

»Ach so«, sagt Shari mit wissendem Lächeln. »Ja, das kenne ich.«

»Wovon redet ihr?« Chaz ist, wie immer, ahnungslos. »Ihr wart doch die ganze Zeit über hier. Ich war derjenige, der den Kerl zum Bahnhof bringen musste. Von jetzt an unterziehe ich alle deine Freunde erst einmal einer Tauglichkeitsprüfung, Lizzie. Auf dein eigenes Urteil können wir uns nicht verlassen.«

»Ist das wahr?«, sage ich und wechsle einen amüsierten Blick mit Luke, der den Arm um mich legt.

»Ich helfe dir dabei, Chaz«, bietet Luke an. »Mit Lizzie wirst du alleine nicht fertig.«

Chaz kneift die Augen zusammen, als er sieht, dass Luke den Arm um mich gelegt hat.

»Hey«, sagt er, »was geht hier vor?«

»Ich erkläre es dir irgendwann mal, Baby«, sagt Shari und tätschelt ihm den Arm.

»Nie erzählt mir einer was«, schmollt Chaz.

»Du musst ja auch direkt an die Quelle gehen«, erwidert Shari.

»Welche Quelle?«

»Der Lizzie-Funk, was sonst?«, sagt Shari und nickt in meine Richtung.

In diesem Moment erblickt mich eine äußerst betrunkene Ginny Thibodaux. Sie kommt angelaufen und drückt mir einen Kuss auf die Wange.

»Lizzie!«, ruft sie aus. »Ich habe dich überall gesucht. Ich wollte dir danken für das, was du für meine Vicky getan hast. Dieses Kleid – es ist wunderschön! Du hast uns das Leben gerettet, weißt du das? So etwas Schönes habe ich noch nie gesehen! Du solltest dein eigenes Geschäft aufmachen!«

»Vielleicht tue ich das ja auch«, erwidere ich lächelnd.

*Abschließend ist festzustellen, dass die Mode eine wichtige Rolle für Kultur und Geschichte der Welt gespielt hat. Angefangen von den Fellen, mit denen sich die Höhlenmenschen gewärmt und geschützt haben bis hin zu den Prada Schuhen, die von der modernen berufstätigen Frau auf Cocktailpartys nur wegen ihrer Schönheit getragen werden, ist die Mode über die Jahrhunderte eine der größten und interessantesten Errungenschaften der Menschheit geworden.*

*Die Verfasserin dieser Arbeit freut sich schon darauf, zu erfahren, welche Überraschungen und Neuerungen sie in den kommenden Jahren in der Welt der Mode – und darüber hinaus – erwarten.*

Geschichte der Mode
Examensarbeit von Elizabeth Nichols

## Danksagung

Ich danke all den äußerst großzügigen Menschen,
die mir beim Schreiben dieses Buches geholfen haben,
wie Beth Ader, Jennifer Brown, Megan Farr,
Carrie Feron, Michele Jaffe, Laura Langlie,
Laura McKay, Sophia Travis und ganz besonders
Benjamin Egnatz.